Meedogenloos

Chris Ryan bij Boekerij:

Hebzucht
Codenaam: verkenner
De achtste man
Doelwit
Executie
Krachtstrijd
Het laatste wapen
Tegenaanval
Vuurgevecht
Bloedbroeders
Killzone
Complot
Osama
Schietschijf
Missie 1
Missie 2
Missie 3
Missie 4
De krijgsheren
Terroristenjager
Spervuur
Moordcommando
Dodenlijst
Vijandig gebied
Machtsspel
Geen genade
Global strike
Klopjacht
Code zwart
Rood gevaar
Verstoten
Meedogenloos

boekerij.nl

Chris Ryan

Meedogenloos

Als je dacht dat je alles wist over de SAS – dan dacht je dat verkeerd. Maak kennis met de Cell.

Vertaald door Jan van den Berg en Marieke van Muijden

BOEKERIJ

ISBN 978-90-225-9915-0
ISBN 978-94-023-2130-2 (e-book)
NUR 330

Oorspronkelijke titel: *Manhunter*
Vertaling: Jan van den Berg en Marieke van Muijden
Omslagontwerp: DPS Design & Prepress Studio
Omslagbeeld: © Trevillion en Shutterstock
Zetwerk: Mat-Zet bv, Weesp

1

Op een vochtige, grauwe zaterdag eind maart, om acht uur 's morgens, voelde Josh Bowman de pijn door zijn lichaam stromen.

Die kwam plotseling en zonder waarschuwing vooraf opzetten terwijl hij stond te wachten in de lobby van het Broxbury Hall Hotel, een chique vijfsterrenbedoening tegenover Hyde Park. De pijn begon als een scherp schrapen in zijn hoofd, klauwde zich een weg langs zijn brein en trok al snel door zijn botten, waardoor zijn huid prikte. Bowman wist dat het alleen maar erger zou worden. Hij had twaalf uur geleden voor het laatst een pil genomen en nu al voelde hij de eerste steken misselijkheid in zijn maag. Nog even en hij zou last krijgen van buikkramp en gaan zweten. Daarna volgde het hallucineren. Net griep, maar dan duizend keer erger. Over een paar uur was hij een bleek, sidderend wrak.

Je weet wat je moet doen, zei het stemmetje in zijn achterhoofd. Het stemmetje dat zijn brein had overgenomen en waardoor zijn zenuwbanen nu anders reageerden. Tegenwoordig was het stemmetje constant aanwezig en beheerste het elk moment van de dag.

Je moet gewoon weer drugs hebben.

Eén pilletje maar, meer niet.

Iets om je weer scherp te krijgen. Te zorgen dat de pijn stopt.

Bowman duwde het stemmetje weg en dwong zichzelf om zich op de platte televisie aan de muur tegenover hem te concentreren. Op het nieuws was te zien hoe een enorme menigte langs de straten rond Westminster Abbey stond, in afwachting van het huwelijk die dag tussen prinses Amelia en haar verloofde, de zakenbankier Lucas Wentworth. Bowman zag een juichende mensenmassa met rood-en-blauwe hoedjes of jasjes, van wie velen met de Britse vlag zwaaiden. Ondanks het slechte weer hing er een positieve spanning in de lucht. Het grootste livepubliek ooit voor een koninklijk huwelijk, zei de commentator. Een klok onder het scherm telde de tijd af tot de ceremonie begon. Nog drie uur en negenentwintig minuten te gaan.

Tering, dacht Bowman. Ik moet me op een missie voorbereiden.

En ik zit hier te trillen.

Even zakte de pijn weg. Dave Kember wierp een blik op zijn horloge en vloekte.

'Waar blijven die idioten?' snauwde de SAS-sergeant. 'Ze hadden hier verdomme al moeten zijn.'

Bowman keek even vluchtig naar zijn collega. Met zijn pokdalige huid en afgeplat voorhoofd was Dave Kember een van de lelijkste kerels bij het Regiment. De jongens hadden hem vanwege zijn slechte adem de bijnaam 'Toxic' gegeven. Als geheelonthouder en fanatiek voorstander van onbewerkt voedsel had hij ook de naam een klager van wereldformaat te zijn. Hij was het soort kerel dat met een Virginia-ham onder zijn arm nog steeds liep te zeuren dat er niets te eten was. Bowman wist niet wat erger was: de pijn van het afkicken of het vooruitzicht de volgende zestien uur met Kember te moeten werken.

Ze waren de vorige middag in Londen aangekomen, als onderdeel van een vierkoppig team uit de 'Wing', een geheime eenheid binnen de SAS die met MI5 en MI6 samenwerkte. Volgens hun briefing had Six inlichtingen in handen gekregen dat dissidente rebellen een complot smeedden om Ken 'de Adder' Seguma te vermoorden, de president van het piepkleine maar mineraalrijke staatje Karatandu in Centraal-Afrika en een goede vriend van de Britse koninklijke familie. Bowman en zijn collega's hadden de opdracht gekregen om de beveiliging van de president tijdens de koninklijke bruiloft op te schroeven.

Terwijl de andere twee teamleden veiligheidschecks in de Abbey uitvoerden moesten Bowman en Kember het persoonlijke gevolg van de president ontmoeten. Ze waren met de auto vanaf hun eigen hotel gekomen, hadden de bepantserde Land Rover Discovery in de ondergrondse parkeergarage gestald en hadden het sloofje van de president een bericht gestuurd dat ze er waren. Vervolgens waren ze gaan zitten wachten.

Een half uur later wachtten ze nog steeds.

Kember keek voor de honderdste keer sinds hun aankomst op zijn horloge. 'Hebben wij weer. Bodyguard spelen. Altijd ruk om te wachten tot een of andere jojo komt opdagen.'

'Ik dacht dat dit werk je wel zou liggen, Geordie,' zei Bowman. 'Omgaan met royalty en zo.'

Het was een van de slechtst bewaarde geheimen op Hereford dat Kember, die Geordie werd genoemd omdat hij uit het noordoosten van Engeland kwam, van plan was binnen een paar maanden bij het Regiment te vertrekken. Met zijn eenenveertig jaar was hij vier jaar ouder dan Bowman, een oudgediende met meer dan vijftien dienstjaren op zijn conto. De contacten die een ex-SAS'er op zoek naar werk in de privébeveiliging opdeed bij de beveiliging van een buitenlands staatshoofd konden van onschatbare waarde zijn.

Kember zei: 'Aye, het zal wel goed staan op ons CV. Maar dat is dan ook het enige goeie aan deze missie.'

Tandenknarsend keek Bowman de andere kant op. Godallemachtig, dacht hij. Die gozer is echt kampioen zeiken. Het is pas acht uur 's morgens en ik erger me nu al aan hem.

'Zo erg is het niet, maat,' zei hij in een poging de duistere stemming van zijn collega te verlichten.

Kember snoof. 'O, nee? We zitten in een schijthotel, eten schijtvoedsel en zitten te wachten tot we bevelen mogen aannemen van een of ander omhooggevallen sloofje.' Hij knikte naar de televisie. 'En de gozer die we bewaken is een moordenaar.'

Bowman keek op. Het beeld was van de straten van Westminster verplaatst naar een grijsharige presentator in een nieuwsstudio, die aan het laatste stukje van de ochtendkoppen bezig was. Er was een verslag van de protesten in Karatandu. Een of andere gewelddadige strafcampagne van de regering tegen activisten die zich voor de democratie uitspraken. Mensen holden door de straten, achtervolgd door in zwart gevechtstenue gestoken leden van de veiligheidsdiensten. Diverse agenten schoten met traangas, terwijl hun collega's de weerloze burgers met stokken en gummiknuppels bewerkten. Dit alles speelde zich af tegen een achtergrond van brandende auto's, bebloede lijken en gillende kinderen.

De camera zwenkte naar een korte, gedrongen gestalte in legerkleding, met een pilotenzonnebril en een paarse baret op. De sterke kaaklijn van de officier werd geaccentueerd door zijn kinbaard. Hij stond op een berghelling, geflankeerd door een stel ruig uitziende soldaten die hun enorme armen voor hun borst hadden gekruist. Uit het onderschrift op het scherm bleek dat de kerel in het midden generaal Moses Kakuba was, leider van de belangrijkste verzetsbeweging. Hij glimlachte bij een vraag die door een journalist buiten beeld werd gesteld, waarbij een stel gouden voortanden te zien was.

'We laten ons niet met angst tot overgave dwingen,' zei Kakuba. 'Als Seguma denkt dat we bang zijn, dan heeft hij het mis. We willen vechten – zelfs al wordt dat onze dood. Ons land is geplunderd. Onze mensen zijn met duizenden tegelijk gemarteld en vermoord. We hebben niets te verliezen. We stoppen pas met vechten als we een nieuwe dageraad voor Karatandu, voor ons volk hebben bereikt. Een nieuwe, socialistische dageraad.'

Nu kwam president Seguma in beeld, die naar zijn aanhangers zwaaide terwijl hij aan boord ging van een vliegtuig. Walgend schudde Kember zijn hoofd. 'Ik kan nog steeds niet geloven dat we die lul moeten beschermen.'

Bowman zei: 'We hebben wel ergere mensen beveiligd, maat.'

'Ze noemen die kerel verdomme de Adder. Hij heeft een van zijn politieke tegenstanders vastgebonden en in een kuil met giftige slangen gegooid.'

'Hou nou op, gozer. Dat verhaal is niet waar.'

'Hoe weet jij dat nou?'

Bowman haalde zijn schouders op. Hij stond op het randje van ontwenningsverschijnselen en had er geen trek in zich mee te laten slepen in een ethische discussie met Kember.

'En al die andere verhalen dan dat hij slachtoffers persoonlijk martelt?' vroeg Kember. 'Dat hij vingers, oren en tenen afsnijdt, mensen levend begraaft, demonstranten kruisigt en hun hoofd op een staak spietst? Zeg je dat dat ook allemaal gelul is?'

'Het maakt niet uit. We zijn nu hier.'

'Dus jij vindt het allemaal prima?'

'We moeten een klus klaren,' antwoordde Bowman kortaf. 'Dat is alles. Het maakt niet uit wat jij persoonlijk van die kerel vindt.'

Kember schudde zijn hoofd. 'Hij is een eersteklas psychopaat. Hij slacht zijn eigen mensen af. We moeten hem niet beschermen.'

'Zo simpel ligt het niet,' zei Bowman rustig.

'Echt wel.' Kember gaf een knikje naar het nieuws. 'We lopen risico voor een ordinaire dictator die wreedheden begaat.'

'Dit draait niet om Seguma. Zijn land zit op een bult gas en olie. Het is in ons belang om hem niet buitenspel te zetten. Als hij wordt neergemaaid, is de volgende kerel misschien niet zo vriendelijk.'

Kember snauwde: 'Het boeit me niet, al lag het goud in dat land voor het oprapen. Dat betekent niet dat wij die klootzak met moord moeten laten wegkomen.'

'Jouw gevoel over Seguma is wel het laatste waar we ons druk om moeten maken.'

Bowman knikte naar het scherm. 'Het gaat er steeds heftiger aan toe bij die protesten.'

'Wat heeft dat met onze missie te maken?'

'Denk eens na, Geordie. Nu hebben de vijanden van Seguma nog meer reden om van hem af te willen.'

'Dan bewijzen ze de wereld een dienst, als je het mij vraagt,' mompelde Kember. 'Maar dat gebeurt niet.'

Bowman keek hem aan. 'Dus jij denkt dat het geen echt dreigement is?'

'We hebben het hier over een paar demonstranten in een of ander achterlijk Afrikaans gat,' vond Kember. 'Het gaat nou niet bepaald om Delta Force. Ze beschikken daar absoluut niet over de organisatie om een aanslag te plegen.'

Langzaam schudde Bowman zijn hoofd. 'Daar zou ik nog maar niet zo zeker van zijn.'

'Gelul,' zei Kember. 'Er is geen sprake van een bedreiging. Je hebt toch gehoord wat ze gisteren bij de briefing zeiden? Vijfduizend grondsoldaten plus teams van sluipschutters op de daken, de jongens van Five en Six en de particuliere beveiligingsteams. Er kan echt niemand zo dichtbij komen om het doelwit om te leggen.'

Bowman gaf geen antwoord. De schurende pijn schoot weer op tussen zijn slapen. Zijn spieren tintelden vreemd, alsof er duizenden mieren onder zijn huid krioelden. Elke cel in zijn lichaam schreeuwde dat hij iets moest doen om de misselijkheid te laten verdwijnen, voor die ondraaglijk werd.

Met de pijn kwamen ook de eerste afschuwelijke vlagen herinnering, de nachtmerrieachtige beelden die hij wanhopig had proberen te vergeten maar die terugkwamen. Net de echo van een *bad trip*, die hem besloop als hij dat het minst verwachtte. Behalve dan dat deze beelden nooit helemaal vervaagden. Ze werden steeds sterker en achtervolgden Bowman. Hij herinnerde zich dat hij het huis binnenstapte. De doodse stilte in de lucht, in plaats van gelach en herrie zoals hij had verwacht. Ook herinnerde hij zich nog het mes dat op de vloerbedekking lag. De bloedspatten op de keukenvloer, de lichamen...

Bowman sloot zijn ogen alsof hij zijn hersenen naar de fabrieksinstellingen kon terugzetten. Alsof het zo simpel lag. Opnieuw kreeg hij een pijnsteek en hij wist dat hij het niet veel langer zonder pil zou redden.

Kember hield hem nauwlettend in de gaten met een vragende uitdrukking op zijn smoel.

'Gozer? Alles goed?'

'Best,' antwoordde Bowman. Hij voelde hoe het zweet over zijn rug stroomde en zijn overhemd doorweekte. 'Alles best.'

'Zo ziet het er niet uit,' zei de kerel uit Newcastle. 'Je ziet er lamlendig uit, als je het mij vraagt.'

'Het is niks.'

Kember schudde zijn hoofd. 'Ik weet wel wat jouw probleem is.'

Bowmans spieren verstrakten. Wist Kember dat hij drugs gebruikte? Of was dat alleen maar achterdocht?

Als hij van mijn verslaving afweet, is het afgelopen.

'Je hebt te veel bewerkt vlees gegeten,' ging Kember verder. 'Slecht voor je lichaam. Plantaardig, daar moet je voor kiezen. Al die troep uit je lichaam krijgen.'

'Ja,' zei Bowman vaag. 'Misschien.'

De pijn werd heviger. Het was net of er gaten in de zijkant van zijn schedel werden geboord. De misselijkheid steeg op achter in zijn keel en zijn handen trilden. Bowman besefte dat hij hevig zweette.

Hij stond op. 'Wacht hier,' zei hij.

'Waar ga jij in godsnaam heen?' vroeg Kember.

'Even pissen.'

Hij haastte zich de foyer door, langs een groep Chinese toeristen, naar de toiletten. Het interieur van de toiletruimte paste bij de rest van de lobby. Glimmende marmeren vloer, granieten wastafelblad en koperen kranen. Luxe handzeep van een chic merk dat Bowman niet kende.

Zijn handen trilden toen hij de pilvergruizer uit zijn zak viste die hij altijd bij zich had. Boven op de vergruizer zat een opbergvakje, maar dit waren geen pillen die je bij de plaatselijke drogist kocht. Er zaten nog vier tabletjes in het vakje. Bowman wist dat hij snel een nieuwe voorraad moest scoren, maar hij had geen tijd om zich daar nu druk om te maken.

Hij drukte de dop omhoog, haalde een van de ovale tabletjes uit het vakje en legde dat op de vergruizer aan de onderkant van het flesje. Hij maakte de onderkant dicht en draaide een paar keer aan de dop, zodat het tabletje tot een fijn wit poeder werd vermalen. Dat strooide hij op het wastafelblad, waarna hij een briefje van tien uit zijn portemonnee viste, dat oprolde en het lijntje opsnoof. Het poeder brandde in zijn neusgaten. Toen kneep hij zijn ogen stevig dicht.

Na een paar minuten voelde hij een roes toen er een paar milligram opioïden door zijn bloed stroomde. Langzaam vervaagde de pijn en zakte de misselijkheid. Hij zweette niet meer.

Bowman stak het bankbiljet weer in zijn portemonnee. Hij keek op en ving een glimp van zichzelf op in de spiegel. Hij zag een gezicht dat hij amper herkende. Zijn lichaam was nog altijd slank en stevig, zijn handen als keien en zijn schouders breed. Maar er zaten nu strepen grijs in zijn haar. Zijn huid was bleek en zijn pupillen waren zo groot als speldenknopjes.

Je bent sergeant in het 22ste SAS, zei Bowman tegen zichzelf. Een onderscheiden soldaat met meer dan tien jaar ervaring bij de meest elitaire speciale eenheden ter wereld. Je kunt verdomme geen verslaafde zijn.

Maar op dat moment interesseerde het Bowman niet echt. Niets interesseerde hem veel, niet nu. Al heel lang keek hij niet meer naar de toekomst, naar een moment waarop alles beter zou gaan. De dromen die hij had gehad waren vijftien jaar geleden in afschuwelijk geweld uiteengespat. Nu plande hij niets meer, hoopte nergens meer op. Hij hield zich afzijdig van anderen en had geen echte vrienden. Hij keek niet verder dan zijn volgende pil. De pijn buitensluiten was het enige wat er nog toe deed. Van dag tot dag overleven.

Hij haalde diep adem en liep naar de deur.

***

De toeristen hingen nog steeds rond bij de receptie toen Bowman uit de toiletruimte kwam. Hij liep langs hen heen, nu met een warm gevoel door de pil. Kember zat alleen naar het scherm van zijn telefoon te staren. Bowman keek rond, maar nog altijd geen spoor van de slaafjes van de president.

Hij ging in de leunstoel naast Kember zitten. Op het nieuws waren ze weer overgeschakeld op het koninklijk huwelijk. Mensen kwamen in feeststemming en lachten en zwaaiden naar de camera's.

Twaalf minuten later stapten er twee gestalten uit de dichtstbijzijnde lift. Een forse kerel in een zwart pak en een lange, slanke vrouw in een mosterdgele jurk, met een bijpassend jasje en op hakken. De vrouw bleef staan om haar blik door de lobby te laten gaan. Ze zag Kember en Bowman en liep met een knik naar de twee SAS-'ers toe, die opstonden.

'Jullie zijn de soldaten?' vroeg ze.

'Inderdaad,' antwoordde Kember, die zijn hand uitstak. 'Ik ben Dave, maar noem me maar Geordie. Dit is Josh. We horen bij het Regiment.'

De vrouw staarde naar zijn uitgestoken hand alsof die van een lepralijder was.

'Martha Lungu,' zei ze. 'Persoonlijk assistent van president Seguma.' Ze liet haar blik afkeurend over de mannen gaan. Ze was eind twintig of begin dertig, gokte Bowman, en had de hoge jukbeenderen en pruillip van een voormalig model. Met alle juwelen die ze droeg kon je een kluis in een diamantwijk vullen. In haar oorbellen glinsterden vuistgrote diamanten. De parels aan haar ketting waren zo groot als golfballen.

Lungu gebaarde met een beringde hand naar de kerel in het pak. 'Samuel Jallow, de belangrijkste lijfwacht van meneer Seguma. Hij gaat over de beveiliging van meneer Seguma.'

Bowman keek naar de lijfwacht. Die was enorm. Zo'n grote kerel had Bowman nog nooit gezien. Hij stond in elk geval in de top drie. Zijn strakgespannen nekspieren waren zo dik als een ankerketting. Zijn armspieren puilden uit zijn pak. De lijfwacht had rozige littekens over beide wangen lopen. Hij was bijna helemaal kaalgeschoren, op een streep kort, krullend haar op het midden van zijn hoofd na.

'Waar is de baas?' wilde Kember weten.

'De heer Seguma is boven in de presidential suite,' antwoordde Lungu. 'Hij heeft het erg druk, zoals jullie wel zullen begrijpen. Straks hebben jullie een bespreking met hem. In de tussentijd loopt het contact via ons.'

Bowman knikte.

'Ik neem aan dat je wel weet waarom we hier zijn?' vroeg hij.

Lungu zei: 'Onze vrienden van het ministerie van Buitenlandse Zaken hebben gisteravond gebeld. Ze hadden het over een mogelijk incident vandaag.'

'Mogelijk leveren een paar demonstranten problemen op,' antwoordde Bowman, waarmee hij herhaalde wat ze volgens de eerdere briefing over de missie moesten zeggen.

De hoge piefen hadden besloten de details van de moordaanslag niet met Seguma of zijn personeel te delen. Te riskant. Er bestond ernstig risico op een lek. De president of een van zijn adviseurs kon weleens een bericht online plaatsen over de dreiging of het nieuws met een journalist delen. Met een publiek van twee miljard mensen was wijdverspreide paniek die de bruiloft zelf overschaduwde wel het laatste wat de regering wilde.

'Zoals jullie weten,' ging hij verder, 'was een groepje activisten van plan om vanmorgen in Hyde Park te demonstreren.'

Lungu zei: 'Ik dacht dat ze daar geen vergunning voor hadden gekregen?'

'Dat klopt.'

'Wat is dan het probleem?'

'We beschikken niet over de details, maar we denken dat een paar van hun maten op de proactieve toer gaan en de ceremonie op de een of andere manier willen verstoren.'

'Hoe dat zo?'

'Zoals ik zei, we beschikken niet over de details. Mogelijk proberen de demonstranten in de menigte te infiltreren. Of ze zijn later op de dag iets van plan, tijdens de receptie.'

'Verkeert de heer Seguma in gevaar?'

'We denken van niet.'

'De demonstranten willen jullie baas op de landelijke televisie voor schut zetten,' liet Kember van zich horen. 'Verf over zijn auto gooien, hem met eieren bekogelen. Dat soort toestanden. Dat is geen echte dreiging.'

'Hebben ze jullie daarom hierheen gestuurd? Omdat jullie je zorgen maken over een handjevol lastpakken?'

'Dat we hier zijn is een voorzorgsmaatregel, mevrouw. Om te zorgen dat jullie baas vandaag niets vervelends overkomt. Zijn veiligheid is van het grootste belang.'

Er vormde zich een piepkleine groef in Jallows voorhoofd. Hij staarde hen allemaal met zijn doodse, emotieloze ogen aan.

'De beveiliging van de heer Seguma is al geregeld,' zei hij. 'Wij zijn prima in staat om hem uit de problemen te houden.'

Bowman stak een hand op. 'Het is niet onze bedoeling iemand voor de voeten te lopen. We zijn op de achtergrond aanwezig en kunnen helpen als jullie ons nodig hebben.'

'Is dat geen taak van de politie?' vroeg Lungu.

'Normaal gesproken wel, ja,' antwoordde Kember. 'Maar vandaag hebben de koninklijke beveiligers hun handen al vol, zoals jullie je wel kunnen voorstellen.'

'De heer Seguma is een belangrijk doelwit,' benadrukte Bowman. 'De politie is heel goed in haar werk, maar een taak als deze vraagt om bepaalde vaardigheden. Daarom hebben ze ons gevraagd.'

Zwijgend keek Lungu de twee mannen aan. De blik in haar ogen leek te zeggen dat ze, als ze moest kiezen tussen een hoop afval of de twee soldaten, toch een lichte voorkeur voor het afval zou hebben.

Jallow stond daar maar naar de soldaten te staren.

'Hebben jullie ook cursussen gevolgd?' vroeg Lungu.

'We hebben allebei de training particuliere beveiliging op Hereford afgerond. We hebben behoorlijk wat ervaring in het beveiligen van vips over de hele wereld.'

'Dragen jullie wapens?'

'Yep.' Kember knikte. 'Pistolen en geweren.'

Bowman en Kember hadden allebei toestemming gekregen om een dienstpistool mee te nemen voor de missie. Beide mannen hadden een Glock 17 halfautomatisch pistool onder hun grijze jas verborgen, veilig in een leren, aan hun riem bevestigde holster. Voor het zwaardere werk hadden ze twee Heckler & Koch HK416-aanvalsgeweren in een kluis in de kofferbak van hun Land Rover. De compacte variant, met een kortere loop en een demper op de geweermond. Ook hadden ze kogelwerende kleding bij zich, reservemunitie en een verborgen zender om hun linkerschouder gegespt. Die was verbonden met een oortje, zodat de verschillende teamleden veilig en snel met elkaar konden communiceren.

Jallow zei: 'Waar zijn de anderen? Er is ons verteld dat jullie met z'n vieren zouden zijn.'

'Die zitten op dit moment in Westminster Abbey,' antwoordde Bowman. 'Onderhouden contact met de politie, stellen de locatie veilig. Ze blijven daar tijdens de ceremonie. Als er problemen zijn, komen ze in actie.'

Even leek Lungu te schrikken. 'Jullie verwachten toch geen problemen bij de Abbey zelf?'

'Die kans is uiterst klein. De politie heeft een ijzersterk kordon om het gebied geplaatst. Maar we willen geen risico lopen.'

Kember zei: 'Ook nemen we een andere route naar de locatie.'

'Waarom niet de normale route?' wilde Lungu weten.

'Die loopt langs Pall Mall en Trafalgar Square, met natuurlijk heel veel mensen. Die hotspots moeten we vermijden.'

'Jullie zouden in plaats daarvan de demonstranten moeten arresteren.'

'Daar gaat de politie over, mevrouw. Maar zelfs al worden ze opgepakt, dan kan een aantal van hun vrienden toch nog door de mazen van het net glippen. Die kunnen zich net zo goed al ergens in de menigte bevinden en wachten tot ze problemen kunnen uitlokken.'

Jallow snoof minachtend. 'In Karatandu zou dit nooit mogen gebeuren. We weten wel raad met dat soort tuig.'

'Dat zal wel, ja,' mompelde Kember.

Lungu keek hem kwaad aan voor ze zich tot Bowman richtte. 'Die nieuwe route... weten jullie zeker dat die veilig is?'

'We hebben een verkenning uitgevoerd. De politie heeft een team gestuurd om het riool, de lantaarnpalen, knelpunten en dat soort dingen te controleren.'

Lungu wierp hem een sceptische blik toe.

'Vertrouw ons nou maar,' zei Bowman. 'Het is beter zo.'

Lungu keek van de SAS'ers naar Jallow. 'Is deze regeling wat jou betreft in orde, Samuel?'

De lijfwacht haalde zijn schouders op. 'Mij best.'

Lungu zei: 'Natuurlijk moeten jullie de chauffeur van de heer Seguma inlichten. De wijzigingen in de route met hem doornemen.'

'Ja, mevrouw.'

'Goed dan.' Ze knikte en veegde een eigenwijs plukje haar op zijn plek. 'Er zijn wel een paar dingen waar we het over moeten hebben voor jullie de heer Seguma ontmoeten. Allereerst, vergeet niet dat jullie voor een vooraanstaand man werken. Jullie dienen je in zijn aanwezigheid te allen tijde gepast te gedragen. Dat betekent tijdens het werk niet roken of drinken.'

Bowman zei: 'We zijn getrainde professionals, mevrouw. Dat soort shit doen wij niet.'

'En ook geen gevloek,' reageerde Lungu. 'Alleen tegen de heer Seguma praten als hij tegen jullie spreekt. Als dat gebeurt, dan spreek je hem aan met "meneer" of "meneer de president". Als jullie nog vragen of opmerkingen hebben, moeten jullie bij mij of bij Samuel zijn,' voegde ze eraan toe.

'Moeten we verder nog iets weten?' vroeg Bowman.

'De heer Seguma vindt het niet prettig om door vreemden te worden aangeraakt. Mensen buiten zijn stam. Dan worden er volgens hem kwade krachten overgedragen. Hou altijd gepaste afstand.'

'Ja, mevrouw.'

'Jullie hebben eigen vervoer, neem ik aan?'

'We zijn met de auto,' zei Kember. 'Maar het is beter als een van ons met de baas meerijdt in zijn eigen voertuig. Dan kunnen we veel sneller reageren als er iets misgaat.'

'Geen sprake van,' zei Lungu. 'De heer Seguma wil niet dat er vreemden met hem meereizen. Dat staat hij nooit toe.'

'Dat maakt ons werk nogal lastig.'

'Jammer dan. Zelfs de persoonlijke lijfwachten van de heer Seguma mogen niet in dezelfde auto zitten. Jullie moeten ons volgen, punt uit.'

Kember wilde protesteren, maar Bowman onderbrak hem. 'Dat begrijpen we, mevrouw. We nemen onze eigen auto.'

'Mooi zo.' Er gleed een zuinig lachje over haar lippen. De poortwachter naar de hoge pief vierde weer een kleine overwinning en zette de twee buitenlanders op hun plaats.

'We vertrekken hier om half elf.' Ze wierp een blik op haar Cartier-horloge. 'Over twee uur. De heer Seguma moet volgens plan om kwart voor elf bij Westminster Abbey aankomen. Ik geloof dat er een paar straten verderop een wachtruimte is, voor de lijfwachten. Ik neem aan dat jullie bij de beveiligers van de heer Seguma blijven wachten?'

Bowman schudde zijn hoofd. 'We hebben toestemming om de Abbey in te gaan. Dave en ik houden de baas tijdens de bruiloft in de gaten.'

'Maar je zei net dat hij in de Abbey geen risico loopt.'

'Dat is ook zo, naar alle waarschijnlijkheid. Maar we kunnen maar beter het zekere voor het onzekere nemen.'

'Hoe ziet het middagschema van jullie baas eruit?' vroeg Kember.

Lungu antwoordde: 'Na afloop van de bruiloft komt de heer Seguma hier weer terug. Rond twee uur. Dan gaan we naar het Greybourn Hotel voor het feest. Ik neem aan dat jullie daar mee naartoe gaan?'

'Ja, mevrouw,' zei Bowman.

'Het feest begint om zes uur. De chauffeur van de heer Seguma pikt ons een kwartier van tevoren op. Jullie kunnen ons naar de locatie volgen.'

‘We moeten op een plek in de buurt kunnen blijven. De baas in de gaten kunnen houden.’

‘Dat moet geen probleem zijn. Het beveiligingsteam van de heer Seguma heeft een tafel vlak bij een van de uitgangen. Daar is vast wel plek voor jullie.’

‘Hoe laat is deze knalfuif naar verwachting afgelopen?’ vroeg Kember.

‘Wie zal het zeggen? Kan wel middernacht worden. Of later. De president heeft heel veel energie, moeten jullie weten. Hij houdt van feesten.’

‘Fantastisch,’ mompelde Kember.

Lungu’s telefoon trilde. Ze haalde een oversized, in een krokodillenleren hoes gestoken handtelefoon uit haar jasje en liep een eindje bij hem vandaan om met een veeg op te nemen. Ze praatte met de persoon aan de andere kant van de lijn in een taal die Bowman niet herkende. Na een halve minuut hing ze op.

‘Volg mij,’ zei ze, terwijl ze weer naar de soldaten toe liep. ‘Laten we naar de president gaan.’

2

Ze volgden Lungu en Jallow de lobby door en propten zich in de eerstvolgende lift. Lungu haalde een kaartje uit haar zak, drukte dat tegen een kaartlezer onder het controlepaneel en drukte op de knop voor de veertiende verdieping. De lift zoefde omhoog, de deuren schoven open en Lungu ging hen voor naar de suite aan het einde van de gang.

Bij de deur van de presidential suite zaten twee gestalten op stoelen. De ene kerel was slank en had kortgeschoren haar, een potloodsnor en droeg een donkergetinte zonnebril. Zijn maat was stevig gebouwd en had een lichtere huid, met een brede neus en een hoofd zo rond als een bowlingbal. Allebei waren ze in eenzelfde eenvoudig pak gestoken als Jallow en ze hadden alle twee dezelfde vreemde littekens op hun wangen. De andere leden van het presidentiële beveiligingsteam, nam Bowman aan. Bij het zien van hun collega's stonden ze langzaam op en knikten ter begroeting naar Jallow. Die wisselde een paar woorden in zijn moedertaal met de lijfwachten. Toen wendde hij zich tot de soldaten.

'Dit is Isaac Deka,' zei hij met een gebaar naar de kerel met de potloodsnor. Vervolgens wees hij op de kerel met het bowlingbalgezicht. 'En dit is Patrick Okello. Mijn collega's.'

Jallow richtte zich tot de lijfwachten en gebaarde naar Bowman en Kember om hen voor te stellen. Okello, de kerel met het bowlingbalgezicht, keek langzaam schuin naar de soldaten en staarde hen met onverholen vijandigheid aan.

Kember vroeg: 'Wat is dat voor gedoe met die littekens?'

'Stamtekens,' legde Jallow uit. 'Iedere man van onze stam krijgt die merktekens als hij twaalf wordt.'

'Zijn er veel stammen?'

'Honderden. Maar die van ons is de krijgslustigste in heel Karatandu. Alleen mannen uit onze stam wordt de bescherming van de president toevertrouwd.' De trots in zijn stem was onmiskenbaar. Begrijpelijk, dacht Bowman. Als persoonlijke lijfwacht van de president genoot je enorm veel vertrouwen. Hun aanstelling zou minder met hun vaardigheden te maken gehad hebben dan met onwankelbare trouw aan de baas. Nu plukten ze daar de vruchten van. Reizen naar het buitenland en de kans om hun zakken te vullen. De voordeeltjes die bij het werk hoorden. Waarschijnlijk ook een ereplaats als leider binnen de stam.

Lungu zei: 'Wacht hier. We moeten eerst wat zaken met de heer Seguma bespreken.'

'Hoelang gaat dat duren?' vroeg Kember.

'Niet zo lang. We roepen jullie als de heer Seguma zover is.'

Ze drukte haar kaartje tegen een lezer boven het slot, wachtte tot het lampje groen knipperde, duwde de klink naar beneden en verdween de kamer in. Jallow, Deka en Okello schuifelden achter haar aan naar binnen. Met een klik sloot de deur.

Bowman ging op Deka's stoel zitten en Kember liet zich met een boze blik op de stoel naast hem zakken.

'Dit is toch niet te geloven? We bewijzen ze een gunst en dan behandelen ze ons alsof we stront zijn waar ze in hebben getrapt.'

'Laat toch zitten, Geordie,' reageerde Bowman.

Kember schudde zijn hoofd. 'We zitten bij het Regiment. We zouden dat gelul niet hoeven pikken.'

'We hebben geen keuze.'

'O jawel. We kunnen tegen Mr. T en zijn maat zeggen dat ze kunnen opflikkeren.'

Bowman wierp een zijdelingse blik op zijn collega. 'Dat is een slecht idee,' zei hij. 'Het sop is de kool niet waard, maat.'

'Dus jij vindt dat deze lui ons moeten behandelen alsof we tuig zijn?'

Bowman haalde diep adem. 'Luister, we weten allebei dat wij de leiding over deze missie hebben. Maar we kunnen deze jongens niet over de zeik jagen. De president luistert naar hen. Ons leven wordt er een heel stuk gemakkelijker op als we met hen overweg kunnen.'

Kember schudde zijn hoofd. 'Deze missie is een lachertje.'

'Dat is wel erg overdreven.'

'Kom op, Josh. We weten allebei dat dit een taak voor de juten is, niet voor ons. Het is een dreiging van laag niveau. Een of andere amateurgek met een slagersmes die zich een weg naar de auto van de baas hakt. Dat kan het team koninklijke bescherming prima aan.'

'Wat wil je daarmee zeggen?'

'Dat is toch duidelijk? Deze missie is een pr-oefening. We zijn erbij gehaald zodat die kerel zich gewaardeerd voelt.'

'Alleen daarvoor zou Six ons nooit helemaal hiernaartoe sturen.'

'O nee?' Kember liet zijn knokkels kraken voor hij verderging. 'Iedereen weet dat Seguma dol is op het Britse leger. Hij is cadet op Sandhurst geweest en alles. Dat wij hem komen bewaken tovert zeker een grijns op zijn smoel.'

'Al is dat waar,' zei Bowman, 'dan verandert dat niets aan onze missie.'

'Er klopt niets van. We worden gewoon gebruikt.'

'Het had erger gekund.'

'O ja? En hoe dan wel?'

'Als we hier niet zaten, dan kregen we een of andere klotetaak. We hadden nu ook in de woestijn kunnen zitten, in tenten kunnen slapen en in een gat in de grond moeten schijten. Hier hebben we in elk geval een warm bed, schone, droge kleding en kunnen we ons wassen. Er is erger werk.'

Dat leverde hem een minachtende blik van Kember op. 'Ik zou eerlijk gezegd liever in de woestijn slapen dan nog meer gelul van die PA moeten pikken.'

Bowman wierp een blik op zijn collega en moest zich inhouden om hem geen knal te verkopen. Hij begon zich behoorlijk aan Kember te ergeren.

Ik probeer me op deze missie te concentreren, dacht hij, en deze gast trekt me mee in zijn constante negativiteit. Als hij zo doorgaat, kan hij een klap krijgen.

Ze zaten een paar minuten te wachten. Kember typte berichtjes op zijn telefoon en vroeg de twee mannen in Westminster Abbey hoe het ging. De voorhoede. Een stel ervaren SAS-sergeanten, Lomas en Studley. Kembers telefoon trilde door de binnenkomende berichten van het team, dat bevestigde dat de locatie was veiliggesteld en dat ze zich in positie in de Abbey bevonden.

Bowman keek op zijn G-Shock Gravitymaster hoe laat het was. Negen over half negen.

Iets meer dan een uur geleden waren ze aangekomen in het Broxbury. Over iets minder dan twee uur zouden ze naar Westminster Abbey vertrekken.

Zes minuten later zwaaide de deur van de suite open en stapte Lungu de gang op.

'Goed,' zei ze. 'De heer Seguma kan jullie nu ontvangen.'

Ze ging hen voor, en liep een kamer met hoge plafonds in, ingericht met oosterse tapijten en spiegels in gouden lijsten. Midden in de kamer stonden twee met goud afgewerkte leunstoelen en een bank in een halve cirkel rond een salontafel met marmeren tafelblad. De vloer lag bezaaid met geschenkverpakkingen van luxe warenhuizen, allemaal ongeopend. Uit een koffer van Louis Vuitton aan een kant van de kamer hingen kledinghoezen en jurken. Twee Rolexen waren, nog steeds in hun leren verpakking, achteloos op een antieke bijzettafel gezet. Links leidden dubbele deuren naar de slaapkamer. Aan de rechterkant van de kamer zat een tussendeur naar een aangrenzende kamer. Daar zat de PA, gokte Bowman.

Jallow, Okello en Deka hadden zich over de dichtstbijzijnde leunstoelen verspreid en zaten op de flatscreentelevisie zo groot als de staatsschuld naar een aflevering van *Rick and Morty* te kijken. Vanuit zijn ooghoek ving Bowman een glimp op van twee jonge vrouwen die op het onopgemaakte bed in de slaapkamer lagen, een blondine en een brunette. Ze waren gebruind, hadden lange benen en droegen bijpassende ochtendjassen. Allebei lagen ze op hun telefoon te typen zonder acht te slaan op Bowman of Kember.

Lungu bracht hen naar de andere kant van de kamer. Daar stond een breedgeschouderde gestalte voor de openslaande deuren een sigaar te roken en over Hyde Park uit te staren. Lungu schraapte haar keel.

'Meneer, de soldaten zijn er. Waar ik u over heb verteld.'

Langzaam draaide de man voor het balkon zich om en begroette de nieuwkomers. Direct herkende Bowman zijn gezicht uit de verschillende nieuwsitems.

Ken 'de Adder' Seguma.

De president leek in het echt kleiner dan op televisie. Een paar centimeter onder de één tachtig. Blijkbaar had hij het ervan genomen en beter geleefd dan zijn hongerlijdende volk. Hij had een vol gezicht en zijn vooruitstekende buik dreigde uit zijn geruite vest te barsten. Zijn kleine, ronde ogen lagen diep in zijn schedel. Aan de linker revers van zijn jacquet hing een rij militaire onderscheidingen. Het viel Bowman op dat het designerlabel nog aan de mouw van zijn jasje hing.

Seguma nam een trek van zijn stompe sigaar en terwijl hij de mannen nauwlettend opnam werd zijn hoofd door rook omgeven.

'Klopt het dat jullie van de Special Air Service zijn?'

'Ja, meneer, dat klopt,' antwoordde Bowman.

'Fantastisch. Geweldig!' riep hij uit. 'Het is altijd een eer om mannen van de beroemde SAS te ontmoeten.'

Zijn stem klonk vreemd gekunsteld. Een Afrikaanse tiran die probeerde het accent van een Engelse aristocraat na te bootsen.

'Ja, ik ben groot fan,' ging hij verder. 'Jullie zijn het echte werk. Echte killers!'

'Dank u wel, meneer,' zei Bowman.

Seguma tikte de as van zijn sigaar in een leeg koffiekopje en zei: 'Volgens Martha wil een stelletje honden vandaag problemen veroorzaken.'

'Dat is alleen maar een mogelijkheid, meneer. Ze hebben ons gestuurd om ervoor te zorgen dat alles soepel verloopt.'

Met een handgebaar wuifde de tiran zijn bezorgdheid weg. 'Een paar armzalige bannelingen en dissidenten. Daar ben ik niet bang voor.'

Daar reageerde Bowman niet op.

'Het is gewoon een stelletje ratten, snap je. Een groot man zoals ik is niet bang voor ratten. Thuis, in mijn vaderland, zijn ook ratten. Hebben jullie het nieuws gezien?'

'Ja, meneer.'

'Natuurlijk is er woede. De media gaan een haatfiguur van mij maken. Maar ze begrijpen niet waar ik mee te maken heb.'

'Nee, meneer?'

'Je kunt met die mensen niet onderhandelen. Generaal Kakuba en zijn bende hebben het over een nieuwe dageraad, maar ze hebben alleen interesse in zichzelf. Daarom noem ik ze ratten, snap je? Met een rat wil je niet rustig met een flesje beaujolais over beleidsdetails zitten praten. Ratten verdelg je. Vernietig je.'

De president balde zijn vuist en deed of hij een vijand wurgde. 'En zo moet het in mijn land ook,' ging hij verder. 'Ik moet de ratten verdelgen, voordat ze ziekte kunnen verspreiden.'

Hij sprak nonchalant, alsof hij het over het weer of een cricketuitslag had. Deze tekenfilmachtige figuur met de stem van een Engelse rijkeluiszoon had iets vreemds, zoals hij emotieloos het afslachten van zijn eigen volk besprak. Het was haast komisch. Bowman had moeite hem serieus te nemen. In werkelijkheid was hij minder intimiderend dan de tirannieke despoot die hij op het nieuws had gezien en die rood aanliep van woede.

De stilte werd verbroken door het trillen van Lungu's telefoon. Ze liep weg om het telefoontje aan te nemen. Seguma keek haar met een hongerige blik in zijn ogen na.

'Twee jaar op rij Miss Karatandu.' Hij grijnsde naar Bowman, waarbij een stel parelwitte tanden zichtbaar werd.

'Ja, meneer,' zei Bowman, omdat hij verder niet wist wat hij moest zeggen.

'Prachtige vrouwen voelen zich tot me aangetrokken,' merkte Seguma op. 'Daar kunnen ze niets aan doen. Dat zal de macht wel zijn, denk ik. Het is een soort betovering.'

Bowman knikte beleefd.

Seguma vroeg: 'Moeten jullie soldaten-broeders vandaag nog iemand anders bewaken?'

'Voor zover wij weten niet, meneer.'

Zijn grijns verbreedde zich. 'Dat is goed nieuws. Ja, heel goed nieuws. Dat betekent dat mijn Britse vrienden weten dat ik heel belangrijk ben, snap je? Daarom hebben ze hun beste mannen gestuurd om mij te bewaken en niemand anders. Ik ben prioriteit nummer één.'

'Ja, meneer,' zei Bowman.

'Dus dat vind jij ook? Dat ik heel belangrijk ben?'

'Uiteraard, meneer.'

De president speurde hun gezicht af. 'En jullie zouden je leven geven om mij te redden?'

'Als het daarop aankomt wel, meneer. Daarom zijn we hier.'

'Mooi, heel mooi.' Seguma nam een trek van zijn sigaar en zei: 'Het is een prachtige dag voor onze twee landen. Onze bloeiende vriendschap en het huwelijk van een prinses. Dat moeten we vieren.'

Hij blafte een bevel naar de lijfwacht met het potloodsnorretje. Deka zuchtte en kwam een fles vijfentwintig jaar oude Macallan single malt en drie glazen brengen. Hij zette alles op het bureau en liet zich weer in zijn stoel zakken. Seguma maakte de whisky open en vulde zijn glas tot de rand. Hij bood de soldaten de fles aan.

'Doen jullie mee?'

'Nee, dank u, meneer,' antwoordde Bowman. 'Wij hoeven niets.'

'Ik sta erop.'

'Dat gaat echt niet, meneer.'

'Dit is goede whisky, hoor. De allerbeste. Heel duur.'

'Het is heel vriendelijk van u, maar we hebben dienst. Dave en ik drinken niet.'

Seguma klapte in zijn handen. 'Uitstekend! Dat is het juiste antwoord. Heel goed gedaan.'

Bowman zweeg.

'Ik stelde jullie allebei alleen maar op de proef, snap je,' voegde Seguma eraan toe.

'Ja, meneer.'

Hij pakte zijn tumbler en nam een slokje whisky. Hij smakte en veegde met de rug van zijn hand over zijn mond.

'Jullie werken heel professioneel, zie ik wel. Alleen een goede soldaat zou zo'n aanbod weigeren.'

'Dank u, meneer.'

'Dat soort dingen weet ik, omdat ik ook een groot krijger ben. Als eerste van mijn klas afgestudeerd aan Sandhurst, weet je.'

Bowman gaf geen antwoord. Op de achtergrond hoorde hij de twee vrouwen in de slaapkamer giechelen. Lungu was nog aan de telefoon en schreeuwde boven de blèrende televisie uit. Seguma nam nog een slokje whisky en wees naar de medailles die op zijn jasje waren gespeld.

'Vinden jullie deze mooi?'

'Heel indrukwekkend, meneer,' antwoordde Bowman, die zijn groeiende ergernis probeerde te verbergen.

We kunnen niets doen, zei hij tegen zichzelf. We zijn aan het werk.

We moeten die kerel gewoon naar de mond praten.

Hij luisterde terwijl de president de medailles stuk voor stuk aanwees.

'Deze is voor moed,' legde Seguma uit. 'Deze voor heldhaftigheid. En deze is heel bijzonder.' Hij tikte met een dikke vinger tegen een zilveren kruis met in het midden een medaillon gegraveerd. 'Kennen jullie deze?'

'Nee, meneer.'

'Het George-kruis van Karatandu,' legde Seguma trots uit. 'De hoogste onderscheiding die je in ons land kunt krijgen. Die heb ik verdiend vanwege mijn uitzonderlijke heldenmoed in het gevecht tegen mijn vijanden. Volgens mij kennen jullie in jullie land een soortgelijke onderscheiding.'

'Aye,' antwoordde Bowman. 'Dat klopt.'

'Die van mij is natuurlijk mooier,' vond Seguma.

'Ja, meneer.'

De tiran zette zijn whiskyglas neer, pakte de fles en schonk zijn glas nog eens vol. Er spetterde vloeistof op het bureau. Hij goot meer drank in zijn keel en boerde.

'Genoeg over medailles. Vertel me eens over jullie wapens,' zei hij. 'Ik wil graag weten wat voor soort wapens mijn mannen bij zich dragen.'

Bowman slikte zijn irritatie weg en nam de wapens met de president door. De pistolen, de geweren. Seguma zat aandachtig te luisteren.

'En jullie weten honderd procent zeker dat ik niet word bedreigd?' vroeg hij.

Even zag Bowman iets in zijn ogen opflitsen, angst, haast.

Hij zei: 'We zijn hier puur als voorzorgsmaatregel. Als iemand iets probeert is dat alleen maar om u in verlegenheid te brengen, meneer. Verder niets.'

Langzaam knikte Seguma. Bowman dacht even aan de blik die hij in de ogen van de president had gezien. Toen kwam Lungu haastig aangelopen en werd zijn gedachtegang onderbroken. Ze wierp een minachtende blik op de soldaten, alvorens zich tot haar baas te richten.

'Pardon, meneer. We moeten die papieren nu doornemen. Waar ik het over had?'

'Ja, natuurlijk.' Seguma gebaarde naar Bowman en Kember. 'Ik was even in gesprek met deze moedige strijders.'

De gespannen blik in zijn ogen was verdwenen en hij was weer zijn oude zelf. Net een acteur die op het toneel halverwege een voorstelling een andere rol aanneemt. Seguma stak zijn borst naar voren en knikte naar de soldaten.

'We spreken elkaar later,' zei hij. 'Dan kunnen we oorlogsverhalen uitwisselen en zal ik vertellen hoe ik aan het George-kruis ben gekomen.'

'Ja, meneer.'

***

Een halve minuut later vertrokken ze uit de suite. Ze hadden aangeboden om de details van de nieuwe route naar Westminster Abbey met de lijfwachten door te nemen, maar die hadden alleen maar hun schouders opgehaald en tegen Bowman en Kember gezegd dat ze het maar met de chauffeur moesten bespreken. De veiligheid van hun baas leek hun bar weinig te interesseren, dacht Bowman.

Samen met Kember liep hij naar de lobby beneden. Ze lieten hun door MI6 uitgegeven identiteitskaarten aan de conciërge zien en vroegen de chauffeur van Seguma te mogen spreken. De conciërge pleegde een telefoontje, en twee minuten later wandelde een dunne man met zilverkleurig haar en een streng gezicht de lobby binnen en stelde zich voor. Een diplomatieke chauffeur in dienst van de plaatselijke ambassade van Karatandu. De afgelopen veertig minuten had hij in de ondergrondse parkeergarage achter het stuur van een verlengde limousine gezeten en hij leek blij te zijn met de gelegenheid zijn benen even te kunnen strekken. Kember liet hem de kaarten zien die hij bij zich had en wees waar de locatie lag en de verschillende ontsnappingsroutes als hun baas werd aangevallen. Na het doornemen van de details haastten Bowman en Kember zich terug naar de veertiende verdieping en namen buiten de suite hun plek in.

Om tien uur legde Kember contact met Lomas en Studley, de twee kerels in de Abbey. Bowman keek hoe zijn partner met zijn telefoon tegen zijn oor gedrukt de gang door wandelde, op zoek naar goed bereik. Hij wachtte tot Kember met zijn rug naar hem toe stond, pakte haastig een tabletje uit zijn pilvergruizer en stak dat in zijn mond. Hij stopte de vergruizer weer in zijn jaszak, vlak voordat Kember naar hem toe beende.

'Hoe gaat het?' vroeg Bowman.

'Alles veilig. De jongens hebben hun positie ingenomen. Ze zijn zover.' Kember staarde naar zijn partner, een diepe frons in zijn voorhoofd.

'Wat is er verdomme met jou aan de hand?' wilde hij weten. 'Je zweet als een Russische atleet bij een dopingtest.'

Schouderophalend antwoordde Bowman: 'Gewoon een rilling. Volgens mij word ik verkouden of zo.'

Kember staarde hem doordringend aan. 'Weet je zeker dat dat alles is?'

'Niks aan de hand, Geordie.'

'We hebben een lange dag voor de boeg. Dat jij griep krijgt is wel het laatste wat we kunnen gebruiken.'

'Ik red me wel.'

'Dat is je verdomme geraden. Ik heb er echt geen trek in om deze sukkel in mijn eentje te bewaken.'

Negenentwintig minuten later ging de deur van de suite met een klik open.

Lungu kwam als eerste de gang in met een handtasje met panterprint in haar handen. President Seguma volgde op een paar passen, met zijn kenmerkende bolhoed op. In zijn rechterhand hield hij een stevige rotan wandelstok geklemd met een glanzende gouden kroon erbovenop. Als laatste kwamen de lijfwachten naar buiten, alle drie met een donkere zonnebril op, ondanks het grijze, Engelse weer.

Lungu haalde haar in een krokodillenleren hoesje gestoken telefoon tevoorschijn om hun chauffeur beneden te bellen en hem te laten weten dat ze eraan kwamen. Toen namen Okello, Bowman en Kember de lift naar de ondergrondse parkeergarage. Okello sprong in een zwarte Mercedes s-Klasse sedan, terwijl Bowman en Kember naar hun Land Rover Discovery liepen. Ze reden in de benzinevariant, met kogelwerend glas, gepantserde zijkanten en verzwaarde remmen en verstevigde ophanging. Ook was de Discovery uitgerust met een verborgen zender, waardoor ze contact konden houden met de andere kerels in het Contra-aanvalsteam.

Ze stapten in, Kember ging achter het stuur zitten en reed het parkeervak uit. Hij volgde Okello in de s-Klasse, die de helling op reed en voor het hotel parkeerde, twee meter achter de auto van de president. Ook dat was een s-Klasse, maar dan de verlengde limousinevariant, met getinte ramen en de vlag van Karatandu op het spatbord bevestigd.

Kember parkeerde recht achter de s-Klasse van Okello, met de presidentiële limo er recht voor. Even later kwamen Jallow en Deka de lobby uit. Jallow schoof een zakenman opzij die de ingang blokkeerde, waarmee hij onnodig aandacht op het team vestigde. Een amateuristische zet. Seguma liep een paar passen achter zijn lijfwachten en zwaaide met zijn met gouden kroon getooide wandelstok. Jallow rukte het achterportier open en zei iets tegen de president. Bowman verstond niet wat, maar zijn toon was niet vriendelijk. Geen beleefd verzoek, eerder een bevel. Opschieten.

Seguma en Lungu doken op de achterbank van de verlengde limousine. Jallow sloeg het portier dicht en liep naar de s-Klasse sedan die erachter geparkeerd stond. Hij wurmde zijn enorme lijf op de achterbank, terwijl Deka op de bijrijdersstoel ging zitten.

Toen gleed het konvooi het ochtendverkeer in, de limousine voorop, daarna de lijfwachten in de sedan, gevolgd door de SAS'ers in de Discovery. Een halve minuut later reden ze in zuidelijke richting Park Lane af en lieten ze het hotel achter zich.

Op weg naar Westminster Abbey.

3

De colonne bleef bijna een kilometer in zuidwaartse richting rijden en domineerde het verkeer in een losse rij. De verlengde limousine reed voorop, de drie lijfwachten in de sedan er vier meter achter en Bowman en Kember als laatsten, haast bumper aan bumper met de s-Klasse voor hen. De wegen rond Buckingham Palace, Pall Mall en Victoria Street waren afgesloten voor verkeer, maar de politie wist welke alternatieve route president Seguma zou nemen en met een handgebaar mocht het kleine konvooi snel doorrijden.

Onderweg bekroop Bowman een vage spanning. Hij vroeg zich af wanneer hij zijn volgende pil kon nemen en hoelang hij zou moeten wachten. De spanning knaagde aan hem terwijl ze in zuid-oostelijke richting over Vauxhall Bridge Road reden. Kember bleef op de rechterbaan, klaar om de twee voertuigen voor hem in te halen, voor het geval de president direct werd bedreigd. Hij zorgde ervoor dat ze heer en meester over de weg waren, zoals een dikke kerel op straat de stoep beheerst en er aan beide kanten niemand langs laat.

'Wat een zooitje maken ze ervan,' zei Kember en hij blikte naar de sedan. 'Die eikels rijden te ver achter de baas.'

Voor hen kwam de limousine bij verkeerslichten tot stilstand. De sedan met de lijfwachten stopte twee auto's achter het voorste voertuig.

'Verdomde amateurs,' zei Kember, die achter de sedan stil bleef staan. 'Ze moeten bumper aan bumper met de baas rijden. Als het hommeles wordt, zijn ze te ver weg om iets te kunnen doen.'

Automatisch lieten beide soldaten hun hand naar de chromen portierhendel gaan. Standaardprocedure bij een missie, als het doel stilstond. Als de baas werd aangevallen, konden ze de hendel omlaag duwen en direct uitstappen, in plaats van dat ze met het slot hoefden te rommelen. Een klein detail, maar in het heetst van de aanval kon het je een seconde of twee besparen. Het verschil tussen het leven van de baas redden of een moordenaar niet meer kunnen tegenhouden.

Het was nog steeds rood. Bowman keek via de zijspiegel naar de stoep, om te zien of er ook iemand op de limousine afkwam, te voet of uit een ander voertuig. Een schutter achter op een motor leek hem de meest waarschijnlijke vorm van een aanval. Gemakkelijk uitvoerbaar: je stopte naast de stilstaande limousine, schoot door het raam van de auto een magazijn leeg en reed weer weg. Tegen de tijd dat de lijfwachtenteams waren uitgestapt, waren de moordenaars al ver weg.

Het verkeerslicht sprong op groen.

Zes meter voor de Discovery kwam de verlengde limousine weer in beweging. De sedan vier meter daarachter trok langzamer op. De limousine kreeg een voorsprong en de afstand tussen de baas en de drie lijfwachten in het tweede voertuig werd groter. Zes meter, acht. Toen vertrok de sedan en reed langzaam door de verkeerslichten, zonder een poging te doen de limousine bij te houden.

'Ze kunnen de pot op,' zei Kember.

Hij drukte het gaspedaal in en trapte de auto op zijn staart. De motor brulde toen de Discovery naar voren schoot en de sedan voorbij racete. Zodra ze waren gepasseerd rukte Kember het stuur naar links, zodat de Discovery in de slipstream van de limo terechtkwam, midden in de colonne. Ze reden nu direct achter president Seguma, met slechts een bumperbreedte tussen hun voertuig en de achterkant van de limousine, met de lijfwachten in de sedan zes of zeven meter achter de Discovery.

Kember liet het gas wat los en remde af tot dertig kilometer per uur. Hij bleef dicht bij de limousine, terwijl ze in zuidelijke richting op de haast lege weg bleven rijden.

'Daar zullen de lijfwachten niet blij mee zijn, Geordie,' merkte Bowman op.

'Dat interesseert me geen reet. Ik word chagrijnig van die schooljongetjestactiek van ze.'

'Ik dacht dat je zei dat de president niet echt wordt bedreigd.'

'Dat is ook zo,' antwoordde Kember. 'Maar ik pik het niet dat wij door die kloothommels nutteloos lijken.'

Weer knaagde de vraag in Bowmans achterhoofd. 'Ik snap het niet,' zei hij.

'Wat niet?' vroeg Kember.

'Deze jongens zijn toch de beste lijfwachten van de president. Maar het lijkt wel of zijn veiligheid hun niet boeit.'

'Dat is toch niet zo raar, of wel soms? Ze zijn slecht in hun werk.'

'Het gaat niet alleen om hun training, maat.'

'Waar dan wel om?'

'Om hun gedrag. Hoe ze doen in de buurt van Seguma. Ze zijn helemaal niet timide, bijna alsof ze geen respect voor hem hebben.'

'Misschien chanteren ze hem ergens mee. Misschien weten ze welke lijken er in zijn kast zitten. Of misschien vinden ze het gewoon vreselijk om voor die lul te werken.'

'Ze werken voor een gewelddadige dictator, maat. Denk je niet dat ze in zijn buurt constant op eieren lopen?'

'Wat kan er dan aan de hand zijn?'

'Ik weet het niet,' zei Bowman. 'Maar er klopt iets niet aan hem. Hij lijkt klein.'

'Wat had je dan verwacht, een reus?'

'Ik bedoel dat hij er gewoon uitziet. Ik kan me niet voorstellen dat iemand bang is voor deze kerel.'

Voor hen sloeg de limo links af. Kember deed hetzelfde en volgde de limousine, die door een zijstraat omzoomd met wit gestucte rijtjeshuizen reed. Bij Millbank sloegen ze weer links af, in noordelijke richting naar de Houses of Parliament.

Ze kwamen nu in de buurt. Bowman hoorde het zoeven van helikopterbladen boven zich. Het wemelde in het gebied van de politie. Gewapende agenten in donker uniform, kogelwerend vest en met een honkbalpet op patrouilleerden in de straten, hun MP5-karabijnen van Heckler & Koch stevig in de hand. Langs de kant van de weg stonden geel-met-blauwe auto's en motoren.

Bowman hield zijn ogen strak op de limousine gericht, speurend naar mogelijke dreigingen. Maar afgezien van de vele politieagenten was de omgeving verlaten.

'Moet je zien,' zei Kember. 'Je kunt hier je kont niet keren zonder tegen een agent of een lijfwacht op te lopen. Niemand kan dicht bij de president komen.'

'Seguma heeft ruim voldoende vijanden,' hielp Bowman hem herinneren. 'Misschien glipt iemand door de mazen van het net, zelfs met al die kerels in de buurt.'

Kember keek hem aan. 'Ben jij niet ooit agent geweest?'

'Drie jaar,' antwoordde Bowman. 'Bij de Metropolitan Police, voor ik in dienst ging.'

'Jij was toch niet zo'n sukkel die stond te flitsen, hè?'

Bowman lachte. 'Nee, man. Ik ben nooit verkeersagent geweest.'

'Waar zat je dan bij? Straatpolitie?'

'Ik ben twee jaar agent geweest. Daarna ben ik specialistisch werk gaan doen.'

'Wat dan? Klimaatactivisten arresteren?'

Bowman schudde zijn hoofd. 'Undercoveroperaties. In bendes infiltreren. Drugshandel, wapenhandel, dat soort dingen.'

Kember keek hem lang aan. 'Waar, in Londen?'

'Soms. Maar ik heb in het hele land gewerkt. Liverpool, Birmingham, Manchester. Waar ze me maar nodig hadden. Soms zat ik maanden achtereen undercover.'

'Dat klinkt haast gevaarlijk.'

Bowman haalde zijn schouders op. 'Er zijn minder spannende manieren om je geld te verdienen. Je moest constant opletten. Eén verkeerde beweging en je dekmantel lag aan flarden.'

'Mis je het?'

'Niet echt,' antwoordde Bowman. 'Ik ben niet meer dezelfde als toen.'

'Wat bedoel je daarmee?'

'De politie stelt andere prioriteiten dan het leger. Bij hen gaat het om het arresteren van de slechteriken.'

'Bij jou niet?'

'Ik wil de slechteriken doden,' zei Bowman. 'Daarom ben ik bij het Regiment gegaan, maat.'

De eerste zwakke zonnestralen braken door het wolkendek op het moment dat ze langs de Houses of Parliament reden. Weer sloegen ze links af, naar Broad Sanctuary en toen zag Bowman de menigte.

Op Parliament Square had zich binnen een met ijzeren dranghekken afgezet gebied een uitgestrekte juichende en joelende massa verzameld. Langs de weg stonden tientallen politieagenten, sommigen in ceremonieel uniform met hoge hoed en witte handschoenen. Anderen droegen minder formele fluorescerende jassen. Verder naar het westen, op honderd meter afstand, was een tijdelijk podium neergezet voor de internationale media. Camerateams streden met verslaggevers om de ruimte op de rijen banken en bereidden zich voor op de komst van de bruid. Op dat moment was nog niemand aan het filmen: de overheid had tijdens de komst voor de vips een mediablackout ingesteld.

Kember bleef dicht achter de limousine die nog steeds in westelijke richting over Broad Sanctuary reed. Bowman keek achterom en zag tot zijn verbazing dat de lijfwachten in de sedan nog altijd een paar meter achterliepen en geen poging deden het gat met de rest van de colonne te dichten.

Voor hen stonden nog meer toeschouwers dicht opeengepakt in de ruimte voor het mediacentrum. Veel mensen zwaaiden met vlaggen, hadden een ballon vast en stonden opgewonden te schreeuwen. De limousine zwenkte na honderd meter naar links en stopte abrupt bij het uitstappunt aan de westkant van de Abbey. Twintig meter naar het zuiden rolde een rood tapijt zich als een tong uit van de stoep naar de statige westelijke deur.

Kember stuurde naar het punt waar de president werd afgezet. In gedachten nam Bowman de daaropvolgende minuten door. De president, zijn PA, Jallow, Deka en Bowman zouden uitstappen en naar de westelijke ingang lopen. Okello en de chauffeur van de limousine zouden hun voertuigen naar het wachtgebied een paar honderd meter verderop brengen. Kember zou achter hen aan rijden, de Land Rover achterlaten en zich terug haasten naar de Abbey. Zat de baas eenmaal veilig binnen, dan namen Bowman en Kember hun positie in de Abbey in. De andere lijfwachten hadden de opdracht gekregen in hun auto te wachten totdat Seguma wilde vertrekken.

Voor het mediacentrum stond een rij politieagenten naar de menigte te kijken. Vijftien meter verderop, op drie uur vanuit Bowmans gezichtspunt, zag hij nog eens vier agenten. Drie van hen droegen een fluorescerende jas. Ze stonden bij elkaar, in de buurt van een rij bomen langs de weg. Een vierde agent hing een paar passen van zijn collega's vandaan rond, naast een afgesloten kiosk, zijn armen voor zijn borst gevouwen.

Ze parkeerden achter de limousine en de sedan stopte een paar meter achter hen. Kember keek naar Bowman en zei: 'Ik drop de wagen. Ik zie je over vijf minuten.'

'Roger, Geordie.'

Bowman stapte de vochtige kilte in die zo kenmerkend is voor het begin van de lente. Hij sloeg het portier dicht, waarna Kember wegreed in de Discovery en de borden naar het vip-wachtgebied volgde. Bowman haastte zich naar de limousine en bleef bij het achterportier staan. Hij gaf Seguma de ruimte toen die uitstapte. Lungu kwam achter haar baas aan en werkte zich onhandig met één hand door de opening, terwijl ze met de andere haar hoedje vasthield.

Zes meter naar het noorden stapten Jallow en Deka uit de sedan en beenden naar de president, terwijl de sedan optrok. Seguma wierp de twee naderende lijfwachten een gemene blik toe, een blik die leek te zeggen dat ze de rest van hun leven steen zouden hakken in een werkkamp. Als ze geluk hadden.

'We hebben het hier later over,' zei Seguma tussen opeengeklemde tanden door.

Jallow haalde zijn schouders op, alsof hij niet bang was voor de tiran. Of misschien interesseerde het hem gewoon niet.

De limousine reed rustig van de stoep weg.

Bruusk beende Seguma naar de westelijke ingang, waarbij de nop van zijn wandelstok tegen de stoep tikte.

Lungu ging twee stappen achter hem lopen, met Bowman daar weer achter. De twee andere lijfwachten, Jallow en Deka, sloten nonchalant de rij.

Ten westen van hen stonden de politieagenten met hun rug naar de Abbey naar de zee van opgewonden gezichten voor het mediacentrum te kijken. Naar het oosten hielden ook de drie agenten bij de bomen en de kerel naast de kiosk de menigte tegenover hen scherp in de gaten.

Ze bevonden zich op twintig meter van de rode loper toen Bowman plotseling een wazige vlek op hen zag afkomen.

Zijn blik schoot naar links en hij ving een glimp op van de enkele politieagent bij de kiosk. De man had zich van zijn drie collega's afgewend en liep nu over de stoep. Recht op Seguma af.

Een halve seconde lang vroeg Bowman zich af of de agent hun aandacht probeerde te trekken en hen misschien voor een mogelijke dreiging wilde waarschuwen. Een of andere kerel met een mes in de menigte. Toen zag Bowman de schoenen van de man. Die waren bruin, in plaats van de zwarte schoenen die standaard bij een ceremonieel politie-uniform hoorden. Ook droeg hij geen handschoenen.

De onderste twee zilveren knopen van zijn korte uniformjas waren los en onder de jas zat een bobbel.

De agent bevond zich tien meter van Seguma. Nu nog maar negen. Acht.

In een fractie van een seconde verwerkte Bowman wat hij zag. Recht voor hem liep Seguma nog gewoon op de rode loper af, Lungu naast hem. Geen van beiden hadden ze de dreiging van links gezien. De lijfwachten ook niet. De drie agenten bij de bomen stonden nog steeds naar de menigte aan de andere kant van de weg te kijken, zich niet bewust van het drama dat zich achter hen afspeelde.

Langzaam liet de agent een niet gehandschoende hand naar zijn navel glijden. Bowman sprintte naar de moordenaar.

De man zag hem niet aankomen, of in elk geval pas toen het al te laat was. Hij had zijn blik alleen maar op zijn doelwit gericht, een uitdrukking van wilde opwinding op zijn gezicht. Alsof hij niet kon geloven dat hij zo veel mazzel had. Hij leek wel een kandidaat in een spelshow die plotseling op het punt stond de hoofdprijs te winnen. Hij had niet verwacht zover te zullen komen en nu zou hij zijn plan ten uitvoer kunnen brengen. Hij zou de grote held zijn, de redder van een land.

De man liet zijn rechterhand onder zijn uniformjas glijden.

Bowman greep zijn Glock uit zijn holster terwijl hij op het doelwit afstormde. De moordenaar had net tijd om verbaasd te kijken voordat Bowman een grote hand op zijn schouder sloeg en met een snelle stoot van zijn rechterknie tussen de benen van de man diens ballen plette. De man hapte naar adem van de pijn en zakte op zijn knieën, tijdelijk niet in staat zich te bewegen.

'Alles goed, maat?' vroeg Bowman, zo luid dat de politieagenten vlak bij hem konden horen. Hij speelde de rol van bezorgde burger. 'Wat is er aan de hand? Voel je je wel goed?'

De moordenaar kreunde. Bowman drukte de Glock tegen zijn ribben en liet zijn stem tot een gemene fluistering dalen.

'Eén beweging en ik knal je neer.'

Bowman hield de mond van het wapen tegen de moordenaar gedrukt terwijl hij om zich heen keek. Seguma, Lungu en de twee andere lijfwachten uit Karatandu waren op een paar passen van de Abbey stil blijven staan en draaiden zich met een uitdrukking van verwarring op hun gezicht weer naar de kiosk.

'Zorg dat hij de Abbey in komt!' blafte Bowman naar de twee lijfwachten. 'Nu! Ik zie jullie bij de deur.'

Jallow en Deka schoten uit hun trance. Deka greep de president bij zijn bovenarm en bracht hem snel naar de westelijke deur. Lungu haastte zich achter haar baas aan, al had ze moeite hem op haar hoge hakken bij te houden. Bowman zag hen door het smeedijzeren hek gaan en de Abbey in verdwijnen. Toen keek hij naar de politieagenten bij de bomen.

'Kom even helpen!' schreeuwde Bowman.

De agenten kwamen aangerend en een van hen knielde naast Bowman en de moordenaar met de geplette ballen. Het was een forse kerel met een bleke huid en een roestkleurige baard. De twee vrouwelijke agenten namen allebei aan een kant van hem plaats, waardoor een strakke beschermende halve cirkel ontstond. De oudste van de vrouwen was een jaar of veertig, had kort blond haar en donkere kringen onder haar ogen. Haar collega was vijftien of twintig jaar jonger, Aziatisch, met een hartvormig gezicht en een smalle, puntige kin.

'Wat is er aan de hand?' vroeg de kerel met de rossige baard. 'Is er iemand gewond?'

Bowman reikte met zijn vrije hand in zijn jaszak en zwaaide met zijn MI6-identiteitsbewijs.

'Ik ben van de veiligheidsdiensten. Luister goed en reageer niet op wat ik zeg. Doe deze eikel plasticuffs om en haal hem dan hier weg.'

De wenkbrauwen van Rossig Baardje kropen naar elkaar toe. 'Waarom? Wat...?'

'Hij is geen agent. Hij heeft net geprobeerd onze baas te vermoorden.'

'Is er iemand gewond geraakt?'

'Niemand,' antwoordde Bowman. 'Ik zag hem voor hij een schot kon lossen. Onze baas zit in de Abbey, maar jullie moeten me helpen deze eikel in bedwang te houden.'

'Wat moeten we doen?' vroeg de oudere vrouw.

'Doe hem handboeien om. Leg hem op zijn rug, zodat niemand de boeien ziet. Doe het rustig. We willen niet dat er paniek uitbreekt. Staat er een ambulance in de buurt?'

‘Ik kan er eentje oproepen,’ antwoordde de vrouw met het hartvormige gezicht.

‘Doe maar. Laad die kerel in. Maak geen toestanden. Doe maar alsof hij is flauwgevallen. Leg hem op een brancard en breng hem naar het dichtstbijzijnde politiebureau. Gooi hem in de cel en laat iemand opletten dat hij zich niet van het leven berooft.’

‘En onze bazen dan? Iemand moet hun vertellen wat er is gebeurd.’

‘Dat regelen wij wel. De jongens met wie ik samenwerk brengen de veiligheidsdiensten op de hoogte. Ze sturen wel iemand naar het bureau om hem op te vangen. Zorg er nou maar gewoon voor dat hij hier zonder toestanden wordt weggehaald.’

De jongere vrouw liep een stukje weg en gaf de opdrachten door via haar politiezender. Bowman richtte zich weer op de schutter. Die was nog steeds behoorlijk buiten adem en lag te kreunen en te kokhalzen. Bowman drukte het wapen tegen zijn zij en de schutter siste weer van pijn.

‘Liggen, op je buik, verdomme.’

De man liet zich vallen en drukte zich tegen de grond. ‘Dit is een misverstand,’ zei hij.

‘Gezicht naar beneden,’ zei Bowman. ‘Handen langs je zij.’ De man deed wat hem werd gezegd.

‘Alstublieft, ik heb niets gedaan.’

‘Kop dicht. Eén beweging en ik schiet een gat in je pens. Begrepen?’

De man reageerde niet. Bowman drukte het pistool harder in zijn zij.

‘Oké, oké.’ De man kromp ineen.

Bowman hield zijn vinger aan de trekker terwijl Rossig Baardje de armen van de man naar elkaar toe trok. De agent greep een paar plasticuffs van zijn koppelriem, liet de kabellussen om de knokkels van de kerel glijden en trok ze strak rond zijn polsen. Vervolgens rolden Rossig Baardje en de oudere vrouw hem op zijn rug, zodat de boeien niet te zien waren. Bowman stak zijn pistool weer in zijn holster en greep het wapen dat de man onder zijn uniformjas verborgen had gehouden. Een Glock 19 halfautomatisch. Dezelfde specificaties als de Glock 17, maar dan kleiner, compacter. Met zijn duim drukte Bowman op de vergrendeling aan de zijkant van de Glock, zodat het magazijn eruit kwam. Dat liet hij in zijn linker jaszak vallen en het wapen stopte hij voor in zijn broek.

'De ambulance is onderweg,' liet de vrouw met het hartvormige gezicht hem weten terwijl ze naar hem toe jogde. 'Kan hier elk moment zijn.'

Bowman knikte naar de schutter.

'Blijf hier bij deze lul wachten. Leg hem als de ambulance komt op een brancard. Hou het rustig.'

'En als hij zich verzet?'

'Gewoon nog een trap in zijn ballen geven. Dan houdt hij zijn kop wel.'

Bowman sprong overeind.

'Waar ga jij heen?' vroeg Rossig Baardje.

'Ik moet contact opnemen met mijn team en hen laten weten wat er is gebeurd.'

Hij draaide zich om en liet de drie agenten een beschermend kordon om de moordenaar vormen om hem voor de blikken van de menigte aan de andere kant van de straat af te schermen. Een paar toeschouwers in de buurt van het mediacentrum hadden hun aandacht al op het vreemde incident vlak bij de kiosk gericht. Ook verschillende geüniformeerde agenten wierpen een blik op hun collega's en rekten hun nek om te kunnen zien wat er gaande was.

In de buurt van de westelijke ingang sprak Bowman in zijn verborgen zender.

'Baas ter plaatse,' zei hij. 'Er heeft een incident plaatsgevonden. Ik herhaal, er heeft een incident plaatsgevonden.'

Het bleef even stil en toen kraakte er een stem met een accent uit Liverpool over de beveiligde zender.

'We komen nu naar buiten. We treffen elkaar bij de ingang.'

Bowman dwong zichzelf ondanks de spanning in zijn borst rustig naar de Abbey te lopen. Jallow en Deka stonden naast de westelijke deur, samen met Kember, die vanaf het wachtgebied was komen aanrennen. Hij was diep in gesprek met Lomas en Studley, de twee andere jongens van het Contra-aanvalsteam.

Bowman knikte naar de lijfwachten. 'Waar is de baas?'

'Binnen,' antwoordde Jallow. 'Hij wordt naar zijn plaats gebracht. Wat is er aan de hand?'

'Dat leg ik later wel uit. Jullie moeten nu naar het wachtgebied om de voertuigen veilig te stellen.'

'Waarom? Daar is geen gevaar.'

Bowman ademde diep in. Hij wilde de lijfwachten weg hebben, weg van deze situatie. Nu nam het Regiment de leiding. Deze jongens zouden alleen maar in de weg lopen.

Hij zei: 'Ons team redt zich wel bij de Abbey. Jullie zijn ergens anders nodig.'

'Om op een paar auto's te letten? Wat heeft dat voor zin?'

'Het risico bestaat dat iemand de limousine tijdens deze hele gebeurtenis wil bekladden.'

De lijfwacht haalde zijn enorme schouders op. 'En dus?'

'Denk je dat het een goede indruk maakt als je baas terug naar het hotel moet rijden in een auto die onder de verf zit?'

Jallow mompelde iets tegen zijn partner. Samen draaiden ze zich om en koersten de straat af richting het wachtgebied. Even keek Bowman hen na. Toen haastte hij zich naar Kember en de twee andere kerels van het Contra-aanvalsteam in grijze pakken, Lomas en Studley.

De kortste van de twee wierp Bowman een boze blik toe, zijn gezicht vertrokken van woede.

'Wat was dat verdomme nou weer?'

Bill Studley, de leider van het team, was een gedrongen kerel uit Liverpool met donkere krullen en een lijntje dat sneller brak dan een goedkoop biscuitje. Zijn gebrek aan lengte compenseerde hij met zijn vechtvaardigheden en pure agressie. De kerel naast hem, Stan Lomas, was lichamelijk precies het tegenovergestelde van

Studley. Hij had de bouw van een rugbyer, met handen als hammen en uitpuilende armspieren.

Bowman praatte hen bij over de aanval. De als agent verklede moordenaar, de toestand met de politie. Het plan om het er te laten uitzien alsof een collega-politieagent was flauwgevallen.

Studley schraapte zijn keel en zei: 'Neem allemaal je toegewezen positie in. Wij houden een oogje op de hoofdingang. Jullie twee gaan naar de opslagruimte voor historische documenten, zoals we hebben besproken. Vanaf nu moeten we verdomd scherp zijn.'

'Denk je dat iemand anders wat gaat proberen?' wilde Kember weten.

'Deze jongens hebben het één keer geprobeerd. Misschien doen ze nog een poging.'

'Of het is een afleidingsmanoeuvre,' merkte Bowman op. 'Een nepaanval, zodat we minder oplettend zijn als de echte aanval plaatsvindt.'

'Blijf zo dicht mogelijk in de buurt van de baas,' zei Studley. 'Ogen in je achterhoofd, oké?'

Bowman vroeg: 'Moeten we hier nu geen versterking bij halen?'

'Daar hebben we geen tijd voor,' antwoordde Studley.

'Maar deze kerel moet door meer mensen in de gaten gehouden worden, Bill. Deze jongens weten wat ze doen.'

'Ben je doof of zo, vriend? Ik zeg net, het plan blijft hetzelfde. We houden het bij wat we nu hebben.'

'Het incident moet wel gemeld worden,' merkte Kember op. 'Iemand moet Scotland Yard laten weten wat er gaande is.'

'Ik bel ze wel en stel de contactpersoon op de hoogte.'

'Iemand moet het cateringpersoneel nog eens doorlichten,' stelde Bowman voor.

'Waarom?' vroeg Studley.

'Misschien proberen ze hun kunstje te herhalen en smokkelen ze een tweede moordenaar naar binnen, verkleed als serveerster.'

'Dat zullen we tegen Five zeggen. Voorlopig houden we ons aan het afgesproken plan.'

Studley keek rond en daagde de andere jongens van het team uit hem tegen te spreken.

'Neem jullie positie in,' zei hij toen. 'Ik zie jullie weer als de baas vertrekt. Als je iets verdachts ziet of hoort, laat het ons dan direct weten.'

Studley draaide zich om en beende de deur van de Abbey door, met Lomas op zijn hielen. Net binnen het schip gingen ze naar rechts en namen ze positie in de kleine kapel naast de ingang in. Vanaf daar hadden ze goed zicht op iedereen die via de hoofdingang naar binnen en naar buiten ging. Bowman en Kember zouden positie innemen in de hoger gelegen opslagruimte voor historische documenten en uitkijken over de gasten die rond het koor en in de dwarsbeuken zaten.

Op het moment dat Bowman achter de anderen naar binnen wilde gaan, werd zijn blik weer naar de kiosk getrokken. Langs de weg stond nu een ambulance met de zwaailichten aan. Er sprongen twee ambulancemedewerkers uit, die een brancard over het asfalt naar de drie politieagenten reden die rond de verdachte stonden. Voor toeschouwers in de buurt zou het lijken alsof er een agent was flauwgevallen die nu naar het ziekenhuis werd gebracht om te worden behandeld. Een onbelangrijke gebeurtenis. Morgen zou er een regel of twee aan het verhaal worden gewijd in de kranten, begraven onder een lawine aan verhalen over de bruiloft zelf.

Kember keek naar de ambulancemedewerkers en ademde uit. 'Tering, dit gaat echt gebeuren.'

'Het was altijd al echt,' zei Bowman. 'Dat zeg ik al de hele tijd.'

'Ja, nou ja. Wie had kunnen voorspellen dat die rebellen op deze manier een aanval konden organiseren? Dat ze godbetert een van hun mensen als agent zouden verkleden.'

Het ambulancepersoneel liet een plastic stretcher onder de verdachte glijden. Ze telden tot drie en tilden hem op de brancard. Eenmaal vastgemaakt manoeuvreerden de verplegers hem naar de achterklep van de ambulance, geflankeerd door de drie politieagenten.

'Eén ding is zeker,' zei Bowman.

'Wat dan, gozer?'

Bowman keek weer naar zijn collega.

'We hebben met professionals te maken. Deze keer hebben we geluk gehad. Maar als de volgende aanval net zo goed is gepland als deze, zitten we dik in de problemen.'

4

Tegen de tijd dat Bowman en Kember door de deuren van de Abbey beenden, zaten de meeste gasten al. Ze lieten hun MI6-identiteitsbewijzen zien aan de plechtig uitziende medewerker bij de ingang, wachtten een paar tellen terwijl hij met zijn baas overlegde en liepen over de lange strook rood tapijt. Aan beide kanten van het middenschip zaten gasten op rijen stoelen de orde van dienst te lezen en zachtjes met elkaar te roddelen. Bowman herkende een paar gezichten van televisie: bejaarde musici, ex-voetballers, een handjevol respectabele acteurs. De vaste gasten, die door de gevestigde orde van stal gehaald waren om de grote dag een sprankje magie te geven.

Ze liepen langs het koor en kwamen bij de kruising. Het hoogaltaar lag recht voor hen en blonk van het goud. Gasten liepen door elkaar rond de transepten. Sommigen stonden in groepjes te babbelen, anderen wezen naar beroemde gezichten in de abdij of staarden naar het gewelfde plafond. Medewerkers van de koninklijke staf patrouilleerden door de paden en wezen gasten hun plek.

'Neem jij maar positie in,' zei Bowman. 'Ik ga kijken hoe het met de baas gaat.'

'Begrepen.'

Kember liep naar de Dichtershoek helemaal aan de andere kant van het zuidelijke transept, naar de ingang van de opslagruimte voor historische documenten. Bowman richtte zijn blik op de groep gasten vlak bij het zitgedeelte dat was gereserveerd voor buitenlandse staatshoofden, hoogwaardigheidsbekleders en hogergeplaatste parlementsleden. Hij zag Seguma op de eerste rij zitten, zijn handen op zijn knieën, zijn blik nerveus op de ingang gericht. Haast alsof hij verwachtte dat er elk moment een schutter het gebouw kon binnenstormen. Lungu zat rechts van hem, haar vingers met de lange nagels om haar handtasje geklemd. Ze keek rond en haar blik gleed over de menigte. Ze leek meer interesse te hebben in de andere gasten dan in het welzijn van haar baas.

De president stond op toen Bowman kwam aanlopen. Hij zweette hevig, zag Bowman. De punt van zijn boordje was doorweekt. De angstige blik in zijn ogen was onmiskenbaar.

'Is alles in orde, meneer?' vroeg Bowman.

'Ja, ik geloof het wel.' Haastig raapte Seguma zich bij elkaar. 'Wat gebeurde er buiten?'

'Vals alarm, meneer. Een van de politieagenten die dienst heeft is flauwgevallen.'

'Met dit weer?'

'Hij zal wel uitgedroogd zijn. Dat kan iedereen overkomen.'

'Ja, dat zal dan wel.' Hij tuurde naar Bowman. 'Mag ik je om een gunst vragen?'

'Meneer?'

'Verlies me vanaf nu geen moment meer uit het oog.'

'Nee, meneer.'

'Waar zijn mijn mannen eigenlijk?'

'In het wachtgebied. Ze houden de auto's in de gaten. We hebben de situatie onder controle.'

'Misschien moeten ze ook hierheen komen? Dat is veiliger.'

'Twee mannen houden de hoofdingang waardoor u bent binnengekomen in de gaten. Dave en ik zitten hierboven.' Bowman wees naar de loggia aan de westkant van het transept. 'Niemand komt ongezien de Abbey in of uit, meneer.'

'Misschien kunnen jullie hier naast me komen zitten?'

Bowman zei rustig: 'Dat zijn gereserveerde plaatsen, meneer. We kunnen u vanaf onze plek in de gaten houden.'

'En als dit afgelopen is? Wat dan?'

'Zodra het tijd is om te vertrekken, halen de andere jongens de auto's. Dave en ik begeleiden u de Abbey uit.'

'Jullie hebben het daar heel goed gedaan. Ik ben erg dankbaar.'

'Ik doe gewoon mijn werk, meneer.'

Hij baande zich een weg naar de Dichtershoek en ontweek een vrouw met een hoed die zo breed was dat er een helikoper op had kunnen landen. In de zuidoosthoek van het transept was een deur gebouwd naar een ongezien deel van de Abbey: een geheim netwerk van trappen en gangen dat naar de bovenste verdiepingen van de Abbey leidde. Bowman dook door de deuropening en klom een stoffige wenteltrap op naar een nauwe wandelgang aan de zuidkant van het transept. Voorzichtig liep hij de gang door en daalde de treden af naar de galerij op de tussenverdieping. Daar zat Kember in de verste hoek naar de gasten te kijken. Vanaf waar ze zaten konden de soldaten alles wat er beneden gebeurde goed overzien. Als iemand via de noordelijke of zuidelijke ingang de Abbey in probeerde te komen, zou diegene direct worden gezien, waardoor het team de tijd had in actie te komen voor er een dreiging voor de baas ontstond.

'Hoe gaat het met hem?' wilde Kember weten toen Bowman naast hem kwam staan.

'Geschrokken,' antwoordde Bowman. 'Maar verder alles goed.'

'Vermoedt hij iets?'

Daar dacht Bowman over na en hij haalde zich de blik van onverholen angst in zijn ogen voor de geest. 'Dat denk ik niet. Hij zag er alleen verdomd bang uit.'

'Dat is niet vreemd, of wel soms?' zei Kember. 'Deze mensen willen hem te grazen nemen. Ik zou me ook zorgen maken als ik in zijn schoenen stond.'

'Hij is een tiran, maat. De afgelopen vierentwintig jaar is hij aan de macht geweest. Dan zou je toch denken dat hij het wel gewend is dat mensen hem proberen neer te knallen.'

Kember gromde. 'Misschien wordt zijn angst hem de baas.'

Bowman ving in de menigte een glimp op van een gast die naar

Seguma toe liep. Een breedgeschouderde man gekleed in een gestreept jacquet en met een roze das om. Een pochetje stak als een haaienvin uit zijn borstzakje. De man droeg een bril met dik montuur; zijn grote, ronde ogen waren zo zwart als zijn achterovergekamde haar. Hij had de bouw van een gepensioneerde bokser, met handen als kolenschoppen en een opvallend litteken dat als een traan over zijn linkerwang liep.

De man pompte Seguma's hand, sloeg hem op de rug en fluisterde iets in zijn oor. De president knikte maar wat mee en wierp af en toe een blik op Bowman en Kember in de galerij boven hem.

Kember stootte zijn partner aan en gebaarde met zijn hoofd naar de man die met de president stond te babbelen.

'Dat is er een van de Lang-tweeling, toch? Die maffiosi uit de Londense onderwereld.'

'Freddie,' zei Bowman. 'Dat is Freddie Lang.'

'Hoe zie je dat?'

'Hij heeft een litteken op zijn wang.'

'Ben je ze ooit tegengekomen tijdens je undercoverwerk?'

Bowman liet een droog lachje horen. 'Echt niet. De Langs zijn veel te slim om zich met problemen op straat bezig te houden. Die maken hun handen niet vuil.'

'Wat doet Freddie hier trouwens?'

'Hij is een vriend van de bruidegom. Freddie Lang is maatjes met al die jongens uit de City,' zei Bowman. 'Hij doet of hij een vastgoedmagnaat is.'

'Ik vraag me af waarom hij met de baas praat.'

'Die broertjes Lang zijn heel belangrijk in Karatandu,' legde Bowman uit. 'Al jaren. Ze bezitten daar een berg vastgoed. Hotels, vakantieparken, diamantmijnen, winkelcentra. Het halve land is van hen.'

'Dan moeten ze wel een fortuin waard zijn.'

'Klopt. Maar het is nog steeds een stel boeven. Vanaf het moment dat ze geen luier meer droegen zijn Freddie en zijn tweelingbroer al bij misdaadzaakjes betrokken.'

Kember staarde hem aan. 'Hoe komt het dat jij zoveel van hem afweet?'

'Ik ben in hetzelfde gebied opgegroeid als de broertjes Lang,' antwoordde Bowman. 'Romford, in Essex. Ze woonden een paar straten bij ons vandaan.'

Met grote ogen staarde Kember hem aan. 'Kende jij de broertjes Lang?'

'Niet persoonlijk. Maar iedereen had van hen gehoord. De Langs waren zowat prinsen in de buurt waar ik opgroeide. Iedereen kende ze. En iedereen was bang voor ze.'

'Ben jij ooit betrokken geraakt bij de hele toestand?'

'Een paar van mijn maten wel, maar ik heb me erbuiten weten te houden. Ik was een van de mensen die mazzel had.' Hij haalde zijn schouders op. 'Misschien zou alles anders zijn gelopen als ik niet was ontsnapt.'

'Je zult wel verhalen kunnen vertellen.'

'Ik heb er een of twee gehoord,' gaf Bowman toe.

'Zijn de Langs zo slecht als mensen zeggen?'

'Erger nog. Het zijn beesten. Ze heersten met ijzeren vuist. De oudste, David, was het brein achter hun operaties. Maar iedereen wist dat Freddie een psychopaat was. Als hij de pub binnenkwam, dronk je je biertje op en maakte je je uit de voeten. Op een keer beviel het hem niet hoe de barman naar hem keek. Freddie sleepte hem naar buiten, brak zijn benen en sloeg hem halfdood. Die arme gozer eindigde in een rolstoel en moest in een zakje poepen en pissen.'

'Tering, ik dacht dat het moeilijk was om in Sunderland op te groeien.'

'De Langs zijn vuile klootzakken,' zei Bowman. 'Ze mogen dan rijk zijn en doen alsof ze tegenwoordig koosjere zakenmannen zijn. Maar laat je niet voor de gek houden. Wreder dan die lui heb je ze niet.'

Ze keken toe terwijl Seguma iets zei en naar Bowman en Kember wees. Kijk, leek zijn lichaamstaal te zeggen. Dat zijn mijn twee

SAS-lijfwachten. Freddie Lang liet zijn blik langzaam naar de galerij gaan. Zijn ogen ontmoetten die van Bowman en hij fronste. Toen keerde hij zich weer naar Seguma, wees naar Bowman en zei kort nog iets. Alsof hij een vraag stelde. Seguma knikte. Weer keek Lang naar boven en hij staarde een paar seconden met dieper wordende frons naar Bowman.

Bowman stond als aan de grond genageld. Kember wierp hem een vragende blik toe. 'Ik dacht dat je zei dat je Lang niet kende?'

'Dat is ook zo.'

'Waarom staart hij dan naar jou?'

'Misschien denkt hij dat hij me ergens van kent,' antwoordde Bowman snel. 'Die eikel vergeet geen gezichten.'

Leden van de koninklijke staf beenden in groepjes door de transepten en stuurden de gasten vriendelijk terug naar hun plaats. In zijn oortje hoorde Bowman Studley melden dat het gezelschap van de bruidegom zojuist het hotel had verlaten. Lang sloeg Seguma hartelijk op de rug en liep terug naar zijn eigen plek. Zijn armen bungelden langs zijn zijden als een stel bokszakken.

In de galerij namen Kember en Bowman hun plaats in.

'Denk je dat Studley gelijk had?' wilde Kember zachtjes weten. 'Dat de vijanden van de president het vandaag nog een keer zullen proberen?'

Bowman zoog tussen zijn tanden door lucht naar binnen. 'Na wat er net is gebeurd moeten we overal rekening mee houden.'

Maar terwijl hij ging zitten hoorde hij het stemmetje weer in zijn achterhoofd, dat zei dat hij het bijna verkloot had. Als hij naar pillen had verlangd, had hij onmogelijk de moordenaar kunnen zien. Een fractie van een seconde later en de president had dood kunnen zijn.

De volgende keer heb ik misschien niet zo veel geluk.

***

De ceremonie begon om klokslag twaalf uur. De bruidegom was de eerste die arriveerde, een aansteller uit de City met modieus warrig haar, een overdreven zwierig loopje en het soort ondoordringbare zelfvertrouwen dat je alleen krijgt als je honderd miljoen hebt verdiend. De orgelmuziek bereikte een daverend crescendo, de gasten vielen stil en daar verscheen de bruid. Prinses Amelia, zesde in lijn voor de troon, alledaags en slungelig, in een jurk gepropt die zo wit was als onversneden cocaïne.

De dienst verliep ordelijk en stijfjes. Later zou het voor Bowman een waas van Bijbellezingen, hymnes en geloftes zijn. Hij had zijn aandacht er niet echt bij, want hij had het veel te druk met aan zijn volgende pil denken en de gasten onder hem in de gaten houden. Om precies één uur gleed het kersverse bruidspaar weer over de rode loper, omgeven door een muur van lawaai van de toeschouwers. Ze vertrokken in hun koets en toen volgden ook de vips.

Zodra de eerste gasten opstonden, haastten Lomas en Studley zich de Abbey uit om hun wagen van de parkeerplaats te halen. Kember pikte de andere Discovery op, terwijl Bowman de opslagruimte uit glipte en naar de begane grond jogde. Hij ging naast Seguma en Lungu staan en ze sloten zich bij de opstopping aan die bij het middenschip ontstond. Ze stonden even stil terwijl de gasten vooraan wachtten tot ze door hun koets of particuliere auto werden opgehaald. Toen loste de opstopping op en liet Bowman de andere jongens via zijn microfoon weten dat de baas onderweg was. Een halve minuut later liepen ze de Abbey uit, het zwakke, grijze licht aan het begin van de middag in.

Ze brachten Seguma via achterafstraatjes terug naar zijn hotel. Daarna splitste het team zich weer op. Lomas en Studley reden door naar de locatie van de receptie, terwijl Bowman en Kember bij hun baas bleven. Ze namen voor de deur van de presidentiële suite hun positie in en begonnen aan het saaie wachten en op hun telefoons kijken.

Om vier uur sloop Bowman de toiletruimte in de lobby in om nog een pil te nemen. Nu zat er nog maar één pil in het potje, waar hij nog eens achtenveertig uur mee moest doen.

Niet genoeg. Bij lange na niet.

Het zweet brak hem uit bij de gedachte geen pillen meer te hebben. Hij moest op de een of andere manier aan nieuwe drugs zien te komen en wel vanavond, zo wist hij. Voordat de ontwenningspijn weer kwam opzetten.

Tachtig minuten later vertrokken ze naar de receptie.

5

Om zes uur kwamen ze bij het Greybourn Hotel aan. Het team doorliep precies dezelfde routine als tijdens de rit naar de Abbey: dezelfde drie auto's met dezelfde inzittenden die in dezelfde colonne reden. Het enige verschil was dat ze deze keer links Park Lane af draaiden, naar het oosten zigzagden en daarna naar het zuiden. Ze kwamen langs keurige georgiaanse pleintjes en trendy Russische restaurants en doken steeds dieper het hart van Mayfair in. Drie minuten later stopten ze bij de zijingang van een indrukwekkend gebouw dat de vorm had van een middeleeuws kasteel en opgetrokken was uit rode baksteen, met torentjes met kegeldakjes, hoge boogramen en stenen zuilen.

Bowman, Jallow en Deka stapten uit. Ze stelden zich voor de limousine op en begeleidden Seguma en zijn assistent naar de zijingang. Bowman bleef dicht bij de baas en zijn ogen schoten van links naar rechts, op het geringste gevaar bedacht. De wegen rond het Greybourn waren afgesloten voor het publiek en elke kamer was door het bruiloftsgezelschap gereserveerd voor de gelegenheid. De kans dat er tijdens de receptie een aanslag werd gepleegd was erg klein, maar Bowman wilde het risico niet lopen. Niet na wat er in de Abbey was gebeurd.

Een oudere portier begroette hen met een beleefd knikje toen ze de foyer binnen liepen. Seguma's persoonlijke lijfwachten maakten zich los van de rest van de groep en gingen naar een stel deuren rechts, richting de centrale lobby. Door de verhoogde dreiging waren de plannen wat betreft de baas veranderd. Jallow en Deka zouden nu de voorzijde van het hotel bewaken. Lomas en Studley zouden positie in een zijstraat innemen en de personeelsingang aan de achterkant en de nooduitgangen in het oog houden. Ondertussen bleven Bowman en Kember tijdens het feest in de balzaal. De andere lijfwacht van de president, Okello, zou de voertuigen in het oog houden die in een beveiligd gebied in de buurt van het hotel geparkeerd stonden. Bowman had van de lijfwachten enige weerstand tegen het plan verwacht, maar tot zijn verbazing waren ze zonder morren akkoord gegaan.

Seguma griste een glas champagne van een zilveren dienblad en beende door een houten paneeldeur links. Bowman liep naast zijn baas een korte gang door, weer door een deur naar de balzaal. Die was enorm, zo groot als twee basketbalvelden. De muren hingen vol spiegels en het koepeldak was met bladgoud versierd. Aan de noordkant, voor de tafel voor de belangrijkste gasten, lag een dansvloer. Naar het westen, aan de andere kant van de kamer, stond een band op een podium in te spelen.

De meeste gasten zaten al. Bowman gokte dat het er minstens driehonderd waren. Ze kletsten met elkaar, grinnikten en goten flûtes Bollinger naar binnen. Er liepen obers de ruimte rond die halflege glazen bijvulden.

Seguma grijnsde.

'Zo zie ik het graag! Eten, wijn, vrouwen. Een echt feest, of niet soms?'

'Ja, meneer,' zei Bowman.

'En jullie blijven de hele avond? Jij en je vriend laten me niet alleen?'

'Geen zorgen, meneer. We houden het hele hotel in de gaten.'

Iemand van het personeel kwam hen naar hun plaats vlak bij het centrale podium brengen. Bowman liep naar het zuidelijke deel van de ruimte. Vlak bij de nooduitgangen waren stoelen gereserveerd voor de beveiligers. Hij ging aan een van de tafeltjes zitten die nog leeg waren, besefte dat hij sinds het ontbijt niets meer had gegeten en wenkte de dichtstbijzijnde ober.

'Ja?' De blik van de ober gleed over hem heen, alsof hij wilde bepalen of hij Bowman met 'meneer' moest aanspreken. Dat besloot hij overduidelijk niet te doen.

'Breng even wat bammetjes, maat,' zei Bowman. 'Voordat de rest van het voer wordt geserveerd.'

De ober staarde hem dom aan, alsof hij Chinees sprak.

'Pardon?'

'Broodjes,' zei Bowman. 'Voor mijn partner en mij. We horen bij de baas.' Hij wees naar Seguma aan de andere kant van de kamer. 'Het hoeft niks duurs te zijn, als het maar te hachelen is.'

De ober deed zijn uiterste best om zijn walging te maskeren, wat niet lukte, en glimlachte dunnetjes. 'Ik zal met de keuken overleggen en kijken wat de kok kan regelen.'

'Aan Townsend Street staat een zwarte Land Rover Discovery geparkeerd met twee jongens erin. Kun je die toevallig ook wat bammetjes brengen?'

De glimlach werd nog dunner. 'Ik zal kijken wat ik kan doen.'

Hij draaide zich om en verdween door een van de dienstdeuren. Bowman liet zijn blik door de balzaal glijden, op zoek naar iets ongewoons. Misschien iemand met een ongewone houding of een typisch loopje, waaruit kon blijken dat diegene een wapen verborgen hield. Of het was zo eenvoudig als personeel dat veel aandacht aan Seguma besteedde. Allemaal tekenen dat er zich mogelijk een moordenaar in hun midden bevond.

Toen hij rondkeek, ving hij een glimp op van Freddie Lang.

De gangster zat aan een tafel rechts van de dansvloer met een andere gast te praten. De andere kerel was het meest aan het woord. Lang leek verveeld en draaide de steel van zijn champagneflûte tussen zijn vingers om en om. Hij zag Bowman aan de andere kant van de dansvloer en staarde hem nieuwsgierig aan. Snel wendde Bowman zijn blik af. Toen hij opkeek, had Lang zich weer op de andere gast gericht.

Twee minuten later glipte Kember de balzaal binnen en liet zich op de stoel naast Bowman vallen. Weer een paar minuten later verscheen de ober aan hun tafeltje met twee borden broodjes. Ham en kaas, ei en waterkers, cornedbeef. Bowman had geen honger, maar begon toch te eten. De eerste regel van beveiligingswerk: eet als het kan, zo snel je kunt, want je weet nooit wanneer je baas besluit te vertrekken.

Kember keek naar zijn bord alsof er een ziekte op lag.

'Wat heb jij?' vroeg Bowman tussen twee happen brood en koud vlees door. 'Geen trek?'

'Ik hoef die troep niet. Alleen maar koolhydraten en vetten.'

'Je moet iets eten. Beter dan hier met een lege maag zitten.'

'En die zooi in mijn lijf stoppen?' Kember trok een gezicht. 'Vergeet het maar, gozer. Ik hou het bij water.'

'Zelf weten,' zei Bowman en hij nam nog een broodje.

Het ging er bij de receptie meer ontspannen aan toe dan bij de saaie, officiële ceremonie. Buiten het publieke oog lieten de vips zich gaan. Er vloeide meer champagne en er werden toespraken gehouden, waarna het diner werd geserveerd. De obers kwamen met borden gerookte zalm, gevolgd door kreeft als hoofdgerecht. Seguma zat voorovergebogen met zijn eten te knoeien. Hij praatte tijdens het kauwen en zweeg alleen om wat champagne te slurpen. Er droop wat over zijn kin, waardoor er vlekken op zijn smoking kwamen.

Toen de obers het dessert binnenbrachten reikte Seguma naar het vingerkommetje. Hij stak het bloemetje in zijn mond en spoelde het weg met warm water. Blijkbaar verkeerde hij in de veronderstelling dat er een soort soep in het kommetje zat. Hij dronk het water op en liet een luide boer, waarna hij tevreden op zijn buik klopte. De andere gasten keken zowel gefascineerd als geschokt naar hem.

'Die kerel is toch niet te geloven?' mompelde Kember.

'Misschien doen ze het in Karatandu anders,' zei Bowman. 'Andere cultuur. Andere gewoontes en zo.'

'Dan nog zou je toch denken dat hij bij voldoende staatsgelegenheden aanwezig was geweest om te weten hoe het hoort.'

Bowman zuchtte. 'We hebben belangrijkere zaken om ons zorgen over te maken, Geordie.'

'Maak je je er nog steeds druk om dat iemand anders een aanslag op hem probeert te plegen?'

'Jij niet dan?'

Kember gebaarde met zijn arm naar de hele ruimte. 'Er zitten hier wel vijftig lijfwachten. Niemand probeert iets vanavond. Niet hier.'

'Dat zei je eerder ook al. Moet je zien wat er is gebeurd.'

Hij gromde. 'Laten we hopen dat hij niet te hard gaat feesten. Als hij de dansvloer op gaat, zitten we hier tot de zon opkomt.'

Na het diner rolde het personeel een bruidstaart naar binnen met meer verdiepingen dan een wolkenkrabber. De gasten juichten tijdens het traditionele aansnijden van de taart, alvorens ze allemaal de dansvloer op gingen. Een roodharige zangeres met sproetjes in een zijden jurk liep het podium op en zong een trage, volksliedachtige ballade waarop het stel de eerste dans danste.

Bowman sloeg geen acht op haar. Hij keek naar de gasten, het personeel en de beveiligers en hield hen nauwlettend in de gaten. Een tweede aanval op de baas kon overal vandaan komen. Aanvankelijk was hij ervan overtuigd geweest dat het grootste risico afkomstig was van het bureau: de catering, de schoonmakers, het extra personeel dat was ingehuurd voor het feest. Iemand die tot het binnenste beveiligingskordon probeerde door te dringen. Maar die waren weken geleden al nagetrokken en nadat het bij de Abbey bijna fout was gegaan, hadden de veiligheidsdiensten hun gegevens nog eens bekeken om te zien of ze iets hadden gemist. Daar was niets uitgekomen.

De gasten verplaatsten zich naar de dansvloer. De drank vloeide nu rijkelijk en de band knalde er covers van jaren 70- en -80hits uit. Whitney Houston, Stevie Wonder, George Michael. Seguma bleef naast Lungu zitten en bekeek een paar schoonheden. Bowman wilde zich op zijn missie concentreren, maar het verlangen werd steeds heviger.

Om half tien glipte hij achter de tafel vandaan.

'Waar ga jij heen?' wilde Kember weten.

'Toilet.'

Kember trok een wenkbrauw op. 'Tering, maat. Je moet naar een dokter. Dit is al de twintigste keer dat je vandaag moet pissen.'

Zonder antwoord te geven liep Bowman weg. Hij beende om de tafels heen, duwde de deuren aan de oostkant van de ruimte open en liep door de gang die naar foyer leidde. Drie vrouwen wankelden langs hem heen, giechelend en over hun neus wrijvend. Hij glipte de herentoiletten in, sloot zichzelf in een leeg hokje op, verpulverde zijn laatste pil en snoof die op. Bijna direct maakte hij zich zorgen over waar hij zijn volgende voorraad vandaan moest halen.

Hij wist dat hij niet kon wachten tot ze weer terug waren in Hereford. Deze klus zou zeker nog een dag in beslag nemen, omdat ze Seguma bewaakten tot hij terugging naar Karatandu. Dat betekende dat hij zijn gebruikelijke dealer later een bericht moest sturen en een ontmoeting zou moeten regelen. Bij voorkeur vanavond. Hij zou ook een smoes moeten verzinnen om na het feest bij Kember weg te komen.

Hij liep de herentoiletten uit en ging de gang in. Toen bleef hij stokstijf staan.

Freddie Lang kwam uit de richting van de balzaal op hem af. Met een plotselinge paniek besefte Bowman dat hij de gangster niet kon ontwijken. Voor hij een besluit kon nemen, stond Lang al voor hem en prikte met een vinger in zijn gezicht.

'Ken ik jou niet ergens van?' grapte hij. Zijn dikke lippen vormden zich tot een grijns. 'Oké, Bowman. Hoe gaat het, knul?'

In zijn stem en in de blik in zijn ogen was niets vriendelijks te bespeuren.

'Hallo, meneer Lang,' mompelde Bowman.

Lang staarde hem vanachter de glazen in zijn dikke montuur doordringend aan. 'Wat een verrassing jou hier te zien. De zwager van een van mijn beste vertrouwelingen bewaakt mijn oude vriend Ken Seguma. Maar misschien is het ook geen verrassing.' Hij duwde zijn bril omhoog en snoof. 'Het wemelt hier van het ongedierte.'

Dat laatste woord spuugde hij uit. Bowman zei niets. Hij keek langs de enorme, uit steen gehouwen schouderpartij van de maffioso en hoopte dat Kember of een van de andere teamleden hen niet zo zag.

'Een stemmetje heeft me ingefluisterd dat je tegenwoordig bij het leger zit,' zei Lang. 'Klopt dat?'

'Ja, meneer Lang.'

Zijn keel kneep samen en het zweet parelde op zijn voorhoofd. Hij moest weg zien te komen van Lang, maar hij kon het risico niet lopen dat die kerel over de zeik raakte.

Lang maakte een afkeurend geluid en zwaaide met een vinger naar Bowman, als een schoolmeester die een stoute leerling een preek geeft.

'Weet je, jij hebt twee foute keuzes in je leven gemaakt. Dat je je bij die zwijnen hebt aangesloten, dat was één. En nu die toestand van je aansluiten bij het leger. Stelletje klotecriminelen. Je had een voorbeeld aan je zwager moeten nemen en voor mij moeten komen werken.'

Daar gaf Bowman geen antwoord op. Weer liet hij zijn ogen langs de enorme schouders van de maffioso glijden. *Als ik met Lang word gezien, betekent dat het einde van mijn carrière.*

'Jij zegt niet veel, of wel soms, Bowman?'

'Sorry, meneer Lang,' zei Bowman. Hij schuifelde met zijn voeten. 'Ik heb eigenlijk geen tijd voor een praatje. Ik ben nu aan het werk.'

'Dat heb ik gehoord, ja.' Langs ogen vernauwden zich tot spleetjes. 'Hoe ziet je werk er hier uit?'

'Daar kan ik niks over zeggen.'

'Topgeheim zeker?'

'Daar kan ik echt geen antwoord op geven, meneer Lang,' reageerde Bowman vastbesloten.

Lang grinnikte. 'Jij weet natuurlijk alles over geheimen, of niet soms?'

Bowman bleef stilstaan, maar zei niets. Lang deed een stap naar hem toe.

'Je bent stout geweest, Bowman. Heel stout. Je houdt er een verslaving op na, heb ik gehoord.'

Samenzweerderig tikte hij tegen zijn neus. Bowman voelde een koude rilling langs zijn rug lopen.

'Je gebruikt je zwager om pillen te scoren,' zei Lang. 'Carter is een goeie jongen, die altijd zijn familie helpt. Maar het verbaasde me toen ik hoorde dat hij jou spul verkoopt. Ik wist niet dat junkies bij het leger mochten.'

Bowman gaf geen antwoord. Lang deed nog een stap naar hem toe en ging zachter praten.

'Wat gratis advies, jongen. Het loont bij het zakendoen om je vijanden te kennen. Weet wat hun zwakke plekken zijn. Ik ken die van jou, of niet soms?'

Hij sloeg Bowman met een grauwe klauw op de schouder. Een hand die luchtpijpen had dichtgeknepen en gezichten tot een bloederige massa had geslagen.

'Het is maar goed dat Carter voor mij werkt,' ging hij verder. 'Wie weet wat ik anders met deze informatie zou doen. Een oud-agent die opiaten snuift?' Hij glimlachte wreed. 'Dat kon je weleens in de problemen brengen.'

Precies op dat moment zag Bowman twee kerels vlak bij de deur naar de balzaal rondhangen. Ze droegen eenvoudige zwarte pakken en hadden een haast onzichtbaar oortje in. Lijfwachten misschien. De kleinste van de twee was van gemiddelde lengte en bouw en had het soort gladgeschoren, zakelijke gezicht dat je tien seconden later alweer vergeten was. De tweede man was een paar centimeter langer dan zijn partner en misschien een kilo of vijfentwintig zwaarder. Zijn hoofd had de vorm van een emmer, met een stel gaten in de zijkant geboord. Beide mannen keken links en rechts de gang in, alsof ze op iemand wachtten.

Lang wierp hem een kwade blik toe en prikte met zijn vinger in zijn borst. 'Ik wil weten wat hier speelt, Bowman. Wat zijn jij en je maatjes van plan?'

Bowman zuchtte. 'Het spijt me, maar ik heb geen tijd om te praten. Ik moet weer aan het werk.'

Lang staarde hem aan met zijn donkere, tot spleetjes geknepen ogen. Toen ontspande zijn gezicht in een geslepen glimlach.

'Jullie geheim agenten.' Met zijn rechterhand maakte hij een pistool en deed hij of hij Bowman in zijn hoofd schoot. Toen knipoogde hij en zei: 'Ik zie je nog wel, knul.'

Hij draaide zich om en liep de toiletruimte in. Bowman keek hem na en Langs dreigement speelde weer door zijn hoofd.

De meeste jongens in het Regiment wisten dat hij in een van gangsters vergeven buurt was opgegroeid en hoe hij aan een leven vol geweld en misdaad was ontsnapt door zich eerst bij de politie en later bij het leger aan te sluiten. Maar als Kember of iemand anders achter de waarheid kwam over zijn relatie met Lang – dat hij afhankelijk was van zijn zwagers contacten om sterke opiaten te krijgen –, was zijn carrière voorbij.

Hij liep de gang weer door, richting de balzaal.

De twee mannen in pakken kwamen op hem af gebeend, de man met het nietszeggende gezicht en de man met het emmerhoofd. Ze liepen langs Bowman en wierpen een blik op hem voor ze de gang verder af liepen. In het voorbijgaan viel het Bowman op dat er een grijsblauwe riem uit de zak van Emmerkop bungelde. De kerel had iets groots onder zijn jas verborgen, besefte Bowman. Geen wapen. Iets groters.

Hij liep door richting de balzaal en sprak in zijn verborgen microfoon.

'Twee mannen in pak, uitgerust met zenders. Net gezien. Van een van de andere beveiligingsteams, denk ik. Er is iets niet in de haak met ze.'

Studley zei: 'Kun je wat specifieker zijn?'

'Ik herinner me niet dat ik ze bij een van de andere vips heb gezien. Ze waren ook niet in de Abbey. Het komt gewoon raar over.'

Kort omschreef hij de mannen.

'Enig idee voor wie ze werken?' vroeg Bowman.

'Dat gaan we uitzoeken. Laat het maar aan ons over.'

Toen Bowman terugliep naar de tafel was het feest in volle gang.

Kember keek hem kwaad aan. 'Je bent een eeuwigheid weggeweest. Waarom duurde het verdomme zo lang?'

'Sorry, Geordie,' zei Bowman.

'Ja, zal wel. Wacht hier.' Schrapend schoof Kember zijn stoel naar achteren en hij stond op. 'Ik ga ook even pissen.'

Hij stormde naar de toiletruimtes. Bowman gebaarde naar een van de obers dat hij een cola light wilde bestellen. Hij nam een grote slok en hield een oog op de president gericht, terwijl hij de ruimte afspeurde voor een teken van de kerels die hij in de gang was gepasseerd. Maar die waren verdwenen.

Weer sprak hij in zijn zender. 'Nog nieuws over die twee beveiligers, Bill?'

Sissend klonk de stem van Studley in zijn oortje. 'Die zijn schoon, allebei. Er is geen sprake van een dreiging voor de baas. Ik herhaal, geen dreiging.'

Bowman vroeg: 'Weet je dat zeker? Hebben ze misschien de verkeerde jongens nagetrokken?'

'Geen vergissing mogelijk. Iedereen in de ruimte is schoon. Negeer ze, dat is een bevel.'

Met een klik verdween Studley. Bowman zat aan het tafeltje naar de muziek te luisteren, zijn ogen strak op de baas gericht. Vier minuten later kwam Kember terug van het toilet met een uitdrukking op zijn gezicht waarmee je een rat kon omleggen.

'Fucking zinloos,' gromde hij. 'Toiletten zijn buiten gebruik. Ik moest helemaal naar de andere kant van het hotel.'

'Wat vreemd. Een paar minuten geleden was er nog niets aan de hand,' zei Bowman.

'Iemand zal wel een ongelukje hebben gehad,' zei Kember, met woede op zijn gezicht gegrift. 'Verbaast me ook niks, gezien al die zooi die deze lui in hun neus proppen.'

Bowman bleef zwijgen, dronk zijn cola en keek naar de gasten. Twintig meter verderop, links van de dansvloer, brulde Seguma van het lachen bij iets wat een van de gasten zei. Hij nam nog een teug whisky, waarbij hij de drank op zijn kleding morste. Naar het noorden zat prinses Amelia aan de grote tafel met de oudere leden van de koninklijke familie. Haar kersverse echtgenoot stond rechts van de dansvloer met zijn City-maatjes te zuipen en naar de kont van een jonge serveerster te kijken. Hij zag Lang aan de andere kant van de ruimte staan en wenkte hem.

Lang wankelde onvast op zijn benen naar hem toe. Hij zeilde langs de dansvloer, viel bijna en hield zichzelf tegen een stoel overeind. Iemand gaf hem een glas water. Lang hield het glas vast en zwaaide op zijn benen. Te veel gedronken, dacht Bowman, of te scheutig geweest met de cocaïne.

Hij bleef om zich heen kijken, maar er leek geen directe dreiging voor de baas te zijn. Gewoon mensen die met elkaar dansten, roddelden en grapjes maakten. Een normaal, druk, dronken bruiloftsgezelschap.

Seguma blafte naar een ober en hield zijn lege glas omhoog met het universele gebaar dat hij er nog eentje wilde. Ten westen van hem, aan de rand van de balzaal, zat Lungu berichtjes op haar telefoon te tikken.

Toen galmde er een gil door de ruimte.

6

De gil kwam van de andere kant van de balzaal, uit de richting van de dansvloer. Snel liet Bowman zijn blik weer naar de president gaan. Seguma zat stokstijf, nog steeds met zijn whiskyglas in de hand, en staarde naar een lichaam zeven of acht meter verderop.

Freddie Lang.

De maffioso lag op zijn rug rechts van de dansvloer, zijn armen tegen zijn zij gedrukt, en zijn lichaam schokte spastisch. Om hem heen lagen glasscherven. Een paar gasten deinsden haastig achteruit om een veilige afstand te scheppen tussen zichzelf en wat er ook maar gaande was met Lang. Anderen stonden gebiologeerd te kijken. De band op het podium speelde nog steeds een Bonnie Tylercover.

Bowman sprong overeind en schoot de kamer door. Hij schreeuwde zo hard mogelijk: 'Opzij. Veiligheidsdiensten! Achteruit!'

Hij baande zich een weg door de menigte. Kember haastte zich achter hem aan en schoof mensen opzij. Ze knielden allebei aan een kant van Lang en Bowman onderzocht de kerel snel. Hij was er slecht aan toe. Zijn huid was vaal. Zijn bril was van zijn neus gegleden en zijn ogen leken wel eiwitten, zijn pupillen speldenprikjes. Zijn kaak stond zo strak dat die wel dichtgebonden leek. Zijn kleding was doorweekt van het zweet.

'Meneer Lang?' Bowman tuurde in zijn ogen, die slaperig, leeg, dof stonden. 'Kunt u me horen? Is alles goed?'

Lang maakte een verstikt geluid. Bowman richtte zijn blik op een van Wentworths maten, een mollige kerel met een rond gezicht en donkere krullen. Hij staarde haast in trance naar Lang.

'Jij, bel een ambulance,' zei Bowman. 'Verder iedereen achteruit! Achteruit, nu!'

De mollige man graaide in zijn jaszak naar zijn telefoon. Lang begon te schokken.

'Wat is er met hem aan de hand?' vroeg Kember. 'Overdosis?'

'Ik snap er niets van,' bemoeide Wentworth zich ermee. 'Een paar minuten geleden was er nog niets aan de hand. Toen kwam hij het toilet uit en raaskalde hij over dat iemand hem had beroofd.'

Bowman keek naar hem op. 'Wie?'

'Dat heeft hij niet gezegd. Ik dacht gewoon dat hij te veel had gedronken. Of dat iemand een grap met hem uithaalde.'

Bowman wierp een blik op de deur die naar de foyer en de toiletten leidde. Hij dacht aan de twee lijfwachten die hij had gezien. De riem die uit de jaszak van Emmerhoofd had gehangen. Hij herinnerde zich dat Kember had gezegd dat de toiletruimte was afgesloten.

Kember boog zich voorover om Lang mond-op-mondbeademing te geven. Een begrijpelijke reactie bij een mogelijke overdosis; de luchtwegen vrijmaken. Dat was regel één bij slachtoffers van een overdosis, als je geen naloxone bij de hand had. Zorg dat er zuurstof in de longen komt en breng de patiënt bij.

Kember wilde Langs hoofd achterover drukken, maar Bowman greep zijn schouder en trok hem van Lang weg.

'Nee!' zei hij. 'Niet doen.'

Kember draaide zich boos naar zijn partner om. 'Ben je gek? Hij kan bijna geen adem halen. We moeten lucht in zijn longen krijgen.'

'Niet doen,' zei Bowman. 'Het is te gevaarlijk.'

'Godsklere, hij heeft een overdosis genomen. We hebben geen tijd meer.'

Langzaam schudde Bowman zijn hoofd.

'Nee, dat heeft hij niet,' zei hij.

Moeizaam ging Langs borst op en neer en toen gaf hij over, spuugde een melkachtige vloeistof op zijn smoking. De toeschouwers schoven weg van de getroffen maffioso, sommigen walgend naar adem happend. Een paar andere gasten stonden iets verder van de actie vandaan en namen het hele drama op met hun mobiele telefoon.

Lang lag te schuimbekken en schokte van de pijn.

'Dit is geen overdosis, maat,' legde Bowman fluisterend uit. 'Hij is vergiftigd.'

Kember fronste. 'Hoe weet jij dat?'

'Hij heeft dezelfde symptomen als die Russische ex-spion die een paar jaar geleden is vergiftigd. Precies dezelfde.'

'Ik weet het niet, maat...'

'Kijk naar zijn ogen, Geordie,' zei Bowman. 'Dit is een klassiek voorbeeld.'

Kember keek. Langs pupillen waren verwijd, een van de veelzeggende tekenen van vergiftiging met een zenuwgas.

'Jezus,' fluisterde hij. 'Wat hebben ze hem gegeven?'

'Novitsjok, misschien. Het kan van alles zijn.'

De kleur trok weg uit Wentworths gezicht en hij deinsde een stap achteruit. 'Wat zei je daar?'

'Niks,' gromde Bowman.

Wentworth wees dreigend naar hen. 'Jullie zeiden net iets over novitsjok.'

'Daar heeft niemand iets over gezegd, meneer,' zei Bowman, zichzelf dwingend zo rustig mogelijk te antwoorden.

'Onzin. Ik heb het toch gehoord. Novitsjok, dat is het chemische middel waarmee ze die Russische spion hebben gedood,' zei Wentworth en hij ging harder praten. 'Deze man is vergiftigd, hè?'

Wentworth zag de aarzeling op Bowmans gezicht en schoot weg van Lang. Een bokser die een uppercut ontwijkt. Zijn ogen werden groot van angst.

'Mijn god,' riep hij uit. 'Dit is een aanval met chemische wapens!'

'Rustig blijven,' beval Bowman.

De paniek verspreidde zich snel door de balzaal. De gasten die het dichtst bij Lang stonden hapten geschokt en doodsbang naar adem. De mensen verder weg hoorden de geruchten over een aanval en raakten in paniek. De lijfwachten reageerden het eerst. Ze haastten zich naar hun bazen en begonnen die naar de nooduitgangen aan de zuidkant van de balzaal te loodsen, waarbij ze obers opzijschoven. De mensen met minder geluk en zonder eigen beveiliging beseften al snel wat er gaande was en vluchtten. Anderen stonden er als verlamd bij. Na een paar tellen zweeg de muziek toen de band het podium verliet en zich bij de menigte aansloot die wanhopig naar de uitgang dromde. Plotseling barstte prinses Amelia aan de hoofdtafel in huilen uit. Drie stevig gebouwde lijfwachten renden naar haar toe en sleepten haar weg.

Kember staarde verbijsterd naar Lang. 'Godsklere.'

'Breng de baas in veiligheid,' zei Bowman. 'Haal hem hier weg.'

Kember rukte zijn blik los van Lang en haastte zich de lege dansvloer over. Hij greep Seguma, blafte een bevel naar Lungu en leidde hen in zuidelijke richting, naar de schare lijfwachten en vips die bij de achterste nooduitgangen samendromde. Wankelend liep de president mee, met Kember voor zich, die zich duwend een weg door de gasten baande.

In alle commotie klonk Studleys stem krakend in Bowmans oortje. 'Wat is er in jezusnaam aan de hand daar? Waar is de baas?'

'Vermoedelijke vergiftiging,' meldde Bowman. 'Baas is ongedeerd. Ik herhaal: de baas is ongedeerd en onderweg naar jullie positie.'

Er viel een lange, kille stilte. 'Wie is het slachtoffer, Josh? Iemand die wij kennen?'

Er steeg een kreun van pijn uit Langs keel op. Er werd een trillende grijze hand naar Bowman uitgestrekt.

'Bowman...' kraste hij. 'Help me.'

Hij hoestte en kreunde van de pijn. De beveiliger die aan de telefoon was zag dat Lang een restje braaksel uitspuugde en deed nog een paar stappen achteruit.

'Josh?' vroeg Studley.

'Ik geef je zo snel mogelijk een update,' zei Bowman in de microfoon. 'Breng Scotland Yard en de veiligheidsdiensten op de hoogte en zorg dat hier direct een team specialisten naartoe komt.'

Van de dichtstbijzijnde tafel greep hij een servet en veegde het schuimige speeksel en de brokjes braaksel van Langs mond, waarbij hij ervoor zorgde niet te dichtbij te komen voor het geval de gangster hem onderspuugde. Lang wilde iets zeggen, maar Bowman hoorde niets anders dan een zwak gekraak over zijn gebarsten lippen komen. Hij pakte een tweede servet om zijn neus en mond te beschermen en boog zich naar Lang toe.

'Wat is er, meneer Lang?'

'Ze hebben me te pakken gekregen, jongen,' zei Lang schor. 'Me in de rug gestoken. Ik had het... moeten weten. Zo dom.'

'Wie?' Bowman boog zich verder voorover. 'Wie heeft u dit aangedaan?'

'Russen. Ze hebben me vermoord...'

Bowman voelde maagzuur opkomen. 'Hebben de Russen dit gedaan?'

Lang knikte zwakjes. Hij kneep zijn ogen dicht bij een plotselinge golf van pijn. Toen hij ze weer opendeed, zag Bowman een blik die hij nog nooit had gezien.

Doodsangst.

'Jullie moeten ze tegenhouden,' zei Lang.

'Hoezo tegenhouden?'

'Ze hebben een ontmoeting met mijn broer, in Monte Carlo. Met... Seguma.'

'Dat kan niet. De president is hier.'

De kerel ijlt, dacht Bowman. Zijn brein hield hem voor de gek. Dat was een van de bijwerkingen van het gif dat in zijn bloedstroom terecht was gekomen.

Lang schudde zijn hoofd en kreunde.

'Dat is een dubbelganger,' wist hij amper fluisterend uit te brengen.

De woorden kwamen aan als een vuistslag.

Bowman dacht aan Seguma. Zijn vreemde gedrag, de angst die hij in Westminster Abbey op het gezicht van de man had gezien, zijn gebrek aan uitstraling. Dat hij het water uit het vingerkommetje had opgedronken. Niet het soort amateuristische fout dat een buitenlands staatshoofd zou maken.

Plotseling begreep hij het.

'Voor mij is het te laat,' zei Lang en zijn stem vervaagde tot een zacht gemompel. 'Maar jullie kunnen mijn broer nog redden.'

Lang slikte pijnlijk en deed moeite om verder te gaan. Speeksel verzamelde zich in zijn mondhoeken.

'We hadden een deal,' zei hij. 'Maar ze hebben gelogen. Dat snap ik nu.' Hij sloot zijn ogen en raapte zijn laatste beetje kracht bij elkaar.

'Het is een val. Ze gaan David vermoorden,' zei hij. 'Zoals ze ook mij... hebben vermoord. Je moet ze... tegenhouden.'

'Wat gebeurt er in Monte Carlo? Waar ontmoeten ze elkaar?'

Maar Lang leek hem niet te hebben gehoord. Hij huiverde. 'Zo koud... Jezus, tering.'

'Meneer Lang.' Bowmans stem klonk dringend. 'Wakker blijven.'

Lang had een afwezige blik in zijn ogen en zijn adem stierf weg tot een zwak, raspend geluid. Zijn kaak werd slap. Af en toe zakte hij weg.

Voorzichtig legde Bowman hem in de stabiele zijligging. Hij greep een fles bronwater van het dichtstbijzijnde tafeltje, haalde de dop eraf en goot het water over zijn handen en gezicht om eventuele sporen weg te spoelen die hij onbedoeld had opgepikt.

De balzaal was nu bijna leeg. Een handjevol gasten was bij de nooduitgangen blijven hangen en vergaapte zich aan het tafereel. Een of twee waren in shock en zaten op stoelen of buiten op straat. Sommige obers keken vanuit een personeelsingang toe, anderen haastten zich terug de keuken in en schreeuwden naar hun collega's. Twee politieagenten kwamen door de deuren naar de centrale lobby aan de andere kant van de ruimte gestormd. Een zwaargebouwde man en een tengere blonde vrouw met een wipneus. Ze haastten zich naar Lang.

'Opzij, alstublieft, meneer,' zei de grote kerel. 'Weg hier.'

'Raak hem niet aan,' zei Bowman, die een stap van Lang vandaan deed.

'Hoezo?' wilde de vrouw met de wipneus weten. 'Wat is er met hem aan de hand?'

'Hij is vergiftigd,' legde Bowman uit. 'Bij contact met hem kan hetzelfde spul op je huid terechtkomen.'

'Wie ben jij?' vroeg de man.

'Beveiliging.' Bowman liet hem zijn identiteitsbewijs zien. 'We beschermen een van de vips. Waar zijn jullie maten?'

'Onderweg.'

Bowman wees naar een paar achterblijvers en de mensen die met hun telefoon stonden te filmen. 'Haal die lui hier weg. Stel de uitgangen veilig. Alleen personeel van de nooddiensten mag erin en eruit. Het laatste waar we behoefte aan hebben is dat een of andere idioot komt binnenwandelen en besmet raakt.'

De agent las de urgentie op zijn gezicht en gaf een reeks onmiddellijke instructies door via zijn politiezender. Bowman sloeg hen van een veilige afstand gade.

Lang bewoog niet meer.

Studleys stem klonk in zijn oortje: 'Baas is veilig. Hij is onderweg. Wat is er daar gaande?'

'Slachtoffer is bewusteloos,' antwoordde Bowman. 'Het gaat om Freddie Lang. Hij is met opzet vergiftigd. Er is een ambulance onderweg.'

'Blijf waar je bent,' zei Studley. 'Ik kom eraan.'

Bowman trok zich terug naar een tafeltje in de hoek van de balzaal, twintig meter van Lang. Waarschijnlijk een veilige afstand. Maar wie wist dat zeker? Vanaf hun posities voor het hotel en de omliggende straten dromden er meer politieagenten naar binnen. Snel stelden ze het gebied veilig, sloten ze de deuren en werkten de achtergebleven gasten en het hotelpersoneel naar de uitgangen.

Twee minuten later stormde Bill Studley de balzaal in. Hij haastte zich langs twee politieagenten die de nooduitgang bewaakten en beende recht op Bowman af. Hij zag het krijtwitte gezicht van Lang en bleef abrupt staan.

'Jezus,' zei hij.

'Waar zijn de anderen?' vroeg Bowman.

'Lomas en Kember brengen de baas terug naar zijn hotel,' antwoordde Studley. 'Hij blijft in zijn suite, samen met zijn beveiligingsteam. Die zet geen stap meer buiten de kamer, totdat we erachter zijn wat er verdomme aan de hand is.'

'Het is een dubbelganger,' zei Bowman, die zijn woede amper kon verhullen. 'Seguma. We hebben een onbelangrijke kerel beschermd.'

Studley trok een gezicht. 'Gelul. Wie zegt dat?'

'Lang.'

Er trok een diepe frons in Studleys gezicht. 'Wacht eens effe. Heb je hem gesproken?'

Bowman knikte. 'Meteen nadat het was gebeurd. Hij wilde praten.'

'Waarom zou Seguma hier een dubbelganger naartoe sturen?' wilde Studley weten.

'Lang denkt dat de echte Seguma in Monte Carlo zit,' legde Bowman uit. 'Met de tweelingbroer van Lang, David. Hij zei dat ze daar een paar Russen ontmoeten.'

'Wat gaan ze dan doen?'

'Dat weet ik niet. Hij is er niet verder op ingegaan. Lang had het over een of andere deal. Maar ze worden in de val gelokt. Hij zegt dat de Russen hen gaan verraden.'

'Denk je dat hij de waarheid sprak?'

'Lang wist dat hij dood zou gaan,' antwoordde Bowman. 'Hij wist dat de Russen hem te pakken hadden gekregen. Hij wilde alles opbiechten.'

'Tering.' Studley liet een hand door zijn haar gaan. 'Wie weet hier nog meer van?'

'Niemand.' Kember was naar buiten gegaan om alarm te slaan. 'Hoezo?'

'Zomaar.'

'We moeten met die twee lijfwachten praten,' zei Bowman. 'Waar ik je over heb verteld.'

'Waarom?' snauwde Studley. 'Ik heb al gezegd, er is niets mis met die kerels.'

'Ze zijn erbij betrokken, Bill.'

'Dat weet je helemaal niet.'

Bowman zei: 'Een van hen had iets uit zijn jaszak hangen. Op dat moment wist ik niet wat het was. Of in elk geval kon ik me niet herinneren waar ik het eerder had gezien. Het was de band van een gasmasker.'

'Waarom heeft een stel lijfwachten een gasmasker bij zich?'

'Om zichzelf tegen het zenuwgas te beschermen,' legde Bowman uit. 'Waarschijnlijk hebben ze ook handschoenen nodig gehad. Ze moeten Lang de toiletruimte in gevolgd zijn, een bordje met DEFECT hebben opgehangen en hem vervolgens hebben besprongen. Zo zou ik het hebben gedaan.'

Studley fronste. 'Eens kijken of ik het goed begrijp. Jij bent achterdochtig vanwege een of andere kloteband waar je een glimp van hebt opgevangen?'

'Waarom hebben ze anders een masker bij zich?' Hij wees naar de gang. 'We hebben een getuige die zegt dat Lang hem heeft verteld dat hij in de toiletten is beroofd. We moeten de camerabeelden te pakken zien te krijgen. Dan zien we wat die lijfwachten van plan waren.'

'Maar we weten niet zeker dat hij hier is aangevallen,' zei Studley. 'Hoe weet je nou dat het niet vanmorgen in zijn thee zat?'

Bowman schudde zijn hoofd. 'De lijfwachten hebben er iets mee te maken. Dat weet ik zeker. We moeten ze vinden.'

Studley zei: 'Ik zal de kantoorpikken van Five en Six vragen om ernaar te kijken. Maar als ze erbij betrokken waren, zijn ze nu al lang vertrokken.'

'We moeten de andere jongens op de hoogte stellen,' zei Bowman. 'Ze laten weten dat ze niet meer naar het hotel hoeven te komen, nu we weten dat die kerel onze baas niet is.'

'Daar zorg ik wel voor.'

Studleys telefoon zoemde. Hij liep weg om het telefoontje aan te nemen, blafte een paar woorden in het toestel voor hij weer ophing

'De leden van de terrorismebestrijding zijn onderweg,' zei hij tegen Bowman. 'Ik denk dat die je wel willen spreken. Er komt ook iemand aan van de Cell.'

'De Cell?' Bowman fronste. 'Wat heeft die ermee te maken?'

'Dat weet ik toch niet?' antwoordde Studley kortaf. 'Niemand vertelt ons daar ooit iets over.'

Bowman keek weg en zijn gedachten schoten alle kanten op. Iedere SAS'er had wel van de Cell gehoord. Dat was een geheime eenheid binnen de Wing, een kleine kring doorgewinterde SAS-mannen die de opdracht hadden clandestiene operaties in binnen- en buitenland uit te voeren. De jongens binnen de Cell hielden zich gedeisd: buiten de eenheid wist niemand iets over hun activiteiten, behalve dan dat ze nauw met de veiligheidsdiensten en de politie samenwerkten. In een wereld vol schimmige oorlogsvoering, uitgevochten tussen niet-statelijke actoren, was de Cell de ultieme eenheid waarvan het bestaan ontkend kon worden.

En nu wilden ze met Bowman praten.

Waarom waren ze in deze missie geïnteresseerd? Wat kon hun een aanslag op Freddie Lang schelen?

En wat willen ze met mij?

'Wacht hier,' zei Studley. 'Zeg niets en praat pas tegen iemand als de anderen er zijn. Dan kun je ze precies vertellen wat Lang heeft gezegd.'

7

Zes minuten later arriveerden de eerste ambulancemedewerkers. Ze waren met zijn zessen en kwamen met een brancard tussen hen in aan gejogd. Net een stel soldaten die bij een bezetting een stormram naar de poorten van de vijand sleepten. Ze dromden samen rond Lang en controleerden zijn vitale functies. Een van de ambulancemensen scheen met een penlampje in zijn ogen. Een tweede haalde een wattenstaafje door zijn mond. Een derde vroeg Lang of hij hen kon horen. Lang reageerde niet. Er was veel gediscussieer tussen de ambulancemedewerkers, afgewisseld met gepraat over de zender en boodschappen over en weer. Er werden beslissingen genomen. Toen was er de ingewikkelde operatie om Lang op de brancard te tillen. Bowman keek toe terwijl ze hem wegreden naar de gereedstaande ambulance. Hij voelde geen medelijden met Lang. De kerel was een sadistische psychopaat en hij had in zijn leven onvoorstelbare ellende aangericht. Hij verdiende geen happy end.

En als hij doodgaat, dacht Bowman, dan is mijn geheim veilig.

Na een half uur waren de laatste vips bij het hotel opgehaald. Inmiddels was het de politie gelukt de achtergebleven burgers uit het gebouw te verwijderen. Een gestage stroom personeel, beveiligingsmedewerkers en cateringpersoneel verdween via de nooduitgangen naar een afgezet gebied aan de overkant van de weg. Een tweede medisch team behandelde gasten met lichte verwondingen. Sommige gasten verkeerden in shock, andere waren gevallen of tijdens de haastige vlucht uit de balzaal gewond geraakt.

Even later stapte een keurig geklede figuur uit de kou naar binnen.

Hij was halverwege de vijftig, al suggereerde zijn gelooide gezicht dat hij minstens tien jaar ouder was. Zijn grijzende haar was in een zilveren golf achterovergekamd. Zijn ogen glansden boosaardig, als mespuntjes waar het zonlicht op valt. Hij had het ranke hazewindhondachtige lichaam van een Regiment-veteraan, een lichaam dat was gebouwd voor ontberingen, moorden en doorzetten in plaats van voor zwoegen. Maar qua kleding leek hij meer een partner van een advocatenkantoor in de City op casual Friday: donkere blazer, lichtblauw overhemd, zwarte broek en tabaksbruine suède schoenen, een roestvrijstalen horloge van Breitling om zijn pols. Bowman herkende hem direct.

John Mallet, een vroegere legende van het 22ste SAS.

De leider van de Cell.

Studley stopte zijn telefoon weg en begroette de ex-Regimentsman toen die kwam aan marcheren. Hij leek klein vergeleken bij Mallet, dacht Bowman. Dat had niets met zijn lichaam te maken: Studley was maar een paar centimeter korter dan de andere man. Het was iets in de houding van Mallet. Beheerst, rustig, een kalm maar robuust zelfvertrouwen. Studley leek de oudere man respectvol te benaderen, haast dienstbaar. Alsof hij zich in de aanwezigheid van een superieur wezen bevond.

De twee mannen liepen op Bowman af. Studley gebaarde naar de zilverharige ex-officier naast zich en zei: 'Je hebt John wel eerder ontmoet, toch? Hij heeft tegenwoordig de leiding over de Cell. Hij heeft een paar vragen.'

Bowman knikte enthousiast. Bijna iedere kerel op Hereford had Mallet ooit weleens ontmoet, of minstens van hem gehoord. De kerel was een mysterie. Hij sprak met een Glasgows accent en was geboren en getogen in Govan. Begin jaren negentig had hij zich bij het Regiment aangesloten en was uiteindelijk opgeklommen tot de rang van kolonel. In het kamp zag je hem zelden, want hij werd altijd op vage missies naar het buitenland uitgezonden, werkte aan schimmige speciale projecten en teamklussen. Niemand wist waar hij heen ging of waarom. Er gingen geruchten dat hij diepgewortelde connecties had met zowel Five als Six. De oudere jongens in het Regiment beweerden dat Mallet een van de oprichters van de Cell was geweest. Hij had in Irak, Bosnië en Sierra Leone gezeten, zeiden ze, net als op een aantal andere plekken. Een echte held van het 22ste SAS.

Er kwam nog een gedachte bij Bowman op: als Mallet hier persoonlijk bij betrokken was, dan moest de situatie wel ernstig zijn.

Mallet glimlachte naar hem en zei: 'Hallo, Josh.'

Christus, dacht Bowman. Hij weet nog wie ik ben. Bowman had hem pas één keer ontmoet, acht jaar geleden. Hij had zijn eerste onderscheiding voor heldenmoed in ontvangst genomen en Mallet was hem komen feliciteren. *Acht jaar, en die kerel weet mijn naam nog steeds.*

'Hallo, baas.'

'Ik moet het kort houden,' ging Mallet met zijn sterke, brouwende Schotse accent verder. 'Onze vrienden van terrorismebestrijding zijn er over een paar minuten. Ik begrijp dat Lang met jou heeft gesproken voor hij bewusteloos raakte.'

'Ja, baas,' zei Bowman.

'Misschien kun je me vertellen wat Freddie heeft gezegd. Woordelijk, als dat mogelijk is.'

Het was geen rechtstreeks bevel, maar Bowman wilde Mallet door zijn charme en de aandachtige uitdrukking op zijn gezicht toch graag tevredenstellen. De man had de manieren van een beroepspoliticus. De gave je het gevoel te geven dat je de belangrijkste persoon in de ruimte was.

Bowman vertelde hem het hele verhaal. Dat een bijna dode Lang alles had opgebiecht. Over de dubbelganger van de president, de geheime ontmoeting in Monte Carlo. Zijn wanhopige smeekbede om zijn broer te redden voordat de Russen hem te pakken kregen.

'Heeft Freddie verder nog iets over die ontmoeting gezegd?' vroeg Mallet. 'Wat zijn broer met de Russen bespreekt misschien?'

'Nee, niets in die trant.'

'Weet je zeker dat hij verder niets heeft gezegd?'

'Ik heb je alles verteld. Dat is veel meer dan iemand ons heeft verteld.'

Mallet fronste. 'Ik geloof niet dat ik dat begrijp.'

'We hebben ons leven in de waagschaal gesteld voor die dubbelganger,' bromde Bowman. Hij voelde een steek woede in zijn borst. 'We hadden allemaal wel neergeschoten kunnen worden om hem te redden. Iemand heeft het bij de inlichtingen voor deze missie verkloot en ik wil weten wie.'

'Dat gaat jou niet aan,' antwoordde Mallet streng.

'Sorry, baas, maar daar doe ik het niet voor.' Bowman voelde de woede in zijn aderen borrelen. 'Een van onze jongens had vanavond wel dood kunnen zijn. Ik wil verdomme weten wat er aan de hand is.'

Mallet vertoonde geen spoortje irritatie en bleef volkomen beheerst. Een leraar die geduldig met een ziedende leerling omgaat.

'Ik kan niet in detail treden,' zei hij. 'Ik kan je alleen maar zeggen dat wij niets te maken hebben met deze toestand met een dubbelganger. Als we het hadden geweten, hadden we het tegen je team gezegd. Dat verzeker ik je.'

Bowman bekeek hem aandachtig, op zoek naar iets wat hem zou verraden. Maar Mallets uitdrukking was volkomen onleesbaar. Hij had net zo goed een stenen muur kunnen proberen te lezen. Toen kwam er iets anders in hem op.

Hij zei: 'De Russen moeten ook achter de aanval in Westminster Abbey zitten. Die moordaanslag.'

'Waarom denk je dat?'

'Iets zat me op dat moment niet lekker. Die aanslag was goed voorbereid. Voor zo'n aanval zouden een paar antiregeringsdemonstranten de discipline of de middelen niet hebben. Het moeten de Russen wel zijn geweest.'

Studley krabde zich op zijn hoofd. 'Waarom zouden de Russen een dummy-aanval op de president goedkeuren?'

'Als afleidingsmanoeuvre. De moordenaars wisten dat we na die aanslag onze aandacht op Seguma zouden richten. Niemand zou oog hebben voor Lang. Ze hebben die actie gepland om ons af te leiden.'

Studley bolde zijn wangen en ademde uit. 'Het Kremlin wilde deze kerel blijkbaar heel graag dood hebben.'

'Zij, of de Russische maffia,' zei Bowman.

'Is dat tegenwoordig niet hetzelfde?' Er kroop een veelzeggend glimlachje over Mallets gezicht.

'Hoe zit het met David Lang?' vroeg Bowman.

'Wat is er met hem?'

'Als het waar is wat Freddie Lang zei, dan zit hij in de problemen.'

Studley vertrok zijn gezicht tot een minachtende grijns. 'Daar zou ik geen traan om laten, Josh. Die hufter zit waarschijnlijk in Frankrijk voor een drugsdeal. Als de Russen hem te pakken krijgen, hebben we weer een domme maffioso minder om ons druk om te maken.'

Bowman schudde krachtig zijn hoofd. 'David Lang is niet dom. Het mag dan een klootzak zijn, hij is wel slim.'

'Het is een gangster,' zei Studley. 'Dat zijn allemaal idioten.'

'David Lang is anders, niet zoals andere misdaadbazen. Deze kerel heeft een IQ van 182. Geniaal dus. Hij leest filosofische boeken voor de lol en studeert economie in zijn vrije tijd. Hij is slecht, maar in de eerste plaats ziet hij zichzelf als een zakenman.'

Studley gromde. 'Dat klinkt alsof je die lul bewondert.'

'Ik noem gewoon de feiten. En ik zal je nog eens wat zeggen. Wat hij in Monte Carlo ook aan het doen is, het moet iets groots zijn. David is niet het soort kerel dat zich bezighoudt met kleine drugsdeals. Het grote geheel heeft hem altijd veel meer geïnteresseerd, zelfs toen hij nog een kind was.'

Mallet kneep zijn ogen tot spleetjes. 'Hoe weet je dat allemaal?'

'Ik ben met de Langs opgegroeid.'

'Een echte Cockney dus?'

'Geboren en getogen in Romford,' zei Bowman. 'De ruigste lui in het land, baas.'

Mallet grinnikte. 'Afgezien van ons Schotten, natuurlijk.'

'Misschien. Maar wij zijn doortrapter.'

Mallet lachte. 'Daar zul je wel gelijk in hebben,' zei hij. Toen keek hij Bowman doordringend aan. 'Dus jij kent de Lang-tweeling?'

'Iedereen kende hen, baas. We waren een hechte gemeenschap.'

'Nog criminelen in de familie, Josh?'

Bowman wist heel goed dat hij niet moest liegen. 'Mijn oom had vrienden in de onderwereld,' antwoordde hij. 'Mijn opa ook. Iedere familie kende wel iemand met banden met de Langs of een van hun bendeleden. Dat was destijds voor ons gewoon een manier van leven.'

Hij zei niets over zijn zwager en trouwste vriend, Carter Grant, die als handlanger voor de Lang-tweeling werkte. Dat hij afhankelijk was van drugs. De verdovende middelen die hij van Langs dealer kocht.

Mallet staarde hem bedachtzaam aan. 'Naar ik begrepen heb was je vroeger politieagent.'

'Dat klopt, baas. Drie jaar bij de Metropolitan Police.'

'Undercoverwerk, heb ik gehoord, bij bendes.'

Bowman knikte.

'Nogal ongebruikelijk, toch? Iemand met jouw achtergrond die bij de politie gaat. Alsof je heult met de vijand.'

'Niet echt,' zei Bowman. 'Ik heb jaren van mijn jeugd met gangsters doorgebracht. Ik heb gezien hoe ze echt werkten. Hoe ze mensen treiterden en levens verwoestten. Daar wilde ik iets aan doen. En ik wist hoe ik me in hun buurt moest gedragen, hoe ik net als zij moest praten, hoe ze dachten. Daarmee was ik bij het undercoverwerk in het voordeel. Zo kon ik me ongezien tussen hen mengen.'

'Dus jij bent expert op het gebied van maffiosi.'

'Ik weet er aardig wat van. Meer dan de meeste mensen, denk ik.'

Mallet nam de jongere man zwijgend op. Hij keek naar Bowman

zoals een slager vee op de markt keurt. Bowman wist niet wat hij dacht. Het gezicht van Mallet proberen te lezen was alsof je een boek pakte en erachter kwam dat het in een vreemde taal was geschreven. Je wist dat er woorden op de pagina stonden, maar daarmee was het boek nog niet gemakkelijker te lezen.

Toen zoemde Mallets telefoon. Hij wierp een blik op het scherm, maar nam niet op en knikte naar Bowman.

'Vergeet Davey Boy,' zei hij. 'Dat is niet jouw zorg. Maar ik moet je één ding vragen.'

'Ja, baas?'

'Zeg niets van wat je van Lang hebt gehoord tegen de politie.'

Als iemand anders hem had gezegd informatie voor de politie achter te houden had Bowman daar zijn vraagtekens bij gezet, of minstens willen weten waarom. Maar om redenen die hij zelf niet helemaal begreep wilde hij Mallet niet teleurstellen.

'Komt voor de bakker, baas,' zei hij.

Mallet keek hem recht aan en zei: 'Als ze aandringen op informatie, zeg je maar dat Freddie er totaal niet bij was en raaskalde. Je hebt geen woord begrepen van wat hij zei.'

'Ik ben ooit agent geweest,' antwoordde Bowman koel. 'Ik weet hoe het gaat, welke vragen ze gaan stellen. Ik weet wat ik moet doen.'

Mallet legde een hand op zijn schouder. 'Goed zo.'

'En die twee lijfwachten? Nog nieuws over hen?'

Snel wisselde Mallet een blik met Studley. 'Daar zijn de veiligheidsdiensten mee bezig,' zei hij. 'Maar ik zou er niet te veel van verwachten. Wie dit ook heeft gedaan zal het land uit zijn voordat we hem of haar hebben geïdentificeerd.'

'Iemand moet die beelden van de beveiligingscamera's te pakken krijgen. Als je die hebt, vind je de kerels die hiervoor verantwoordelijk zijn.'

'We zijn ermee bezig,' herhaalde Mallet koeltjes.

Weer ging zijn telefoon. Nu nam hij wel op en hij liep rechtstreeks naar de nooduitgangen. Studley keek hem na en gromde diep in zijn keel. 'Zo te zien heb je een goede indruk gemaakt,' zei hij.

Bowman wreef over zijn kaak. 'Die indruk kreeg ik niet.'

'John houdt zich alleen bezig met mensen die hij aardig vindt,' antwoordde Studley. 'Mensen in wie hij interesse heeft. Alle anderen zijn lucht voor hem. Neem het maar van mij aan, vriend. Je staat op zijn radar.'

'Dat laat hij dan op een vreemde manier merken.'

Hij zag Mallet via de uitgang verdwijnen en dacht: die kerel is een gehaaide. De afgelopen minuten heb ik hem mijn levensverhaal verteld en hij heeft niets over zichzelf gezegd.

Studley zei: 'De agenten van de Met zijn zo meteen hier. Ze zullen je kort ondervragen. Hou je aan het plan en dan komt het goed.'

'En dan?'

'Laat iemand van het medisch personeel je onderzoeken om honderd procent zeker te weten dat je die rotzooi die ze Freddie Lang hebben gegeven niet hebt binnengekregen. Het laatste waar we behoefte aan hebben is dat jij met je vege lijf door de stad banjert en overal dodelijke stoffen verspreidt.'

'En de andere jongens?'

'Die blijven bij de lijfwachten en Seguma's assistent. Er zijn medewerkers van Five onderweg om hen te ondervragen.'

'Ze zullen ze niets kunnen vertellen,' zei Bowman. 'Het zijn gewoon strooplikkers.'

'Waarschijnlijk heb je gelijk. Maar het valt te proberen. Misschien hebben ze iets over deze uiterst geheime ontmoeting gezien of gehoord.' Studley zuchtte en keek de balzaal rond. 'Wat een teringzooi.'

De vloer lag bezaaid met gebroken glas, in de haast achtergelaten hoge hakken, jasjes en juwelen. Bowman zag de vertrapte bril met dik montuur van Freddie Lang liggen.

'Ik neem later contact met je op,' ging Studley verder. 'Als ik het hoofdbureau heb geïnformeerd over deze tyfuszooi.'

***

Studley liep weg om wat mensen te bellen. Bowman ging zitten wachten. Rond half elf beende er een stel gestalten in burger door de nooduitgangen. Een man en een vrouw. De man leek wel een assistent-manager van een voorstedelijk bankfiliaal. Hij droeg een jasje ter grootte van een circustent en zwaar afgetrapte schoenen. Zijn gezicht was zacht en deegachtig, zijn lichaam een vormeloze massa vlees. De vrouw was een jaar of tien jonger, rond de vijfendertig, gekleed in een donkere kokerrok, witte blouse en een zwart jasje. Haar haar zat in een strakke paardenstaart. Ze zag er zakelijk uit, geen poespas, en een stuk gezonder dan haar partner.

Ze lieten Bowman hun identiteitsbewijs zien en stelden zichzelf voor. De kerel met het deegachtige gezicht was rechercheur Rob Hardcastle. De vrouw was hoger in rang, hoofdinspecteur Joanna Tatum. Daarmee behoorde ze tot de hoogste regionen van de afdeling terrorismebestrijding. Dat leek ze langs de moeilijke weg te hebben bereikt, met hard werken en toewijding, in plaats van dat iemand haar een gunst had bewezen. Ze had een eerlijk gezicht, een verfrissend gebrek aan pretentie. Bowman vond haar direct aardig. Tatum stelde de meeste vragen. Hardcastle stond daar alleen maar te zweten en zag er slecht op zijn gemak uit. Bowman vertelde dat hij zelf bij de politie had gezeten, dat hij wist hoe het debriefen ging en wat er van hem werd verwacht. Een verstandhouding met de agenten opbouwen. Ze laten weten dat hij ooit bij de club had gehoord, dat ze hem konden vertrouwen. Tatum maakte het hem niet te lastig met haar vragen. Ze zag ook wel dat hij een zware dag had gehad. Bowman overhandigde Tatum zijn identiteitskaart en beloofde de volgende dag langs te komen voor een volledige verklaring. Ze glimlachte vriendelijk en bedankte hem voor zijn hulp. Het verliep allemaal heel gemoedelijk, precies zoals Bowman wilde. Hij wenste hun succes en liep naar de uitgang.

Zonder acht te slaan op Studleys advies liep hij langs het medisch personeel. Als iemand met een pupillampje in zijn ogen scheen of zijn bloed testte, zou al snel duidelijk worden dat hij verdovende middelen had gebruikt. Als hij al besmet was door Lang, zou hij dat trouwens snel genoeg weten.

Bij de deur gaf hij zijn gegevens door aan een medewerker met een klembord. De medewerker gaf hem een kaartje en zei dat hij contact moest opnemen als hij symptomen kreeg. Zweten, koorts, buikkramp, misselijkheid, verwijde pupillen, spierpijn.

Gefeliciteerd, dacht hij. Je hebt zojuist het klassieke voorbeeld beschreven van afkickverschijnselen.

Even na elf uur liep hij de balzaal uit. Hij beende een doolhof van achterafstraatjes door, sloeg links af langs metrostation Bond Street en liep in westelijke richting over Oxford Street naar Marble Arch. Na een meter of vijfhonderd sloeg hij rechts af en vervolgde hij zijn weg in noordelijke richting tot hij bij het hotel kwam.

De Gold Star Lodge had niets meer met luxe te maken. Het metselwerk brokkelde af en de ramen waren smerig. De stoep voor het gebouw lag bezaaid met vogelpoep en kauwgom. Het hotel was puur gekozen vanwege de beschikbaarheid, het budget en de ligging vlak bij het hotel van de baas. Bowman nam aan dat het tweede punt de doorslag had gegeven. Maar op dat moment interesseerde het hem niet. Hij wilde alleen maar zijn kleren uittrekken, zich wassen en een nieuwe voorraad pillen scoren. Snel.

Hij nam de lift naar de zesde verdieping, glipte zijn kamer in en hing het bordje NIET STOREN aan de deur. Naast de wastafel in de smerige badkamer vond hij zijn toilettas en hij viste een tabaksblikje uit een verborgen vakje onder in de tas. Daar pakte hij een reservesimkaart en een paperclip uit, pulkte met de gebogen paperclip de simkaarthouder uit zijn telefoon en wisselde de simkaart. Daarna zette hij zijn telefoon aan, tikte zijn toegangscode in en opende de beveiligde berichtenapp. Dat was de veiligste app op de markt met versleuteling van legerniveau. Ook het Regiment gebruikte die app om tijdens missies in het geheim te kunnen communiceren. Hij koos het enige nummer dat in de contactenlijst stond. Na drie keer overgaan werd er opgenomen.

'Ik vroeg me al af wanneer je zou bellen,' zei de schorre stem. Lenny Scavell, zijn dealer.

Bowman kocht zijn opiaten het liefst van zijn zwager Carter Grant, een van de betrouwbaarste handlangers van Freddie Lang. Dat was verdomd lastig, omdat hij dan regelmatig naar Roomers moest, een club in Oost-Londen die eigendom was van de Langs, om daar Lenny Scavell te treffen. Lenny was al lange tijd partner van de Lang-tweeling. Een riskante onderneming, maar veiliger dan het spul in Hereford op straat kopen, dacht hij.

Bowman zei: 'Ik moet scoren. Het vaste recept.'

Scavell hoestte moeizaam. 'Wanneer?'

'Vanavond, maat. Zo snel mogelijk.' Daar voegde hij aan toe: 'Ik ben in de stad.'

Er viel een lange stilte. Op de achtergrond hoorde Bowman dancemuziek dreunen, verschillende stemmen. Scavell zei: 'Vanavond kan niet. Heb je die toestanden op het nieuws gezien? Een of andere terroristische aanval tijdens het koninklijk huwelijk of zo. Een gekkenhuis.'

'Ik kan niet tot morgen wachten, Lenny,' zei Bowman.

'Pech gehad. Vanavond ga ik nergens heen. Niet met al die chaos. Kom maar naar de club.'

'Dat kan niet.'

Op dit moment wilde hij absoluut niet in de buurt van de club van de Langs worden gezien. Voorlopig niet, niet na wat er met Freddie was gebeurd.

Er dreef een zucht over de lijn. 'Waar zit je?' vroeg Scavell.

Bowman gaf hem het adres van het hotel.

Weer zweeg Scavell even. 'Wacht daar. Ik bel je zo terug.' Hij hing op. Twee minuten later trilde Bowmans telefoon.

Scavell zei: 'Een van mijn jongens regelt het voor je. Maar dat kost je twee keer zoveel. Zie het maar als bezorgkosten.'

'Best.' Bowman had geen trek in discussie. 'Hoe laat kan je mannetje hier zijn?'

'Twee uur. Eerder lukt niet.'

Bowman wierp een blik op zijn G-Shock. Half twaalf. Nog tweeenhalf uur voordat Lenny's mannetje het spul kwam brengen. Dat duurde nog lang, maar hij had geen andere keus.

'Om de hoek van het hotel is een parkeerplaats,' zei hij. 'Tegenover een Vietnamees afhaalrestaurant. Zeg tegen je mannetje dat ik hem daar tref.'

Scavell omschreef de auto van zijn partner. Daarna hing Bowman op, schoof de reservesimkaart uit zijn telefoon en verving die door zijn gewone simkaart. Het andere kaartje borg hij op in het geheime vakje in zijn toilettas. Hij trok zijn pak uit, douchte en deed zijn vrijetijdskleding aan. Donkere spijkerbroek, effen T-shirt, Timberland-laarzen. Hij liet zich in de versleten leunstoel vallen, pakte de afstandsbediening en zapte langs de televisiekanalen.

Voor een politiekordon buiten het Greybourn Hotel had zich een legertje verslaggevers verzameld. Het leek erop dat niemand nog iets over het gif wist. Er waren onbevestigde meldingen van een terroristische aanval, zei de verslaggever. Ze leek kijkers er maar wat graag van te willen verzekeren dat de koninklijke familie naar verluidt in veiligheid was. Op de achtergrond flitsten politiezwaailichten.

Bowman dacht terug aan de avond dat zijn wereld instortte. Uiteindelijk gebeurde dat altijd. Aan die afschuwelijke herinnering kon hij niet ontsnappen. God wist dat hij dat had geprobeerd. Sinds die avond waren er vijftien jaar verstreken, maar de beelden stonden hem nog zo levendig voor de geest dat het soms voelde alsof het gister was gebeurd. Dan zat hij in de pub of liep hij op straat in Hereford en zag hij plotseling zijn jonge gezin dood op de keukenvloer liggen. Een momentopname, als sluikreclame in een bioscoopfilm. Dan zag hij zijn vrouw Amy, haar prachtige gezicht verwoest door de grijns die de gangsters er met de punt van een keukenmes op hadden getekend. Zijn dochtertje Sophie, in haar favoriete prinsessenjurk, een slaperige blik in haar ogen, alsof ze naast haar moeder was ingedommeld.

En het bloed. Altijd zag hij het bloed.

In de jaren na die afschuwelijke moorden had Bowman geprobeerd het leven weer op te pakken. Hij vluchtte in drank, slaappillen, andere drugs. Niets werkte. Alleen met opiaten kreeg hij iets wat leek op een vredig gevoel. De herinneringen werden er niet door tegengehouden – dat kon met geen drug ter wereld – maar ze verdoofden de pijn. Ze maakten een soort zombie van hem en hielpen hem de dag door te komen.

Maar de beelden waren de laatste tijd sterker geworden.

Hij begon elke dag een paar extra pillen te nemen en verhoogde zijn dosis. Alles om het verdriet maar te dempen, het weg te stoppen. Bowman wist dat hij een gevaarlijk spelletje speelde. Hoe meer pillen hij slikte, hoe meer had hij er nodig om gefocust te blijven. En hoe groter het risico dat hij werd betrapt. Bowman deed steeds meer moeite om zijn verslaving te verbergen, maar als hij zo doorging, zou iemand in het Regiment vroeg of laat achter de waarheid komen...

Hij keek televisie tijdens het wachten en werd met de minuut rustelozer. Om tien minuten voor twee greep hij zijn jas, portemonnee en telefoon en liep hij de kamer uit.

De dealer stond op de parkeerplaats aan het einde van het huizenblok op hem te wachten in een rode Audi A4 sedan, waarvan de motor laag bromde. Bowman bleef voor het afhaalrestaurant staan en keek naar links en naar rechts om zich ervan te verzekeren dat hij niet in de gaten werd gehouden. Toen stak hij met zijn handen in zijn jaszakken en het hoofd gebogen de straat over. Zodra hij kwam aanlopen ging het raampje aan de bestuurderskant een stukje open. Bowman haalde vier briefjes van twintig uit zijn zak. Er kwam een hand uit het raampje die het geld weggraaide. Even later verscheen de hand weer, nu met een plastic zakje gevuld met roze pilletjes. Bowman propte het zakje in zijn jaszak en liep door. Hij nam een omweg naar het hotel. Hij liep om Marble Arch heen, keerde op zijn schreden terug en bleef af en toe staan om de weerspiegeling in de etalageruiten te bekijken. De gebruikelijke maatregelen tegen surveillance.

Terug in zijn hotelkamer deed Bowman de badkamerlampen aan. Hij legde het plastic zakje neer, pakte er een pilletje uit en stopte de rest in het vakje in de pilvergruizer. Het losse tablet verpulverde hij met de vergruizer tot een fijn poeder, dat hij op het wastafelblad strooide. Klaar om op te snuiven.

Toen werd er op de deur geklopt. Bowman bleef stokstijf staan.

Zijn eerste gedachte was: ik ben gevolgd. De politie heeft gezien dat ik drugs heb gekocht en nu word ik gearresteerd. Maar nee. Hij had opgelet. De kans dat iemand hem vanaf de levering had gevolgd was nagenoeg nihil.

Wie staat er dan in godsnaam in de gang?

Weer tikten er knokkels tegen de deur.

Hij liet het drugspoeder op het wastafelblad liggen, glipte de badkamer uit en liep naar de deur. Hij schoof de grendel naar achteren en deed de deur open.

Er stonden twee gestalten in de gang.

Ze hadden de houding van twee zware jongens bij de geheime diensten en kleding die daarbij paste. Confectiepakken, goedkope kapper. Naast elkaar leken ze wel een voor- en na-foto voor een dieetpillenreclame. De kerel links had grijs haar en begon dik te worden, met zware wenkbrauwen en een scheve neus. Zijn partner was slanker en had een vierkante kaak, met de frisse huid van iemand met een uitstekende lichamelijke conditie.

Ze lieten hem allebei hun beveiligerspasje zien. Bowman wierp er een blik op. De kerel met de scheve neus heette Henderson, de kerel met de gave huid Williams. Bowman had dat soort mannen wel vaker gezien; het waren huurlingen, freelancers die door Five en Six werden ingezet voor surveillancewerk en andere taken. Ze voerden hun taken uit een soort diepe trouw aan volk en vaderland uit, nam Bowman aan. In elk geval niet vanwege het beroerde salaris.

'Josh Bowman?' vroeg de man met de gave huid.

'Ja?'

'Je moet met ons mee,' zei Williams. Zijn stem was al even nietszeggend als zijn kleding en gezicht. 'Nu, als je dat niet erg vindt.'

'Ze hebben gezegd dat je je valse identiteitsbewijs van de Wing moet meenemen,' voegde Henderson daaraan toe.

'Hoezo?' wilde Bowman weten.

'Je krijgt de groeten van John Mallet. Hij wil je spreken.'

8

Hij kreeg drie minuten de tijd om zijn spullen te pakken en ze stonden erop binnen te wachten. Dat betekende dat er geen tijd was om de verpulverde pil op te snuiven. Bowman liet ze bij de televisie achter en schraapte haastig het stofachtige poeder van het wastafelblad en gooide dat in het toilet. Hij spoelde door om het bewijs te verdonkeremanen, waarna hij zijn toilettas in zijn zwartleren weekendtas stopte, samen met zijn reserve-uitrusting en zijn Glock. Hij greep het paspoort dat op zijn dekmantelnaam stond en dat door de Wing was uitgegeven. Na een laatste controle van de kamer volgde hij Henderson en Williams de gang door. Ze namen de lift naar de lobby en Bowman werd naar buiten naar een meteorietgrijze BMW 7-serie gebracht. Zijn tas liet hij in de kofferbak achter en zelf liet hij zich op de achterbank glijden. Henderson en Williams drukten zich aan weerzijden al *manspreadend* tegen hem aan, hun handen op hun knieën geplant. Een derde kerel met stekeltjes zat achter het stuur. In zijn achteruitkijkspiegel wierp hij een blik op Bowman, knikte naar zijn partners en voegde in het verkeer in.

Bowman zat zwijgend achterin terwijl ze een omslachtige route naar het noorden namen en vervolgens oostwaarts, van Marble Arch af. Het had geen zin om te vragen waar ze heen gingen of waarom. Bowman zat al lang genoeg bij de Wing om te weten hoe het er daar aan toeging. Henderson, Williams en Stekelhaar waren voetsoldaten, betrouwbare kerels die hun werk deden en hun mond hielden. Ze hadden waarschijnlijk alleen het hoogstnodige te horen gekregen.

Maar dat betekende niet dat hij niet het ergste vreesde. De vragen tolden door zijn hoofd. *Waarom wil Mallet me om deze tijd spreken? Waarom hebben die lui gezegd dat ik mijn valse identiteitsbewijs moet meenemen?* Hij besloot dat het geen goed nieuws moest zijn. Waarschijnlijk wist Six van zijn drugsgebruik. Nu werd hij afgestoten. Ze hadden hem laten halen, zodat Mallet hem met het bewijs van zijn verslaving kon confronteren, zijn valse identiteitsbewijs in beslag kon nemen en hem kon vertellen dat zijn tijd bij de Wing erop zat.

Ze kwamen bij Middle Temple en scheurden in oostelijke richting langs Embankment. De stad trok in een waas voorbij. Bowman zag grootse victoriaanse gebouwen en brutalistische betonnen kantoren, glanzende torens van glas en staal en kranen die zich tegen de skyline aftekenden als de masten van zeilschepen in een drukke haven. Dat alles werd verlicht door de glans van duizenden straatlantaarns en lampen in appartementen. Stekelhaar nam het Blackfriars-viaduct en bleef in oostelijke richting rijden, door Cannon Street en Monument. Het was stil op de weg om twee uur 's nachts, afgezien van hier en daar een Engelse taxi en nachtbus.

Stekelhaar liet de BMW rustig zoeven op een gestage vijftig kilometer per uur terwijl ze richting Whitechapel reden. Het gebied van Jack the Ripper. Weer vroeg hij zich af waar de zware jongens hem mee naartoe namen. Ook dacht hij aan de pillen. Als Henderson en zijn maten een minuut later op zijn deur hadden geklopt, zou hij tijd hebben gehad de pil op te snuiven. Nu moest hij wachten tot na zijn bespreking met Mallet. En wie wist hoelang dat ging duren…

Ze kwamen langs de Tower of London, bereikten een kruising ter grootte van een meer en toen stuurde Stekelhaar de auto een lege taxiplaats op voor de oude Royal Mint. Hij zette de motor af.

'Wat is hier gaande?' wilde Bowman weten. 'Waar is Mallet?'

'Geduld, poppedop,' antwoordde Williams poeslief.

Hendersons blik schoot naar voren. Bowman keek dezelfde kant uit en ontwaarde een gestalte voor het zuidelijke poortgebouw die een sigaret stond te roken.

Mallet.

Hij nam een laatste trek van zijn kankerstokje, drukte de peuk uit en liep om de achterkant van de auto heen, waarna hij twee keer op het raampje aan de passagierskant klopte. Henderson liet het raampje naar beneden zoeven. Mallet boog zich naar binnen en wierp een korte blik op Bowman voor hij naar de zware jongens knikte.

'Goed, jongens,' zei hij. 'Stap maar uit. Ga je benen strekken. Laat ons even alleen.'

Zonder vragen te stellen gehoorzaamden de zware jongens. Deels omdat ze zich lager in de voedselketen bevonden dan Mallet, maar ook omdat het werd gezegd door het soort kerel die je niet kwaad wilde maken. Mallet deed een stap naar achteren, terwijl Henderson en zijn maten een meter of twee van de BMW gingen staan. Toen liet hij zich op de achterbank vallen en sloeg hij het portier dicht. Het rumoer van Londen stierf weg tot een zwak geroezemoes. Bowman wachtte nerveus.

Nu komt het, dacht hij.

Het einde van mijn loopbaan.

Mallet staarde door het raampje naar de oude Royal Mint.

'Zonde dat het zo loopt met dit gebouw,' zei hij zacht mompelend, alsof hij tegen zichzelf praatte. 'Het maakt een belangrijk deel van onze geschiedenis uit. Tweehonderd jaar geleden hebben ze de Mint vanaf de Tower hiernaartoe verplaatst. In de tijd dat onze voorouders met Napoleon knokten. Twee jaar geleden hebben we het pand aan de Chinezen verkocht. Peking gaat het als nieuwe ambassade gebruiken.' Hij schudde treurig zijn hoofd. 'We hielden de vijand altijd buiten de poort. Nu verwelkomen we ze met open armen. Het draait alleen maar om hoe diep hun zakken zijn.'

Bowman keek zonder iets te zeggen vragend naar de ex-SAS'er. *Is dit de reden dat Mallet me mijn hotelkamer uit heeft laten slepen? Om me om half drie 's nachts geschiedenisles te geven?*

'Waarom ben ik hier?' wilde hij weten. 'Wat wil je met mij?'

Mallet staarde hem neutraal aan.

'Ik zal direct ter zake komen,' zei hij. 'Ik ben hier om je een kans aan te bieden, Josh. Het soort kans dat je niet vaak krijgt.'

'Wat voor kans?'

'De kans om het tegen maffiosi op te nemen.' Er speelde een geslepen glimlachje rond Mallets lippen. 'Ik bied je de kans om voor de Cell te komen werken.'

De woorden bleven als appels aan een boom tussen hen in hangen. Bowman voelde een golf opluchting. *Mallet heeft me niet laten komen om me de laan uit te sturen.*

Dit is een sollicitatie.

'Waarom ik?' vroeg hij.

'Ik leg je alles zo meteen uit. Maar ik wil je er eerst aan herinneren dat het strikt vertrouwelijk is wat ik je ga vertellen. Niemand mag iets van dit gesprek weten. Je maten niet, je OPS-officer niet, zelfs je eigen moeder niet. Wat ik je ga vertellen blijft tussen ons. Duidelijk?'

Bowman knikte. 'Helemaal helder, baas.'

Hij kreeg een warm gevoel van opwinding. *Een paar minuten geleden dacht ik nog dat ik de zak kreeg bij de Wing. Nu bieden ze me de kans om tot de geheimste regionen van het Regiment toe te treden.*

'Vertel eens,' zei Mallet. 'Hoeveel weet je over wat wij doen?'

'Niet veel. Hetzelfde als de andere kerels op Hereford, denk ik. Jullie horen bij de Wing. Jullie werken nauw samen met de politie, Five en Six. Iets met georganiseerde misdaad.'

'Dat klopt. Maar we doen veel meer.'

Hij gebaarde langs zijn raampje naar de Tower of London. Daarboven, aan de andere kant van de Theems, rees de Shard hoog op, de spits verlicht als een of ander oud baken dat voor een ophanden zijnde invasie waarschuwde.

'Onze echte taak is om dit alles te beschermen. De Staat. Dat betekent vandaag de dag dat we de Britse zakenbelangen moeten beschermen.'

'Waartegen?' vroeg Bowman.

'Tegen elke dreiging van vijandelijke machten,' legde Mallet uit. 'Dat zijn meestal georganiseerde misdaadbendes die binnen of samen met buitenlandse regeringen werken. Die groepen willen geen militaire strijd met ons, snap je? Wat ze voornamelijk aanvallen zijn Britse bedrijven, hier of in het buitenland. Dan hebben we het over de grootste bedrijven ter wereld. Gigantische deals, waarbij miljarden Britse ponden omgaan. De geheim agenten geven het niet graag toe, maar met zakendoen houdt Groot-Brittannië zijn prominente plek aan de tafel van de wereldpolitiek. Geen kernonderzeeërs of ontwikkelingshulp, maar keiharde cash. Het is onze taak om die belangen tegen elke prijs te beschermen, in binnen- en buitenland.'

'Doet Six dat niet dan?'

Mallets glimlach verbreedde zich. 'Vroeger wel. Maar de nieuwe dreigingen waarmee we te maken hebben kan Vauxhall niet aan. In elk geval niet alleen. Ze beschikken niet over de juiste vaardigheden. Het zijn slimme lui, met hun diploma van Oxbridge en hun contacten in de City, maar in het ruige werk zijn ze niet goed. Ze hebben mensen zoals jij en ik nodig. Daarom hebben we de Cell opgericht.'

'Om een stel inhalige bankiers en belastingontduikers te beschermen?'

'Dat is niet wat wij doen. We houden ons als enige specialistische team bezig met de strijd tegen de ernstigste bedreiging voor ons land: buitenlandse criminele elites.'

Zijn Schotse accent werd duidelijker nu hij op stoom kwam over dit onderwerp. Bowman luisterde naar de rest van het verhaal.

'De wereld is veranderd, Josh. De pennenlikkers in Whitehall zeggen graag dat we niet meer in een unipolaire wereld leven. Wat ze echt bedoelen, is dat de regels van het spel het raam uit zijn gegaan en dat het ieder voor zich is. De belangrijkste dreiging komt niet meer van traditionele staatsspionnen of van groepen terroristen. Het is een tragedie als een of andere idioot in een vrachtwagen op een stel burgers inrijdt, maar dat is geen ernstige bedreiging voor de nationale veiligheid. Nee,' voegde Mallet daaraan toe, 'tegenwoordig gaat het allemaal om bendes en grote bedrijven die samenwerken.'

'Zoals in Rusland, bedoel je?'

'Precies. We weten allemaal dat Rusland geen land is, niet meer. Het is een maffiastaat met georganiseerde misdaadgroepen, oligarchen en veiligheidsdiensten aan het hoofd. Die jongens zijn niet geïnteresseerd in ideologie of staatsspionage en ze hoeven het niet tegen het Westen op te nemen in een rechtstreeks militair conflict. Slecht voor de zaken. Het enige wat hun interesseert is hun eigen zakken vullen. Ze worden puur gedreven door inhaligheid.'

'Dat klinkt niet veel anders dan de bendes in Romford, maat.'

'Amateurschurken. Onbelangrijke misdadigers,' zei Mallet met een sneer. 'Deze jongens zijn anders. Die steken met kop en schouders boven de gemiddelde crimineel uit. En het zijn niet alleen maar Russen. Dit probleem speelt wereldwijd. Waar je ook kijkt hebben netwerken van georganiseerde misdaad in regeringen geïnfiltreerd. Centraal-Amerika, Oost-Europa, Afrika, Azië. Op sommige plaatsen hebben ze de touwtjes volledig in handen. We hebben met een heel nieuwe criminele elite te maken. Die jongens vormen een ernstige bedreiging voor onze belangen, hier en in het buitenland. Daarom is de Cell opgericht: om criminele groepen te bestrijden die onze veiligheid bedreigen.'

Bowman zag een harde schittering in Mallets ogen en dacht: deze man haat maffiosi. Hij haat ze bijna zo erg als ik.

'Wat heb ik met dit alles te maken?' vroeg hij.

Mallet stak een hand in zijn jaszak, plukte een sigaret uit een ingedeukt pakje en liet het raampje zakken. Hij keek naar Bowman. 'Mag ik?'

'Mijn moeder rookte er veertig per dag. Ze is overleden aan longkanker.'

'Ja, inderdaad, het is een afschuwelijke gewoonte.'

Mallet stak zijn peuk aan. Hij nam een diepe teug lucht en ademde door het open raampje uit.

Bowman wachtte tot hij verder ging.

'We hebben groen licht gekregen voor een arrestatie,' zei Mallet uiteindelijk. 'Het is een snelle operatie en die gaat snel plaatsvinden. Op dit moment kan ik niet in detail treden. Later volgt nog een briefing, als je op ons aanbod ingaat. Maar als je meedoet, dan kun je niet meer terug. Als je meedoet, doe je mee.'

'Wie is het doelwit?' vroeg Bowman.

'Dat kan ik nu niet zeggen. Dat hoor je later. Ik kan je alleen maar vertellen dat je je land een geweldige dienst bewijst als je deze klus samen met ons klaart. Dit is een uiterst gevoelige missie, knul, en jij bent er geknipt voor.'

Bowman keek hem vertwijfeld aan. 'Wat bedoel je daarmee?'

Met een dikke vinger tikte Mallet tegen de zijkant van zijn hoofd. 'Je weet hoe maffiosi in elkaar steken. Beter dan de meeste mensen. Je bent met ze opgegroeid, je zat met ze op school. Je hebt bij de Met undercover gewerkt in bendes. Dat betekent dat je weet hoe ze werken.'

'Zijn jullie daarom in mij geïnteresseerd? Omdat ik met een paar gangsters ben omgegaan?'

'Dat is een van de redenen, ja. Er zijn ook andere.'

'Zoals wat?'

Mallet nam nog een laatste trek van zijn sigaret en gooide de peuk het raam uit. Het brandende puntje tuimelde door de koele nacht. Hij deed het raampje weer dicht.

'Ik heb je dossier gelezen,' ging hij verder. 'De Cell houdt de rest van de speciale eenheden natuurlijk goed in de gaten. We zoeken altijd naar mensen met specifieke vaardigheden. Mensen zoals jij.'

Bowman schudde zijn hoofd. 'Ik verschil niet veel van die andere kerels op Hereford.'

'Dat vind ik wel,' zei Mallet. Met zijn handen in zijn schoot staarde hij door de voorruit. 'Je hebt undercoverwerk gedaan bij de Met. Vervolgens ben je bij de politie weggegaan en heb je drie jaar bij de Special Forces Support Group gezeten. Vervolgens het Regiment met verschillende uitzendingen naar Afghanistan, Irak, gevolgd door twee jaar detachering naar het Special Reconnaissance Regiment, waardoor je over surveillancevaardigheden beschikt. Je bent uitgezonden met squadron E, dus je hebt ervaring in het werken met Vauxhall en Thames House. Daardoor ben je ongewoon, snap je?' Mallet aarzelde. 'Ik weet ook wat er met je gezin is gebeurd,' voegde hij er op gedempte toon aan toe.

Bowman voelde iets kouds en vochtigs langs zijn ruggengraat glijden. Iedereen op Hereford kende dat verhaal, de tragedie die zijn leven vijftien jaar geleden had verwoest, maar ze hadden het er nooit over waar hij bij was. Ze keken wel uit.

'Het is verachtelijk wat die Albanese misdadigers met je vrouw en dochter hebben gedaan,' ging Mallet op zachte toon verder. 'Daar zou geen echtgenoot of vader mee te maken moeten krijgen.'

Even sloot Bowman zijn ogen en de gewelddadige beelden kwelden opnieuw zijn gedachten. Hij zag de bloedspetters, de verminkte lichamen. Zijn vrouw en dochter. Vermoord.

'Daar hoef je... het niet over te hebben,' stamelde hij. 'Ik denk elke dag aan... wat er is gebeurd. Je kunt je niet voorstellen...'

Zijn stem stierf weg en hij keek de andere kant op.

Mallet zei: 'Dit is je kans om wraak te nemen. Je dierbaren kun je niet terughalen, maar ik bied je het op één na beste. De kans om hun dood te wreken.'

'Daar is het te laat voor,' zei Bowman. 'Die Albanese klootzakken zijn ermee weggekomen. Dat staat toch in je verdomde dossier, of niet soms?'

'Ja, jongen, ik weet het. Maar als je met ons samenwerkt, bestrijd je de criminele elite. De David Langs van deze wereld. Hetzelfde soort tuig dat verantwoordelijk was voor het vermoorden van je gezin. Dit is je kans om het ze betaald te zetten.'

Bowman zweeg terwijl hij Mallets aanbod in overweging nam. Maar hij wist al wat hij zou antwoorden. Herhaaldelijk had hij geprobeerd het verdriet, het rauwe leed weg te duwen. Toch had hij zich er nooit overheen kunnen zetten. Het enige waar hij naar hunkerde – wraak – lag altijd buiten bereik. De pillen hadden de pijn getemperd, maar hij had het niet kunnen loslaten. Nu kreeg hij de kans waarnaar hij altijd op zoek was geweest.

Een stemmetje in zijn achterhoofd zei dat hij Mallet niet moest vertrouwen. *Die kerel mag dan een legende binnen het Regiment zijn, hij is ook een eersteklas manipulator.* Maar op dat moment kon het hem niets schelen.

'En als ik ja zeg?' vroeg hij. 'Wat dan?'

Mallet staarde hem aan. 'Laat me heel duidelijk zijn: dit is een tijdelijke post. Er bestaat geen garantie dat je mag blijven als de missie is afgerond. Als je het verknalt, ga je linea recta terug naar de Wing.'

'Dat risico neem ik. Hoe zit het met Hereford?'

'De commandant heeft zijn goedkeuring gegeven,' antwoordde Mallet. 'Ook heb ik met Studley gesproken. Alles is geregeld. Je zit bij de Wing, dus je bent al nagetrokken. Wat betreft de administratieve rompslomp – valse paspoorten en identiteitsbewijzen, dekking –, dat wordt allemaal later geregeld.'

'Ik heb een accommodatie nodig,' merkte Bowman op. 'Een plek om te pitten, zolang ik hier bij jullie gestationeerd ben.'

'We regelen wel iets voor je,' verzekerde Mallet hem. 'Maar dat wordt geen luxe. Een eenkamerflatje in Acton, meer kunnen we je niet bieden.'

'Ik heb in mijn jeugd erger meegemaakt,' zei Bowman met het vervallen rijtjeshuis uit zijn kinderjaren in gedachten. 'Vanwaaruit opereren jullie?'

'Dat leg ik zo uit,' antwoordde Mallet. 'Maar voor we verder gaan, moeten we een paar basisregels vaststellen.'

Bowman luisterde hoe Mallet die op zijn vingers aftelde.

'Eén. Ons werk bij de Cell is strikt geheim en als dat nodig is, ontkennen we alles volledig. Dat betekent dat je tegenover buitenstaanders met geen woord rept over wat je doet, ziet of hoort. Het werk voor ons is hetzelfde als aan de boemel gaan in Vegas. Wat er bij de Cell gebeurt, blijft binnen de Cell.'

'Mij best,' zei Bowman. 'Wat nog meer?'

'Je hoeft geen "baas" tegen me te zeggen. Vanaf nu mag je me John noemen. Door de aard van ons werk bevinden we ons soms in het gezelschap van mensen buiten het Regiment. Mensen die niet weten wie we zijn of wat we doen. Ik wil niet dat je het in zo'n situatie verkloot.'

'Dat kan ik me voorstellen... John.'

Mallet zweeg even en keek hem lang en doordringend aan. 'Nog één ding. Je zwager, Carter Grant.'

'Wat is er met hem?'

'Dat is een crimineel. Dat hoef je niet te ontkennen. Het kwam naar boven toen je je bij de Wing aansloot. Destijds besloot het hoofdkantoor het door de vingers te zien, maar nu moet je uit zijn buurt blijven. Je mag niet samen met een figuur uit de georganiseerde misdaad worden gezien, hoe moeilijk dat ook voor jou persoonlijk is.'

Bowman voelde een steek van angst. Hij herinnerde zich nog de doorlichtingsprocedure die hij had doorlopen toen hij zich bij de Wing aansloot. Ze hadden naar zijn telefoontjes geluisterd, zijn berichtjes, e-mails en posts op social media gelezen. Ze waren zelfs in zijn bankafschriften gedoken, op zoek naar vage transacties. Destijds dacht hij dat alles in orde was. Maar nu vroeg hij zich af wat ze nog meer hadden ontdekt. In gedachten ging hij de tripjes van de afgelopen maanden na naar de club van Freddie Lang in Romford, de pillen die hij van Lenny Scavell had gescoord.

Weet Mallet van mijn verslaving? Zo ja, waarom biedt hij me dan een baan bij de Cell aan?

'Ik begrijp dat het moeilijk is om geen contact te hebben met je zus en je nichtje,' ging Mallet verder. 'Maar dat offer moet je brengen als je bij de Cell wilt.'

Bowman zuchtte onhoorbaar van opluchting. *Hij weet het niet.*

'Nou?' Mallet spreidde zijn handen. 'Heb je interesse?'

'Fuck it,' zei hij. 'Ik doe mee.'

'Mooi zo.'

Mallet draaide zich om en tikte met zijn knokkels twee keer op de ruit. Door het getinte glas zag Bowman dat de zware jongens zich omdraaiden en de portieren openrukten, voordat ze zich weer in de BMW vouwden. Henderson zat op de passagiersstoel en Stekelhaar ging achter het stuur zitten. Williams propte zichzelf achterin naast Bowman en Mallet. Die laatste gebaarde in het achteruitkijkspiegeltje naar de bestuurder.

'Oké, jongens. We gaan.'

Stekelhaar keek hem in het achteruitkijkspiegeltje aan en startte de motor. Soepel stuurde hij de taxistandplaats af en reed met een blik over zijn schouder de hoofdweg op. Ze reden langs de oude Royal Mint, in oostelijke richting, voorbij Tower Bridge.

'Waar gaan we heen?' vroeg Bowman.

'Het hoofdkwartier,' antwoordde Mallet. 'Over een half uur is er een briefing voor het team. Dan vertellen we je alles over de missie.'

9

Ze reden eerst oostwaarts en toen naar het noorden, van de rivier af. Bowman zat achterin en vocht tegen een golf uitputting. Het ging allemaal zo snel, veel sneller dan hij had verwacht. Bowman had aangenomen dat de kerels hem na de bespreking met Mallet naar zijn hotel zouden brengen. Dan kon hij een paar pillen slikken en even pitten, voordat hij de volgende ochtend alle informatie kreeg.

In plaats daarvan gingen ze direct aan het werk.

Zet je eroverheen. Later krijg je genoeg tijd om uit te rusten.

Stekelhaar bleef de BMW rustig door Aldgate sturen. Ze passeerden een rommelig allegaartje van oude kerken, nieuwe appartementen en kiprestaurants. Door de warboel staken stukjes van de oude stad: een ouderwetse kroeg die naar een lang vergeten admiraal was genoemd, een snackbar, een curryhuis dat eruitzag alsof het al bestond in de tijd van de Franse Revolutie. Stekelhaar sloeg een paar keer snel achter elkaar af en toen reden ze door een brede straat geflankeerd door appartementenblokken van staal en trendy glazen flexwerkplekken. De straat lag er om half drie 's nachts verlaten bij. Na driehonderd meter gebaarde Mallet dat ze moesten stoppen.

'Oké,' zei Mallet. 'Zet ons hier maar af.'

Stekelhaar parkeerde de BMW langs de weg, maar liet de motor draaien. Vragend keek Bowman Mallet aan. Vanaf de Royal Mint waren ze misschien zes minuten onderweg geweest.

'Zit de Cell echt hier?'

'Stap maar uit,' zei Mallet. 'Volg mij.'

Ze lieten zich van de achterbank glijden en hun adem vormde wolkjes in de avondlucht. Henderson liep om de auto heen, maakte de kofferbak open en gaf Bowman zijn leren weekendtas. Hij dook weer op de bijrijdersstoel en even later scheurde de BMW weg.

Bowman liep achter Mallet aan, die de weg overstak, naar een saai grijs gebouw dat tussen een gastropub en een accountantskantoor ingeklemd lag. Voor de ramen op elke verdieping hingen jaloezieën. Voor de ingang was een afdakje, maar er was geen bedrijfsnaam te bekennen. Niets wat aangaf wat er binnen gebeurde.

'Wat is dit hier?' vroeg Bowman.

'Vroeger was het een politiebureau,' antwoordde Mallet. 'In de jaren zeventig, voor jouw tijd. Een paar decennia geleden is het gesloten en sindsdien staat het leeg. In de kelder bevindt zich een schietbaan. Die gebruiken de jongens van SO19 om te oefenen met schieten, maar verder weet niemand ervan.'

'Is dit jullie basis?'

'Voorlopig. Op een dag wordt het voor een hoop geld verkocht aan een projectontwikkelaar,' mopperde hij. 'Maar voorlopig is het ons hoofdkwartier.'

Bowman keek omhoog naar het zes verdiepingen tellende gebouw. Hij had zich voorgesteld dat de basis van de Cell ergens afgelegen lag, ver van het openbare leven. Zoiets als een verlaten industrieterrein in Hertfordshire of Essex. Niet op een paar minuten lopen van de bruisende City.

'Valt dit niet te erg op?' wilde hij weten.

'In Ulster hield het Regiment zich in het volle zicht verborgen,' bracht Mallet hem in herinnering. 'Wij doen precies hetzelfde. En dat geeft ons de kans om de eikels in de City in de gaten te houden.'

Bowman liep achter hem aan het trapje op. Bij de intercom aan de muur bleven ze staan. Aan beide kanten van de deur hingen bordjes waarop werd gewaarschuwd dat er beveiligingscamera's hingen. Mallet drukte op een grote knop en keek naar de camera boven de deur om zich aan wie daar ook achter zat bekend te maken. Er verstreken een paar seconden. Toen zoemde de deur open en ging Mallet Bowman voor een schaars gemeubileerd informatiebureau in. De inrichting was ongelooflijk gedateerd: versleten tapijt, nicotinevlekken op de muren, tl-verlichting. Op elk oppervlak lag een dikke laag stof. Achter een glazen scherm zat een dikke, verveeld uitziende beveiliger naar een rij computerschermen te staren.

Mallet stak zijn toegangspasje omhoog. De mollige bewaker wierp er een korte blik op, gebaarde dat de twee mannen konden doorlopen en keek toen weer naar de schermen. Mallet liep voor Bowman uit een nietszeggende gang door, tot ze bij een rij liften kwamen. Hij drukte op het knopje, de versleten metalen deuren gingen schrapend open en ze stapten de lift in. Met zijn kaart veegde Mallet langs de lezer. Hij drukte nog een knop op het paneel in en de deuren schoven dicht.

Krakend en rammelend daalde de lift naar de gewelven van het pand.

'Wij zitten in de onderste kelder,' legde Mallet uit. 'De schietbaan ligt een verdieping boven ons. De jongens van SO19 weten dat ze ons niet lastig moeten vallen. Als we de schietbaan willen gebruiken hoeven we alleen maar te bellen om te reserveren.'

'Wie weet er nog meer dat we er zijn?'

'Alleen de hoge omes van Vauxhall en Thames House. Een of twee mensen van het ministerie van Buitenlandse Zaken. De politiecommissarissen. Verder niemand. We zijn het best bewaarde geheim in Londen.'

Plotseling begreep Bowman waarom de Cell dit gebouw als hoofdkwartier had gekozen. Het was volledig beveiligd, anoniem en gemakkelijk bereikbaar vanaf Whitehall, Scotland Yard en de City. Niemand zou er ooit achter willen komen wat er in het pand gebeurde, en als dat wel zo was, dan zouden de beveiligers het wel oplossen. De Cell kon volledig in het geheim zijn gang gaan.

Met een schrapend geluid openden de deuren en Mallet ging hem voor weer een korte gang door. Voor een dikke stalen deur met een biometrisch slot bleven ze staan.

'Toegang gaat via vingerafdruk,' legde Mallet uit. 'Direct na de briefing zetten we jouw vingerafdruk in het systeem. Dan krijg je ook een toegangspasje.'

Hij drukte zijn wijsvinger tegen de sensor. Met een vrolijk piepje ging de deur open. Mallet drukte de deurhendel naar beneden, deed een stap naar binnen en bleef toen in de deuropening staan.

'Hier is het. Als je deze kamer binnengaat, is er geen weg terug meer.'

Bowman blies zijn adem uit. 'Ik ben er klaar voor,' zei hij.

'Mooi zo.'

Hij stapte de drempel over, een spelonkachtige ruimte in met leidingen langs het plafond en kale stenen muren. De ruimte was enorm, zo groot als een half voetbalveld. Aan de ene kant lag een wapenkamer, veilig achter een aparte stalen deur. Vlakbij stond een rij computers en lag een stapel handzenders en mobiele telefoons aan de oplader. In een andere hoek zag hij een open garderobe. Aan een kledingrek hingen pakken, modieuze sportkleding en jurken, evenals vier koeriersoveralls: felblauwe shirts met oranje rand, bijpassende honkbalpetjes en donkere broeken. Naast de garderobe stond een make-upstation met een door ledlampen omgeven spiegel, een pruikenstandaard en een make-upkoffer met poeders, liners en kwasten. Bowman zag schoenenrekken vol hoge hakken, gympen, wandellaarzen en leren brogues. Aan een kant van de ingang bevond zich een keukenwerkblad, met een magnetron, waterkoker, gewoon koffiezetapparaat, broodrooster en een gootsteen. Verderop was er een aparte ontspanningsruimte ingericht met een flatscreentelevisie, twee banken en een paar leunstoelen. Bowman zag ook een snookertafel, een dartbord, kluisjes en een rij stapelbedden met her en der tassen op de vloer.

Aan de andere kant van de kamer stonden twee gestalten in burgerkleding over een kaart gebogen. Een van hen was klein, een meter zestig of vijfenzestig misschien. De man naast hem was minstens een halve kop groter en had een donkere huid, met kortgeschoren haar, als een zwart, leren kalotje. Ze sloegen geen acht op Bowman. Hij zag dat een tenger gebouwde vrouw zich naar haar twee collega's haastte. Ze droeg een strakke, zwarte spijkerbroek, een blouse en een donkere blazer. Ze had een onopvallend gezicht, kort donker haar en aardbeikleurige lippen.

'De rest van het team,' zei Mallet. 'Zo meteen word je aan hen voorgesteld. Daarheen.'

Hij wees naar een groot bouwwerk midden in de ruimte. Op het eerste gezicht leek het een stalen container van zes meter lang en drie meter breed, met zijkanten van metalen golfplaten. Zo'n ding als je ook op transportschepen of goederentreinen opgestapeld zag staan. In een van de langere panelen was een metalen deur gezet, zag Bowman.

'Dat noemen we de Keet,' legde Mallet uit. 'Die is volledig geluiddicht en vrij van afluisterapparatuur. Daar houden we onze briefings.'

Verbaasd keek Bowman rond. 'Hoelang zit dit al allemaal hier beneden?'

'Negen jaar. Vanaf het moment dat we de Cell hebben opgericht.'

'Uit hoeveel leden bestaat het team?'

'Zes, inclusief ikzelf,' antwoordde Mallet. 'Jij bent nummer zeven. Twee jongens zijn op dit moment met een andere klus bezig. Uitgezonden naar het buitenland.'

Bowman hoorde hem amper. De adrenaline gierde door zijn aderen. De vermoeidheid van eerder die avond was nu alleen nog maar een herinnering. Een uur geleden zat hij in zijn waardeloze hotelkamer televisie te kijken. Nu was hij bij een dringende missie van de Cell gehaald. Er stond wat groots te gebeuren, dat voelde hij. En hij zou direct bij de actie betrokken zijn.

Precies zoals ik het wil.

Mallet zei: 'Leg je spullen maar bij de stapelbedden en kom dan naar de Keet. Ik wil je iets laten zien.'

Hij liep naar de Keet. Bowman beende de kamer door en gooide zijn weekendtas op een van de lege bedden. Toen haastte hij zich naar de geluiddichte ruimte en stapte naar binnen.

Midden in de Keet stond een vergadertafel met acht stoelen eromheen en een telefoon met luidspreker voor vergaderingen. Door het vierkante gat kronkelden draden naar onzichtbare stopcontacten en modems onder de tafel. De muren waren bedekt met schuimtegels met eierdoospatroon. Om de ruimte geluiddicht te maken. Dat had Bowman wel eerder gezien, bij safehouses van MI6 op andere plekken in de stad.

Mallet stond voor een groot prikbord tegen de achtermuur. Op het bord waren allemaal foto's ter grootte van een ansichtkaart bevestigd, die met stukken rode draad met elkaar waren verbonden. Bowman zag een foto van een vorstelijk herenhuis dat uitkeek over een baai, een buitenaanzicht van een glimmend appartementencomplex. Een foto van Ken Seguma, samen met andere gezichten die hij vaag herkende. Familieleden van de president.

In het midden van het bord hing een kiekje van David Lang.

Bowman ging naast Mallet staan en keek beter naar de foto. Die bleek op een of ander feest te zijn genomen.

Een besloten bijeenkomst. Lang zat tussen een stel potige kerels in donker pak aan een tafel, met een fles wijn voor hen. De twee stevige kerels glimlachten terwijl ze voor de camera poseerden, maar David Lang niet.

Hij leek bijna als twee druppels water op zijn tweelingbroer. Hij was magerder dan Freddie, tenger en met slanke heupen, en er zaten her en der grijze strepen in zijn haar. Maar hij had dezelfde gewelfde wenkbrauwen als Freddie, dezelfde dunne lippen en wrede, kille ogen. Hij was keurig gekleed in een linnen jasje en de bovenste twee knopen van zijn overhemd waren open, waardoor een pluk borsthaar en een gouden ketting zo dik als een strop zichtbaar waren. Aan zijn linkerpols droeg hij een grof horloge met een spin op de wijzerplaat. Dat model had Bowman weleens eerder gezien. De Russische president had precies zo'n horloge. Dat had hij ergens gelezen. Een model met beperkte oplage, dat bijna een half miljoen Britse pond kostte.

Hij keek naar Mallet en prikte met een vinger naar het bord. 'Is dit degene die we gaan arresteren? David Lang?'

Mallets ogen glommen boosaardig en er gleed een glimlach zo scherp als een machete over zijn lippen. 'Ik zei toch dat we maffiosi bestreden, knul. Lang is inderdaad het doelwit. We hebben hem al een tijdje in het vizier.'

'Wat is het plan?'

'We gaan naar Monte Carlo,' antwoordde Mallet. 'Vanmorgen nog, over een paar uur. Dan grijpen we Lang en doen we hem een onweerstaanbaar aanbod.'

10

Even hing de stilte zwaar in de lucht. Bowman bekeek de gezichten op het prikbord nauwkeurig en de gedachten tolden door zijn hoofd. Door zijn uitgeputte brein had hij moeite te verwerken wat er speelde. Hij keek naar Mallet.

'Wisten jullie van de bespreking in Monaco? Met de Russen?'

Mallet liet een hand in zijn jaszak glijden en haalde een pakje nicotinekauwgum tevoorschijn. 'Mogen niet roken in de kelder,' zei hij. 'Om gezondheids- en veiligheidsredenen.'

Hij drukte een kauwgumpje uit de verpakking en stak dat in zijn mond.

'We waren van enkele details op de hoogte,' ging hij verder. 'Basisinformatie over de ontmoeting. Maar we wisten niet dat president Seguma erbij betrokken was of van de val die de Russen van plan waren te zetten. Nu weten we dat wel, dankzij jou.'

'Wat doet Lang daar?'

Luid kauwend gebaarde Mallet naar twee andere foto's op het prikbord. De kerel links was pafferig en kalend en had zware oogleden en een piekerig baardje. Het bleke gezicht rechts had een puntige neus en ogen als kogelgaten in een papieren doelwit.

'Het is de bedoeling dat Lang twee Russische staatsburgers treft,' legde Mallet uit. 'Vandaag. Over acht uur. Een van de aanwezigen is Aleksej Bezoeglov, de Russische ambassadeur voor Monaco.'

Hij tikte tegen de foto van de kale man met het piekerige baardje.

'De andere is deze kerel,' ging hij verder. 'Sergei Galkin.'

'Nooit van gehoord.'

'Logisch. Galkin is een van de oorspronkelijke oligarchen. Financier uit de late jaren negentig. Hij maakt deel uit van de vriendenkring van de president, uit de tijd dat hij nog burgermeester was van Sint-Petersburg. Houdt zich gedeisd. Hij is de Handige Harry van het Kremlin. Als er iets moet gebeuren, halen ze Galkin erbij.'

'Enig idee waar deze bespreking over gaat?'

'Six heeft wel wat ideeën. Ze denken dat Lang achter onze rug om bezig is een of andere deal met het Kremlin te regelen.'

'Wat voor soort deal?' vroeg Bowman.

'Misschien zetten ze hem onder druk om naar het andere kamp over te lopen. Maar dat weten we niet zeker. Daarom moeten we erheen. Om erachter te komen wat die klootzak van plan is.'

'Lang speelt nu met de grote jongens mee, hè?'

Mallet lachte. 'Er is heel wat veranderd sinds de tijd dat hij benen brak in vuige pubs in East End. Dat is een ding dat zeker is.'

'Waar vindt de bijeenkomst plaats?'

'In het landhuis van Galkin, aan de kust in Antibes. Het is de bedoeling dat Lang de Russen daar om twaalf uur 's middags plaatselijke tijd treft. We zijn de afgelopen week bezig geweest met het plannen van de operatie om hem te arresteren. Nu hebben we groen licht gekregen.'

Bowman knikte. In het verleden had hij aan genoeg soortgelijke missies gewerkt. Hij kon zich wel voorstellen hoe de planning vorm had gekregen. Eerst zou de Cell een directe reactie hebben opgesteld. Een grof plan, eenvoudig maar effectief. Zoals iemand die een bar in loopt en iemand anders een knal voor zijn kop geeft. Met het bekend worden van nieuwe informatie zou het plan dagelijks zijn aangepast en opgepoetst, zodat het team een gerichte actie kon voorbereiden. Die zou geraffineerder zijn dan het noodplan. Ze zouden er dagelijks aan werken en de details bijstellen, totdat het team groen licht kreeg.

Zijn blik richtte zich op een andere foto op het bord, naast die van Seguma's familieleden en adviseurs. Een door de zon gebleekt gezicht, lang en mager, met lang donker haar en een borstelige baard. Hij droeg een kaki shirt met korte mouwen en stond naast een stel soldaten in gevechtskleding.

'Dat gezicht ken ik,' zei Bowman. 'Dat is Mike Gregory. Hij was mijn oude commandant bij squadron B. Ik heb in Irak onder hem gediend.'

'Toen had hij minder gezichtsbeharing,' zei Mallet met een grijns. 'Tegenwoordig is hij hariger dan Bigfoot.'

'Wat heeft hij met dit alles te maken?'

'Mike is de belangrijkste veiligheidsadviseur van de president. Dat werk doet hij al drie jaar. Ik nam aan dat je dat wist.'

Bowman schudde zijn hoofd. 'Ik heb gehoord dat hij in Karatandu zat en in de privébeveiliging werkte. Maar ik wist niet dat hij rechtstreeks voor de president werkte.'

'Mike had een contract om een van de grote mijnen te beveiligen. Na afloop van die klus hield Seguma hem in dienst. Hij behoort tot het handjevol vertrouwelingen van de president. Misschien is hij afgezien van zijn naaste familie wel de enige die de president vertrouwt. Seguma gaat nog niet schijten zonder hem eerst om advies te vragen.'

'Mike heeft het goed voor elkaar. Fijn voor hem.'

'Ben je een fan van hem?'

'Hij is een van de goeie jongens. Beste officier die ik ooit heb gehad. Heeft me bij de Selectie mooi gered.'

Mallet fronste. 'Hoe dat zo?'

'Hij zat destijds bij de afdeling training. Op een avond raakte ik betrokken bij een vechtpartij in een pub in Hereford. Dat was niet mijn schuld. Ik bemoeide me nergens mee, maar een of andere dronken idioot zocht ruzie. Van het een kwam het ander en de politie kwam en arresteerde me. Daarvoor had ik uit mijn eenheid kunnen worden gezet, maar Mike bemoeide zich ermee en nam het voor me op.' Bowman fronste. 'Hij zit toch niet in de problemen?'

'Dat denken we niet. Mike staat hierbij aan de zijlijn. Hij bewaakt het fort terwijl zijn baas in Monte Carlo zit.'

'Hoe zijn jullie erachter gekomen dat er een bijeenkomst plaatsvindt in Antibes?'

'We houden Davey Boy al maanden in de gaten. De jongens van Six hebben in elk hoekje van zijn zakenimperium geïnfiltreerd. Ze hebben zijn computer en zijn telefoons gehackt. Overal in zijn panden zitten microfoontjes. Zijn accountant, zijn persoonlijke assistent en zelfs zijn schoonmaker zijn naar ons overgelopen.'

Bowmans gezicht bleef uitdrukkingsloos, maar hij voelde een steek van bezorgdheid. Even vroeg hij zich af of Six zijn verslaving had ontdekt toen ze Langs leven uitplozen. Maar die angst zette hij direct opzij. Nee. Mallet zou hem onmogelijk bij de Cell hebben gevraagd als hij wist hoe afhankelijk hij van opiaten was.

Er bestond in elk geval geen kans dat David Lang zijn gezicht zou herkennen, stelde Bowman zichzelf gerust. In tegenstelling tot zijn tweelingbroer had David zich altijd ver gehouden van straatcriminaliteit en geweld. Hij ging niet met schurken en drugsdealers om, maar deed legitiem zaken. Hij hing niet rond in de club in Romford.

Mijn geheim is veilig. Voorlopig.

Hij vroeg: 'Waar is Lang nu?'

'In zijn appartement,' antwoordde Mallet. 'Met uitzicht op het strand in Monte Carlo. Daar arresteren we hem. Dan krijgt hij de keuze. Of hij gaat met ons mee terug en wordt in voorlopige hechtenis genomen, of er staat hem iets veel onaangenamers te wachten. Hoe dan ook, die klootzak gaat mee terug naar het VK.'

'En als hij weigert?'

'Geloof me, dat gebeurt niet.'

Bowman keek weer naar het prikbord en hij zoog lucht tussen zijn tanden door naar binnen. 'Het zal niet gemakkelijk zijn hem alleen te krijgen. Het wemelt in dat vorstendom van de politie en de camera's.'

'We weten hoe we binnen moeten komen,' zei Mallet.

'Hoe dan?'

Fronsend keek Mallet naar zijn Breitling. 'Er is geen tijd om nu op de details in te gaan. Later informeren de andere jongens je wel verder. Die vullen de informatie aan.'

'Maar waarom haal je me er nu bij? Jullie zijn dit al dagen aan het plannen.'

'Er waren twee andere jongens die aan deze operatie zouden deelnemen. Een voorhoede van het Special Reconnaissance Regiment. Die zijn er speciaal voor deze missie bijgehaald. De afgelopen achtenveertig uur waren ze ter plaatse in Monte Carlo en hielden ze Lang in de gaten. Ze zijn nu uit beeld.'

'Wat is er gebeurd?'

'Ze zijn vanavond laat in Monte Carlo gearresteerd. Een autoongeluk. Nu komen we twee man tekort en met zijn drieën kunnen we de missie niet uitvoeren. Dat is te weinig. Iemand moet het gat opvullen. Dat ben jij.'

Behoedzaam knikte Bowman. Het was niet ongewoon dat iemand uit het Regiment op het allerlaatste moment nog voor een missie werd gerekruteerd. Iemand uit het team kon tijdens een training een vervelend ongeluk krijgen en dan werd er als lastminute vervanging iemand anders bijgehaald. Er was dan niet veel tijd om alles door te nemen: het plan, zijn taak, de standaardprocedures voor de missie.

'Wanneer vertrekken we?' vroeg hij.

'Meteen na de briefing. Onze contactpersoon van Six geeft meer uitleg.'

Mallet strekte zijn rug en beende naar de deur.

'Iedereen de Keet in!' beval hij. 'Teambriefing over vijf minuten.'

Buiten de ruimte hoorde Bowman het schrapen van metaal op beton, papieren die werden verschoven, laptops die werden dichtgeklapt. Mallet liep om de tafel heen, ging vlak bij de telefoon met luidspreker zitten en gebaarde naar de lege stoel naast hem.

'Ga zitten, Josh. Je zit met vragen, heel begrijpelijk. Binnenkort wordt alles duidelijk.'

Bowman ging zitten en staarde naar het bord, terwijl de vragen door zijn hoofd maalden. Hij dacht aan de bijeenkomst in Monaco.

Hij dacht aan David Langs contact met Galkin en Bezoeglov en president Seguma en hij vroeg zich af wat er in godsnaam gaande was in Monte Carlo.

Toen had hij geen tijd meer om na te denken, want de drie andere leden van de Cell kwamen de Keet binnen. Als eerste de vrouw met de aardbeikleurige lippen, daarna de zwarte kerel met het stekelhaar. Als laatste kwam de korte man binnen. Op het moment dat hij de deur dichtdeed, ging er boven hen een rood lampje branden ten teken dat de Keet volledig beveiligd was. Hij ging naast zijn collega's zitten.

'Iedereen, dit is Josh Bowman,' zei Mallet. 'Hij komt ons versterken bij deze missie, als vervanging van de twee andere idioten. Misschien hebben een of twee van jullie al met hem samengewerkt. Als dat niet het geval is, Josh zit bij het Regiment. Komt uit squadron B, mijn oude team.'

Mallet gebaarde naar de korte kerel. Keith 'Tiny' Loader was de kleinste binnen het 22ste SAS, maar ook een van de meest geharde. Onder een V-vormige haarlok op zijn voorhoofd prijkte een woest gezicht en zijn handen waren bezaaid met littekens. Maar hij glimlachte warm en zijn grote, ronde ogen stonden vriendelijk.

'Je kent Tiny vast nog wel van je tijd op Hereford,' zei Mallet.

Bowman knikte. 'We hebben samen de Selectie doorlopen. Hij eindigde hoger bij de uiteindelijke uithoudingsproef.'

Loader grinnikte, waarbij een rij bruin gevlekte tanden te zien was. 'In die tijd was je een verwaande knuppel, knul.' Hij sprak met een zangerig Welsh accent, dat deed denken aan de valleien in Zuid-Wales.

'Een typische Para: willen altijd de voordeur intrappen en iedereen doden.'

'Ingenieurs,' schimpte Bowman. 'Denken altijd dat ze het beter weten.'

'Omdat dat ook zo is, maat. We glippen door de achterdeur naar binnen, terwijl jullie via de voorkant gaan.'

Bowman lachte.

'Hoe is het tegenwoordig in het gekkenhuis?'

'Best,' antwoordde Bowman. 'Alles prima met de jongens.'

'Staat Sally Stevens achter de bar in de Green Dragon?'

'Geen idee.'

'Dat is een topvrouw. Bloedmooi. Als ik daar nog zat, zou ze allang een Loader-injectie hebben gehad.' Hij knipoogde. 'Met een naald van achttien centimeter, als je begrijpt wat ik bedoel.'

'Als je dat zou doen,' zei Mallet, 'dan zou het de eerste keer zijn dat je in de pub iets anders scoort dan snookerpunten, Tiny.'

Bowman en Mallet lachten samen soepeltjes. Hoewel de andere jongens van het Regiment Loader vaak plaagden, had iedereen respect voor zijn vaardigheden als soldaat. Hij gedroeg zich net als veel leden van het Corps of Engineers slim en bedachtzaam. Ook was hij tot op het bot loyaal. In het openbaar deed hij of hij van de vrouwtjes hield, maar iedereen wist dat hij in het geheim zijn jeugdliefde Mary en hun acht kinderen aanbad. Een van de sergeants had hem na het doorlopen van de Selectie als pesterij de bijnaam Tiny gegeven, maar die naam droeg Loader als een ereteken. Dat hij in de zeik werd genomen, had hem er alleen maar toe aangezet harder te werken, te bewijzen dat hij niet onderdeed voor wie dan ook binnen het Regiment. Bowman was oprecht blij dat hij bij het team zat.

Mallet zei: 'Tiny is de hospik van het team. Hij gaat ook over alles wat te maken heeft met binnenkomen en het omzeilen van beveiligingssystemen. Zoals je weet, stond hij vroeger aan het hoofd van de afdeling inbraak van Hereford. Als er een klus geklaard moet worden, dan moet je hem hebben. Of als je een slechte openingszin nodig hebt.'

Hij wees naar de man rechts van Loader, die met het stekelhaar. In het tl-licht van de Keet zag Bowman dat zijn kin een knoop aan rozig littekenweefsel was. Hij was slank en hard, met spieren als cement en een felle blik in zijn ogen. De kerel straalde een stille intensiteit uit, merkte Bowman. Alsof hij bij de minste provocatie in geweld kon uitbarsten.

'Dit is sergeant Patrick Webb,' zei Mallet. 'Hij komt van het Special Reconnaissance Regiment.'

'Mooi, maat,' zei Bowman. 'Hoe gaat het?'

Webb knikte kort ter begroeting.

Mallet ging verder: 'Patrick is onze belangrijkste surveillance-operator en het talenwonder van het team. Spreekt zeven talen vloeiend. Hij heeft drie jaar bij het SRR gezeten voordat hij door Thames House werd uitgekozen. Nu werkt hij voor ons.'

Bowman knikte. Het Special Reconnaissance Regiment was de moderne opvolger van de Det, de schimmige verkenningseenheid die in Noord-Ierland met het Regiment samenwerkte. Kandidaten voor het SRR werden getraind in veel van dezelfde vaardigheden als hun voorgangers van de Det. Het waren de ultieme onopvallende mannen en vrouwen die opereerden waar anderen dat niet konden. Ze verkenden doelwitten en observeerden vijandelijke posities. De veiligheidsdiensten hechtten grote waarde aan hun vaardigheden en rekruteerden vaak SRR-operators om surveillancewerk uit te voeren.

'Josh heeft zelf ook twee jaar bij het SRR gezeten,' zei Mallet tegen Webb.

'Wanneer ben jij bij het SRR gegaan, maat?' wilde Bowman weten. 'Ik kan me niet herinneren dat ik je in de OPS-ruimte heb gezien toen ik er was.'

'Vier jaar geleden,' antwoordde Webb met een zwaar Birminghams accent. 'We kennen elkaar niet.'

'Ah, je bent een Brummie. Villa-supporter?'

'City.'

Daar liet hij het bij en hij staarde Bowman uitdrukkingsloos aan, zijn lippen tot een harde streep vertrokken. Er viel een lange stilte tussen hen. Bowman dacht dat hij zo iemand was die liever zweeg dan over koetjes en kalfjes praatte.

Mallet wendde zich tot het derde teamlid. De donkerharige vrouw met de aardbeirode lippen.

'Kapitein Alex Casey,' zei hij. 'Zij komt ook van het SRR.'

Casey glimlachte naar hem. Ze had een klein, muizig gezicht met een wipneusje en een slanke hals, maar de grote, groene ogen stonden constant alert en namen alles in zich op, misten niets. Haar haar met zijscheiding had de kleur van koffiedik.

'Alex is onze elektronicaspecialist,' vertelde Mallet. 'Ze gaat over onze surveillanceapparatuur, communicatie, nanodrones. Alex kan alle technische dingen regelen.'

'Nou, je mag mijn handset altijd pakken, schatje,' zei Loader.

Casey staarde hem uitdrukkingsloos aan. 'Niet grappig, Tiny. Het slaat niet eens ergens op.'

Ze sprak met het afgemeten accent uit de graafschappen rond Londen en klonk meer als een boekredacteur uit Pimlico dan als een lid van de Britse geheime verkenningseenheid.

'Voor Alex bij het SRR ging, zat ze bij 18 Signals,' ging Mallet verder. 'Dat betekent dat ze ook goed is met cyberdingen. Als jij ooit porno hebt gekeken, dan weet zij ervan af.'

Bowman knikte bedachtzaam. De mannen en vrouwen van 18 Signals regelden de beveiligde communicatie voor de Britse speciale eenheden. Het was het grootste regiment van het Britse leger, met een speciale selectiecursus van een half jaar. De seiners van het regiment waren een getalenteerd stelletje, hoogopgeleid en gewiekst als het om techniek ging.

Mallet zei: 'Jullie vinden het ongetwijfeld prima om hier lekker over onzin te babbelen, maar we hebben een strak schema. Over twee minuten hebben we een teambriefing met Six.'

'Wie komt er van Vauxhall hiernaartoe?' vroeg Bowman.

'Niemand,' antwoordde Loader. 'Het gaat allemaal op afstand, knul. Ze praat gewoon via dat ding met ons.'

Hij neeg zijn hoofd naar de telefoon met luidspreker in het midden van de tafel.

'Zien we haar gezicht niet?' vroeg Bowman.

Casey schudde snel haar hoofd. 'We weten niet eens hoe ze heet. Aangenomen dat het een vrouw is, natuurlijk. Het kan net zo goed een mannenstem zijn die via een modulator is vervormd.'

'Hoe noemen jullie haar?'

'De Stem,' antwoordde Loader. 'Hoe anders?'

Bowman perste zijn lippen op elkaar. In het verleden had hij bij verschillende missies al met de veiligheidsdiensten samengewerkt, tijdens zijn tijd bij squadron E en later bij de Wing. Hij had besprekingen gehad met MI6-medewerkers voor missiebriefings in safehouses, soms in hotelsuites, soms op andere plekken. Maar in alle situaties kende hij altijd de identiteit van de medewerker die de leiding had. Hij vroeg zich af waarom Six zo veel moeite deed om de identiteit verborgen te houden. *Dat weet ik niet. Maar we staan op het punt aan een missie te beginnen en we hebben geen flauw idee voor wie we echt werken.*

Weer keek Mallet op zijn horloge. 'Over één minuut gaat de microfoon aan,' zei hij.

De teamleden wachtten in gespannen stilte af. Casey trommelde met haar vingers op het gepolitoerde walnoothouten oppervlak. Loader sloeg zijn armen over elkaar en liet ze toen weer hangen, nerveus wiebelend. Webb zat er doodstil bij en keek naar de muur alsof hij er een wedstrijdje staren mee deed met een miljoen als prijs.

'Dertig seconden,' zei Mallet.

Casey stopte met trommelen. Loader ging rechtop zitten. Webb staarde nog steeds naar de geluiddichte muur. Mallet keek naar hoe de secondewijzer rondging op zijn horloge. De seconden verstreken. Vijfentwintig seconden later drukte hij op een knopje op de telefoon. Er stroomde een sissend geluid via de speaker de ruimte in.

Toen klonk de Stem. 'John? Ben je daar?'

'Ik ben er,' antwoordde Mallet.

'En je collega's?'

'Iedereen is aanwezig,' zei Mallet. 'Ook Josh Bowman is erbij. Zoals we eerder hebben besproken is hij erbij gehaald.'

'Is hij geïnformeerd?'

'Hij is van de basispunten op de hoogte. Later krijgt hij de volledige informatie.'

'Mooi zo.'

De Stem had een echoënde, kunstmatige bijklank, de geautomatiseerde toon die je op luchthavens en treinstations bij belangrijke mededelingen hoorde. Misschien een spraaksynthesizer, zoals Casey had gesuggereerd. Of software waarmee je hetzelfde kon doen. Waarschijnlijk aan beide kanten versleuteld.

Weer een laag die ontkend kon worden.

'Ik kom maar meteen ter zake,' ging de Stem verder. 'Er heeft zich een belangrijke ontwikkeling voorgedaan in de zaak met de broertjes-Lang. Eerder vanavond is er tijdens de receptie van het koninklijk huwelijk in Mayfair een aanval geweest. Jullie hebben de berichten ongetwijfeld op het nieuws gezien.'

'Wat heeft dat met onze missie te maken?' vroeg Casey.

'Het slachtoffer was Freddie Lang.'

Loader verstijfde. Webb en Casey keken elkaar aan.

'Is Freddie dood?' vroeg Casey.

'Nog niet,' antwoordde de Stem. 'Op dit moment ligt hij op de intensive care van het University College Hospital. Maar ik heb gehoord dat het er slecht uitziet. Het is eerlijk gezegd een wonder als hij de ochtend haalt. Hij heeft een aanzienlijke hoeveelheid gif binnengekregen. Genoeg om meerdere mensen te doden.'

'Weten we wie daar verantwoordelijk voor is?'

'Dat kan iedereen wel zijn,' zei Loader. 'Wees eerlijk, Freddie heeft meer vijanden dan ik vrouwen heb versleten.'

'Meer dan één, Tiny?' grapte Bowman.

Mallet grinnikte. Casey sloeg haar blik afkeurend ten hemel.

De Stem zei: 'We weten eigenlijk vrij zeker wie de aanval heeft uitgevoerd.'

'Wie dan?' vroeg Loader.

'Het is pas kortgeleden. De jongens van Porton Down zijn nog bezig met de proeven. Het duurt nog even voor we officieel bevestiging krijgen. Maar we hebben reden om aan te nemen dat Lang met een zenuwgas is vergiftigd. Iets uit de novitsjok-familie. We gaan uit van de aanname dat de Russen verantwoordelijk zijn.'

'Maar de Russen hebben al eerder novitsjok gebruikt,' zei Casey.

'Klopt. Wat wil je daarmee zeggen?'

'Waarom zouden ze alles op het spel zetten en nog een aanval uitvoeren met hetzelfde soort vergif? Dan zou iedereen weten dat zij erachter zitten.'

'We hebben het hier wel over de Russen,' onderbrak Bowman haar. 'Die interesseert het geen reet of de aanval aannemelijk kan worden ontkend. Ze wilden gewoon een punt maken.'

'Josh heeft gelijk. Vergif is de manier van werken van het Kremlin,' viel Mallet hem vlug bij. 'Ze weten dat ze ermee wegkomen en dat er hoogstens een paar diplomaten worden uitgezet. Eerlijk gezegd verbaast het me dat ze niet al eerder nog een aanval hebben uitgevoerd.'

De Stem zei: 'We zitten hier niet om over de details van een misdaadonderzoek te bakkeleien. Dat is niet het doel van deze bijeenkomst.'

Zelfs door de kunstmatige modulator heen bespeurde Bowman een vleugje vijandigheid in de stem van de MI6-medewerker. De hooghartige Vauxhall-houding die zijn lelijke kop opstak, dacht hij. Die was Bowman al eerder tegengekomen. Aan Oxbridge opgeleide geheim agenten die neerkeken op het leger en dat zagen als weinig meer dan een stel gespierde idioten.

'Er is nog meer,' ging de Stem verder. 'Misschien wil jij dat uitleggen, John.'

Alle blikken richtten zich op de teamleider van de Cell. Mallet vlocht zijn handen voor zich in elkaar en schraapte zijn keel.

'Kort voor hij in coma raakte vertelde onze oude vriend Freddie alles over de ontmoeting tussen David Lang, Galkin en Bezoeglov in Monte Carlo. Waar we natuurlijk al van afwisten. Maar Freddie gaf ons wat nieuwe informatie.'

'Welke informatie dan precies?' vroeg Casey.

'Lang gaat niet alleen naar die bespreking. Hij neemt Ken Seguma mee.'

'Seguma?' herhaalde Loader. 'Was die vandaag niet op de bruiloft?'

'Dat is niet de echte president. Hij heeft er een dubbelganger heen gestuurd.'

'Wat doet hij in Monte Carlo?'

'Ik denk dat we met redelijke zekerheid kunnen zeggen dat het iets te maken heeft met de bespreking die Lang met de Russen heeft geregeld.'

Casey vroeg: 'Hoe weten we dat allemaal?'

'Vlak voordat Freddie in coma raakte heeft Josh nog met hem gesproken,' antwoordde Mallet. 'Freddie heeft hem alles verteld.'

Loader keek Bowman met hernieuwde belangstelling aan. 'Was jij op die bruiloft?'

'We hadden de opdracht gekregen Seguma te bewaken. Ik en drie andere jongens van de Wing,' antwoordde Bowman. 'We hebben ons leven voor een nobody op het spel gezet, blijkt nu.'

Verschrikt schoof Loader achteruit. 'Tering, ben je besmet?'

'Flikker op,' zei Bowman. 'Ik maak me eerder zorgen dat ik iets van jou oploop, maat. Al die groupies met wie je beweert het gedaan te hebben.'

Casey vroeg: 'Hoe weten we zeker dat Freddie de waarheid spreekt?'

'Thames House heeft de man ondervraagt die zich voordoet als president Seguma,' antwoordde de Stem op de treinstation-aankondiging-toon. 'Hij heeft het bedrog bekend. Het blijkt de persoonlijk assistent van de president te zijn en ook de lijfwachten waren erbij betrokken. Maar van het grotere plan lijken ze niets af te weten.'

'Ook beweerde Freddie dat zijn broer in de val gaat lopen,' liet Mallet van zich horen. 'Hij denkt dat de Russen van plan zijn een hinderlaag voor de bespreking te leggen en David Lang een mes in de rug te steken.'

Bowman hoorde dat er met papieren werd geschoven. De Stem zei: 'Het is van het grootste belang dat we David Lang meteen onderscheppen, voordat hij in de val loopt. Jullie vertrekken direct na deze briefing.'

'Zoals jullie allemaal weten, treft Lang Galkin en Bezoeglov om twaalf uur 's middags plaatselijke tijd in Antibes,' zei Mallet. 'Elf uur 's morgens onze tijd. Galkins landhuis ligt een uur rijden van Monte Carlo. Dat betekent dat we Lang voor elf uur plaatselijke tijd te pakken moeten krijgen. Minder dan zeven uur vanaf nu.'

'Hoe gaat dat met vervoer?' wilde Bowman weten.

De Stem antwoordde: 'Op RAF Northolt staat een privéjet op jullie te wachten. Die is via een besloten vennootschap in St Albans geboekt. Jullie krijgen gegarandeerd voorrang op het vliegveld. Alles is van tevoren geregeld. Om vijf uur vanmorgen stijgen jullie op. Jullie worden met een Caravelle gebracht. Die moet er binnen een half uur zijn.'

'Moeten we met politie-escorte reizen?'

'Dat is niet nodig. We hebben de route bekeken. Er is weinig verkeer. Jullie zouden zonder problemen op Northolt moeten komen.'

Bowman maakte in gedachten een grove berekening. Northolt lag op ongeveer een uur rijden van hun huidige locatie. Ze zouden om tien voor vier door de Caravelle worden opgehaald. Dat betekende dat ze op het vliegveld een paar minuten tijd hadden voordat ze opstegen. Voor vertrek zou er geen tijd zijn om de missie door te nemen. Hij vroeg zich af wanneer hij het volledige verhaal te horen kreeg.

'De jet is geboekt onder de naam PLQ Trading Limited,' ging de Stem verder. 'Wat het personeel en de bemanning betreft zijn jullie een groep rijke zakenlui die met het vliegtuig op weg zijn naar een uitje in het zuiden van Frankrijk. De vlucht naar Nice duurt twee uur. Jullie moeten wel naar Nice, want Monaco heeft geen vliegveld. Voor het geval iemand vragen stelt hebben we kamers gereserveerd in het Orleans Hotel in het centrum van de stad.'

'Hoe komen we in Monaco?' vroeg Webb.

'Transfer per helikopter. Ook die is al gereserveerd. Jullie komen om ongeveer acht uur plaatselijke tijd in het staatje aan.'

Bowman vroeg: 'Wat gebeurt er als we eenmaal zijn geland?'

'Jullie gaan naar het vooraf afgesproken rendez-vouspunt om

voertuigen en wapens op te pikken. John beschikt over de details. Dan hebben jullie nog ongeveer twee uur de tijd om bij het appartementencomplex te komen en toe te slaan voordat Lang naar de bijeenkomst in Antibes vertrekt.'

Tussen zijn tanden door zoog Bowman lucht naar binnen. 'Dat wordt wel erg krap. Stel dat Lang eerder van huis vertrekt. Misschien besluit hij om een omweg te nemen naar de ontmoeting, wat bezienswaardigheden aan de Rivièra te bekijken.'

'Volgens onze analisten is dat onwaarschijnlijk. Als Lang in de stad is, blijft hij volgens iedereen vaak op één plek. Het is nogal een kluizenaar. Blijft meestal binnen met vrienden of om naar het boksen te kijken.'

'Vergeet niet dat Seguma ook bij hem is,' voegde Mallet eraan toe. 'Daardoor is de kans dat hij onnodig naar buiten gaat nog kleiner. Die eikel wil zich gedeisd houden.'

De Stem zei: 'Als extra voorzorgsmaatregel hebben we de jongens van het hoofdkwartier gevraagd om zijn mobiele telefoon elke zestig seconden te pingen. Als Lang iets onverwachts doet, weten wij ervan.'

'Jullie weten allemaal dat het plan is om Davey Boy in zijn appartement te arresteren,' zei Mallet. 'We hoeven nu niet nog een keer de details door te nemen. Ik heb tegen Josh gezegd dat hij na deze briefing volledig op de hoogte wordt gesteld. Zodra we Lang hebben waar we hem hebben willen, draaien we de duimschroeven aan.'

'Waarom denken jullie dat Lang jullie alles gaat vertellen?' vroeg Bowman.

'Hij heeft geen andere keus,' antwoordde de Stem eenvoudig. 'Zodra jullie hem op de hoogte brengen van de feiten rond de vergiftiging van zijn broer, zal Lang doorhebben dat hij in de val is gelokt. Dan gaat hij wel praten.'

'Lang zal vermoeden dat het een val is. En al is dat niet zo, dan gaat hij ons de waarheid niet vertellen. Hij komt vast met een lulverhaal.'

'Daar zijn we ons terdege van bewust.' De Schot wierp Bowman een betekenisvolle blik toe. 'En daar begint jouw rol.'

'Mijn rol?'

'Jij beschikt over insiderkennis van maffiosi. Je bent met de Lang-tweeling opgegroeid. Je weet hoe hun wereld in elkaar steekt. Hoe ze denken. Je kunt ons helpen voorspellen hoe Lang kan reageren en zwakke plekken aanwijzen. Deuken in zijn pantser.'

'Ik heb geen idee wie hij is.'

'Maar je weet hoe gangsters denken. Hoe hun brein werkt.' Mallet legde zijn handen uitgespreid op tafel. 'Dan is er nog al dat undercoverwerk dat je bij de Met hebt gedaan. Daar heb je vast wel het een en ander geleerd over hoe criminelen in elkaar steken.'

'Dat was een eeuwigheid geleden.'

Met een handgebaar wuifde Mallet die woorden weg. 'Dat soort dingen vergeet je nooit. En nog iets. Jij bent degene die Freddies bekentenis heeft gehoord. Je kunt David vertellen hoe zijn broer heeft geleden, hoe het leven voor je neus uit hem wegsijpelde. Dat komt authentiek over.'

Vastberaden schudde Bowman zijn hoofd. 'Lang praat niet met jullie. Of met mij. Of met wie dan ook. Dan is hij een verklikker.'

'Dan martelen we hem,' stelde Mallet voor. 'Geven we hem ervan langs. Gaan we waterboarden.'

Loader keek geschokt. 'Dat kun je niet maken, John.'

'Waarom niet?'

'Martelen helpt niet.' Tijdens de hele briefing had Webb nog geen woord gezegd, maar nu sprak hij met zijn zware Brummie-accent. 'Ik heb al eerder gezien hoe jongens werden gemarteld. Dat werkt alleen bij een bepaald type. Niet bij mensen zoals Lang. Dat is een taaie klootzak.'

'Hij heeft gelijk,' zei Bowman. 'Je kunt Lang niet dwingen te praten, niet door middel van pijn.'

'Wat stel jij dan voor?'

Daar dacht Bowman over na. 'Er is één ding wat zou kunnen werken.'

'Ga door.'

'Er gaan geruchten dat Lang aan het hoofd staat van een groep pedofielen. Zijn broer en hij leveren minderjarige jongens en meisjes aan een stel rijke klootzakken. Politici, lords en zakenlui. Ze smokkelen kinderen uit tehuizen het land in en geven geheime feestjes in het landhuis van David in Essex. De gasten worden in het geheim gefilmd, om ze klem te zetten.'

'Onbelangrijke geruchten,' zei de Stem. 'Roddelpraat van de straat.'

'Het is meer dan dat. Ik heb gehoord dat Lang ook van jonge meisjes houdt.'

Met zijn hoofd schuin keek Mallet naar Bowman. 'Hoe weet jij dat?'

'Dat heb ik bij een undercoverklus gehoord, in Liverpool. In het openbaar heeft niemand het erover, want ze schijten allemaal zeven kleuren van angst voor de Langs, maar in de onderwereld is het algemeen bekend. Het is zijn smerige geheimpje.'

'Al is dat waar,' zei de Stem, 'dan kunnen we Lang niet dreigen met een proces. Het zou in de rechtbank geen steek houden.'

'Je hoeft hem niet aan te klagen,' reageerde Bowman. 'Alleen zijn reputatie te bezoedelen. Jullie zijn een kei in het kapotmaken van levens. Jullie hebben vast wel wat trucjes achter de hand.'

Op tafel zette Casey haar sierlijke vingers tegen elkaar. 'Dat zou kunnen werken. Tenslotte ziet Lang zichzelf graag als betrouwbare zakenman. Die naam zal hij willen beschermen.'

'Ik zal het er met ons team over hebben,' zei de Stem. 'Eens horen wat ze kunnen doen.'

'Wat is het plan nadat we Lang hebben ondervraagd?' wilde Bowman weten.

'Dat hangt ervan af in welke mate hij meewerkt.'

'Hoe zit het met de aanval op Freddie?'

'Wat is daarmee?'

'Die is volop in het nieuws. Lang komt er ongetwijfeld achter dat zijn broer is vergiftigd. Als hij het niet nu al weet. Stel dat hij uitvogelt wat er staat te gebeuren en de bespreking afblaast?'

'Daar zijn we op voorbereid. Scotland Yard is op de hoogte gebracht. Ze hebben de opdracht gekregen de details van het onderzoek nog een paar dagen achter te houden. Nieuwszenders hebben te horen gekregen dat de identiteit van het slachtoffer pas bekend wordt gemaakt als zijn familie op de hoogte is gesteld. Dat geeft jullie voldoende tijd om jullie missie af te ronden.'

Mallet boog zich naar voren en keek de kamer rond. 'Nog vragen?'

Loader zei: 'Wat moeten we met Seguma?'

'Dat is een goede vriend van de Britse regering,' antwoordde de Stem. 'Zorg dat hem niets overkomt. Dat is de eerste prioriteit.'

'Willen jullie dat we hem mee terugnemen?'

'We kunnen hem toch moeilijk hoog en droog in Monaco laten zitten, of wel soms?' Ondanks de neutrale toon was het sarcasme in de Stem onmiskenbaar.

Webb zei: 'Seguma zal niet blij zijn ons te zien, als hij van plan is achter onze rug om een deal met het Kremlin te sluiten. Misschien bezorgt hij ons problemen.'

'Laat de president maar aan ons over,' zei de Stem. 'Jullie enige zorg is dat Lang ons vertelt wat hij weet.'

'Er is één ding dat ik niet begrijp,' zei Bowman na een stilte. 'Waarom willen de Russen de Lang-tweeling dood hebben als ze naar verluidt een of andere grote deal met ze aan het sluiten zijn?'

Mallet staarde zwijgend naar de telefoon met luidspreker, als uit respect voor een hogere macht.

'Dat weten we niet,' zei de Stem. 'Misschien een financieel motief. Wellicht hebben de Russen besloten dat het hun zaak ten goede komt om de tussenpersoon uit hun deal te verwijderen en zo hun winstmarge op te hogen.'

Casey zei: 'Maar de Russen moeten hebben geweten dat zijn broer de bespreking zou afblazen als het nieuws van Freddies dood uitlekte. Waarom zouden ze het risico nemen?'

'Voor dit soort zinloze speculaties hebben we geen tijd,' reageerde de Stem toonloos. 'Tenzij jullie nog vragen hebben, stel ik voor dat jullie je klaarmaken voor vertrek naar Northolt. De volgende keer dat we elkaar spreken verwacht ik David Lang aan de lijn.'

'We pakken die klootzak,' zei Mallet. 'Maak je daar geen zorgen over.'

'Zorg dat het lukt,' waarschuwde de Stem. 'Wat David Lang ook met de Russen van plan is, we moeten het een halt toeroepen. Het maakt me niet uit wat jullie doen of hoe jullie het doen,' voegde ze daaraan toe. 'Pak Lang en zorg dat hij praat. Voor het te laat is.'

11

De verbinding werd verbroken. Mallet reikte over de tafel en tikte op een knopje op de telefoon met achtergrondverlichting, zodat het toestel uitging. Hij keek op zijn horloge en liet toen zijn harde Glasgow-blik door de ruimte gaan.

'De Caravelle is hier over twintig minuten,' zei hij. 'Vergeet niet dat dit een snelle missie is. We laden de wagen in en gaan dan rechtstreeks naar het vliegveld. Daar staat het vliegtuig al helemaal volgetankt klaar om op te stijgen. Nog vragen?'

Loader hapte naar adem. 'Ga jij met ons mee?'

'De plannen zijn gewijzigd,' antwoordde Mallet.

'Daar is het wel een beetje laat voor, of niet soms?'

'We hebben mannen op de grond nodig. Het oorspronkelijke plan was een vijfkoppig team. Jullie zijn twee mannen kwijtgeraakt. Josh vult één gat op, ik het andere. Als de andere jongens er waren, zou ik die meesturen. Maar die kunnen niet weg bij hun huidige post, dus zitten jullie met mij opgescheept. Trouwens, ik beschik al over alle informatie. Of heb je daar een probleem mee?'

Loader stak zijn handen in de lucht. 'Mij zul je niet horen klagen, John. Hoe meer zielen, hoe meer vreugd, wat mij betreft.'

'Mooi zo.' Mallet richtte zich tot de anderen. 'De zevende dwerg heeft zijn goedkeuring gegeven, dus we kunnen allemaal opgelucht ademhalen. En de rest van jullie? Heeft iemand nog iets toe te voegen?'

Casey en Webb schudden allebei hun hoofd. Mallet keek naar Bowman en zei: 'We hebben nu geen tijd om het plan door te nemen. Onderweg naar Frankrijk geven we je wel alle informatie. Sluipweggetjes, uitrusting, procedures voor de gevangenneming.'

'Gevangenneming?'

Mallet lachte. 'Als ik "gevangenneming" zeg, dan bedoel ik arrestatie. Misschien komen we bij het doelwit en raken we betrokken bij een kettingbotsing. Of we rijden een rennend kind aan.'

Bowman zag het plaatje steeds duidelijker. Ze begonnen aan een operatie die ontkend kon worden om op klaarlichte dag, midden in een drukke stadsomgeving een verdachte te arresteren. Dat betekende dat het team noodplannen moest maken voor allerlei situaties en noodgevallen. De wet van Murphy. Alles wat mis kan gaan, gaat mis. Bowman moest alle procedures in zijn geheugen prenten voor ze in Zuid-Frankrijk landdden.

'Hebben we genoeg tijd?' vroeg hij. 'In het vliegtuig?'

'De vlucht naar Nice duurt twee uur. Dat zou ruim voldoende moeten zijn om alles door te nemen. Tenzij je van plan bent om, net als Tiny, de hele vlucht goedkope openingszinnen op de stewardess uit te proberen.'

Hij hees zich overeind, wat betekende dat de bespreking ten einde was.

'Maak je uitrusting snel in orde,' blafte hij. 'Over achttien minuten gaan we.' Iedereen stond op.

'Ik wil je nog even spreken, Josh,' zei Mallet.

Bowman bleef zitten terwijl de anderen de ruimte uit liepen.

Mallet groef in zijn zakken en stak nog een stukje nicotinekauwgum in zijn mond. 'Heb jij je valse identiteitsbewijs bij je?'

'In mijn zak,' antwoordde Bowman, die weer aan de twee kerels dacht die midden in de nacht op zijn hotelkamerdeur hadden staan bonzen en hem de opdracht gaven zijn door de Wing uitgegeven paspoort mee te nemen naar de bespreking op Tower Bridge.

'Hoezo?' vroeg hij. 'Wat is er aan de hand?'

'We geven je in de komende dagen een nieuw dekkingsverhaal,' antwoordde Mallet. 'Tot die tijd moet je de dekmantel van de Wing maar gebruiken. Dat is niet ideaal, maar het moet maar.'

'En mijn telefoon dan?'

'Je gebruikt je huidige versleutelde handset voor de missie. Tijdens de vlucht kun je de batterij aan de oplader leggen.' Hij zweeg even. 'We moeten ook kleding voor je regelen.'

Bowman fronste. 'Wat is mijn rol in dit alles, John?'

'Je gaat mee als lid van een tweekoppig team verkleed als koeriers,' antwoordde Mallet. 'Zo krijgen we toegang tot Langs appartement. Jij bent een van de koeriers.'

'Wie is de andere?'

'Patrick. Jullie doen net alsof jullie juridische documenten bij je hebben die Lang moet tekenen. Dat is de enige manier om onopvallend het appartementencomplex in en uit te komen.'

'Ik probeer het bij te benen, John. Ik moet weten wat het plan is.'

Mallet wierp hem een boze blik toe. 'We hebben geen tijd om dit nu te bespreken. Het moet wachten tot we onderweg zijn naar Frankrijk.'

Bowman aarzelde. 'Weet je zeker dat dit een goed idee is?'

'Je als koerier verkleden?'

'Dat ik meedoe met deze missie.' Hij wees naar het prikbord. 'Ik kom er op het laatste moment bij. Ik ben nog steeds niet op de hoogte van de ins en outs van de missie, de standaardprocedures of wat dan ook.'

'Wat is het probleem? Ik dacht dat je maffiosi wilde bestrijden?'

'Dat is ook zo. Maar ik had niet verwacht half voorbereid te zijn.'

'Dat ben je straks ook niet. In het vliegtuig nemen we elk minutieus detail van het plan door. Tegen de tijd dat we landen ben je volledig op de hoogte.'

'Meer hoefde ik niet te horen.'

Mallet rechtte zijn rug. 'Je kunt je wapen van de Wing hier laten,' zei hij. 'Net als reservemagazijnen, je zender en identiteitsbewijs van MI6. Dat wordt allemaal later door iemand opgehaald. Heb je nog iets in je kamer liggen?'

Bowman dacht aan de vergruisde pil die hij door het toilet had gespoeld. 'Nee, baas… John, bedoel ik.'

'Iemand van Six zal toch nog even een blik werpen. Laat je sleutelkaart maar bij de rest van je Wing-spullen liggen.' Hij aarzelde. 'Nog één ding. Die toestand met het zenuwgas. Aangezien je niet schuimbekt neem ik aan dat alles in orde is. Maar Six wil iets meer zekerheid. Besmettingsrisico en zo. Als we weer terug zijn, moet je je laten testen.'

'Best,' zei Bowman. Toen schoot hem iets anders te binnen. 'Nog nieuws over die beveiligingsbeelden van de balzaal?'

'Five heeft het onderzocht,' zei Mallet mat. 'Dat spoor loopt dood. De camera's deden het niet.'

'Geen van alle?'

'Dat zeiden ze.'

'Kunnen ze de verdachten aan de hand van het signaal van hun mobiele telefoon traceren?'

'De Russen hebben alleen wegwerptoestellen bij zich bij dit soort missies. Het zijn professionals. Waarschijnlijk zijn ze nu al onderweg naar Moskou.'

Hij wierp een blik op zijn Breitling. 'We hebben genoeg tijd verspild. Zoek Casey maar op. Die heeft bedrijfskleding voor je.'

Ze liepen de Keet uit. Mallet beende naar zijn geïmproviseerde kantoor vlak bij de computerterminals. In de kelder wemelde het van de activiteit nu de rest van het team haastig kaarten, documenten en laptops bij elkaar graaide. Alles wat ze nodig hadden voor de missie. Bowman trof Casey bij de kaptafel, waar ze een blonde pruik in haar rugtas deed.

'Ik heb bedrijfskleding nodig,' zei hij.

Casey hield haar hoofd een beetje schuin terwijl ze haar blik over de geharde gestalte voor haar liet gaan. Ze nam zijn indrukwekkende schouderpartij en getrainde biceps in zich op, zijn ogen zo grijs als steen.

'Welke maat heb je?' vroeg ze. Bowman wilde antwoord geven, maar Casey schudde meteen haar hoofd en zei: 'Stomme vraag, laat maar. Je hebt absoluut Large.'

Haastig liep ze naar de kledingkast en pakte een van de koeriersoutfits. Op het borstzakje van het shirt en de voorkant van de honkbalpet zat het logo van een bekende internationale bezorgdienst genaaid. Ze hield Bowman de kleding voor om de snit, lengte en vorm te beoordelen. Knikte.

'Kijk, deze zou moeten passen. Stop die maar in je tas.'

Bowman legde de kleding over zijn arm. In gedachten verzonken beet Casey op haar onderlip. 'Ben jij steriel?' vroeg ze.

'Dat mag ik verdomme niet hopen.' Bowman grijnsde. 'Niet op mijn leeftijd.'

Casey wierp hem een afkeurende blik toe. 'Zullen we doen of we volwassen zijn en de seksuele toespelingen even achterwege laten? Ik bedoel, heb je iets bij je aan de hand waarvan je geïdentificeerd kunt worden? Juwelen, gegraveerde ring, armbanden, zoiets?'

'Ik kom zo bij een klus voor de Wing vandaan. Ik heb niks bij me.'

Ze glimlachte meelevend. 'Dat klinkt alsof je een zware dag hebt gehad.'

'Het had beter gekund.' Met zijn hoofd gebaarde hij naar Webb. Die stond over zijn stapelbed gebogen methodisch de kit in zijn weekendtas te controleren en een stapel paperbacks in te pakken. 'Hoe zit het met hem? Hij zegt niet veel.'

'Dat is typisch Patrick.'

'Heeft hij een probleem met mij?'

'Je moet het niet persoonlijk opvatten. Ik heb drie jaar met hem in een eenheid gezeten en ik weet amper iets over hem.'

'Is hij goed?'

'De beste soldaat met wie ik ooit heb gewerkt,' antwoordde Casey. 'Hij heeft een keer drie weken verkleed als bedelaar bij een appartement zitten wachten om een doelwit in de gaten te houden en niemand had hem door.'

Bowman gromde. 'Zolang er tussen ons maar geen problemen bestaan.'

'Dat is niet zo. Geloof mij maar, zo doet hij tegen iedereen. Maar hij verstaat zijn vak.' Even zweeg ze. 'Ze zeggen dat hij vroeger bij een bende betrokken was, weet je. In Birmingham, voor hij bij het leger ging.'

'Tering. Hoe is hij weggekomen?'

'Hoe het precies zit weet ik niet. Ik heb het van een andere kerel bij het SRR gehoord. De vader van Patrick is gedood, zoiets zei hij. Meer weet ik niet en Patrick praat er niet over.' Ze haalde haar schouders op. 'We hebben blijkbaar allemaal onze geheimen, hè?'

Op die vraag reageerde Bowman niet.

'Hoelang zit je al bij de Cell?' wilde hij weten.

'Zes maanden. Hoezo?'

'Gaan de besprekingen met Six altijd via een microfoon?'

'Voor zover ik weet wel.'

'Vind je dat niet vreemd?'

'Ik vind heel veel dingen vreemd. Rechtse complottheorieën. Mensen die nog nooit iets online hebben gekocht. Mannenhumor.'

'Je weet wel wat ik bedoel, Alex.'

Casey haalde even haar schouders op. 'Wie weet wat ze daar bij Vauxhall denken? Het is een heel ander slag dan de rest van ons. Misschien hebben ze geen zin om in een kelder in Aldgate rond te hangen. Niet helemaal hun habitat, denk ik zo.'

'Misschien,' zei Bowman weifelend.

'Denk jij dat er een andere reden is?'

'Ik weet het niet,' mompelde Bowman.

Iets voelt niet goed, dacht hij. De kantoorpikken van Vauxhall deden wel heel veel moeite om zich afzijdig van de eenheid te houden. Ze wilden duidelijk niet dat ze door iets in verband konden worden gebracht met de Cell of zijn missies. Maar waarom, vroeg Bowman zich af.

Casey pakte een stapeltje eurobiljetten van de kaptafel dat ze aan Bowman gaf. 'Hier. Deze heb je ook nodig.'

'Waarvoor?'

'Voor het geval we elkaar kwijtraken. Bewaar wel de bonnetjes. Six heeft er een pesthekel aan als we geen bonnetjes bewaren.'

Haastig liep Bowman naar de stapelbedden. Hij ritste zijn weekendtas open en propte de kleding, de pet en het bundeltje briefjes erin. Twee dagen eerder, voor zijn vertrek uit Hereford, had hij zijn noodtas al gepakt. Daarin zat alles wat hij nodig had: zijn toilettas, een schoon T-shirt, spijkerbroek, ondergoed en sokken, een paar gymschoenen, de hoogstnodige EHBO-spullen, een pen en een notitieblokje en een kleine HD-camera. Alles wat een operator nodig had om achtenveertig uur aan het werk te zijn.

Hij ritste de tas dicht en liep naar Loader en Webb in de ontspanningsruimte. Even later voegde Casey zich bij hen. Mallet hing bij de vaste telefoon en wachtte tot Six zou bellen met het bericht dat de Caravelle er was.

De anderen keken naar het nieuws. Het doorlopende verslag van de vergiftiging in Mayfair. Een roodharige verslaggever somde op wat ze tot nu toe wisten. Dat was niet veel. Drie mensen waren opgenomen in het ziekenhuis, zei ze, van wie één in kritieke toestand. De anderen waren ernstig ziek, maar stabiel. De politie was bezig met het opsporen van de families van de slachtoffers en riep getuigen op zich te melden. Het crisisorgaan van het kabinet kwam bij elkaar. Buckingham Palace had een verklaring afgegeven waarin de aanval in niet mis te verstane bewoordingen werd veroordeeld.

In het verslag werd niets gezegd over Lang, Moskou of het zenuwgas.

Loader schudde zijn hoofd. 'Je moet het de Russen nageven: ze hebben stalen ballen dat ze tijdens een koninklijke bruiloft een aanval plannen. Wat een lef.'

Casey zei: 'Ik wist niet dat jij fan was van de koninklijke familie, Keith.'

'Dat ben ik ook niet. Die lui kunnen me geen flikker schelen. Maar mijn lieve Mary is er dol op. Die zal overstuur zijn als ze hier met de kinderen naar kijkt.'

'Wat denk je dat ze bij die bijeenkomst bespreken?' vroeg Webb.

'Dat is toch wel duidelijk, of niet soms, Brummie?' antwoordde Loader. 'Ze gaan de president onder druk zetten. Hem dwingen naar het andere team over te stappen. Ze openen zijn ogen en laten hem trouw aan Moskou zweren.'

Bowman krabde aan zijn stoppelige kaak. 'Wat ze ook van plan zijn, Lang wil niet dat iemand ervan afweet.'

'Waarom denk je dat?'

'Ze hebben een dubbelganger naar Londen gestuurd. Dat was een riskante zet, die gemakkelijk verkeerd had kunnen uitpakken. Als de royals achter de waarheid waren gekomen, had dat tot een geweldig schandaal geleid. Waarom zouden ze al die moeite doen als ze die bijeenkomst niet geheim willen houden?'

'Maar als het om overlopen gaat,' zei Casey, 'waarom zou Seguma Londen dan de rug toekeren? Door ons is hij al vierentwintig jaar aan de macht. Hij heeft alles aan ons te danken.'

'Geld,' zei Loader. 'Het gaat altijd om de pegels, schatje.'

Langzaam schudde Casey haar hoofd. 'Er moet meer achter zitten. Seguma zou echt niet alles op het spel zetten voor een paar miljoen.'

'Dat zou ik wel doen als ik in zijn schoenen stond.'

'Jij moet met je Special Forces-salaris acht monden voeden.'

'En dus?'

'Seguma is al ontzettend rijk. Hij heeft miljoenen van oliewinsten afgesnoept. Hij heeft dat geld niet nodig.'

'Misschien is Lang van gedachten veranderd,' opperde Bowman. 'Misschien heeft hij op een of andere manier baat bij de regeling.'

'Inhalig type, dus?' vroeg Loader.

Bowman lachte cynisch. 'Die gluiperd zou voor een paar centen nog over zijn kreupele zuster kruipen en zijn moeder naaien.'

Vier minuten later ging er aan de andere kant van de ruimte een telefoon. Mallet greep de hoorn, luisterde een paar tellen en hing toen zonder te reageren op. Hij greep zijn bagage en beende naar de ontspanningsruimte.

'Is iedereen zover?'

Ze knikten.

'Dan gaan we. De wagen staat te wachten.'

***

Ze vertrokken via de opslag aan de achterkant van het pand, dezelfde ingang die ooit werd gebruikt om gevangenen veilig van en naar het aangrenzende cellenblok te krijgen toen het pand nog een openbaar bureau was. Toen ze naar buiten liepen was het nog steeds helemaal donker. Vier uur 's nachts, eind maart. In principe al lente, maar de praktijk was wel anders. De nacht was koud en vochtig. De avondlucht was zo fris dat het bijna tintelde. Bowman volgde de rest van het team een met afval bezaaide tuin door naar een metalen schuifpoort geflankeerd door een hoog hek met punten. In het paneel links van de poort was een deur voor voetgangers gebouwd. Op het steenwerk zat een toetsenbordje en op de metalen deurpost flikkerde met tussenpozen een veiligheidslampje.

Voor de deur bleef Mallet staan. Hij schopte de berg afhaaldozen, lege energiedrankblikjes en sigarettenpakjes bij de deur weg en drukte op de ontgrendelingsknop op het toetsenbordje. Met een zoem ging het slot los. Mallet trok de deur open en ging het team voor een helling af naar een smal zijstraatje. Ze liepen langs een rij auto's en kwamen bij een inktzwarte Volkswagen Caravelle, waarvan de koplampen fel opgloeiden in de halfdonkere straat.

Mallet klopte twee keer op het raam aan de passagierskant. De zijdeur schoof open en Loader stapte in. Hij ging op een van de middelste stoelen zitten en liet zijn tas aan zijn voeten vallen. Casey sprong achter hem aan naar binnen en daarna propte Webb zich op een van de plekken op de bankjes achter in het busje.

Bowman wilde hem volgen, maar Mallet greep zijn arm.

'Ben je volledig geconcentreerd, jongen?' vroeg hij.

'Ja, tuurlijk. Hoezo?'

'Je moet uiterst scherp zijn voor deze klus,' zei Mallet zachtjes. 'Ik kan het niet hebben dat een van mijn jongens slordig wordt.'

Voordat Bowman daar tegen in kon gaan, voegde hij eraan toe: 'Ik weet dat je een lange dag achter de rug hebt en niet hebt geslapen. Daarom vraag ik het, snap je?'

Hij keek vriendelijk, maar er lag een geslepen blik in zijn ogen. Bowman begon te vermoeden dat Mallet meer over hem wist dan hij liet merken.

'Het is helemaal in orde,' antwoordde hij effen. 'Ik ben er klaar voor.'

'Goed dan.'

Hij liet Bowmans bovenarm los. Bowman dook het busje in en ging op het bankje naast Webb zitten met de weekendtas tussen zijn voeten. Mallet stapte als laatste in en nam plaats op de lege plek naast Bowman.

De zijdeur schoof dicht en de bestuurder keek om zich heen om te zien of alles goed ging met zijn vijf passagiers. Tot zijn verrassing zag Bowman een bekend gezicht naar hem kijken. Stekelhaar. Een van de drie kerels die hem eerder die avond uit zijn aftandse hotelkamer hadden opgehaald. Iets meer dan twee uur geleden, maar het leken wel twee dagen.

'We zijn zover,' zei Mallet. 'Laten we gaan.'

12

De jongens bemoeiden zich niet met elkaar terwijl de Caravelle in westelijke richting de stad uit reed. Ze doodden de tijd met het nogmaals controleren van hun uitrusting of uit het raam staren. Casey swipete en tikte op haar telefoon en kreeg live updates van Six over waar Lang zich op dat moment bevond. Mallet kauwde zijn nicotinekauwgum. Loader liet Webb foto's zien van zijn kinderen in Swansea City-tenue. Webb deed of hij die interessant vond. Terwijl ze in westelijke richting zoefden, probeerde Bowman zijn hunkering te onderdrukken. Die werd vanaf het moment dat ze bij het politiebureau waren vertrokken steeds erger en knaagde aan hem. Binnenkort zou het trillen weer beginnen. Over hooguit een paar uur. Misschien al eerder.

Ik heb een paar pillen nodig om deze missie door te komen, zei hij tegen zichzelf. Hij wist nog wat Mallet tegen hem had gezegd op het moment dat hij hem de baan bij de Cell aanbood.

Dit is een tijdelijke post. Er bestaat geen garantie dat je mag blijven als de missie is afgerond.

Als ik last heb van ontwenningsverschijnselen, dacht Bowman, dan presteer ik vandaag helemaal niks. Dan is mijn carrière bij de Cell voorbij nog voor-ie is begonnen.

De eerste vleug ochtend kleurde de horizon toen ze het vliegveld naderden. Op het moment dat Stekelhaar naar de poort reed, stapte een bewaker in een fluorescerend jack het bewakershuisje uit. Stekelhaar liet zijn raampje zakken en toonde zijn toegangspasje. De bewaker keek er aandachtig naar en controleerde of de gegevens klopten met de passagierslijst op zijn klembord. Hij gaf het pasje terug aan de bestuurder en gaf hem een reeks aanwijzingen, waarbij hij met zijn arm naar een rij gebouwen aan de zuidkant van het vliegveld gebaarde.

De Caravelle reed langs het bewakershuisje en volgde de toegangsweg vierhonderd meter, waarbij ze onderhoudsgebouwen passeerden, een brandstofdepot en een halflege parkeerplaats. Ze raceten langs de terminal, sloegen links af en kwamen weer bij een controlepost. Na een paar tellen ging de hefboom omhoog en reed de Caravelle verder. Plotseling kwamen ze bij de vlakte: een meer van glad asfalt tweehonderd meter ten zuiden van de startbaan. Aan de andere kant van de luchthaven, verder naar het noorden, zag Bowman net de lichten van de RAF-basis.

Ze schoten naar links en reden naar een zakenvliegtuig van Gulfstream dat op de vlakte stond. De trap was neergelaten en onderaan stond een vrouw met lange benen in een felroze stewardessuniform op zwarte pumps, een roze sjaal als een kraag om haar hals gewikkeld.

'Vergeet de dekmantel niet,' zei Mallet. 'Six heeft het toestel via een particulier bedrijf gehuurd. Het bedrijf waar wij zogenaamd voor werken. Voor zover deze lui weten, zijn we vijf machtige directeuren die een snoepreisje maken naar de Franse Rivièra om van de haute cuisine te genieten.'

Bowman knikte ten teken dat hij het begreep. Bij de Wing had hij al eerder gevlogen tijdens missies waarvan het bestaan ontkend kon worden. De veiligheidsdiensten beschikten niet over eigen vliegtuigen. Die waren te duur in gebruik en stonden te lang werkeloos op de grond om deze uitgave van belastinggeld te rechtvaardigen. Het was veel goedkoper en veel gemakkelijker om ze particulier te huren via een van de tientallen mantelbedrijven van MI6. De bedrijven zelf waren niet te traceren en wie er aan het hoofd stond zat verborgen in een web van buitenlandse lege vennootschappen.

De Caravelle stopte naast de Gulfstream, de zijdeur schoot open en het team greep zijn tassen en haastte zich naar buiten. De stewardess deed een stapje bij de trap vandaan en liet ter begroeting een stralend witte glimlach aan het team zien. Ze had het enthousiasme, en bijpassende parfum, van de verkoopster van de make-upafdeling.

'Ik ben Calypso,' zei ze. 'Ik sta vanmiddag voor jullie klaar.'

Loader gaf haar een knipoog. 'Jij mag altijd voor me klaarstaan, schatje.'

Ze glimlachte beleefd. 'Hebben jullie nog speciale wensen voor de vlucht?'

'Vandaag niet,' zei Mallet bruusk.

'Deze kant op graag, meneer.'

Ze liepen de trap op, langs het keukentje, de grote cabine in die was verdeeld in drie salons. Er was heel wat zacht leer te zien, veel gepolitoerd hout en luxe meubilair. Voldoende plek voor meer dan tien passagiers. Op een laag dressoir in het midden van de cabine was een flatscreentelevisie gemonteerd. Een vergadertafel en een minibar gevuld met flessen water en frisdrank. Voor in de cabine bevond zich een apart kantoor uitgerust met een printer, fax, papierversnipperaar en ultrasnelle wifi, zo zei de stewardess. Alles wat een directeur maar nodig had.

Als het fout loopt met deze missie, dacht Bowman, dan laat Six ons in elk geval in stijl gaan.

Ze borgen hun tassen op en maakten hun stoelriem vast. Negen minuten later klom de Gulfstream door de lage bewolking. Zodra het toestel recht hing verplaatste het team zich naar de vergadertafel in de middelste salon. Bowman, Mallet, Casey en Loader lieten zich in de vier stoelen aan weerszijden van de tafel vallen. Webb sleepte een van de reistassen naar zich toe die in het achterste bagagevak lagen. Daar haalde hij een laptop en een manilla envelop uit die hij op tafel legde. De tas gooide hij op de grond en gebruikte hij als geïmproviseerde zitzak. De stewardess kwam vanuit het keukentje aangeslenterd met haar stralende glimlach.

'Willen jullie iets hebben?' vroeg ze. 'Ontbijt? Koffie? Champagne?'

'Nee, bedankt,' antwoordde Mallet vriendelijk maar beslist. 'We redden ons wel, meis. De jongens en ik hebben een zakelijke bespreking. We willen niet gestoord worden.'

'Als jullie iets willen hebben, laat het me dan maar weten.'

'Dat zullen we doen, schatje,' zei Loader met een brede grijns. 'Zeker weten.'

Zijn blik volgde de stewardess, die met licht wiegende heupen het gangpad weer afliep naar het keukentje.

Mallet zei: 'Vergeet het maar.'

'Ik zei helemaal niets.'

'Dat hoeft ook niet. Ik zie het aan je gezicht. Je maakt geen schijn van kans. Ze heeft geen interesse in jouw Welshe reet.'

Loader leek gekwetst. 'Dat weet je helemaal niet.'

'O, jawel. Weet je waarom niet?'

Loader schudde zijn hoofd.

'Omdat ze smaak heeft.'

'Soms ben je een echte eikel, John.'

'Het leven is hard. Wen er maar aan.' Hij knikte naar Casey. 'Haal de kaart tevoorschijn. We moeten heel wat bespreken.'

Casey vouwde een gedetailleerde stratenplattegrond uit van Monte Carlo die in de map had gezeten. Met een knokige vinger tikte Mallet op een appartementencomplex dat met een zwarte marker was omcirkeld. Bowman boog zich naar voren om het beter te kunnen zien. Het pand lag aan Avenue Princesse Grace, een van de duurste straten van Monaco. Twintig jaar geleden het duurste adres ter wereld, voordat de welgestelde elite in Kensington in St Moritz en aan Fifth Avenue ging wonen. Nu was het waarschijnlijk al heel wat als de plek in de top twintig stond. Aan de oostkant van het appartement lag een promenade dwars over een smal, halvemaanvormig stukje aangelegd strand. Een eindje verderop lag naar het noorden een rotsachtige kaap met een uitgebreid casino- en hotelresort. Casino Square bevond zich misschien achthonderd meter naar het zuiden.

'Hier woont Lang,' begon Mallet. 'Appartementencomplex Du

Veil. Lang heeft daar een appartement met drie slaapkamers op de achttiende verdieping gekocht. Er is vierentwintig uur per dag een conciërge aanwezig, bij alle in- en uitgangen hangen beveiligingscamera's, op afstand bedienbare alarmen, de hele rataplan.'

Hij wees naar een plek op de kaart honderd meter naar het zuiden van het gebouw aan Avenue Princesse Grace.

'Hier worden jullie afgezet,' zei hij. 'Vanaf daar lopen jullie naar het gebouw. Patrick houdt zich met de conciërge bezig.'

'Spreek jij Frans?' vroeg Bowman.

Webb lachte en zei: 'Mijn moeders kant van de familie komt uit Martinique. Bij mijn grootouders sprak ik niet anders.'

'Wat is ons verhaal?'

'Jullie doen alsof jullie juridische documenten bij je hebben die David Lang moet ondertekenen,' antwoordde Mallet. 'Six heeft een paar identiteitsbewijzen laten maken, voor het geval jullie worden gearresteerd. Daarmee zouden jullie langs de receptie moeten komen.'

'Krijgt Lang geen argwaan?'

'Six denkt van niet.'

'Het boeit me niet wat ze denken,' zei Bowman. 'Ik waag mijn leven, zij niet.'

'Ik ook,' viel Webb hem bij.

Mallet slaakte een geërgerde zucht. 'Dat wordt geen probleem. Lang ziet zichzelf graag als een fatsoenlijke zakenman. Daarom heeft hij zijn geld in hotels, casino's en mijnbedrijven gestoken. Bij al dat legale geld hoort papierwerk. Dit zal hij niet vreemd vinden.'

'Wat is het plan als we eenmaal binnen zijn?'

'Dan verdoven jullie Lang en Seguma en stellen jullie het appartement veilig. Patrick bewaakt ze. Ondertussen trek jij Langs kleding aan en ga je naar de ondergrondse parkeergarage. Er is een privélift, dus niemand ziet je binnenkomen of vertrekken. Daar heeft Lang een Range Rover staan. We geven je het kenteken, dan weet je welke je moet hebben. Je gaat met zijn wagen een eindje rijden,' voegde hij eraan toe en trok met zijn vinger een spoor in zuidelijke richting langs de hoofdweg. 'Rijd tot aan deze rotonde, keer om en rij terug in noordelijke richting om Alex en mij op te pikken. Zo ziet niemand ons het gebouw binnengaan.'

'Waarom ik?' vroeg Bowman.

'Jij hebt grofweg dezelfde bouw als Lang. Je zou bijna ook een tweelingbroer van hem kunnen zijn. In de ondergrondse parkeergarage hangen camera's. Als de beveiligers je achter het stuur zien zitten, gaan ze er natuurlijk van uit dat Lang even een pakje sigaretten gaat halen. Zodra we binnen zijn,' voegde Mallet eraan toe, 'nemen we de lift naar Langs appartement en ondervragen we hem. Daar heb ik de leiding over.'

'En Tiny dan?' wilde Bowman weten.

'Die wacht in de auto en houdt de ingang naar het complex in de gaten. Dat is het plan. Maar Tiny kennende zal hij de tijd wel doden met het beoordelen van het plaatselijk schoon en willen dat hij groter was dan een elf.'

'Lengte zegt niet alles, John.'

'Tering, gebruik je die zin bij vrouwen? Geen wonder dat je geen beurt kunt krijgen.'

Casey rolde met haar ogen naar de twee mannen en zei: 'Als er iemand aankomt – een van Langs partners of de politie – dan laat Keith dat jullie weten. Dan hebben jullie een paar minuten om weg te komen.'

Bowman vroeg: 'Wat is het exfiltratieplan?'

'We brengen president Seguma naar de parkeergarage en vertrekken in de wagen van Lang. Onderweg naar het vliegveld treffen we een van onze medewerkers. We dumpen de uitrusting, nemen een privévliegtuig en vliegen naar huis. Tegen de tijd dat iemand erachter is wat er is gebeurd, zijn wij al lang weg.'

'En Lang?'

'Die gaat ook met ons mee,' antwoordde Mallet ijzig. 'Maar dat gaan we niet vriendelijk vragen.'

Bowman staarde naar de plattegrond en nam in gedachten het plan door.

'Het brengt risico's met zich mee,' zei hij.

'In de auto stappen ook. Of een date met Tiny.'

'Dit kan heel goed fout lopen.'

'Over het plan valt niet te discussiëren.'

'Maar stel nou dat er beveiliging in het gebouw aanwezig is? Misschien heeft Seguma een paar lijfwachten bij zich.'

'We achten dat onwaarschijnlijk.'

'Hij is de president. Hij zal toch enige vorm van bescherming willen.'

'Niet bij deze bespreking.'

'De president vertrouwt zijn beveiligingsteam niet,' legde Casey uit. 'Hij wordt paranoïde op zijn ouwe dag. Gelooft dat er spionnen tussen zitten. Een half jaar geleden heeft hij nog een stel kerels van zijn team ontslagen.'

Mallet zei: 'Zoals je weet heeft Seguma heel veel moeite gedaan om deze bespreking geheim te houden. Dat betekent dat ook zijn beveiligingsteam niet op de hoogte is. We zetten erop in dat hij hier alleen naartoe gaat.'

'Ze gaan echt niet met z'n tweeën naar de bespreking met de Russen, John.'

'Dat ben ik met je eens. Het is mogelijk dat Lang een of twee zware jongens bij zich heeft,' gaf Mallet toe. 'Helpers. Domme krachtpatsers die hij kan vertrouwen. Maar dan hebben we het over een of twee jongens. Meer heeft hij er niet bij zich.'

'En als dat wel zo is?'

'Je moet flexibel blijven. Op onverwachte dreigingen kunnen reageren. Dat hoort bij dit vak, vooral als je gangsters bestrijdt.'

'Dat begint tot me door te dringen.'

Een vol half uur namen ze het koeriersplan door. Webb pakte de laptop erbij en haalde op Google Street View de buitenkant van het appartementencomplex tevoorschijn, waarop hij de diverse in- en uitgangen aanwees en de positie van het team in het voertuig. Bowman bestudeerde de oorspronkelijke bouwkundige tekening voor het appartement van Lang en sloeg die in zijn geheugen op. Vervolgens richtten ze hun aandacht op de situatie rond het gebouw: wegwerkzaamheden, toeristische trekpleisters, waar waarschijnlijk opstoppingen zouden zijn, wat het spitsuur was en parkeerzones. Regelmatig polste Mallet of Bowman die nog vragen had, zonder negativiteit of oordeel. Het team had de missie de afgelopen zeven dagen gepland. Iedereen kende het plan vanbuiten. Als nieuwkomer moest Bowman elk aspect op topsnelheid in zich opnemen.

'Hoe zit het met onze uitrusting?' vroeg hij.

Mallet leunde achterover om Loader de kans te geven. 'Dat legt Tiny wel uit. Dat is zijn specialiteit. Net als hoe je vrouwen moet afstoten, natuurlijk.'

Loader wierp hem een blik toe en wees met een vinger op de zuidkant van het vorstendom.

'Bij de heliport hier treffen we een plaatselijke collega,' zei hij. 'Die brengt ons naar de parkeergarage onder het voetbalstadion. We verzamelen onze uitrusting en rijden dan direct door naar de locatie van het doel.'

'Nemen we wapens mee?' wilde Bowman weten.

'Pistolen. Een voor jou, een voor Patrick. Maar die zou je niet nodig moeten hebben.'

Mallet zei: 'We moeten bespreken wat de regels zijn voor een gevecht.' Hij leunde naar voren en keek Bowman strak aan.

'Laat me heel duidelijk zijn. Jullie dienen jullie wapens alleen in het uiterste geval te gebruiken,' zei hij. 'Als jullie je in de gevarenzone bevinden, als er geschoten wordt, dan mag je terugschieten. Maar schiet als het even kan niemand neer. Het wordt ellende om dat op te ruimen en dat is wel het laatste wat we kunnen gebruiken. En raak onder geen beding in een gevecht met de politie verwikkeld.'

'Ik weet hoe het werkt,' zei Bowman. 'Ik heb dit allemaal al eerder gedaan bij de Wing.'

'Herhalen kan geen kwaad,' bromde Mallet. 'Het is ons niet om problemen met de politie te doen. Als je wordt gearresteerd, maak dan geen heisa. Hou je mond dicht en wacht af. Ga geen lulverhaal verzinnen. Daar wordt de politie alleen maar nieuwsgierig van en dat willen we niet. Daar zal Six ook niet gelukkig mee zijn. Zodra je wordt opgepakt, wordt dat doorgegeven en dan komt er iemand van de ambassade in Parijs. Je krijgt volledige juridische ondersteuning. De lui van Whitehall zullen zoals gewoonlijk achter de schermen aan de touwtjes trekken. Voor je het weet, zit je weer op een vlucht naar Londen.'

'Laten we hopen dat het niet zover komt.'

'Het is een routine-arrestatie,' merkte Loader op. 'In de Cell doen we dit soort dingen constant.'

'Routine bestaat niet, Tiny. Niet bij het Regiment.'

'We zijn hier niet in de oorlog met de Zoeloes verwikkeld, of wel soms? Over een paar uur zitten we thuis weer aan het bier.' Hij stootte Bowman plagend aan en knipoogde. 'Jij en ik kunnen samen de stad in om het plaatselijk schoon te spotten.'

'Dan zie je niet veel,' zei Mallet. 'Als Tiny de bar binnenkomt is die sneller leeg dan bij een bommelding.'

'Dat is niet waar,' protesteerde Loader. 'Ik mag dan niet de langste zijn, ik kan echt wel met de vrouwtjes overweg.'

'Aye, dat zal wel ja. Dat noemen we: ze doodsbang maken.'

Bowman lachte met Mallet mee. Zelfs Webb plooide zijn lippen tot een glimlach. Casey staarde hen verbijsterd aan.

'We gaan verder,' zei Mallet. 'Er is nog heel wat om door te nemen.'

Casey nam de briefing over. Ze gaf Bowman een vel papier met een lijst telefoonnummers en een plattegrond waar diverse ophaallocaties op stonden. De telefoonnummers waren van personen met wie het team in noodgevallen contact kon opnemen. In de wijk Fontvieille zat een kerel met een kleine boot, vertelde ze. Een dokter over de grens in Nice en een stel gepensioneerde geheim agenten die in een stadje vijfenzestig kilometer naar het westen woonden, in Trigolins.

Ze bespraken ontsnappingsplannen en sluipwegen. Procedures om in geval van nood opgehaald te worden. Locaties in de omgeving, veilige plekken waar ze zich een dag of twee verborgen konden houden. Alles wat bij het slechtste scenario hoorde. Bowman probeerde elk detail in zich op te nemen, maar hij had moeite zijn aandacht erbij te houden. Het slaapgebrek begon zich te wreken. Zijn vermoeide lijf hunkerde naar opiaten. Iets om hem alert te houden. Onder zijn overhemd zweette hij hevig. Hij nam een slok uit een fles water en probeerde zich weer te focussen. Ze hadden nog tijd om het algemene plan nog één keer rond de vergadertafel door te nemen. Iedereen beschreef zijn eigen rol en ze zorgden ervoor dat er geen onduidelijkheden of losse eindjes waren. Toen kondigde de piloot aan dat ze al snel de daling naar de Côte d'Azur zouden inzetten en Webb en Loader ruimden vlug hun spullen op en brachten de bagage weer naar het achterste bagagevak. Casey haalde de papieren van tafel en beende naar het kantoor om ze door de papierversnipperaar te halen.

Terwijl zij bezig waren, kwam Bowman moeizaam overeind en glipte hij zachtjes naar het toilet.

De cabine schudde toen hij het gangpad door liep. Bijna verloor Bowman zijn evenwicht op het moment dat het toestel daalde en door de lucht dook, maar hij herstelde zich. Via de luidspreker meldde de piloot dat ze met turbulentie te maken hadden. Bowman negeerde het verzoek om te blijven zitten en wankelde het toilet in, zijn handpalmen nat van het zweet. Hij voelde zich klote. Het afgelopen uur was het verlangen sterker geworden, maar zo meteen zou hij zich weer normaal voelen. Hij liet een hand in zijn jaszak glijden, haalde het dopje van de onderkant van de pilvergruizer en liet een pilletje op zijn trillende hand glijden.

De cabine schokte.

Het vliegtuig helde scherp naar rechts, waardoor Bowman zijn evenwicht verloor. Hij viel naar achteren, knalde tegen de deur, trok zich overeind aan de wastafel en keek wanhopig op terwijl hij de pilletjes in de wasbak zag kletteren. Net balletjes op een roulettetafel. In paniek wankelde hij naar de gootsteen. Het toestel dook weer op het moment dat hij naar de pillen graaide en ze verdwenen de afvoer in, voordat hij ze te pakken had.

Een paar tellen later schudde het vliegtuig niet meer.

Met grote ogen staarde Bowman naar de afvoer en hij voelde hoe een kille vuist van angst zich om zijn keel klemde. Zijn voorraad pillen – weg. Allemaal.

Even wist hij niet wat hij moest beginnen. Hij overwoog de zwanenhals los te draaien, maar nam aan dat de pillen inmiddels al waren opgelost. Toen begon hij helderder na te denken. Dit was niet goed. In zijn bagage zaten geen reservepillen. Geen noodvoorraad medicijnen. De komende paar uur zou hij zich op een of andere manier zonder pillen moeten zien te redden. En dan maar hopen dat het trillen niet te erg werd.

Hij liep het gangpad weer door en ging tegenover Casey zitten. Ze schonk hem een half glimlachje, een vragende blik op haar gezicht.

'Alles goed? Het lijkt wel of je behoorlijk geschrokken bent.'

'Gewoon slaapgebrek. Daar kom ik wel overheen.'

Hij keek weg en voelde de paniek in zijn borst opkomen. Hij probeerde zichzelf te dwingen rustig te blijven, maar dat lukte niet.

We staan op het punt een gewelddadige gangster te arresteren en ik moet het opnemen tegen afkickverschijnselen.

En ik kan er niets aan doen.

Een paar minuten later begon de Gulfstream aan de daling.

13

Ze landden om acht uur op een grijze, winderige ochtend aan de Franse Rivièra. De Gulfstream taxiede van de landingsbaan naar de standplaats, het geluid van de motoren zwakte af tot een gejank en de trap werd uitgevouwen. Loader schonk de stewardess een glimlach ten afscheid en toen stapte het team uit. In een paar minuten waren ze al door de beveiliging en stonden ze bij de heliport. Mallet had uitgelegd dat ze waren ingedeeld bij priority. Iets wat het Elite Servicepakket heette en wat bepaalde privileges met zich meebracht, zoals een gestroomlijnde incheckprocedure. Een kleine, gedrongen medewerker wierp een korte blik op hun paspoort en toen werden ze door twee klaarstaande vliegveldbuggy's snel naar de heliport gebracht.

De helikopter was een AgustaWestland AW109, de burgervariant. Executives gebruikten zo'n toestel graag. Het team liep de opvouwbare trap op en maakte het zichzelf gemakkelijk in de zespersoonscabine, terwijl een andere medewerker hun weekendtassen en rugtassen in het bagageruim laadde. De twee motoren jankten, de rotorbladen veegden door de lucht. De piloot voerde een paar laatste controles uit, testte een aantal onderdelen en stelde wijzertjes en meters in.

De Agusta verhief zich boven Nice. De piloot vloog om de stranden van Cap-Ferrat en volgde ruwweg de kustlijn in noordoostelijke richting naar Monaco. In het azuurblauwe water lagen cruiseschepen en jachten als stapstenen. Bij het naderen van het staatje begonnen Bowmans handen te trillen. Zijn handpalmen waren klam van het zweet; straaltjes gleden langs zijn rug, waardoor zijn overhemd aan zijn huid plakte. Samen met het trillen kwam ook de bonzende pijn opzetten. Het onwillekeurige trekken van zijn spieren, het gestage stroompje angst in zijn maag. Bowman balde zijn handen strak tot vuisten en hoopte dat de anderen niets hadden gemerkt.

Misschien hebben ze door dat ik ontwenningsverschijnselen heb, dacht hij. Of erger: ze denken dat ik bang ben.

Hij probeerde rustig te blijven. Dat was niet gemakkelijk; het verlangen werd steeds heviger. Hij klemde zich vast aan de hoop dat hij in het appartement van Lang een voorraad drugs vond. Zelf rookte of dronk Lang niet, maar hij stond erom bekend dat hij feestjes gaf voor zijn vrienden. Beroemdheden, financiers, modellen. Het soort mensen dat zich wel bezighield met verdovende middelen. Bowman wist het niet zeker, maar er was een kleine kans dat hij iets zou vinden. Pillen misschien, of iets anders. Op dit moment zou hij alles nemen.

De Agusta naderde Monaco van de zeekant. Onder hen zag Bowman een haven bomvol kleine, snelle boten en opzichtige jachten. Dicht tegen de rand van de haven lagen appartementencomplexen. Vanaf deze hoogte leken ze even klein en wit als suikerklontjes. Verder het binnenland in ving hij een glimp op van het voetbalstadion dat deels verborgen lag achter een groepje kantoren en hotels.

Zeven minuten na het opstijgen daalde de helikopter boven de haven. Ze landden op de heliport aan de rand van het water. De motoren jankten, het team stapte uit en liep naar de terminal. Casey keek op haar telefoon, pinchte en swipete, om te zien wat de laatst bekende locatie van Lang was. Bowman ontweek de blik van de grenscontroleur die even snel zijn paspoort scande. Hij trilde nu veel heviger. Zijn linkerhand begon te beven toen hij het terminalgebouw uit liep. Over een uur zou hij een sidderend wrak zijn.

Je moet iets innemen, waarschuwde het stemmetje in zijn hoofd hem. Het maakt niet uit wat voor verdovend middel. Het doet er niet toe. Zorg gewoon dat je bij Langs appartement komt en vind daar iets.

Een enorme, corpulente man in een hawaïshirt en korte broek stond buiten op hen te wachten. Zijn gezicht glom van het zweet. Onder zijn kin hing een hangmat aan vlees. Een nek had hij niet; die was verdwenen onder de vlezige vouwen van zijn halskwabben en schouders. Zijn armen en benen staken uit zijn romp als stokjes uit een sneeuwman. Met een pochetje veegde de man het zweet van zijn voorhoofd – een schijnbaar zinloos gebaar – en hij stak Mallet een vochtige hand toe.

'Jij moet Peter zijn,' zei hij. Hij gebruikte de naam die op Mallets valse identiteitsbewijs vermeld stond.

Met grote tegenzin schudde Mallet hem de hand.

'Ik ben Barry Vokes,' ging de man verder. Hij sprak met een zwaar Manchester-accent. 'Ik had al gehoord dat ik jullie kon verwachten.'

Bowman had tijdens de briefing wat informatie gekregen over Vokes. De man zat vroeger bij de Special Branch en was een gepensioneerde rechercheur die in het verleden diverse malen met Five en Six had samengewerkt, waarbij hij basisverkenning had uitgevoerd, geheime wapenbergplaatsen had geregeld en ontsnappingsroutes had uitgestippeld. Hij had zijn huis in het groene Hertfordshire verkocht en woonde nu in het zuiden van Frankrijk, al begreep Bowman niet waarom. Dit was duidelijk niet zijn klimaat.

Mallet liet zijn blik over de parkeerplaats gaan en zei: 'Waar staat jouw auto?'

'Deze kant op, jongens.'

Vokes liep naar een Peugeot Traveller die dertig meter verderop geparkeerd stond. Bij het waggelen schuurden zijn dijen tegen elkaar. Af en toe depte Vokes het zweet van zijn glimmende voorhoofd.

'Het is warm vandaag,' zei hij toen ze bij de Traveller kwamen. 'Geen zorgen, ik jaag de airco wel op.'

'Het is zestien graden, hooguit,' merkte Loader op, die met samengeknepen ogen naar de bewolkte hemel keek.

'O ja? Het lijkt veel warmer, als je het mij vraagt.' Vokes draaide zich om en knikte naar Bowman. 'Zo te zien ben ik niet de enige die het moeilijk heeft met deze hitte.'

Loader keek zijn collega lang en onderzoekend aan. 'Wat is er met jou aan de hand, vriend? Sinds we geland zijn zweet je al als een activist in Hong Kong.'

'Verkouden,' snauwde Bowman. 'Meer niet. Niks bijzonders, maat.'

Ze stapten allemaal in de Traveller. Met een klap sloeg het portier dicht en Vokes reed achteruit de parkeerhaven uit.

'Eerste keer in Monaco zeker?' vroeg hij.

'Zoiets ja,' mompelde Loader.

'Het is hier wel te doen,' zei Vokes als antwoord op een vraag die niemand had gesteld. 'Zelf geef ik de voorkeur aan een rustiger plek. Te veel herrie hier, te veel mensen. Het is te druk in de bars. Het duurt een eeuwigheid voor je wordt geholpen en de drankjes kosten een vermogen.'

Vokes was een prater.

'Is dat zo?' zei Mallet, die deed of het hem interesseerde.

'Daarom ben ik naar de Languedoc verhuisd, snap je. Goedkoper dan hier. En je kunt altijd wat te drinken krijgen. Maar ik zal je wat zeggen: Engeland mis ik niet. Absoluut niet. Al die regen.' Hij rilde van afschuw bij de herinnering. 'Niets voor mij.'

'Hoelang is het rijden naar de parkeergarage?' vroeg Mallet.

'Vier minuten,' antwoordde Vokes.

In de achteruitkijkspiegel ving Mallet Bowmans blik. 'Kleed je om. Jullie allebei. Opschieten.'

Zodra de heliport uit zicht was trokken Bowman en Webb hun tas open en begonnen hun koerierskleding aan te trekken, hun bewegingen door de getinte ramen aan het oog onttrokken. Casey haalde een mannenpruik uit haar rugtas en gaf die aan Bowman, die hem strak over zijn hoofd trok, waardoor zijn donkere haar bedekt werd door een berg golvende blonde lokken. Hij zette de honkbalpet op, liet zijn telefoon en bedrijfsidentiteitsbewijs in zijn broekzakken glijden en schoof zijn burgerkleding in zijn tas, samen met zijn paspoort en portemonnee.

'Nog iets gehoord van Six?' vroeg Mallet.

Casey swipete en scrolde op haar telefoon. 'Ze hebben net Langs telefoon weer gepingd. Doel heeft zich nog niet verplaatst.'

'Laten we hopen dat dat de komende twintig minuten zo blijft,' zei Loader.

Ze reden om het voetbalstadion heen, gingen van de weg af en zo de ingangshelling op naar de ondergrondse parkeergarage die recht onder het veld lag. Vokes reed net zo veel verdiepingen omlaag tot hij het voertuig zag dat hij zocht: een zilvergrijze Mercedes-Benz E-Klasse stationcar die helemaal in de hoek geparkeerd stond. Een grote, ruime auto met voldoende ruimte voor vijf volwassenen en een hele berg bagage.

Vokes zette de Traveller vooruit op de plek naast de E-Klasse. Er klom een sjofel uitziende vent in een poloshirt en chinobroek uit de Mercedes. Een van de andere mannetjes, nam Bowman aan. Weer een lid van de expatgemeenschap in het zuiden van Frankrijk. Hij zag er tien jaar ouder uit dan Vokes. Begin zestig. Zijn gezicht had meer lijnen dan een schoolschrift. Hij had een armzalige poging gedaan om zijn haar over een kale plek te kammen.

Het team van de Cell stapte uit de Traveller, greep de bagage en liep naar de kerel met de overkam achter de E-Klasse. Die gooide Loader een bosje sleutels toe en wees met zijn duim naar de kofferbak van de E-Klasse.

'Achterin liggen wapens,' zei hij.

'Helemaal compleet?'

'Alles waar jullie om hebben gevraagd. De tank is vol.'

'Papieren?'

'In het dashboardkastje.'

Overkam liep om de Traveller heen naar de bijrijderskant en sprong naast Vokes in de cabine. Een paar minuten later schoot de

Traveller naar de uitgang. Mallet maakte de achterklep van de E-Klasse open, greep de zwarte sporttas uit de verder lege kofferbak en liep om de auto heen naar de bijrijdersstoel.

'Instappen,' beval hij. 'Kom op.'

De rest van het team dumpte zijn weekendtas in de kofferbak en zocht een plekje in de E-Klasse: Loader achter het stuur, Mallet op de bijrijdersstoel, Casey, Bowman en Webb achterin. Dertig seconden later stroomde het daglicht het voertuig in en gleden ze de parkeerplaats af. Terwijl ze wegreden van het stadion gaf Mallet de sporttas aan de jongens achterin. Met gladde handen van het zweet maakte Bowman de tas open. Onderin lagen twee Ruger American Compacts. Lichtgewicht pistolen, gemakkelijk mee te nemen en te verbergen, gekamerd voor de 9-mm Luger-kogel. Bij allebei zat er een vijf centimeter lange, stompe demper op de loop. Bowman gaf een van de wapens aan Webb en controleerde de andere zelf. Zijn handen trilden bij het verwijderen van het magazijn van de onderkant van de greep. Er zat een vol patroon in. Zeventien kogels van negentien millimeter koper.

Hij liet het patroon weer in de magazijnhouder glijden en stak de Ruger in de holster die aan zijn riem hing. De holster zat strak tegen zijn huid, vlak bij zijn zij. Onder zijn dikke laag kleding zou het pistool voor niemand zichtbaar zijn. Hij viste vier paar plasticuffs uit de tas, gaf twee paar aan Webb en stopte de andere twee in zijn broekzak.

'Hier,' zei Mallet. 'Dit heb je ook nodig.'

Hij overhandigde Bowman een documentenmap waar Langs adres op was gedrukt.

'We zijn er over vier minuten,' zei Loader, toen ze uit een tunnel tevoorschijn kwamen. 'Ga je klaarmaken.'

Bowman staarde uit het raam om te voorkomen dat zijn collega's zijn verwijde pupillen zagen. Ze reden om Port Hercules heen en bleven in oostelijke richting rijden, Avenue J.F. Kennedy af, langs rijen superjachten, lelijke wolkenkrabbers en vervallen restaurantjes. Casey keek weer op haar telefoon. Loader hield een gestage snelheid aan, ruim onder de snelheidslimiet.

We zijn er bijna, zei Bowman tegen zichzelf. Hou het nog een paar minuten vol. Dan kun je in Langs appartement naar zijn voorraad drugs zoeken. Jezelf op orde krijgen.

En als hij niets heeft? Wat dan?

Dat weet ik niet.

Ze staken een brede rotonde over, passeerden een ondergrondse parkeergarage en reden in noordelijke richting over Avenue Princesse Grace. Twintig jaar geleden een van de duurste straten ter wereld, maar zo leek het nu niet. Niet meer. Bowman zag gedateerde appartementencomplexen uit de jaren zeventig met de kleur van sinaasappelschillen, piepkleine balkons met luifeltjes erboven, een handjevol kleurloze cafés en opzichtige nachtclubs. Ze reden nog eens honderd meter door, langs een uit glas en staal opgetrokken congrescentrum en een monument voor Grace Kelly.

Ze waren er nu bijna.

Nog eens honderd meter verderop wees Mallet naar een parkeerplaats langs de weg naast de promenade.

'Stop hier maar,' zei hij.

Loader liet de E-Klasse op een lege plek glijden, parallel aan een ijssalon en tegenover een dealer van luxeauto's. De motor sloeg af. Toen wachtten ze. Casey opende een versleutelde berichtenapp op haar telefoon en las snel de tekst.

'We hebben weer een ping op Langs telefoon,' zei ze. 'Hij zit nog steeds in zijn appartement.'

'Het is zover,' zei Loader. 'Daar gaan we.'

Mallet en Loader keken in hun zijspiegels of er voetgangers liepen. Dit gedeelte van het plan hadden ze tot in detail in het vliegtuig doorgesproken. Bowman en Webb zouden pas uitstappen als ze zeker wisten dat de kust veilig was. Als iemand toevallig twee mannen in koeriersoutfit uit een burgerauto zou zien komen, kon dat weleens argwaan wekken. Het was veiliger om te wachten tot ze ongezien naar het appartement konden lopen.

De seconden tikten weg. Bowman wachtte ongeduldig op het teken. Hij begon dingen te zien, levendige hallucinaties te krijgen.

Herinneringen aan de nacht dat zijn gezin was afgeslacht slopen de werkelijkheid in. Hij zag bloedplassen op de stoep. Een meisje lag dood op straat, haar keel doorgesneden. Bowman wilde net zijn collega's waarschuwen toen hij besefte dat ze dezelfde prinsessenjurk droeg als zijn dochter. Zijn Sophie. Ook zijn vrouw was er, een keurig kogelgat midden in haar voorhoofd. Ze staarden hem allebei met een beschuldigende blik aan.

Hij knipperde met zijn ogen. De beelden verdwenen.

Christus, ik moet een pil hebben.

Een handjevol mensen liep langs de E-Klasse: een oudere man die aan het wandelen was, een jonge vrouwelijke jogger in een legging, een grijsharige vrouw in een met bont afgezette jas die haar dwergpoedel uitliet. Geen van allen keurden ze de stationcar een blik waardig. De inzittenden reden geen luxebak, ze hadden geen vip-escorte, en dus waren ze niet belangrijk.

Zodra de vrouw met de hond uit het zicht was, draaide Mallet zich half in zijn stoel om en knikte naar de jongens achterin.

'Veilig. Go.'

Er waaide een zacht windje vanaf zee, waardoor Bowmans blonde pruik in de war raakte toen hij uitstapte en met Webb in noordelijke richting liep. Ongeveer honderd meter vóór hen torende het Du Veil-appartementencomplex boven de naastgelegen gebouwen uit. Een glazen bouwwerk in de vorm van een torenventilator, drieentwintig verdiepingen hoog. Links van het gebouw lag een chic restaurant met een dakterras, rechts een ouder, pastelkleurig blok. Boven de ingang wapperden Monegaskische vlaggen.

Ze kwamen bij een zebrapad en beenden met korte, bruuske passen naar de ingang. Gewoon weer twee koeriers die behoorlijke haast hadden. Ze liepen door de glazen schuifdeuren de brede lobby in die was aangekleed met abstracte sculpturen, kroonluchters en designmeubilair. De vloer leek even opgewreven als de laarzen van een landmachtrekruut tijdens een parade. Achter een donkerhouten balie stond een slanke, gebruinde conciërge, gekleed in een pak met zulke scherpe vouwen dat je er bamboe mee kon snijden.

Achter hem hing een ingelijste foto. Prins Albert II en zijn echtgenote, die stralend voor de camera poseerden.

De conciërge staarde naar de twee mannen die dichterbij kwamen, alsof hij nadacht hoe hij ze moest bejegenen. Zijn ogen gleden naar hun jasjes en petten met logo en toen hij weer opkeek, wierp hij hun een beleefde maar vastberaden glimlach toe. Alsof hij wilde laten merken dat hij hun aanwezigheid wel wilde tolereren, als standaard menselijke beleefdheid, maar ook niet meer dan dat. Op het naambordje boven zijn borstzakje stond dat hij Raymond heette.

'*Oui, messieurs?*' vroeg hij scherp. 'Ja, wat kan ik voor u doen?'

'We zijn van HLO Global,' zei Bowman. 'We hebben juridische documenten die de heer David Lang moet tekenen.'

'Van HLO?' De wenkbrauwen van de conciërge kropen naar elkaar toe. 'Maar op uw petten, monsieur, daar staat op dat u van HLX bent, *non*?'

Bowman deed zijn mond open, maar er kwam geen geluid uit. Hij kon zich niet concentreren. Begon in paniek te raken. 'Ja. Nee, ik bedoel...'

Haastig deed Webb een stap naar voren en sprak een paar woorden in het Frans tegen de conciërge. Hij maakte een overdreven handgebaar naar Bowman en haalde zijn schouders op, alsof hij wilde zeggen: wat doe je eraan? Het is mijn werk om met deze idioot samen te werken. De conciërge glimlachte en hij ontspande zichtbaar. Webb gebaarde naar het document en tikte op zijn horloge. Een duidelijk teken dat het dringend was. Zijn lichaamstaal zei: we moeten zorgen dat deze papieren worden getekend. Kunt u ons helpen? Verbaasd keek Bowman naar zijn collega. De stille, verlegen soldaat was volledig veranderd in een vrolijk babbelende Franse bezorger.

De conciërge pakte de telefoon en toetste een nummer in.

Na vier keer overgaan nam Lang op. De conciërge praatte op een nederig toontje en vertelde over de koeriers en de belangrijke papieren. Het viel even stil voordat Lang iets onverstaanbaars blafte.

Toen hing hij met een klik op. Raymond legde de hoorn weer op de haak en keek op.

'Jullie mogen naar boven lopen,' zei hij omwille van Webbs collega in het Engels. 'Monsieur Lang zal u ontvangen.'

'We moeten boven wachten,' legde Webb uit. 'Totdat de andere partijen er zijn. Pas met alle handtekeningen kunnen de papieren terug naar kantoor.'

'*Bien.* Geen probleem. Deze kant op graag, messieurs.'

Ze volgden hem de foyer door naar een rij privéliften bedoeld voor de rijkste bewoners van het pand. De conciërge tikte met een mastersleutelkaart tegen een magnetische lezer onder het controlepaneel en koos op het touchscreen de achttiende verdieping. De deuren van de meest linkse lift schoven met een ping open en Bowman en Webb stapten in de met goud versierde cabine. De conciërge liep weer naar zijn plek. De deuren gleden zachtjes dicht.

Tijdens de rit naar boven hielden de soldaten hun hoofd gebogen zodat de beveiligingscamera's hun gezicht niet zouden zien.

'Wat moest dat verdomme voorstellen?' vroeg Webb ijzig.

'Ik was de naam van het bedrijf vergeten,' mompelde Bowman. 'Niks aan de hand, maat.'

'Door jou was de missie bijna naar de klote.'

'Het was een fout,' zei Bowman met lage stem. 'Zal niet meer gebeuren.'

'Dat is te hopen voor je.'

'Wat zei je tegen die kerel?' wilde Bowman weten.

Webb keek hem met een ijskoude blik in zijn ogen aan. 'Ik zei dat het je eerste dag was,' antwoordde hij. 'En waarschijnlijk ook je laatste.'

De lift gaf met een schelle ping aan dat ze op de achttiende verdieping waren aangekomen. Bowman en Webb stapten een privéoverloop op. Tijdens de vlucht naar Nice had Bowman de plattegrond van de verdieping bestudeerd en de indeling kwam hem direct bekend voor. Twee deuren rechts gaven toegang tot de brandtrap en een onderhoudsruimte. Aan de linkerkant van de overloop lag een dienstlift, naast een opslag. Helemaal aan de andere kant bevond zich de voordeur naar het appartement van David Lang.

Bowman hield de documentenmap stevig vast terwijl hij met Webb samen naar de deur liep. Hij voelde de greep van de Ruger onder zijn dikke jas tegen zijn bovenlichaam drukken, toen ze voor de deur bleven staan. Webb klopte twee keer met de koperen klopper en deed een halve stap achteruit. Hij liet zijn rechterhand langs zijn zij glijden, klaar om zijn wapen te trekken. Bowman deed hetzelfde.

De deur gleed open. Een gestalte verscheen in de deuropening, met harde trekken, dunne lippen en een dikke gouden ketting als een guirlande om zijn nek gedrapeerd. Zijn blik was zo koud dat die een meer had kunnen laten bevriezen.

David Lang staarde de twee mannen in de gang ongeduldig aan. Hij was gekleed in een champagnekleurig overhemd van goede kwaliteit en een slimfit-spijkerbroek. Het polshorloge met spin op de wijzerplaat glom in het zachte schijnsel van de plafondlampen. Hij had geen littekens in zijn gezicht, maar leek verder als twee druppels water op zijn tweelingbroer Freddie.

'Wat willen jullie in godsnaam?' vroeg Lang en hij keek met samengeknepen ogen van Bowman naar Webb.

Webb gebruikte zijn Brummie-accent weer.

'Papieren die u moet tekenen, meneer. Ze hebben gezegd dat het dringend was.'

Hij gebaarde naar de plastic map die Bowman in zijn handen had. Achterdochtig kropen Langs wenkbrauwen naar elkaar toe.

'Daar heb ik nog niks over gehoord. Van wie zijn ze?'

'Dat gaat ons niets aan, meneer. Ons is alleen gevraagd ze te bezorgen.'

Lang zuchtte. 'Nou, sta daar verdomme niet zo te staan. Wat moet ik tekenen?'

'Ik heb de documenten hier, meneer,' zei Bowman.

Hij rommelde met de knoeibestendige rits om Lang af te leiden.

Op het moment dat Bowman de documenten wilde pakken, trok Webb de Ruger uit zijn holster en hield die op schouderhoogte, waarbij hij de loop dicht bij het gezicht van de gangster hield.

'Wat krijgen we...'

'Weg bij die deur,' zei Webb koel. 'Nu.'

Lang wierp de soldaten een boze blik toe, maar protesteerde niet. Gezond verstand. Met een negen-millimeterpistool een paar centimeter van zijn gezicht kon hij geen discussie aangaan. Hij stak zijn handen in de lucht en zette langzaam twee stappen van de deuropening vandaan, zijn neusgaten opengesperd van woede. Ook Bowman haalde zijn pistool uit de holster en sloop achter Webb de hal in, het halfautomatische wapen onvast in zijn klamme greep. Hij sloot de deur, liet de documentenmap op de salontafel vallen naast een leren dubbele portemonnee en de afstandsbediening van een Range Rover en ging aan Webbs rechterschouder staan.

'Jullie begaan een grote fout, verdomme,' zei Lang. 'Jullie hebben geen idee met wie jullie te maken hebben.'

'Kop dicht,' snauwde Webb. 'Eén beweging en ik knal je hersens uit je kop.'

Op datzelfde moment ving Bowman een glimp op van een plotselinge beweging rechts van het halletje. Hij draaide zich razendsnel een kwartslag om, zijn wijsvinger strak om de veiligheidspal in het trekkermechanisme van de Ruger. Een dikbuikige kerel in een tweed pak stond vijf meter bij hem vandaan midden in de woonkamer, zijn mond in stomme verbazing open. Op het salontafeltje voor hem lagen een slappe vilthoed en een wandelstok met kroontje, en er stonden een halfvolle fles Lagavulin single malt en een stel glazen bij.

De echte Ken Seguma.

'Blijf waar je bent,' zei Bowman. 'Zitten en geen beweging.'

Seguma verroerde zich niet. Zijn opengesperde ogen schoten heen en weer tussen de soldaten en Lang. 'Wie zijn jullie? Wat is hier in godsnaam aan de hand, David?'

'Zitten,' beval Bowman. 'Laatste kans.'

'Doe wat hij zegt, Ken,' zei Lang.

Seguma liet zich op de leren bank zakken. Hij leek verdoofd van de schok en verwarring. Bowman hield zijn wapen op de tiran gericht, terwijl Webb een paar plasticuffs uit zijn achterzak haalde. Hij trok Langs handen achter zijn rug en maakte de plastic boeien om zijn polsen vast. Toen greep Webb Lang bij zijn bovenarm en dwong hem de woonkamer in, waarna hij hem naar de bank duwde.

'Zitten, verdomme,' blafte Webb.

Lang ging naast Seguma zitten en staarde met een sadistische blik in zijn ogen naar Webb, zijn lippen tot een strakke streep vertrokken.

'Hier ga je spijt van krijgen,' zei hij. 'Daar ga ik wel voor zorgen.'

'Kop dicht,' snauwde Webb. Hij knikte naar Bowman. 'Veeg de andere kamers schoon.'

Bowman liep achterwaarts de woonkamer uit de hal door. Hij zweette nu aanzienlijk en zijn lichaam deed pijn, alsof er duizenden naaldjes in zijn huid prikten. Hij stormde de keuken in en liet zijn blik de ruimte door gaan, op zoek naar bedreigingen. Hij liep om een kookeiland ter grootte van een sarcofaag heen, tuurde de bijkeuken in, liep achterwaarts de ruimte weer uit en haastte zich langs de studeerkamer, eetzaal en de personeelsvertrekken. Omdat hij de plattegrond had bestudeerd wist hij dat de slaapvertrekken helemaal aan de andere kant van het appartement lagen.

Als Lang drugs in zijn huis bewaarde, dan zou hij die willen verstoppen. Van nature was hij voorzichtig. Hij zou verboden middelen niet open en bloot laten liggen zodat een nietsvermoedende schoonmaker die vond. Daarmee waren de woonkamer, de keuken en andere openbare ruimtes uitgesloten. Lang zou de drugs ergens veilig opbergen, dacht Bowman. De grootste slaapkamer misschien of de badkamer.

Als er al goed spul te vinden was, dan zou het daar zijn.

Weer duwde hij een deur open en nu stond hij in een lichte, ruime, T-vormige gang met links en rechts slaapkamerdeuren. Bowman dook naar links en stormde de deur naar de grootste slaapkamer in. Hij had nu ernstige ontwenningspijn en zijn handen trilden onbeheersbaar. De kamer was smaakvol ingericht. Er hing een diamanten kroonluchter en op het bureau en nachtkastje stonden bronzen naakten van gevleugelde cherubijntjes. Bowman wankelde naar het kingsize bed, trok het laatje van het nachtkastje open en doorzocht de inhoud. Hij zag geen flesjes pillen of plastic zakjes. Niets waar verdovende middelen in zaten. Alleen maar sigarettenpakjes, condoomverpakkingen en een heleboel andere zooi.

Hij moet hier toch iets hebben liggen. Waar is het dan, verdomme?

Hij stond op en stommelde door de deur naar de grote badkamer. De kamerhoge ramen keken uit over het water, auto's en mensen ter grootte van mieren. Hij legde zijn Ruger op het marmeren wastafelblad en rommelde in de zwarte leren toilettas van Lang. Niets. Hij deed het spiegelkastje open en scande de rijen luxe toiletartikelen. Op de bovenste plank vond hij een stuk of vijf medicijnflesjes. Toen hij ernaar reikte, vlogen luxe scheerproducten en antiaging crèmes over de hele wastafel. Hij wierp een blik op het geprinte etiket op een van de plastic flesjes en draaide de dop eraf. Aspirine.

Dit zijn gewoon een stel normale geneesmiddelen. Hij heeft niets in huis.

Bowman bleef zoeken. Hij keek in nog eens drie potjes met pillen. Bij het vierde potje had hij beet. Er zat geen etiket op, maar hij herkende de gele tabletjes. Aan de letters en nummers op elke pil was te zien dat het verdovende middelen van gemiddelde sterkte waren. Het soort dat bij ernstige pijn wordt voorgeschreven. Niet zo krachtig als het spul dat hij van zijn dealer kocht, maar beter dan niets.

Bowman dacht: Lang moet wel heel veel pijn hebben dat hij dit spul slikt. Of misschien lijkt hij op mij. Misschien heeft hij een verslaving waar niemand van afweet.

Toen keerde de misselijkheid weer terug en zorgde voor kramp in zijn maag. Snel vermaalde Bowman een van de pillen en snoof die van zijn vuist op. Zo kwam de pil sneller in zijn systeem dan met slikken. Hij zette de chromen kraan aan en veegde zijn gezicht met een handdoek van Egyptisch katoen af. Draaide de kraan weer dicht.

Keek op.

Zag de gestalte in de deuropening.

14

Een seconde lang bleef Bowman stilstaan. Onmiddellijk loste de mist achter zijn ogen op toen twee miljard jaar aan overlevingsinstinct het overnam. De kerel voor hem was enorm, met brede armen en schouders. Zijn benen waren zo dik als tempelzuilen. Zijn vingers hadden ongeveer de grootte van blikjes bier. Zo'n beetje het enige kleine aan de kerel was zijn hoofd, dat rond was als een fitnessbal. Boven op het bleke, vlezige gezicht stond een kortgeknipte hanenkam. Hij had het opgeblazen, met acne bezaaide uiterlijk van een steroïdeverslaafde. Bowman kwam tot de conclusie dat dit geen lijfwacht van Seguma was. Hij had geen littekens in zijn gezicht. Dat betekende dat hij een van Langs zware jongens moest zijn.

Helpers. Domme krachtpatsers die hij kan vertrouwen.

Bowman reikte naar de Ruger.

In de daaropvolgende fractie van een seconde deed de zware jongen een uitval naar voren.

Steroïdekop was niet snel. Bowman had tankauto's gezien die zich sneller voortbewogen. Maar hij had het voordeel van tijd, heel veel tijd. De Ruger lag op het blad naast de wastafel. Het zou Bowman twee of drie seconden kosten om het wapen te pakken, dat op het middenrif van Steroïdekop te richten en de trekker over te halen. Hij zou er nooit op tijd bij kunnen. Niet nu er honderdvijfentwintig kilo spierkracht op hem afkwam.

Steroïdekop trok zijn rechterarm naar achteren en maakte zich klaar voor een vuistslag op Bowmans kaak. Hij zette alles op alles, met als doel een dodelijke stoot voordat zijn tegenstander kon reageren. Geen uitgewerkt plan. Maar aan de andere kant: dat hoefde ook niet. Soms waren de ruwste strategieën de beste. Zoals een lange bal bij een voetbalwedstrijd, die naar voren naar de spits werd gespeeld. Eén slag en hij kon winnen.

Bowman weerde de slag met zijn handpalm af. Hij wilde zelf een klap uitdelen, maar door het trillen was hij aanzienlijk trager geworden.

Zijn armen en benen voelden alsof er loden gewichten aan waren vastgemaakt. Steroïdekop zag de gebalde vuist op zich afkomen en rukte zijn hoofd opzij om de dreun te ontwijken. Vervolgens stormde hij naar voren en ramde hij zijn voorhoofd tegen Bowmans schedel. Even zag Bowman wit voor zijn ogen. Er dreunde iets in zijn schedel. Hij proefde bloed en wankelde naar achteren. Zijn zicht werd net op tijd helder om te zien dat Steroïdekop weer naar hem uithaalde. Hij hijgde toen de harde knokkels van de zware jongen in contact kwamen met zijn maag en alle lucht uit zijn longen sloegen.

Hij keek op, zag Steroïdekop naar voren stormen, met zijn rechterschouder omlaag ter voorbereiding op een nieuwe klap. Met een woeste veeg van zijn onderarm weerde Bowman de klap af en met zijn rechter hak trapte hij de man hard op de tenen, alsof hij een kakkerlak wilde pletten. Direct daarop liet hij een tweede snelle aanval volgen, waarna hij een glazen tumbler van het aanrechtblad griste en die tegen de slaap van zijn tegenstander kapotsloeg. Steroidekop kreunde en wankelde achteruit. Het bloed droop langs zijn gezicht.

'Klootzak!' kraste hij.

Razendsnel draaide Bowman zich van hem af en dook op de Ruger af. Steroïdekop herstelde zich verbazingwekkend snel en wierp zich met een woedende kreet op Bowman. Hij ramde met zijn schouder op de SAS'er in, alsof hij door een afgesloten deur stormde. Door de klap werd de lucht uit Bowmans longen geslagen en vloog hij naar achteren. Pijn schoot langs zijn ruggengraat toen hij op de tegelvloer klapte. Bowman knipperde met zijn ogen, keek op en zag dat Steroïdekop het halfautomatische wapen van het wastafelblad griste. De zware jongen draaide zich razendsnel om naar zijn gevloerde tegenstander met zijn dikke vinger strak rond de trekker. Het bloed stroomde langs zijn wasachtige gezicht.

Steroïdekop wilde de trekker overhalen.

Plotseling verscheen er een waas achter de man.

Er klonk een harde metalige klap, Steroïdekop sidderde en zijn ogen rolden in hun kassen. De Ruger viel uit zijn hand toen hij naar voren viel en op de grond terechtkwam. Alsof hij een marionet was waarvan de touwtjes waren doorgeknipt. Bowman keek op van de in elkaar gezakte gestalte en zag Webb in de deuropening van de badkamer staan met een cherubijnenbeeldje in zijn handen. Op het bronzen gezichtje van het cherubijntje glinsterde vers bloed.

Webb knikte naar hem. 'Alles goed?'

Bowman schudde zijn hoofd om weer helder te worden. 'Bedankt, maat.'

'Ik hoorde geschreeuw en dacht al dat je in de problemen zat.'

'Die kerel verraste me. Stond er ineens. Moet zich in een van de gastenkamers verderop in de gang hebben verstopt.'

'Waarom heb je die kamers niet eerst gecontroleerd?'

Bowman gaf geen antwoord. Webb keek van het flesje pillen naar de gevloerde zware jongen en terug naar Bowman. Er vormde zich een vraag op zijn lippen.

'Ga terug naar Lang,' zei Bowman, die weer opstond. 'Ik zal deze kloothommel boeien.'

'Wat doen die pillen daar?'

'Weet ik veel. Lang zal ze hier wel hebben laten liggen.'

Webb keek hem nieuwsgierig aan. Toen draaide hij zich om en liep de slaapkamer uit, waarbij hij het beeldje achteloos weggooide. Bowman liet zich op een knie bij Steroïdekop vallen. De kerel was amper bij bewustzijn. Het bloed dat uit een oppervlakkige wond op zijn achterhoofd stroomde doorweekte zijn haar. Bowman pinde de armen van de zware jongen achter zijn rug, liet de plastic boeien om zijn polsen glijden en trok die strak. Hij fouilleerde de kerel en vond in zijn achterzak een geplooide leren portemonnee. Daarin zaten een dun stapeltje met briefjes van twintig, creditcards en bonnetjes. Op een rijbewijs stond dat de man Tony Hutton heette.

Bowman pakte de Ruger en drukte de loop tegen de wang van de kerel.

'Jezus, niet schieten!' smeekte Hutton. 'Ik ben alleen maar de chauffeur!'

'Zijn er nog meer van je maatjes in het appartement?' gromde Bowman.

'Nee, alleen ik, de baas en zijn gast.'

Bowmans vinger drukte strakker tegen de trekker en hij duwde de loop steviger tegen de wang van de vent. 'Weet je dat zeker?'

'Dat is de waarheid, ik zweer het. Er is hier verder niemand.'

Bowman stond op en stak het potje pillen in zijn zak. Hij liet Steroïdekop kreunend van de pijn op de vloer achter, sloop de grote slaapkamer uit en stelde snel de drie gastenslaapkamers aan de andere kant van de gang veilig. Zodra hij eenmaal zeker wist dat niemand anders zich in het appartement verschool, liep hij terug naar de badkamer bij de grote slaapkamer en trok hij Steroïdekop overeind. Hij drukte de koude punt van de Ruger-loop tegen de nek van de zware jongen.

'Lopen,' snauwde Bowman, 'of de badkamer van je baas krijgt een mooi rood kleurtje.'

Steroïdekop wankelde vloekend en mompelend de badkamer uit. Bowman dwong hem de gang door, naar de woonkamer. Webb bewaakte Seguma en Lang, de Ruger langs zijn zij. Lang staarde met een blik vol pure haat in zijn ogen naar de twee soldaten. Bowman dwong Steroïdekop de kamer door te lopen en duwde hem in een van de lege leunstoelen.

'De kamers zijn veilig.'

'Stelletje klootzakken,' siste Lang, toen hij het gezwollen en bebloede gezicht van Steroïdekop zag. 'Wat hebben jullie met Tony gedaan?'

'We hebben onenigheid gehad,' zei Bowman. 'Dat mannetje van je verloor.'

'Sorry, baas,' mompelde Steroïdekop, alias Tony Hutton. 'Eentje tuigde me van achter af. Ik kon niets doen.'

'Hou je mond, knul. Geen woord meer.'

Bowman knikte naar de tiran. 'Waar zijn jouw lijfwachten?'

'In het hotel,' zei Seguma met trillende stem. 'Daar heb ik ze achtergelaten.'

Hij wierp een blik op Lang. 'David gaf me het advies ze niet mee te nemen.'

'Ze zijn niet beneden? Buiten? In de parkeergarage?'

'Ik ben hier alleen naartoe gekomen.'

'Wie heeft je gebracht?'

'De chauffeur. Van het hotel.'

'Weet verder niemand dat je hier bent?'

'Niemand.' Seguma staarde gespannen naar Bowman. 'Wat is hier gaande? Voor wie werken jullie?'

Bowman antwoordde niet, maar richtte zich tot Webb en zei: 'Ik haal de wagen. Hou jij deze lui in de gaten.'

'Ik zou je maat maar in de gaten houden als ik jou was, knul,' zei Lang tegen Webb. 'Die ziet er niet al te florissant uit voor zover ik kan zien.'

Webb liet zijn blik door de kamer gaan en keek van de gangster naar zijn collega. 'Waar heeft hij het over?'

'Niks,' zei Bowman. 'Gewoon een beetje griep. Dat zei ik toch?'

Er ontsnapte een akelige lach aan Langs keel. 'Ja, dat zal het wel zijn.'

'Kop dicht,' zei Bowman.

Hij schoot de woonkamer uit, ging terug naar Langs slaapkamer en liep naar de inloopkast. Ontdeed zich van zijn jasje, poloshirt en pet met koerierslogo en greep een designer overhemd en gestreepte blazer van het rek. In een spiegelkastje vond hij een Gucci-zonnebril en hij completeerde de look met een honkbalpet met daarop het logo van een jachtclub. Vervolgens bekeek hij zichzelf in de spiegel. Van dichtbij zou de vermomming niet werken, maar van een afstandje en door een getinte autoruit kon hij voor David Lang doorgaan.

De pil begon te werken op het moment dat Bowman terugliep naar de gang en de zoete, warme roes van het opiaat verspreidde zich door zijn lichaam. Hij haalde de magnetische sleutelkaart uit Langs portemonnee, pakte de afstandsbediening voor de Range Rover van het salontafeltje en controleerde of zijn Ruger nog onder zijn jasje verborgen zat. Daarna liep hij door de voordeur. In de gang controleerde hij het bereik van zijn telefoon. Hij kreeg twee streepjes en opende de versleutelde berichtenapp. Toetste het nummer van Mallet in.

Mallet nam direct op. 'En?' vroeg hij.

'We zijn binnen,' antwoordde Bowman afgemeten.

'Nog problemen?'

Bowman vertelde hem over de zware jongen.

'Hebben jullie hem in bedwang?' vroeg Mallet.

'Hij is net als de anderen geboeid. Patrick houdt een oogje op hen.'

'Waar ben je nu?'

'Onderweg naar de parkeergarage. Ik ben over twee minuten buiten.'

'We staan nog steeds op dezelfde plek,' liet Mallet hem weten. 'We wachten op je.'

De privélift zoefde in één keer naar de ondergrondse parkeergarage. Bowman stapte een ruimte in die wel de duurste autoshowroom ter wereld leek. Rijen vol Lamborghini's en Ferrari's stonden naast Maybachs en Bentayga's geparkeerd. Hij zag de Range Rover van Lang en drukte op de knop om die te ontgrendelen. Hij stapte in en liet de afstandsbediening in de bekerhouder vallen. Trapte vervolgens op de remmen en drukte op de startknop. De instrumentpanelen werden wakker. Hij liet de parkeerrem los, draaide de versnellingspook naar Drive en volgde de bordjes naar de uitgang.

Tegen de tijd dat hij de Range Rover de garage uit stuurde trilden zijn handen niet meer. Hij sloeg rechts af naar Avenue Princesse Grace en reed achthonderd meter in zuidelijke richting, dezelfde route als ze vanaf het stadion naar het appartementencomplex hadden genomen, maar dan in omgekeerde richting. Al snel maakte de opluchting die hij had gevoeld bij het vinden van de pillen plaats voor een knagend onbehagen. Het zoeken naar Langs voorraad was een groot risico geweest, en het had hem bijna zijn leven gekost.

Hij duwde die gedachte weg toen hij bij de rotonde kwam. Hij reed tegen de klok in de rotonde rond en schoot weer in noordelijke richting over Princesse Grace. Langs de saaie appartementencomplexen, de cafés en het Grace Kelly-monument. Hij reed door tot hij de Mercedes-Benz E-Klasse langs de kant van de weg geparkeerd zag staan, naast de ijssalon. Daar liet Bowman het gas los en hij kwam parallel aan de E-Klasse stationcar tot stilstand, waarbij hij de rij auto's achter hem blokkeerde.

Er werd luid getoeterd toen Mallet en Casey uit de E-Klasse sprongen en de weg op jogden. Ze droegen allebei een honkbalpet. Mallet had een laptop bij zich in een hoes van neopreen. De bestuurder direct achter hem stak zijn hoofd uit het raampje van zijn Rolls-Royce Cullinan SUV en vloekte al toeterend tegen Bowman, toen Casey op de achterbank dook. Mallet sprong voor in de auto, trok het portier dicht en zei: 'Rijden.'

Ze reden weg en lieten Loader achter het stuur van de E-Klasse achter. Hij zou de voorkant van het appartementencomplex in de gaten houden en uitkijken naar eventuele tekenen van Langs kennissen of problemen in de vorm van politie, terwijl de rest van het team van de Cell de duimschroeven bij Lang aandraaide.

Vier minuten nadat hij de parkeergarage had verlaten stuurde Bowman de Range Rover de helling weer op. Hij parkeerde de wagen op een lege plek en de drie operators stapten uit. Het beveiligingspersoneel zou het niet opvallend vinden dat er twee vreemden in de garage waren verschenen. Webb had al tegen de conciërge gezegd dat er later nog meer mensen arriveerden om de contracten te tekenen. Iedereen die naar de beelden keek zou tot de conclusie komen dat Lang een paar zakenpartners had opgepikt en ze terug naar zijn appartement had gebracht om de papierwinkel te laten ondertekenen.

Bowman hield Langs sleutelkaart tegen het controlepaneel. De liftdeuren gleden sissend open en de cabine bracht ze in no time naar de achttiende verdieping. Ze liepen de privégang door en Bowman klopte drie keer op de voordeur naar Langs appartement – het juiste teken voor Webb. Die deed de deur open, liep een stap voor Mallet en Casey uit de foyer in en ging hen voor de woonkamer door.

Zodra Mallet naar binnen beende daalde de temperatuur, alsof de duivel zojuist was gearriveerd. Of zoals het moment waarop de sheriff de saloon binnenstapt om de criminele cowboy te arresteren. Lang staarde naar de wreed uitziende Schot met de meedogenloze blauwe ogen en het golvende grijze haar. Mallet zei niets. Dat hoefde ook niet. De maffioso en de tiran leken allebei te begrijpen dat ze zich in aanwezigheid van een afschuwelijke man bevonden. Alsof je oog in oog stond met een vierhonderd kilo zware gorilla. Een primitieve reactie die duizenden jaren terugging, tot de tijd waarin hun voorouders over de savanne zwierven.

Steroïdekop lag zwaar onderuitgezakt in de leunstoel, half verdwaasd, zijn runderachtige gezicht onder het bloed. Mallet wierp hem een korte blik toe en richtte zich toen tot Seguma.

'De kamer uit, meneer.'

Uitdagend sloeg de president zijn armen over elkaar. 'Ik ga nergens heen. Niet zolang niemand me vertelt wat er aan de hand is, verdomme. Wie zijn jullie? Wat doen jullie hier?'

'We werken voor de Britse veiligheidsdiensten,' antwoordde Mallet. 'Dit zijn mijn drie collega's. We weten van jullie bespreking met de Russen later vandaag. We hebben opdracht gekregen David Lang te arresteren.'

Even verslapte Seguma's mond, voor hij zich snel herstelde.

'Dit is belachelijk. Ik heb niets verkeerds gedaan.'

'U zit ook niet in de problemen,' zei Mallet. 'We moeten uw maat alleen wat vragen stellen. Een paar dingen helder krijgen. Laat u ons nu alleen, meneer.' Hij gebaarde naar Webb en Casey. 'Zij wachten samen met u in de studeerkamer totdat we met u kunnen praten.'

Seguma bleef zitten. Hij was de gevreesde president van Karatandu. Een man die volledige loyaliteit en gehoorzaamheid eiste van de mensen om hem heen. Hij was er niet aan gewend bevelen te krijgen, vooral niet van Schotten met een hard gezicht en een ruw Glasgows accent.

'De kamer uit,' zei Mallet kil. 'Als ik het weer moet vragen, ben ik niet vriendelijk meer.'

Seguma zag de strenge blik in Mallets ogen, besloot blijkbaar dat de leider van het Cell-team het meende en stond op. Hij greep zijn wandelstok en hoed en Webb en Casey brachten hem de woonkamer uit. Mallet fronste naar Steroïdekop, alsof hij hem nu pas zag.

'Haal die smeerlap hier weg,' zei hij tegen Bowman. 'Gooi hem maar ergens waar we geen last van hem hebben. Daarna gaan jij en ik even met Davey Boy babbelen.'

15

Bowman sleurde Steroïdekop overeind en duwde hem de woonkamer uit. Die kerel strompelde vooruit en ademde zwaar, terwijl ze de hal overstaken en het verblijf van de staf binnengingen. Dat was groter dan een bezemkast, maar niet veel. Bowman liet hem op de grond vallen, sloot de deur en keerde op zijn schreden terug naar de woonkamer. Mallet was aan de eettafel gaan zitten die vlak voor het balkon stond. Hij had zijn laptop voor zich gezet en opengeklapt.

'Doe de deur dicht,' zei hij tegen Bowman. 'Breng Davey Boy hierheen. Dan gaan we eens vriendelijk met hem babbelen.'

Bowman greep Lang bij zijn arm, bracht hem naar de tafel en zette hem naast Mallet aan het hoofd van de tafel. Bowman ging in de stoel rechts van de Schot zitten. Lang keek wantrouwend naar Mallet, terwijl die met zijn wijsvingers het touchscreenpad bediende.

'Wat is dit verdomme?' zei hij spottend. 'Wil je mij je persoonlijke pornoverzameling laten zien of zo?'

Mallet zei niets. Hij typte verder en drukte op Enter.

Lang zei zelfgenoegzaam: 'Jij bent geen geheim agent. Dat zie ik zo. Je ziet er anders uit. Niet chic genoeg. Jij bent de spierballen. Domme soldaten die het zware werk opknappen. Heb ik gelijk?'

Mallet zei niets.

'Zak maar in de stront dan. Lullige zielenpoot,' zei Lang. Hij draaide zijn hoofd naar Bowman. 'Hoe gaat het nu met je griepje, maat? Beter?'

Bowman zweeg. Mallet tikte op een andere toets op de laptop.

Plotseling weerklonk er een lange, melodieuze ringtoon. Mallet draaide de laptop om en richtte de ingebouwde camera op Lang. Na zes seconden antwoordde de beller aan de andere kant en was er een mysterieuze, kunstmatige vrouwenstem te horen.

'Hallo, David,' zei de Stem.

Lang staarde naar het lege scherm, met ogen die tot puntjes waren gekrompen. 'Wie is dat?'

'Mijn naam is niet belangrijk,' zei de Stem met haar monotone computerstem. 'Je hoeft alleen maar te weten dat ik bij de veiligheidsdiensten hoor.'

'Echt? Laat me je fucking gezicht dan eens zien.'

'Dat is niet nodig. Ik zal je uitleggen wat er gaat gebeuren. De mannen in jouw appartement werken voor ons. We gaan jou een paar vragen stellen en jij gaat ons de antwoorden geven.'

'Ik zeg geen fuck tegen een stel flikkers. Niet tegen jou,' zei hij, terwijl hij naar Mallet keek, 'en ook niet tegen een fucking computerscherm. Het kan net zo goed allemaal een flauwe grap zijn.'

'We spelen geen spelletjes,' zei Mallet. 'Je moet doen wat we zeggen, Davey Boy.'

Lang maakte het zich gemakkelijk op zijn stoel en grinnikte. 'En anders? Laten jij en je makkers me doodschrikken? Ben je dat van plan?'

Mallet keek hem aan met een blik die een dier kon villen.

De Stem zei: 'Het is in je eigen belang om met ons samen te werken, David. We weten al dat je van plan bent om de Russische ambassadeur en Sergej Galkin vanmiddag om twaalf uur in Antibes te ontmoeten.'

'Het is een vrij land, voor zover ik weet. Ik kan afspreken met vrienden. Dat gaat jullie niets aan.'

'Je hebt achter onze rug om een afspraak met twee bekende bondgenoten van het Kremlin. We weten dat jij en Seguma die ontmoeting heel erg geheim wilden houden. Daarom hebben jullie samengezworen om een stand-in naar de koninklijke bruiloft te sturen.'

Lang zei niets.

'Je probeert Seguma zover te krijgen dat hij van bondgenoot verandert,' ging de Stem verder. 'Dat is de echte reden voor de ontmoeting met de Russen, nietwaar? Om hem over te halen om zijn bondgenootschap met ons op te zeggen en trouw te zweren aan Moskou.'

De schouders van Lang gingen op en neer terwijl hij smerig lachte. 'Jullie weten er geen reet van.'

Mallet keek hem dreigend aan. 'Het spel is uit, vriend. Je bent op heterdaad betrapt. Vertel ons wat het plan is.'

'Donder op.'

'We verlenen je een gunst, idioot,' zei Bowman.

'Je hebt me met een pistool bedreigd, ventje. Dat kan ik niet echt beleefd vinden.'

Mallets mondhoek ging langzaam omhoog. Er glom een boosaardig lichtje in zijn ogen. 'Vertel eens. Wanneer heb jij voor het laatst met je tweelingbroer gesproken?'

'Een paar dagen geleden. Hoezo?'

'Dan moet je dat gesprek koesteren, Davey Boy. Het zal de laatste keer zijn dat je met hem hebt gepraat.'

Langs gezicht betrok. 'Waar heb je het verdomme over?'

'Freddie is vergiftigd,' zei de Stem. 'Gisteravond. Op de koninklijke bruiloft.'

Ze vertelden hem een verkorte versie van wat er was gebeurd. De instorting van Freddie en zijn bekentenis, de veelzeggende bewijzen die Moskou in verband brachten met de aanval. De kritieke toestand van zijn broer in een bed op de intensive care, zijn slechte vooruitzichten. Lang luisterde doodstil toe.

'Je liegt,' zei hij na een lange pauze. 'Nee, jullie proberen me voor de gek te houden. Dit is gewoon een ziek verhaal dat jullie hebben bedacht.'

'Het is allemaal waar,' hield Mallet vol.

'Nee. De Russen zouden dat niet doen. Niet met Freddie. Daar hebben ze helemaal geen reden voor.'

'We hebben het niet verzonnen.' Mallet gebaarde naar Bowman. 'In feite was Josh degene die je broer te hulp schoot. Hij heeft de bekentenis van Freddie gehoord. Vraag het maar aan hem als je ons niet gelooft.'

'Gelul.'

'Het is de waarheid,' bevestigde Bowman. 'De Russen hebben je broer te grazen genomen. Freddie heeft het zelf gezegd. Dat waren zijn laatste woorden. Hij wilde dat ik jou waarschuwde, voordat je in een hinderlaag liep.'

Lang schudde boos met zijn hoofd. 'Het is allemaal niet logisch.'

'We vertellen gewoon hoe het zit, Davey.'

'Maar als ze Freddie hebben vergiftigd, waarom heb ik dan niets gehoord?' Lang knikte naar de televisie. 'Dat verhaal is op elke nieuwszender te horen, maar niemand heeft het over mijn broer.'

'We hebben de identiteit van het slachtoffer achtergehouden,' zei de Stem. 'We dachten dat jij het eerst van ons zou willen horen.'

'Dit is geen spel,' zei Bowman oprecht. 'Je broer is heel ziek, David.'

Lang keek terug naar de ernstig kijkende gezichten aan de tafel. Hij zag de beheerste blik in de lichtgrijze ogen van Bowman en er leek iets in hem te breken. Hij keek weg en zweeg. Zijn lippen begonnen te trillen terwijl hij door het raam bij het balkon staarde, over het terras naar het woud van lelijke hoge flatgebouwen en wolkenkrabbers. De witte stipjes van cruiseschepen dreven lui over de rand van de horizon.

'Hoe gaat het met hem?' vroeg hij zachtjes.

'We hoeven het niet mooier te maken dan het is,' antwoordde Mallet lomp. 'Freddie gaat dood. Het wordt een verrekt nare dood, hij zal heel veel pijn lijden en jij bent de volgende op de dodenlijst van de Russen.'

Lang bestudeerde de horizon en kneep zijn ogen dicht, alsof hij naar antwoorden zocht. 'Het kan niet... Waarom zouden ze dat doen?'

Mallet zei: 'Het is afgelopen, Davey. Het is voor jou het beste om schoon schip te maken en ons te vertellen wat er aan de hand is.'

Lang tuurde nog een paar seconden naar de skyline. Toen hij weer schuins naar de tafel keek, zaten de harde lijnen weer in zijn gezicht.

'Vergeet het maar. Ik praat niet met lui als jullie.'

'Doe niet zo idioot,' zie de Stem via de luidspreker van de laptop. 'De Russen bedriegen je. Het is hun gelukt om je broer te grazen te nemen bij een koninklijke bruiloft. Ze zullen jou ook doden, als ze de kans krijgen. Denk je nou echt dat ze jou levend laten gaan? Als je ons vertelt wat je weet, kunnen we je helpen.'

'Ik heb jullie hulp niet nodig. Ik ben een grote jongen en ik heb in het verleden genoeg vijanden gemaakt. Ik kan voor mezelf zorgen.'

'We bieden je een kans, stomme klootzak,' siste Mallet.

De Stem zei: 'Je bent niet veilig in Monte Carlo. De Russen hebben dáar alle vrijheid. Ze zullen je opjagen en vermoorden. Wij kunnen je beschermen, David.'

Lang snoof minachtend. 'Laat me niet lachen. Hoeveel Russen hebben jullie in de afgelopen jaren in Londen gedood? Jullie kunnen hen niet tegenhouden.'

'We kunnen het beter dan je eigen mensen,' redeneerde de Stem. 'We kunnen je een privéjet terug naar het VK aanbieden, een safehouse, permanente beveiliging voor jou en je gezin. Als je meewerkt.'

'Ik heb toch al wat bescherming verdiend? Door al het werk dat ik in het verleden voor jullie heb gedaan, moet ik nog wel wat krediet hebben.'

Een felle scheut schoot omhoog door de ruggengraat van Bowman en tintelde aan de achterkant van zijn nek. 'Heb jij voor Six gewerkt?'

'Natuurlijk heb ik dat verdomme gedaan.' Langs stem droop van minachting. 'Ik heb jullie mensen jarenlang van informatie voorzien over de president. De mensen in de kring van vertrouwelingen van Ken, zijn zakelijke transacties, zijn ontmoetingen met buitenlandse leiders. Ken heeft de laatste tien jaar geen enkele keer gekakt zonder dat jullie makkers dat wisten.'

Bowman keek even naar Mallet, maar de oudere man liet geen verrassing blijken. Wist hij al af van de betrokkenheid van Lang bij Vauxhall? vroeg Bowman zich af. Wat heeft hij me nog meer niet verteld?

De Stem zei: 'We hebben geen belangstelling voor het verleden. Wel voor de toekomst. Als je gaat praten, brengen we jou en je gezin naar een safehouse.'

Langs gezicht verhardde zich. 'Laat maar. Dank je wel voor de waarschuwing en zo, maar je kunt me nu wel losmaken.'

'Je maakt een grote fout,' waarschuwde de Stem.

'Hebben jullie niets beters te doen?' Lang stak zijn kin naar voren. 'Ik ben een respectabele zakenman die geniet van een leuk weekend met een oude vriend en niets verkeerd doet. Dan komen jullie binnenstormen met jullie wapens en dreigementen. Het is een fucking schande. Ik zou jullie moeten aanklagen.'

Mallet leunde achterover in zijn stoel en wreef over zijn met stoppeltjes bedekte kaak. 'Wat jij wilt,' zei hij. 'Doe het maar op je eigen manier, maar dan kun je de koninklijke onderscheiding wel vergeten die je graag wilt krijgen.'

De Stem brak in: 'We weten dat je een lobbyfirma betaalt om te helpen jou een lintje te bezorgen. Daar zijn ze heel hard mee bezig en ze leggen veel nadruk op je liefdadige ondernemingen in Karatandu. Wij hebben de macht om ervoor te zorgen dat dat niet zal gebeuren.'

Lang snoof luidruchtig. 'Moet dat een dreigement voorstellen?'

'We menen het.'

'Jullie kunnen niets doen. Ik ben een brave jongen. Ik betaal mijn belasting. Als jullie iets hadden om mij mee te naaien, hadden jullie dat ondertussen wel gebruikt.'

'Weet je dat zeker?' vroeg Mallet.

Hij leunde voorover over de eettafel en glimlachte kil. Lang schoof onrustig heen en weer op zijn stoel.

'We weten van de geheime feestjes. De feestjes die je hebt georganiseerd in je landhuis in Essex.' Hij stak vermanend een vinger op. 'De feestjes met de kinderen.'

Lang werd bleek. De arrogante blik verdween zo snel van zijn gezicht dat Bowman hem bijna op de parketvloer kon horen vallen.

'Ik weet niet waar je het over hebt.' Zijn stem was timide en zacht.

'Dat weet je wel.' Mallet ging met zijn armen over elkaar achterover zitten en zei: 'Wat zouden je zakenpartners en naaste medewerkers denken als ze ontdekken dat je minderjarige kinderen hebt gesmokkeld voor jezelf en je vriendjes uit de gevestigde orde? Wat zou je vrouw ervan zeggen, trouwens?'

Er was haat te zien in de ogen van Lang. Zijn gezichtsuitdrukking wekte de indruk dat hij zich over de tafel wilde buigen om Mallet te wurgen.

'Dat zou je... Dat zou je verdomme niet durven,' stamelde hij.

'Wedden?'

'Je kunt niets bewijzen.'

Bowman zei: 'Hoe zit het met Beth McKee?'

'Nooit van gehoord.'

'Ze was twaalf jaar toen ze vermist raakte.' Bowman barstte van de woede. 'Ik zat in die tijd bij de politie in Londen. We hebben overal naar haar gezocht. Haar moeder was er kapot van.'

'Vreselijk. Wat heeft dat met mij te maken?'

'Jij hebt het lichaam verborgen, hè, meneer Lang?'

'Rot op.'

'Ik weet zeker dat ze voor het laatst in jouw landhuis is gezien. Beth was de lieveling van een van de lords, nietwaar? Je hebt dat kind naar binnen gelokt en door een of andere rijke oude klootzak laten misbruiken. Toen de lord te ver ging, toen hij het arme meisje wurgde, heb je haar begraven om dat te verbergen. Dát is er gebeurd.'

Het gezicht van Lang gaf niets prijs, maar in zijn samengeknepen ogen was de dreiging met geweld te zien en de aderen in zijn nek waren opgezet van woede.

Mallet zei: 'Misschien sturen we een paar mensen naar je huis in Billericay om te laten graven en het terrein overhoop te halen. Dan zien we wel wat we daar vinden.'

'Jullie kunnen... Jullie hebben geen bewijs.'

'Dat hebben we niet nodig,' zei de Stem. 'We hoeven alleen maar een heleboel stampei te maken en dan bepalen de mensen zelf wel wat ze ervan vinden. We zullen verhalen sturen naar de landelijke kranten. We zullen in chatrooms en op social media losgaan over je seksuele geaardheid. Onze contacten zullen geruchten verspreiden onder je vrienden en familieleden. Onze vrienden bij Scotland Yard zullen een officieel onderzoek starten. Zelfs als ze niets kunnen vinden, maakt dat niets uit. Tegen de tijd dat wij klaar zijn, is jouw reputatie naar de maan. Niemand zal meer bij je in de buurt willen komen en je met geen tang meer aan willen raken. Dat zal natuurlijk rampzalige gevolgen hebben voor je zaken.'

'Je eigen leven loopt misschien ook gevaar,' zei Mallet. 'In jouw tak van sport houden ze niet van pedo's. Als je vriendjes bij de maffia dat ontdekken, gaan ze er ruzie over maken wie je ballen mag afsnijden.'

Lang trok een pijnlijk gezicht. Hij slikte en keek uit het raam, alsof hij op zoek was naar een teken van God. Hij haalde een keer diep adem.

'Voordat ik ga praten, wil ik een paar garanties,' zei hij.

'Je verkeert niet in een positie om te onderhandelen,' antwoordde Mallet.

Lang deed alsof hij hem niet hoorde en bleef rechtstreeks tegen de laptop praten, tegen de onzichtbare stem in Vauxhall.

'Als ik jullie vertel wat ik weet, wil ik jullie belofte dat jullie mij en mijn gezin tegen de Russen beschermen. De hele mikmak. Politiebescherming, beveiligers, nieuwe identiteiten, alles.'

Stilte.

'Daar kunnen we mee leven,' zei de Stem eindelijk, 'maar we kunnen je alleen helpen als je onze vragen beantwoordt. Als je goed meewerkt, zullen we alles doen om jullie te beschermen.'

Bowman voelde dat zijn spieren zich uit boosheid spanden. Hij kon nauwelijks geloven wat hij hoorde. 'Waarom rollen we de rode loper uit voor die vent?' gromde hij. 'Hij is een crimineel, verdomme.'

'Kop dicht,' snauwde Mallet.

'Begin maar, David,' zei de Stem. 'Vertel wat je van plan bent met de Russen.'

'Er is een afspraak,' zei Lang, 'tussen president Seguma en het Kremlin. Ik heb namens beide partijen bemiddeld. Je vergist je echter over één ding: het gaat niet over het kiezen van een andere bondgenoot.'

'Waar dan wel over?'

Lang aarzelde.

'Praat door,' zei Mallet dreigend.

'De Russen gaan Seguma overhalen om af te treden,' zei Lang. 'Hij zal zijn aftreden aankondigen. Vandaag.'

'Heb je daarom straks een ontmoeting met de Russen?' vroeg Bowman. 'Om die aankondiging te doen?'

Lang knikte zwakjes.

'Die wordt in Karatandu uitgezonden via de staatsradio en -televisie. Daarna nemen de Russen het land met geweld in om hun eigen man aan de macht te brengen. Er is niets wat jullie kunnen doen om hen tegen te houden.'

16

Even hing er een ijskoude stilte in de kamer. Bowman zat als versteend en zijn adem stokte in zijn keel. Hij zag dat de kaken van Mallet verstrakten en dat zijn huid zich over zijn verweerde gezicht spande. Lang liet zijn hoofd hangen en staarde naar een punt tussen zijn voeten. Toen sprak Mallet weer.

'Jij en je Russische vriendjes lijken wel in een droomwereld te leven. Waarom zou Seguma ermee instemmen om afstand te doen van de troon?'

Langs hoofd kwam langzaam omhoog. 'Hij heeft geen keus. De Russen gaan een militaire staatsgreep plegen, met de steun van het VFK.'

'Wie zijn dat nou weer?'

'Het Verenigd Front van Karatandu. De belangrijkste paramilitaire rebellengroep.'

Bowman zei: 'Daar heb ik van gehoord. Er was gisteren een interview met hun leider op tv. Een vent met gouden tanden.'

'Kakuba,' zei Lang. 'Generaal Moses Kakuba. Hij heeft in het leger gezeten en was een van de loyaalste officieren van Seguma. Hij is een paar jaar geleden overgelopen, omdat hij vindt dat hij een promotie is misgelopen vanwege zijn stamachtergrond. Nu leidt hij de gewapende tak van het VFK. Hij ziet zichzelf als de volgende president van Karatandu.'

'Dat zal wel lukken, als hij een afspraak heeft gemaakt met de Russen.'

Lang trok zijn bovenlip snerend omhoog. 'Hij wordt voor de gek gehouden. De Russen manipuleren hem. Kakuba denkt dat ze partners zijn, maar zij delen de lakens uit. Hij is gewoon de zoveelste linkse idealist die alle hulp aanneemt die hij kan krijgen.'

'Wat gebeurt er als Seguma terugvecht?' vroeg Mallet.

'Dat doet hij niet,' antwoordde Lang. 'Ze hebben Ken een ultimatum gesteld. Hij kan vreedzaam aftreden of er komt een bloedbad.'

'Dat kan nooit werken,' zei de Stem. 'Het leger staat achter Seguma. Hij is in de loop van de jaren heel gul geweest voor de generaals.'

'Daarom hebben de Russen de aankondiging van Ken nodig. Zodra zijn mannen horen dat hij de handdoek in de ring heeft gegooid, laten ze hem in de steek. Waarom zouden ze vechten voor een leider die het heeft opgegeven?'

'Hoe zit het met de rest van zijn vertrouwelingen?'

'Enkelen van hen zullen mee overlopen. Degenen die we hebben omgekocht. De rest krijgt de goeie ouwe kop-eraf-behandeling.'

Mallet keek hem kwaad aan. 'Daarom heeft het Kremlin contact met jou opgenomen. Jij hebt goede contacten in Karatandu en weet precies welke sleutelfiguren moeten worden omgekocht. Jij en die waardeloze broer van je.'

'Praat niet zo over Freddie. Ik waarschuw je.'

'Zie je dit?' Mallet wees naar zijn gezicht. 'Zo zie ik eruit als ik het in mijn broek doe, Davey.'

Lang keek naar de Schot met een blik die kon doden.

'Het plan klinkt logisch,' zei de Stem. 'Als Moskou Seguma kan overtuigen om af te treden, kunnen ze het land overnemen zonder dat er een schot wordt gelost.'

'Ze zullen willen vermijden dat ze een gewelddadige opstand in worden gezogen,' zei Bowman. 'Het kan ernstig worden. Mensen zullen woedend zijn.'

'Dat heeft de Russen nog nooit tegengehouden,' zei Mallet.

'Hoe wordt Seguma hier beter van?' vroeg Bowman.

'Hij kan vreedzaam met pensioen. Dat is meer dan zijn voorganger kan zeggen. Ken weet dat hij in de loop van de jaren genoeg vijanden heeft gemaakt. Hij weet ook dat jullie hem een vanzelfsprekendheid vinden.'

'Groot-Brittannië is een loyale bondgenoot,' zei de Stem nadrukkelijk, 'en dat zijn we al heel lang.'

'Zo ziet Ken het niet. In zijn ogen is de steun die hij van Westminster heeft gehad heel mager. Jullie gooien hem af en toe wat restjes toe, maar als het aankomt op harde investeringen, wapenleveranties en dergelijke, hebben jullie geen interesse. Het enige wat jullie willen is het land leegzuigen.'

'Ik begrijp nog steeds niet waarom Seguma met dat plan zou instemmen,' zei Bowman. 'Hij heeft eerdere opstanden ook de kop ingedrukt. Hij zou kunnen denken dat hij dat nu weer kan doen.'

'Ben jij echt zo stom? Kijk naar het nieuws, maat. Ken begint zijn magie kwijt te raken. Hij is niet meer zo populair bij de bevolking als vroeger. Een paar van die ondankbare zakken zouden hem graag zien hangen. Ken weet dat hij kwetsbaar is, zodra hij macht verliest. De Russen bieden hem een uitweg, een kans om in alle rust terug te treden.'

'En als hij weigert?'

'Dat doet hij niet. Ken heeft er al mee ingestemd.'

'Hebben jullie daarom die ontmoeting vandaag? Om het officieel te maken?'

Lang knikte. 'Zodra Ken zijn ontslag heeft aangekondigd, halen de Russen zijn gezin weg uit Karatandu. Dan kan hij rustig gaan leven in Monte Carlo of op Malta of ergens anders, en genieten van het gezelschap van zijn vrienden en gezin en zijn geld.'

'Het geld dat hij in zijn eigen zak heeft gestoken, en dat afkomstig is uit de olie- en gasvoorraden van zijn land, bedoel je.'

'Bespaar me die preek maar. Ken is een goeie vent. Hij heeft in het verleden een paar fouten gemaakt, maar wie niet? Hij heeft stabiliteit en vrede aan zijn land gegeven. Hij heeft Karatandu op de kaart gezet. Als hij wit was, zou hij ondertussen genomineerd zijn voor de Nobelprijs voor de Vrede.'

'Misschien,' zei Bowman, 'als hij niet duizenden van zijn eigen mensen had afgeslacht.'

'Onze regering vermoordt elke dag mensen.'

'Dat is anders.'

'Echt?'

Mallet zei: 'Ik snap wat Seguma te winnen heeft bij deze regeling, maar wat is jouw belang?'

'Ik word betaald,' antwoordde Lang verdedigend. 'Dat is redelijk, maar ik doe het niet voor het geld. Ik doe wat goed is voor Ken en voor de bevolking van Karatandu.'

'Maak je dat jezelf 's avonds wijs?'

'Donder op.'

Bowman zei: 'Het is een goede regeling, maar Seguma zal er nooit mee wegkomen. Hij is een oorlogsmisdadiger. Den Haag zal hem vroeg of laat arresteren en dan gaat hij naar de gevangenis.'

Lang glimlachte. 'Daar hebben de Russen aan gedacht en er is een plan B. Als het erop lijkt dat het die kant op gaat, brengen ze hem meteen naar Moskou. Dan kan hij daar de rest van zijn leven in een luxe datsja zitten.'

'Wanneer vindt de staatsgreep plaats?' vroeg de Stem.

'Ik ben alleen maar de bemiddelaar. Ze hebben de details van de hele operatie niet met mij gedeeld.'

Mallet sloeg zo hard met zijn hand op de tafel dat de kamer leek te schudden. 'Als je wilt dat wij je helpen, zul je beter je best moeten doen.'

De Stem zei: 'Natuurlijk heb je wel een beeld van het tijdpad.'

Lang zuchtte zwaar. 'Luister, ik weet alleen wat de Russen me hebben verteld: dat het morgen zal gebeuren. Ze hebben niet gezegd wanneer. Dat is alles. Ik weet verder niks.'

'Hoe zit het met troepen, tactiek, belangrijke doelwitten?'

'Daar weet ik niets van.' Hij pauzeerde even en fronste zijn wenkbrauwen. 'De Russische ambassadeur heeft wel iets gezegd over een paar kerels die ze naar Karatandu zouden sturen.'

'Welke kerels?'

'Commando's. Militaire adviseurs. We hadden veel te veel wodka gedronken en die Rus begon over hen op te scheppen. Hij zei dat een paar kerels het VFK op orde zouden brengen en er professionele soldaten van zouden maken. Hij ging ervan uit dat het leger van Ken geen schijn van kans tegen hen zou maken.'

'Over hoeveel man hebben we het?' vroeg Mallet.

'Dat weet ik niet.'

'Ze hebben er niet veel nodig,' legde Bowman uit. 'Een handjevol Russische commando's om de eenheden van de opstandelingen te coördineren en de belangrijkste doelwitten en infrastructuur in te nemen. Eén eenheid van tien of twaalf man zou genoeg moeten zijn.'

'Waar zijn die nu?' vroeg Mallet.

'Hoe moet ik dat verdomme weten? Luister, je vraagt het aan de verkeerde vent. Ik ben alleen maar de tussenpersoon.'

'Je bent een verrader. Je hebt zakengedaan met beide partijen en van twee walletjes gegeten. Je hebt je land verraden.'

'Ik ben loyaal aan Ken,' antwoordde Lang kortaf. 'Verder aan niemand. Ik handel in zijn belang.'

'Door hem te overtuigen om zijn land op een dienblaadje aan te bieden aan het Kremlin? Dat lijkt me echt geen goede raad, Davey.'

'Zo simpel is het niet. Ken is in een hoek gedrongen. Het nieuwe regime komt aan de macht, of hij dat leuk vindt of niet. Ik probeer een regeling te treffen die voor alle partijen aanvaardbaar is.'

'Onzin. Jouw vriend Seguma heeft vierentwintig jaar al zijn vingers in de pap gehad. Nu wil hij weg en word jij door beide partijen betaald. Zo is het toch?'

'Ik ben een zakenman. Ik moet er iets aan overhouden.'

'Je bent een fucking boef,' zei Mallet, 'en nog een slechte ook. Een jongetje uit Essex met een waardeloos kapsel dat spionnetje speelt. Je dacht dat je heel slim was, maar nu heb je één fout gemaakt.'

'Ja? Welke dan?'

'Je hebt de Russen vertrouwd. Dat moet je echt niet doen. Nu bedriegen ze jou. Die stomme broer van je ligt aan machines op de intensive care en jij hebt een grote rode schietschijf op je rug gekregen.'

Er flitste een vonk van haat op in Langs ogen en hij vertrok zijn mond. Hij wendde zich tot Bowman. 'Weet je, maatje? Ik geloof niet dat ik jouw makker aardig vind. Hij heeft een veel te grote mond.'

Bowman zei: 'Waarom willen de Russen zo graag invloed krijgen in Karatandu?'

'Kobalt.' Lang snoof.

'Dat is toch het spul dat ze in accu's voor elektrische auto's, laptops en telefoons en zo stoppen?'

Lang knikte en zei: 'Dat spul is de nieuwe olie. Er is enorm veel vraag naar. Iedereen wil een vinger in de pap krijgen: de Amerikanen, de Chinezen. Er zitten enorme hoeveelheden van dat spul in de bodem van Karatandu.'

'Ik dacht dat het meeste uit Congo kwam.'

'Dat is ook zo,' haakte de Stem in. 'Daar wordt het meeste hoogwaardige kobalt gevonden, maar de mijnbouwbedrijven hebben vorig jaar grote afzettingen in Karatandu ontdekt.'

'Schone technologie,' zei Lang. 'Dat is de toekomst. Olie en gas hebben afgedaan. Voor een accu van een elektrische auto is een paar kilo kobalt nodig en er is maar weinig voorraad van dat mineraal. Degene die de afzettingen in Karatandu in handen krijgt, heeft controle over de markt van elektrische auto's. Dat is miljarden waard.'

'Maar dat is niet de enige reden waarom de Russen geïnteresseerd zijn in Karatandu, hè?' brak Mallet in.

Bowman keek naar de Schot, terwijl die verder praatte.

'Als de Russen de controle krijgen over Karatandu, krijgen ze ook een cruciaal strategisch bruggenhoofd in Centraal-Afrika. Moskou zou dat geweldig vinden. Die klootzakken hebben wanhopig gezocht naar manieren om in die regio voet aan de grond te krijgen. Dan kunnen ze ook met de buurlanden in de weer gaan, net als in de goeie ouwe tijd, toen de Sovjet-Unie meespeelde in Afrika.'

Lang schudde heftig van nee. 'Daar weet ik niks van. Luister, ik heb jullie alles verteld wat ik weet. Ik zweer het.'

Mallet vestigde zijn meedogenloze blik op hem, de ogen van een geboren moordenaar. 'Hopelijk lieg je niet tegen ons,' zei hij, 'want we zullen het snel genoeg te weten komen als je informatie hebt achtergehouden of leugens hebt verkocht.'

Bowman hoorde het getik van vingers op een toetsenbord. Toen zei de Stem: 'Dit verhoor is afgelopen. John, we spreken elkaar straks nog, zodra we hebben overlegd met onze collega's bij BuZa. Ondertussen blijven jullie daar.'

'Hoe zit het met mijn overeenkomst?' wilde Lang weten.

'Ons team zal een pakket voor jullie bescherming samenstellen. Dat kost wat tijd. We nemen later contact op.'

Bowman zei: 'Wat gaan we aan de Russen doen?'

'Het is duidelijk dat we niet kunnen toestaan dat ze president Seguma dwingen af te treden. We moeten de situatie bespreken en bedenken hoe we moeten reageren.'

'Hoelang gaat dat duren?'

'Een half uur misschien. De minister van Buitenlandse Zaken zit op een andere lijn te wachten op informatie. Rond tien uur zullen we jullie iets laten weten.'

Het gesprek werd beëindigd. Mallet klapte het scherm dicht en wendde zich tot Bowman. 'Neem contact op met Tiny en laat hem weten dat we hier nog wel even blijven.'

'We moeten de anderen ook bijpraten,' zei Bowman.

'Later. Zodra we iets van Six hebben gehoord.'

'En hij?' Bowman wees naar Lang.

'Davey Boy kan hier bij ons wachten.' Mallet grinnikte naar de gangster. 'We willen jou niet in dezelfde kamer hebben als Seguma. Je zou hem op ideeën kunnen brengen.'

Bowman stuurde een kort berichtje naar Loader. Hij stak zijn hoofd om de deur van het stafverblijf om te kijken hoe het met

Steroïdekop ging en liep terug naar de woonkamer. Ze brachten de tijd door met naar Sky News kijken. De aanslag tijdens de bruiloft was nog steeds het belangrijkste nieuws. De rest was nauwelijks de moeite van het bekijken waard. Er was een korte reportage over de handelsoorlog tussen de VS en China. Een stukje van een halve minuut over de verkiezingen in Australië. Italië was getroffen door een aardbeving. De zoveelste chique modeketen had surseance van betaling aangevraagd.

Het vijfde item ging over de toenemende onrust in Karatandu. De situatie was in de afgelopen vierentwintig uur ernstig verslechterd. Het verwachte ingrijpen van de regering had averechts gewerkt. Demonstranten met molotovcocktails en straatstenen vochten tegen eenheden van de veiligheidsdienst met AK-47's. Sommige van de rijkere burgers vluchtten weg uit de hoofdstad, beweerde de verslaggever. Het ministerie van Buitenlandse Zaken van de VS had aangekondigd dat het de diplomatieke staf stante pede uit het land terugtrok. Generaal Kakuba gaf weer een interview vanuit zijn schuilplek in de bergen. De leider met gouden tanden van het VFK hekelde het regime van Seguma en riep zijn volgelingen op om de straat op te gaan.

Bowman zei: 'Als ze zo doorgaan, hebben de rebellen de Russen niet meer nodig. Dan schoppen ze Seguma zelf de stad uit.'

'Waarschijnlijk niet,' zei Lang. 'Ze hebben de middelen niet om de regering te verslaan. Ze kunnen een paar winkels plunderen, een paar gebouwen tot de grond laten afbranden en misschien zelfs een paar soldaten doden, maar uiteindelijk zullen ze verliezen.'

'Tenzij jouw vriendjes in het Kremlin hun te hulp schieten,' schimpte Mallet.

'Dan is het nog steeds niet makkelijk. De loyale aanhangers van Seguma zullen zich niet zonder te vechten overgeven. Het zou beter zijn geweest als Ken netjes was afgetreden. We hadden het land een hoop ellende kunnen besparen.'

Mallet grinnikte gemeen. 'Die mensen kunnen jou geen reet schelen. Het enige waar jij om geeft, is je bankrekening.'

'Dat is niet eerlijk. Ik heb in de loop van de jaren flink geïnvesteerd in Karatandu. Ik heb geld gestoken in ziekenhuizen, weeshuizen, wegen. Allerlei dingen.'

'Blijkbaar hou je van dat land.'

'Ja,' zei Lang. 'Dat klopt. Het land krijgt een slechte pers in het Westen, maar het is er prachtig. Zodra je uit de stad komt, lijkt het landschap op een Engels bos.'

'Jammer.'

'Wat bedoel je?'

'Dat krijg je nooit meer te zien,' zei Mallet. 'Niet na vandaag.'

Er verstreken achtendertig minuten. Mallet stapte het balkon op om iemand te bellen. Bowman glipte weg naar de keuken, sloot zichzelf op in de bijkeuken en snoof nog een van Langs pillen op. Toen hij terugkwam in de woonkamer, zag hij dat Lang hem vreemd aankeek. Mallet stond nog op het balkon en praatte zachtjes in zijn telefoon.

Lang grijnsde sinister. 'Hoe gaat het met je verkoudheid?'

'Prima,' prevelde Bowman.

'Ik heb die blik eerder gezien, weet je, in jouw ogen.'

Bowman keek weg van Lang. Hij voelde een koude rilling in zijn nek.

'Je moet wel veel pijn hebben,' ging de gangster verder. 'Mensen die zo kijken, proberen meestal iets vreselijks te verdoven, iets ergs in hun leven waar ze niet mee kunnen omgaan. Weet je wat ik bedoel?'

'Nee,' zei Bowman.

'Jawel.'

Hij zei niets meer. Er verstreken nog eens vier minuten en toen gleed de balkondeur open. Mallet kwam weer naar binnen en stopte zijn telefoon weg. Hij knikte naar Bowman.

'Six heeft overlegd met hun makkers bij Buitenlandse Zaken. Ze hebben een besluit genomen.'

'En?'

'We moeten even babbelen met Seguma. Ga hem maar halen.

Patrick en Alex kunnen daar ook bij zijn.' Mallet keek naar Lang. 'Jij, klootzak, moet op het balkon wachten.'

'Dat is niet erg aardig, maatje.'

'Wij zijn van de Cell. Wij doen niet aan aardig.'

'Hoe zit het met mijn overeenkomst?'

'Ze zijn nu met de papierwinkel bezig. Dat zal niet veel langer duren.'

'Nou, zorg dat ze opschieten. Ik verveel me hier kapot bij jullie.'

Bowman verliet de kamer en haastte zich door de gang. Hij trok de deur van de werkkamer open en gebaarde naar de anderen dat ze hem moesten volgen. Seguma keek naar hem op, met een gespannen en bang gezicht. Webb en Casey trokken hem omhoog uit de leren fauteuil en duwden hem door de gang terug naar de woonkamer. Hij kwam achter Bowman de woonkamer in en bleef abrupt staan toen hij Lang zag. Die zat op een stoel op het balkon en zag er ellendig uit. De deur zat op slot, zodat hij op het terras vastzat. Anders dan via een val naar de straat beneden kon hij daar niet wegkomen.

'Gaat u zitten, meneer,' zei Mallet stijfjes.

Zijn toon was vriendelijk genoeg, maar in zijn blik lag de dreiging met geweld.

Seguma liet zich op dezelfde stoel vallen als waarop Lang had gezeten, zette zijn hoed af en legde die op zijn schoot. Hij keek zwijgend naar de anderen, terwijl die rond de tafel gingen zitten.

'Het is afgelopen,' zei Mallet. 'Lang heeft ons alles verteld.'

Seguma keek even naar Lang. 'David heeft gepraat?'

'Hij heeft schoon schip gemaakt en ons alles verteld over uw afspraken met de Russen.'

Mallet legde de situatie in het kort uit aan Webb en Casey: de Russische samenzwering om Seguma te laten aftreden en hun eigen man aan te stellen, het dreigement om met geweld een einde te maken aan het regime van Seguma als hij weigerde in te stemmen met het aanbod, de rol van Lang als tussenpersoon die door beide partijen werd betaald, en de vraag naar kobalt.

Casey zei: 'Ik ben verbaasd.'

Mallet vroeg: 'Waarover?'

'Hoe heeft Lang dit allemaal zo lang geheim kunnen houden? We houden hem al maanden in de gaten. Iemand in Vauxhall moet dat toch hebben opgepikt?'

'Niet per se. Bij zo'n grote zaak zal Lang heel voorzichtig zijn geweest, nog meer dan anders.'

'Maar hij moet een spoor hebben achtergelaten. Elektronische communicatie, berichten.'

'De Russen hebben hem daar advies over kunnen geven,' zei Mallet. 'Die zullen wel iets paraat hebben gehad.'

'Lang komt heel veel Russen tegen bij zijn zaken,' voegde Bowman eraan toe. 'Er komen veel hoge piefen in zijn casino's. Het moet niet moeilijk zijn geweest om een paar geheime ontmoetingen te regelen.'

Mallet wendde zich tot de president.

'U bent voor de gek gehouden, meneer. De Russen hebben u een luxueus pensioen beloofd, maar ze liegen dat ze barsten. Ze hebben de broer van uw compagnon vergiftigd. Ze hebben zelfs geprobeerd om u in Londen te vermoorden.'

Seguma kneep zijn ogen tot spleetjes en fronste zijn wenkbrauwen. 'Iemand heeft geprobeerd mijn dubbelganger te vermoorden?'

'Het is uit het nieuws gehouden. De politie heeft een huurmoordenaar gearresteerd in de buurt van de bruiloft. Hij komt uit Karatandu, maar het lijkt erop dat hij werd opgeleid en gefinancierd door de Russen.'

'Maar waarom zouden ze mij vermoorden? We hadden een afspraak.'

'U bent een van de langstzittende leiders in Afrika,' zei Mallet. 'Het laatste wat de Russen willen, is dat u zich op de achtergrond roert en onrust stookt. Dat zou problemen kunnen veroorzaken voor de nieuwe man.'

'Maar ik heb hun beloofd dat ik me niet met de politiek zou bemoeien. Ik heb hun mijn woord gegeven.'

Mallet grabbelde in zijn zakken en haalde een pakje sigaretten tevoorschijn. 'Dat doet er niet toe,' antwoordde hij, terwijl hij een sigaret tussen zijn lippen klemde en naar een aansteker zocht. 'De Russen vertellen u wat u wilt horen, meneer, maar het is veiliger voor hen om u uit de weg te ruimen.'

Hij klopte op zijn zakken, vond een aansteker in zijn jasje en gebruikte die. Toen zei hij: 'We gaan zo meteen praten met een hoge officier bij MI6. De Britten gaan u een aanbod doen.'

Seguma's gezicht verstrakte. 'Welk aanbod?'

'Iets beters dan wat Rusland op tafel heeft gelegd.' Mallet blies rook uit, keek rond en tikte as in de glazen asbak. 'Een aanbod dat er niet mee eindigt dat u een kogel in uw achterhoofd krijgt.'

De sigaret bungelde aan de onderlip van Mallet, terwijl die met een vinger over het touchpad van de laptop veegde. Hij drukte een toets in, waarna dezelfde muzikale ringtoon opklonk. Een moment later klonk de stem van de anonieme officier van MI6 die duizend kilometer ver weg zat door de luidspreker.

'John? Is iedereen aanwezig?'

'We zijn allemaal hier, mevrouw.'

'Heb je de situatie uitgelegd aan meneer Seguma?'

'Aye, ik heb hem verteld wat er werkelijk aan de hand is.'

De Stem zei: 'Meneer Seguma, ik ben bang dat we dit snel moeten afwerken, want we hebben niet veel tijd. Over minder dan twee uur zullen de Russen beseffen dat de ontmoeting niet doorgaat en een militaire staatsgreep plegen. Ik weet zeker dat u de urgentie van de situatie inziet.'

'Met wie spreek ik?' wilde Seguma weten. 'Hoe heet u?'

'Dat is voor u niet belangrijk, meneer de president. U hoeft alleen maar te weten dat ik namens de Britse regering met u spreek. Ik ben gemachtigd om u een aanbod te doen.'

Seguma lachte vreugdeloos. 'Nu willen jullie me helpen? Precies nu? Dat moet wel een grap zijn.'

'We proberen u uit deze situatie te krijgen, meneer de president.'

'Uw minister van Buitenlandse Zaken belt mij nooit terug,' zei

Seguma bitter. 'Ik vraag om hulp van uw land, militaire hulp om met mijn vijanden af te rekenen. Die komt nooit. Ik vertel jullie dat we grote problemen hebben, droogte, mijn volk dat hongerlijdt, en het maakt jullie niets uit. Maar nu de Russen belangstelling hebben voor mijn land doen jullie ineens alsof we vrienden zijn.'

'Ik vind het heel spijtig dat u dat idee hebt.'

'Lang was een idioot toen hij probeerde mij over te halen om zaken te doen met de Russen, maar ik had er mijn eigen redenen voor. Jullie steunen mij nooit. Het zijn alleen maar woorden, woorden. Jullie geven ons wat geld en zeggen dat we moeten opsodemieteren.'

'Groot-Brittannië beschouwt u als een dierbare vriend,' zei de Stem. 'Dat hebben we altijd gedaan.'

'Als dat zo is, hebben jullie een vreemde manier om dat te laten merken.'

'We hebben fouten gemaakt. We zijn bereid om dat toe te geven, maar dat is allemaal verleden tijd, meneer. Downing Street wil opnieuw beginnen. De regering wil graag haar steun tonen... als u tenminste bereid bent om uw loyaliteit aan ons te betuigen.'

'U bent te laat.' Seguma schudde zijn hoofd langzaam. 'Ik kan niet terug naar Karatandu, nu niet.'

'Meneer de president, u mag niet toelaten dat de Russen u dwingen om af te treden. Ze zijn niet te vertrouwen. Dat weten wij allebei.'

Seguma spreidde zijn handen uit op de tafel, als iemand die slechte kaarten laat zien in een spelletje poker met een hoge inzet.

'Hoe kan ik nu teruggaan? Ook als ik de overeenkomst met de Russen weiger, zullen ze infiltreren in mijn land. Dan raak ik alles kwijt.'

Mallet nam nog één trekje van zijn sigaret en doofde die toen in de asbak. 'U zult veel meer kwijtraken als u naar die afspraak gaat,' zei hij. 'Ik betwijfel zelfs of u daar levend vandaan komt.'

'Ze zullen mij niet vermoorden. Toch?'

Mallet antwoordde door zijn schouders op te halen.

De Stem zei: 'Er is een andere uitweg uit deze situatie, meneer, een uitweg waarbij u zich niet aan Moskou hoeft over te geven.'

Seguma draaide zijn hoofd. 'Hoe?'

'Als u bereid bent om aan te blijven, kunnen wij u helpen om de opstand de kop in te drukken.'

'Waarmee? Mijn leger is slecht uitgerust en enkele van mijn generaals zijn niet te vertrouwen.'

'De Britse regering staat klaar om u te steunen met de volle inzet van onze commandoteams. We mobiliseren een squadron van de SAS plus teams van de SBS en ondersteunende eenheden, de SFSG. Die kunnen binnen de komende vierentwintig uur ter plekke zijn.'

Mallet zei: 'We hebben het over bijna tweehonderd soldaten, plus wapens en voertuigen. Die mannen zullen uw veiligheidstroepen meteen een flinke oppepper geven. Met hun hulp hebben uw manschappen een uitstekende kans om de vijand volledig te verslaan.'

'Maar wat gebeurt er als uw mannen weggaan? Dan ben ik overgeleverd aan de genade van mijn eigen bevolking. Wat moet ik doen als die dan weer de straat op gaat?'

'Dat hebben we besproken met Buitenlandse Zaken. Onze regering is bereid om haar betrokkenheid bij Karatandu te vergroten,' zei de Stem.

'Daar zal een flinke toename voor nodig zijn.'

'Daarom zijn we bereid om het huidige budget te verdrievoudigen. We zullen ook opleidingseenheden sturen om uw strijdkrachten bij te spijkeren en die van de modernste wapens voorzien. U staat vanaf dit moment vooraan in de rij. U zult krijgen wat u nodig hebt.'

Seguma tikte met zijn wandelstok tegen zijn voet terwijl hij over dat aanbod nadacht. 'Het zou beter zijn geweest als u een dergelijk gul aanbod eerder had gedaan,' zei hij. 'Dan zou dit allemaal niet zijn gebeurd.'

'Daarvan zijn we ons heel goed bewust, meneer.'

‘Waarom zou ik jullie moeten geloven? Na al die jaren met niet nagekomen beloften?’

‘Het is ons gemeenschappelijk belang om u volledig te steunen, meneer de president. De minister van Buitenlandse Zaken wil dat heel helder stellen. Hij hoopt oprecht dat er in de toekomst een hechte band zal bestaan tussen onze landen.’

De president gebaarde met een hand naar het scherm van de laptop. ‘Als hij mij zo’n goede vriend vindt, kan hij dat zelf tegen mij zeggen.’

‘Ik weet zeker dat hij dat graag zal doen, meneer, zodra deze situatie met de Russen is opgelost.’

Seguma staarde naar een punt op de muur, alsof hij naar een regenboog in de verte tuurde en probeerde uit te vogelen wat daar te vinden was: een pot met goud of iets minder veelbelovends.

‘U zult geen privileges verliezen,’ ging de Stem verder. ‘U houdt uw overzeese bezittingen, uw Zwitserse bankrekeningen en de rest. We kunnen u echter niet in luxe met pensioen laten gaan, meneer, niet nu de Russen op de deur kloppen.’

‘En als ik met jullie voorstel instem? Wat dan?’

‘Dan begint de inzet van onze commandoteams in Karatandu meteen. Ze smoren de opstand in de kiem, voordat de vijand controle kan krijgen over de infrastructuur. Ondertussen brengen we u met een privéjet naar Libreville in Gabon. We sturen een team diplomaten uit Londen met u mee.’

‘Ik zou hier moeten blijven,’ protesteerde Seguma, ‘waar het veiliger is.’

‘Dat kan niet, meneer.’

‘Waarom niet?’

‘Imago. Het ziet er niet goed uit als u wordt gefotografeerd in een luxeappartement in Monaco, terwijl uw eigen soldaten druk bezig zijn om tegen een opstandelingenleger te vechten.’

‘Ja. Ja, ik denk dat u gelijk hebt,’ antwoordde hij somber.

‘Dit is de juiste tactiek, meneer. Uw reis naar Gabon zal de rebellen onder druk zetten. U zit over de grens op zo’n honderdzestig kilometer van uw hoofdstad, geeft persconferenties, laat verklaringen uitgaan en straalt daadkracht uit. Dat zal het moreel in het veld versterken.'

'Ik zal bescherming nodig hebben.'

'Dat zullen we regelen, meneer.'

'Generaal Kakuba moet ook worden aangepakt. Hij heeft veel toegewijde volgelingen. Mijn regime zal niet stabiel zijn zolang hij op vrije voeten is.'

'Natuurlijk,' zei de Stem.

'Dit is een goed aanbod,' zei Mallet. 'U zult niets beters krijgen.'

Seguma gaf geen antwoord. Hij staarde naar de gouden kroon op zijn wandelstok en de besluiteloosheid was van zijn gezicht af te lezen.

'Meneer de president, we hebben niet veel tijd meer,' zei de Stem. 'We moeten nu een antwoord krijgen.'

Seguma keek naar de laptop, haalde diep adem en knikte. 'Goed dan. Ik zal teruggaan, maar op één voorwaarde.'

'Welke, meneer?'

'Jullie moeten mijn familieleden beschermen.'

'Lopen die gevaar?' vroeg Casey.

'De Russen hebben gedreigd hen te doden als ik niet zou meewerken.'

Webb zei: 'Waarom zouden ze uw familieleden pakken?'

De president keek hem aan alsof hij gek was. 'Mijn familieleden behoren tot de belangrijkste mensen van het land. Mijn broer is de vicepresident. Zijn vrouw is het hoofd van de Vrouwenliga in Karatandu. Mijn vrouw is secretaris van de partij. Zij zijn mijn naaste bondgenoten. De rebellen zouden alles doen om zich van hen te ontdoen.'

De Stem vroeg: 'Waar zijn ze nu?'

'In Karatandu. In mijn paleis in de hoofdstad, Marafeni.'

'Wie zijn er nog meer?'

'Mijn kinderen. Mijn pasgeboren zoon. Mijn nichtjes. Een paar ministers. Niemand anders.'

'Wat doen ze daar?'

'Het is de enige veilige plek in de stad. Ze hebben zich daar de laatste paar dagen verschanst, terwijl ze radio-uitzendingen verzorgen om de demonstranten aan de kaak te stellen en het land te besturen tijdens mijn afwezigheid.'

'Waarom zijn ze niet samen met u vertrokken, meneer?' vroeg Bowman.

'Dat risico kon ik niet nemen. Ik moest hen daar hebben terwijl ik met de Russen sprak. Anders hadden mijn vijanden kunnen beseffen wat ik van plan was.' Hij wreef over zijn voorhoofd. 'Jullie moeten hen beschermen.'

'De Russen zouden hen uit beeld willen hebben, dat is zeker,' stemde Mallet met hem in. 'Het leger zou de handdoek dan dubbel zo snel in de ring gooien.'

'Er is een andere reden waarom ze belangstelling zouden hebben voor mijn familie,' zei Seguma zachtjes.

'Aye? Welke?'

Seguma keek omlaag naar de wandelstok op zijn schoot. 'Enkele van mijn familieleden kennen mijn geheimen. De Russen zouden hen voor de rechter kunnen slepen en hen kunnen gebruiken om leugens te verspreiden en mij in diskrediet te brengen.'

Hij sprak op een kille, onpersoonlijke toon. Bowman had de indruk dat de president meer interesse had in zijn politieke geloofwaardigheid dan in het welzijn van zijn naasten.

'Jullie moeten mijn familie beschermen,' zei Seguma. Hij keek weer naar de laptop. 'Daar valt niet over te onderhandelen. Ik keer niet terug naar mijn land, tenzij jullie hun veiligheid kunnen garanderen.'

Hij leunde achterover en vouwde zijn armen over zijn brede borst. De Stem was zo lang stil dat Bowman dacht dat de verbinding was verbroken. Toen sprak ze weer met haar treinstationstem.

'Meneer Seguma heeft gelijk. De veiligheid van zijn familie is van het allergrootste belang. Hun gevangenneming, of erger, zou een grote overwinning betekenen voor generaal Kakuba en zijn Russische helpers. We kunnen niet toestaan dat dat gebeurt.' Er viel weer een pauze. 'Er zit maar één ding op.'

'Wat is dat?' vroeg Mallet.

'Jullie zullen naar Karatandu moeten gaan,' zei de Stem. 'Zoek de familieleden van de president en bescherm hen koste wat het kost, voordat de Russen hen in handen krijgen.'

17

De vier leden van de Cell keken elkaar aan. Niemand zei iets gedurende een periode die lang leek maar niet meer dan vijf of zes seconden duurde.

Casey verbrak de stilte. 'Waarom wij?' vroeg ze.

'Omdat er niemand anders is,' antwoordde de Stem.

'Hoe zit het met andere commandoteams? Degene die de opstand aanpakken?'

'Dat SAS-squadron is op dit moment op missie in Libië. Dat is squadron D. Die kerels moeten eerst terug naar de basis, zich opnieuw uitrusten, volledig worden ingelicht en dan naar Karatandu vliegen. Dat kost tijd. Twintig uur of zo.'

'En de andere eenheden? SFSG, SBS?'

'Die vliegen vanaf hun eigen bases in het VK en voegen zich in Libië bij squadron D. We verwachten dat beide teams kort voor middernacht in Tripoli zullen aankomen. Daar vertrekken ze om één uur in de ochtend, plaatselijke tijd. Libië loopt een uur voor op Karatandu. De vlucht duurt iets minder dan zes uur. Dat betekent dat de gecombineerde commando-eenheden pas morgenochtend in Karatandu zullen landen. Tegen die tijd kan het te laat zijn. De staatsgreep kan dan al zijn begonnen.'

Mallet voegde daaraan toe: 'Bovendien zullen die jongens hun handen vol hebben aan het uitschakelen van het verzet als ze zijn geland. Die hebben geen tijd om de familie te bewaken.'

'Het komt dus op ons aan,' zei Webb. 'Klopt dat?'

'Min of meer,' antwoordde de Stem.

'En hoe kunnen wij sneller in Karatandu komen dan squadron D?'

'We zijn een diplomatiek vliegtuig aan het voorbereiden voor meneer Seguma voor zijn vlucht naar Libreville. Met dank aan onze vrienden bij de CIA. Het vliegtuig zal op luchtmachtbasis Northolt landen, kort voordat het naar Nice vliegt. Jullie nemen dat vliegtuig en vergezellen de president tot Libreville. Wij zullen zorgen voor een aansluitende vlucht naar Karatandu. Zodra je daar bent geland, is het een rit van veertig minuten naar het paleis. Op die manier zijn jullie rond middernacht in de hoofdstad. Zes uur eerder dan de andere eenheden.'

Bowman zei: 'Wat is het plan als we de familie hebben gevonden?'

'Jullie zijn de speerpunt, de voorhoede. Jullie lokaliseren de naasten van meneer Seguma, zetten de beveiliging op en wachten tot de grotere strijdmacht er is om het land veilig te stellen en de eenheden van de rebellen uit te roeien.'

Bowman dacht even na. 'Dat kan goed fout gaan. Wat gebeurt er als de staatsgreep begint voordat de andere jongens er zijn?'

'Dat gebeurt niet,' zei de Stem. 'Jullie hebben genoeg tijd.'

'Dat kunnen jullie makkelijk zeggen. Jullie zijn niet degenen die hun leven op het spel zetten.'

Er klonk een lange zucht voordat de Stem antwoordde. 'Onze analisten achten het onwaarschijnlijk dat de staatsgreep begint voordat het licht wordt. Dat is in Karatandu ongeveer half zes 's ochtends.'

'Dat klinkt logisch,' merkte Mallet op. 'Standaard militaire tactiek. De dageraad en de schemering zijn de beste momenten om een aanval in te zetten. Als de Russen de machtsovername morgen lanceren, zal dat bij het aanbreken van de dageraad zijn. Daar durf ik mijn huis onder te verwedden. We zullen niet lang blootgesteld worden, voordat de hoofdmacht aankomt.'

'Als de tijden kloppen,' zei Bowman. 'Als dat niet zo is, zijn we de pineut.'

Mallet zei: 'Het VFK zal niet eerst op het paleis afgaan. Generaal Kakuba en zijn mannen zullen voet aan de grond willen krijgen in het land, voordat ze de familie op de korrel zullen nemen. Tegen die tijd zijn de jongens van squadron D, SFSG en SBS ter plekke.'

'Het gaat niet alleen over het VFK,' zei Bowman. 'Misschien zijn er andere rebellengroepen die mee gaan vechten, of een bende demonstranten die het paleis wil bestormen.'

'Dat zou kunnen,' interrumpeerde de Stem hem, 'maar dan hebben we het hooguit over een handjevol slecht bewapende locals. Dat kunnen jullie toch wel aan? Jullie zijn elitesoldaten.'

'Daar kunnen we voor zorgen, mevrouw,' stemde Mallet in. 'Het zou een eitje moeten zijn. Nietwaar, jongens?' voegde hij eraan toe, terwijl zijn kille ogen de tafel rond keken.

Casey zei: 'Waarom escorteren we de familie niet de grens over? Dat is minder riskant dan in de hoofdstad blijven zitten wachten tot de cavalerie komt opdagen.'

'Mijn familie kan niet weg.' Seguma tikte met een vinger op de tafel om zijn punt te benadrukken. 'Ze moeten aanwezig zijn in het land. Als zij vluchten, ziet het er slecht uit voor mij. Dan zullen mijn mensen denken dat ik een lafaard ben.'

'Ze hebben de radiozender ook in het paleis,' zei Mallet. 'Die hebben ze nodig om berichten naar het leger en de politie te sturen en om het moreel op te krikken.'

'We hebben geen tijd om over de plussen en minnen van de missie te discussiëren,' zei de Stem. 'Jullie hebben een bevel gekregen. De familie moet worden beschermd, tegen elke prijs.'

'We nemen dus aan dat ze het in het paleis zullen redden tot wij er zijn,' merkte Webb op.

Bowman zei: 'Patrick heeft een punt. Die protesten op straat zien er slecht uit. Hoe weten we dat de menigte het paleis ondertussen niet onder de voet loopt?'

Mallet keek naar Seguma. 'Zijn er bewakers bij uw familie, meneer? Mensen die met een wapen om kunnen gaan?'

'Een paar, ja,' antwoordde Seguma. 'Uit de Presidentiële Garde. Mijn beste mannen.'

'Over hoeveel mensen hebben we het dan, meneer?'

'Veertig, misschien meer. Ik weet dat niet precies. Mijn belangrijkste veiligheidsadviseur is daar. Dat kun je bij hem navragen. Dat is meneer Gregory.'

Bowman keek hem verbaasd aan. 'Mike is bij uw familie?'

'Ja. Ken je hem?'

'Mike was mijn oude commandant in het Regiment. Hij is een topgozer. Alle mannen in Hereford hadden respect voor hem.'

Een stralende glimlach kroop als een mierencolonne over het gezicht van de president. 'Daar ben ik het absoluut mee eens.'

Bowman herinnerde zich de foto die hij op het prikbord in de Keet had gezien. Het door de zon verweerde gezicht, de wilde haren en de ruige baard. Hij herinnerde zich ook hoe Gregory had ingegrepen om te voorkomen dat hij tijdens de Selectie teruggestuurd werd naar zijn eenheid. Het dronken gevecht bij de kroeg. De zwaailichten van de politieauto. De nacht in de cel. Gregory had niet hóéven ingrijpen, maar hij had toch voor Bowman gepleit en zijn carrière gered, gewoon omdat dat het juiste was om te doen. Bowman had gedurende zijn tijd bij squadron B naar hem opgekeken en hem bewonderd. Gregory was bijna een vaderfiguur voor hem geweest en had voor Bowman gezorgd tijdens die moeilijke eerste dagen in het Regiment.

'Weet Mike iets over de afspraken met de Russen?' vroeg Mallet.

Seguma schudde van nee. 'Lang zei tegen me dat ik het aan niemand mocht vertellen. Mijn fout. Als ik het advies van meneer Gregory had gevraagd, weet ik zeker dat hij ertegen in was gegaan.'

'We kunnen hem dus vertrouwen?'

'Zonder enige twijfel.' Er glom iets hards achter de ogen van de president. 'Meneer Gregory zou me nooit verraden. In tegenstelling tot anderen.'

Hij staarde door de kamerhoge ramen naar Lang en trok een lelijk gezicht.

'Kunnen we erop vertrouwen dat hij het fort bewaakt tot wij er zijn?' vroeg Casey.

'Mike is taaier dan wie dan ook,' zei Bowman. 'Hij ging vaak met ons mee op patrouille in Irak en Afghanistan. Een heleboel hoge figuren zouden lekker in de veilige OPS-ruimte zijn gebleven, maar Mike niet.'

Casey staarde hem aan. 'Je hebt die kerel echt hoog zitten, hè?'

'Ik vertel gewoon hoe hij is.' Hij knikte naar Seguma. 'U hoeft zich geen zorgen te maken, meneer. Uw familie is veilig tot wij er zijn. Mike is een topsoldaat.'

'Je hoeft mij niet te herinneren aan zijn kwaliteiten.' Zijn mondhoeken krulden omhoog. 'Meneer Gregory is in de loop der jaren heel loyaal geweest. Hij heeft zichzelf vele keren bewezen.'

'Die extra manschappen van de Presidentiële Garde trekken de boel een beetje gelijk,' zei Mallet.

'Eens,' zei de Stem. 'Jullie, Mike Gregory en de Presidentiële Garde zouden samen genoeg vuurkracht moeten hebben om je te verdedigen tegen iedereen die het eventueel op jullie gemunt heeft. Meer dan genoeg.'

'We gaan er slecht voorbereid op af,' zei Bowman. 'Dat is nooit een goed idee.'

De Stem zei: 'We vragen jullie niet om het land te redden. Jullie hoeven alleen de familie veilig te stellen en te wachten tot de hoofdmacht aankomt. Hoe moeilijk kan dat zijn?'

Bowman klemde zijn kaken op elkaar en zei niets.

'Iemand moet contact opnemen met Gregory,' zei Casey. 'Uitzoeken hoe het in het paleis is, hoe veilig het is en hoeveel mannen er zijn.'

Mallet knikte. 'Eerste verkenningsregel: vraag een verslag aan de man ter plekke.'

'Of een vrouw. We leven niet meer in de achttiende eeuw, John. Misschien had je dat nog niet gemerkt.'

De Schot glimlachte neerbuigend. 'Gaat dat tegenwoordig in Surrey door voor een gevoel voor humor?'

'Ons team zal contact opnemen met Mike,' zei de Stem met haar kunstmatig gegenereerde stem. 'Laat dat maar aan ons over.'

Bowman zei: 'We hebben ook spullen nodig. Geweren, pistolen, granaten, kogelwerende kleding. Van alles en nog wat. Als je wilt dat wij het paleis in handen houden, moeten we tot de tanden bewapend zijn.'

'Dat wordt geregeld.'

'Wat gaan we met Lang doen?' vroeg Webb, die van de laptop naar het balkon keek. 'Je kunt niet verwachten dat wij hem meenemen naar Karatandu.'

'Ons team zal een andere regeling treffen voor zijn terugkeer naar Londen. Dat zal ik na dit gesprek met John bespreken. Daarna moeten jullie vertrekken. Steek de grens over en ga naar de terminal voor privévliegtuigen in Nice. We sturen jullie nieuwe informatie zodra het diplomatieke vliegtuig onderweg is.'

'Nog vragen, jongens?' vroeg Mallet.

Niemand zei iets.

'Vanaf dit moment heeft het redden van de familie van meneer Seguma onze hoogste prioriteit,' zei de Stem. 'Dat kan ik niet genoeg benadrukken. Als we hen verliezen, verliezen we het land. Zorg dat dat niet gebeurt.'

De verbinding werd verbroken. Bowman luisterde een paar tellen naar de ruis. Toen stopte Mallet de laptop terug in de hoes, haalde zijn telefoon tevoorschijn en stond op.

'Wacht hier nog even,' zei hij. 'Ik ga Six bellen en bespreken wat er met Davey Boy moet gebeuren.'

'Dit klopt niet,' zei Bowman. 'We moeten Lang niet laten lopen. Hij is een verrader.'

Mallet keek hem giftig aan. 'Als ik jouw mening wil over hoe ik de ondervraging moet aanpakken, laat ik dat wel weten. Tot dat moment hou je je ideeën maar voor je. Begrepen?'

Bowman wilde ertegen ingaan maar deed dat toch maar niet. 'Prima,' reageerde hij zuur.

'Mooi.' Mallet ging rechtop staan. 'Nou, mannen. We gaan op

pad zodra mijn gesprek is afgelopen. Jij. Wijsneus. Stuur een bericht naar Tiny,' instrueerde hij Casey. 'Zeg tegen hem dat hij met de auto hierheen moet komen en ergens in de buurt van de ingang moet parkeren. We komen over een paar minuten naar buiten.'

Webb zei: 'En de zware jongen? Die kunnen we niet hier laten.'

'Hij gaat met ons mee,' zei Mallet. 'We leveren hem af bij de UKN die onderweg naar het vliegveld op ons staat te wachten.'

'Waarom maken we die kerel niet koud?'

'Kan niet. Five wil hem ondervragen over enkele onopgeloste bendemoorden.' Hij kreeg ineens een idee. 'We kunnen ons bij het rendez-vous ook ontdoen van de wapens en uniformen.'

'Het zal krap zijn, met z'n zevenen in de auto.'

'Die grote klootzak gaat in de kofferbak. Dat kan niet anders.'

Mallet stampte naar de balkondeur en trok die open. Lang schoot omhoog uit zijn stoel. Het vage gezoem van stadsgeluiden dreef omhoog vanuit de straten ver onder hen.

'Naar binnen,' beval Mallet.

Lang glipte langs hem heen en liep de woonkamer in. Hij keek even naar Seguma en daarna gleed zijn blik terug naar Mallet. 'Hoe zit het met mijn overeenkomst? Het duurt verdomme een eeuwigheid.'

'Ik ben die nu met Six aan het bespreken. Ze staan op het punt om hem goed te keuren.' Hij glimlachte dunnetjes.

'En dan?'

'Je gaat met ons mee naar het vliegveld. Een of andere zielige sukkel begeleidt je terug naar Londen. Nu moet je hier nog even braaf wachten.'

Mallet keek naar Webb, terwijl hij diep nadacht. 'Je moet andere kleren aantrekken. Pak maar iets van Lang, als het maar ongeveer past. Waar is jouw koeriersuniform?' vroeg hij aan Bowman.

'In de kast van Lang.'

'Pak het. De documentenvelop ook. Zorg ervoor dat we niets achterlaten. Geen enkel spoor. Begrepen? Ik wil dat alles verdwijnt, tot en met de laatste huidcel.'

'Waarom? Waar maak je je zo druk om?'

Mallet gaf geen antwoord. Zijn telefoon zoemde. Hij liep naar buiten, trok de balkondeur dicht en leunde over de reling terwijl hij het gesprek aannam. Bowman en Webb lieten Casey achter als bewaker en liepen snel de woonkamer uit. Ze renden naar de grote slaapkamer en doken de inloopkast in. Webb trok zijn koeriersuniform uit en trok een gestreept overhemd en een crèmekleurig jasje aan en zette een honkbalpet met het logo van een voetbalclub uit Oost-Londen op. Bowman stopte zijn uniform in een Herschel-weekendtas, liep snel terug naar de hal, griste de documentenvelop van de bijzettafel en stopte hem in dezelfde tas. Hij liet de Herschel bij de voordeur staan, ging snel terug naar het stafverblijf en trok Steroïdekop overeind. Hij duwde de man naar de woonkamer.

Een paar tellen later kwam Mallet weer binnen via de balkondeur. Lang stond op, met rechte rug, alsof hij een verdachte was bij een proces wegens moord die op de uitspraak van de rechter wachtte.

'Goed nieuws,' zei Mallet. 'Je hoeft je geen zorgen meer te maken, Davey. Alles is vergeven en vergeten. De overeenkomst is net getekend. Je gaat het beschermingsprogramma van de politie in.'

'Dat werd tijd. Kunnen we deze handboeien dan ook eindelijk afdoen? Ik verrek van de pijn.'

Mallet knikte naar Webb. 'Dat mag jij doen, Patrick.'

Webb verliet de kamer en kwam even later terug met een schaar waarmee hij de plasticuffs doorknipte. Lang wreef over zijn pijnlijke polsen en grinnikte naar de soldaat.

'Bedankt, knul.'

Webb keek hem kwaad aan.

'Jij zegt ook niet veel, hè?'

Webb gaf geen antwoord en staarde Lang met nauwelijks verholen minachting aan. Lang ging dichter bij hem staan.

'Je moet uitkijken, zonnetje. Ik zou kunnen gaan denken dat je mij niet aardig vindt. Ik heb ooit iemand gekend die mij niet aardig vond. Weet je wat er met hem is gebeurd?'

Webb zei nog steeds niets. Lang stak een wijsvinger omhoog en haalde die langzaam langs zijn nek, alsof hij die openreet met een denkbeeldig mes. Toen zette hij een stap achteruit en glimlachte. 'Ik maak maar een grapje, stomme lul.'

Mallet zei: 'Kom je even met me mee naar buiten, Davey?'

'Waarom?' vroeg Lang.

'Onze vrienden bij Six sturen een team hierheen om jou op te halen. Ze willen je terugkeer naar Londen bespreken. Ze hebben nog een paar vragen.'

Lang liep opschepperig en zelfverzekerd naar buiten, met een hervonden veerkrachtige tred. Mallet wenkte dat hij naar hem toe moest komen en leunde tegen de roestvrijstalen reling terwijl hij een nummer koos. Lang wachtte terwijl Mallet een paar woorden zei tegen de persoon aan de andere kant van de lijn. Toen zei Mallet tegen die persoon: 'Oké.'

Hij hing op en stopte de telefoon in de achterzak van zijn spijkerbroek.

Lang fronste zijn wenkbrauwen. 'Wat...?'

Toen duwde Mallet hem over de rand. Lang gilde en viel achterover. Hij leek heel even midden in de lucht te blijven hangen, met rondmaaiende armen en een in doodsangst opengesperde mond, voordat hij uit het zicht verdween.

Van beneden klonk de doffe dreun van een menselijk lichaam dat tegen metaal te pletter slaat. Er ging een autoalarm af.

Bowman rende naar het balkon. Hij leunde over de reling en tuurde omlaag naar de zijstraat onder hem. Lang was neergekomen op een Porsche Cayenne die daar geparkeerd stond. Zijn gemangelde lichaam hing over de motorkap en zijn armen en benen waren in onnatuurlijke hoeken gebogen.

'Jezus.' Bowman keek vol ongeloof naar Mallet. 'Jezus Christus'

Mallet grinnikte boosaardig. 'Je dacht toch niet dat Six die klootzak ermee weg zou laten komen?'

Bowman voelde een plotselinge koude rilling. *Was Six de hele tijd al van plan geweest om Lang te vermoorden? Heeft Mallet tegen ons gelogen?*

Hij keek nog even omlaag. Er verschenen gestalten op de balkons van de omliggende appartementencomplexen die nieuwsgierig naar het tafereel keken. Een fietser sprong van zijn fiets en rende naar Lang, terwijl hij naar een man van middelbare leeftijd in een pak schreeuwde dat die een ambulance moest bellen. Enkele meters verderop staarde een oude man met een boodschappentas omhoog naar het flatgebouw en wees.

'Weg hier,' snauwde Mallet. 'We moeten hier verdomme als de bliksem vandaan.'

Bowman zette zich af tegen de reling en haastte zich naar binnen. Casey en Webb staarden met een uitgestreken, neutrale gezichtsuitdrukking naar de leider van de Cell. Geen van beiden leek bijzonder verrast door de moord. Seguma staarde naar het terras, geschokt en bang.

'Meneer, we vertrekken,' zei Mallet. 'Nu.'

De president herstelde zich snel. 'Ja, oké.' Hij spreidde zijn lippen in een meedogenloze glimlach. 'Ik heb die vuile hond trouwens nooit echt vertrouwd.'

'Pak de zware jongen,' zei Mallet tegen Bowman. 'We gaan.'

Bowman pakte Steroïdekop vast en duwde hem ruw richting de voordeur. Het team haastte zich door de gang en perste zich in de privélift. Steroïdekop begon peentjes te zweten terwijl ze in de cabine naar beneden gingen naar de ondergrondse parkeergarage. Hij had zojuist gezien dat zijn baas van het balkon was gegooid. Hij bevond zich in aanwezigheid van ijskoude moordenaars. Mensen die zijn taal spraken, maar veel vaardiger en meedogenlozer waren. Hij begon met een hoge, paniekerige stem te smeken, terwijl Bowman hem naar de Range Rover voerde en de kofferbak opende. De rest van het team propte zich in het voertuig, terwijl Bowman de Ruger tegen de buik van de zware jongen drukte.

'Erin,' zei hij zachtjes.

'Maak me niet dood. Alsjeblieft. Ik zal alles vertellen.'

'Dat zul je zeker doen,' zei Bowman. 'Er zitten een paar mensen in Londen die heel veel belangstelling hebben voor wat jij weet. Erin nu.'

Hij ramde het pistool harder tegen Steroïdekop, zodat het metalen uiteinde tegen zijn ribben botste. Steroïdekop klom ongemakkelijk de ruimte in, rolde zich op zijn zij en trok zijn benen op, zodat zijn knieën tegen zijn borst zaten. Bowman sloeg de kofferbak met een harde klap dicht en liep daarna snel naar het portier van de chauffeur en ging achter het stuur zitten. Seguma zat met opgetrokken schouders op de achterbank tussen Casey en Webb.

'Gooi de wapens in de tas,' zei Mallet.

Bowman en Webb haalden de patroonhouder uit hun Ruger en trokken daarna de slede terug om de kamer te controleren. Ze lieten de pistolen, holsters en patroonhouders in de Herschel vallen. Mallet stopte de tas in de voetenruimte.

'Weg hier,' zei hij.

Ze reden de parkeergarage uit en sloegen af naar rechts. Loader had de Mercedes E-Klasse veertig meter verderop geparkeerd, in een parkeerhaven voor een postkantoor. Bowman stopte voor die auto, maar liet de motor draaien. Casey en Webb sprongen eruit, renden naar de E-Klasse en sprongen daarin. Daarna vertrokken beide voertuigen weer. De Range Rover reed voorop, met Loader vlak achter zich. Een konvooi van twee voertuigen. Een snelle manoeuvre, die niet meer dan drie of vier seconden had geduurd en die noodzakelijk was. Vijf mensen die in één auto zaten gepropt: dat zag er verdacht uit. Ze zouden kunnen worden opgemerkt door een iets te enthousiaste politieagent. Te riskant, vooral met een boef in de kofferbak en wapens in een tas. Het was veiliger om het team te verdelen over twee wagens.

Achter de middenberm, aan de andere kant van de weg, scheurde een ambulance met zwaailicht tussen het verkeer door. Twee politieauto's kwamen achter de ambulance aan. Bowman zag ze in de achteruitkijkspiegel, toen ze bij de doorgang in de middenberm kwamen. Ze staken over naar de andere rijbaan en kwamen piepend tot stilstand voor het flatgebouw. Een kleine menigte had zich daar al verzameld.

'Hou je aan de snelheidslimiet,' zei Mallet, 'en rij verdomme nergens door rood.'

Bowman hield de snelheid onder de vijftig kilometer per uur terwijl hij naar de grens reed. Hij legde de hele reis af als de nauwgezetste chauffeur ter wereld. Hij stopte bij elk verkeerslicht en gehoorzaamde aan elke plaatselijke verkeersregel. Seguma zat zwijgend achterin, met zijn wandelstok op schoot. Mallet tikte coördinaten in de gps. Het rendez-vous met de Britse expat. Een parkeerhaven op weg naar het vliegtuig.

Er was geen grenscontrole. Ze volgden gewoon de borden die naar Nice wezen en reden een eenrichtingstunnel in die in een steile rotswand was geboord. Toen ze aan de andere kant uit de tunnel kwamen, waren ze op Franse bodem. Vijfentwintig kilometer vanaf het vliegveld volgens de gps. Een rit van veertig minuten over slingerende kustwegen en door stadsverkeer. Dat betekende dat ze vlak voor de middag bij de privéterminal zouden aankomen.

Bowman bleef op de weg rijden die zich rond de berg slingerde, grofweg parallel aan de kust. Loader, Casey en Webb volgden hem in de E-Klasse op de voet. Een paar minuten later trilde de telefoon van Mallet vanwege een binnenkomend bericht. Hij scrolde door een lang verhaal, tikte op Verwijderen en stopte zijn telefoon weg.

'Nieuws over die jet?' vroeg Bowman.

'Die is net op Northolt geland. Ze hebben even wat tijd nodig voordat hij weer kan vertrekken. Ze moeten hem van brandstof voorzien, onze wapens en spullen inladen en de diplomaten erheen brengen.'

'Hoelang voordat hij hier is?'

'Drie uur of zo, denkt Six. We zouden uiterlijk om drie uur in de lucht moeten zitten.'

Bowman keek even naar de digitale klok: 11.26. De jet zou vlak na 14.00 uur in Nice landen. Dan was er weer een korte poos voordat ze konden vertrekken. Daarna een vlucht van zeven uur naar Libreville, gevolgd door een aansluitende vlucht van zestig minuten naar het enige internationale vliegveld in Karatandu. Beide landen lagen in dezelfde tijdzone als Frankrijk. Ze zouden rond elf uur 's avonds in Karatandu landen.

'Is er nieuws over de staatsgreep?' vroeg hij.

'Nee. Het is rustig op het moment.'

'Niet lang meer.'

'Nee.'

Bowman pakte het stuur steviger vast. 'Laten we hopen dat het niet losbarst voordat wij landen. Ik heb vandaag al genoeg nare verrassingen gehad.'

Mallet staarde hem met samengeknepen ogen aan. 'Heb je een probleem?'

'Ik dacht dat we Lang zouden arresteren, niet dat we hem van een balkon zouden gooien.'

'Het plan werd gewijzigd.'

'Is dat echt wat er is gebeurd?'

'Je hoeft niet boos te worden op mij, jongen. Het besluit lag bij Six. Wij volgen bevelen op. Moeilijker dan dat is het niet.'

'Ik wil gewoon weten wat er aan de hand is.'

'Je hoort nu bij de Cell. Dit is de manier waarop we werken. Je moet flexibel blijven en op situaties reageren zoals die zich voordoen. Dingen kunnen in ons soort werk heel snel veranderen.'

Bowman keek hem even schuins aan. 'De andere jongens leken niet heel verbaasd te zijn.'

'Die zitten al een tijdje bij de Cell en weten hoe het eraan toegaat. Je kun criminelen niet met zachte hand bestrijden.'

'Toch had je ons kunnen waarschuwen voordat je Lang van het balkon gooide.'

Mallet vertrok zijn gezicht. 'Jezus, zeg me nou niet dat je medelijden hebt met die klootzak.'

'Lang maakt me helemaal niks uit,' zei Bowman. 'Ik heb het over het horloge dat hij droeg. Dat was een half miljoen waard, John.'

Mallet grinnikte. 'Ik zal een nep-Rolex voor je kopen als we weer thuis zijn. Dan staat we quitte.'

Ze reden verder. Na een paar kilometer wees Mallet naar een plek om te pauzeren aan de kant van de weg. Dat was in feite gewoon een versleten stuk asfalt met een overvolle afvalbak en een hek van kippengaas, met aan beide uiteinden plukken dichte vegetatie. Een grijze Volvo XC90 SUV stond aan het einde van de parkeerhaven. Bowman keek rond, maar zag geen andere wagens of mensen in de buurt.

'Stoppen,' zei Mallet.

Bowman stuurde de Range Rover de parkeerhaven in en stopte aan de achterkant van de XC90. Loader stopte een paar meter achter hem, waarbij losse kiezels onder de banden knerpten.

Mallet zei: 'Iedereen eruit.'

Toen de drie mannen uitstapten, bonkten hun schoenen op het versleten asfalt. Ze wachtten, terwijl een bekend gezicht uit de XC90 stapte. Bowman herkende hem meteen. De man die zijn haren over zijn hoofd kamde. De Britse expat die ze in de ondergrondse parkeergarage hadden ontmoet.

Hij stommelde naar hun auto en gaf Mallet een paar sleuteltjes.

'Ze hebben mij verteld dat ik een levend pakketje moest verwachten,' zei hij.

'Hij ligt in de kofferbak,' zei Mallet.

'Spullen?'

'Tas in de voetenruimte aan de bijrijderskant. Alles zit erin.'

'Iets waar ik me zorgen over moet maken?'

'De wapens zijn niet afgevuurd. Er is niks wat hen met een misdaad in verband brengt.'

'De wagen?'

'Die is link. Daar moet je je van ontdoen.'

'Sleutels?'

'Zitten erin.'

Ze ruilden van auto. De overkammer liep met zware tred naar de Range Rover en perste zichzelf achter het stuur. Bowman, Mallet en

Seguma namen de Volvo. De president maakte het zich gemakkelijk op de achterbank, terwijl de soldaten voorin zaten. Mallet tikte op icoontjes in de ingebouwde gps en gaf het adres van het vliegveld in. De Range Rover trok op uit de parkeerhaven en reed in westelijke richting. Bowman wachtte tot die achter een bocht uit het zicht was geraakt. Daarna reed hij de bergweg op. Loader, Webb en Casey volgden hem in de E-Klasse op de voet.

De gps zei dat ze achttien kilometer van het vliegveld waren. Drieëntwintig minuten rijden. Aankomsttijd: 11.58. Bowman greep het stuur stevig vast en klemde zijn kaken op elkaar.

Over elf uur landen we in Karatandu, dacht hij. God weet wat ons te wachten staat als we daar aankomen.

18

Mallet besteedde de rest van de rit aan het versturen van berichten en het kijken op het scherm van zijn telefoon, op zoek naar nieuwe informatie van Six. Bowman hield zijn blik op de weg gericht, maar kon zijn ogen nauwelijks nog openhouden. Hij was uitgeput. Hij had al meer dan vierentwintig uur niet geslapen. De adrenaline die hij tijdens de arrestatie had gevoeld, was uitgewerkt. Nu stond hij op het punt om in een vliegtuig te stappen en naar een land te vliegen dat op de rand van chaos verkeerde, om de familieleden van een verachte tiran te beschermen. Om de zo veel tijd keek hij even naar Seguma op de achterbank. De kerel leek na te denken. Drie uur geleden had hij op het punt gestaan om zijn presidentschap te verliezen. Nu deed hij weer mee. De grootste gok van zijn leven, als iemand bij een roulettetafel die zijn hele hebben en houden op rood heeft gezet. Hij kon enorm veel winnen of nog veel meer verliezen, maar had geen controle over de uitkomst.

Het konvooi voegde zich bij het langzaam rijdende verkeer bij het vliegveld en bereikte de privéterminal een paar minuten voor de middag. Bowman reed naar de voorkant van het gebouw en stopte voor de luifel bij de ingang. Mallet en Seguma stapten uit en voegden zich bij Casey en Webb naast de E-Klasse. De soldaten grepen hun bagage en escorteerden Seguma via de schuifdeuren naar de receptie. Daarna reed Bowman naar de bijbehorende parkeerhaven en zette de Volvo op de dichtstbijzijnde open plek. Loader voerde dezelfde manoeuvre uit met de E-Klasse. Ze controleerden nog een keer of ze er niets in hadden laten liggen en sloten ze af. Daarna liepen ze op hun gemak naar de terminal.

Bowman en Loader troffen de anderen die aan de zijkant van de receptie stonden te wachten. Daarna voerde Mallet de groep naar de hoofdbalie. Een blozende blonde vrouw in een strakke witte blouse begroette hen met een beleefde glimlach en in vlekkeloos Engels. Mallet overhandigde hun paspoorten en gaf het staartnummer aan haar door van de jet die hen zou komen ophalen. Loader keek langdurig en bewonderend naar de receptioniste terwijl die de documenten kort bekeek. Ze gaf de paspoorten terug, wenste hun een veilige reis toe en stuurde het team door een gang met marmeren vloer in de richting van de privéwachtruimte.

'Echt, Tiny?' vroeg Casey toen ze wegliepen. 'Kun je aan niets anders denken?'

'Wat doe ik verkeerd? Het kan toch geen kwaad om te kijken?'

'Dat is alles wat je doet,' zei Mallet. 'Er zijn monniken die meer in actie komen dan jij.'

'Dat is niet waar. Ik was een legende in Hereford. Vraag maar aan de jongens. De vrouwen konden geen genoeg van me krijgen.'

'Dat is niet wat ik me herinner. Ik lijk me te herinneren dat ze de kroeg uit renden om niet naar jouw lelijke smoel te hoeven kijken.'

'Donder op, John.'

'Tiny, we weten allemaal dat je stiekem van je vrouw houdt,' zei Casey met een vleugje medeleven in haar stem. 'Je hoeft niet te doen alsof je Gods geschenk voor alle vrouwen bent.'

'Niemand gelooft dat trouwens,' zei Mallet. 'Ze geloven waarschijnlijk eerder in de goede fee dan in de aantrekkingskracht van Tiny.'

Het team liep de privéwachtruimte in. Tien seconden later ging Mallets mobiel over. Hij liep op zijn gemak naar het keukengedeelte aan het uiteinde van de wachtruimte en sprak enkele minuten met Six. De stem aan de andere kant leek veel te zeggen te hebben. Mallet luisterde en zei weinig, afgezien van af en toe een kort antwoord. *Ja. Nee. Oké.* Hij hing op, liep terug en schraapte zijn keel.

'De diplomaten zijn op dit moment op weg naar Northolt,' zei hij. 'De jet moet over dertig minuten vertrekken. Dat betekent dat die hier rond half drie aankomt. Wij vertrekken om drie uur.'

'Welke route volgen we?' vroeg Casey.

'We vliegen rechtstreeks naar Libreville. Zodra we zijn geland, stappen we over op een ander vliegtuig en gaan meteen naar Karatandu. Een vlucht van een uur. Het plan is dat we rond elf uur op het hoofdvliegveld bij de hoofdstad landen. Van daaruit is het een rechtstreekse rit naar het paleis.'

'Hoe zit het met mij?' vroeg Seguma, terwijl zijn nep-Engelse aristocratenstem kraakte van verontwaardiging. 'Ik heb nog niets te horen gekregen over wat er voor mij is geregeld.'

Mallet zei: 'Een team van de Gabonese commando's voegt zich bij u op de grond in Libreville, meneer. Ze escorteren u en de jongens van Buitenlandse Zaken naar een veilige locatie. Daar zullen jullie moeten wachten tot het veilig is om terug te keren.'

'Wie beslist er precies wanneer het veilig is? Jullie kunnen niet verwachten dat ik terugga, als er nog steeds opstandelingen zijn die amok maken.'

'Dat moet u zelf bespreken met Buitenlandse Zaken. Daar hebben wij niets mee te maken.'

Bowman zei: 'We hebben iemand nodig die ons naar het paleis kan brengen. Iemand die weet waar alle controleposten van het leger zijn en alle gevaarlijke zones.'

'Six is het daarmee eens,' antwoordde Mallet. 'Er is een militair garnizoen op het vliegveld. Die vergezellen ons naar het paleis.'

'Hoe staat het met squadron D?'

'Dat keert op dit moment terug naar hun kamp. Er worden drie Herculessen klaargemaakt.'

'En de andere commando-eenheden?'

'SFSG vliegt over een paar uur van hun basis in St Athan. Het SBS-detachement verlaat Poole rond dezelfde tijd. Ze vliegen rechtstreeks naar Libië en maken daar contact met squadron D. Daarna gaat die gecombineerde strijdmacht op pad naar de hoofdstad, Marafeni. Daar moeten ze rond zes uur 's ochtends aankomen. Zes uur nadat wij landen.'

Bowman perste zijn lippen strak op elkaar. 'Dat is een krappe planning, John.'

'Wel als we aannemen dat de Russen volgens plan opdagen,' zei Mallet. 'Op dit moment hebben we die klootzakken uit hun evenwicht gebracht. Ze zullen zich afvragen waarom de overeenkomst waarvoor Lang heeft bemiddeld op het laatste moment is afgeketst. Ze zullen horen dat hij zelfmoord heeft gepleegd en zich afvragen wat dat betekent. Dat gooit hun planning in de war.'

'Of juist niet,' zei Bowman. 'Ze kunnen de staatsgreep ook eerder uitvoeren.'

'Dat betwijfel ik. Ze willen dit niet overhaast doen. Te riskant.'

'En als je geen gelijk hebt?'

'Ik ben Schots. Wij hebben altijd gelijk. Dat zit in ons DNA,' zei Mallet. 'Bewijzen dat jullie, Engelse hufters, geen gelijk hebben.' Hij stopte een stuk nicotinekauwgom in zijn mond. 'In het ergste geval moeten we misschien een paar uur standhouden voordat de cavalerie opduikt.'

'Heeft Six al contact opgenomen met Mike?'

'Daar zijn ze nu mee bezig.'

'En?'

'Hij heeft bevestigd dat de familie op dit moment in het paleis is. We hebben hem zijn bevelen gegeven. Niemand mag daar weg tot wij er zijn.'

Seguma keek ongerust naar hem. 'Zijn er problemen?'

'Niets ernstigs, meneer. Alleen een paar demonstranten.'

'Ik snap het.' Hij staarde zenuwachtig door het raam naar het vliegveld. Hij lijkt zich er niet echt op te verheugen om naar huis te gaan, dacht Bowman.

'U hoeft zich geen zorgen te maken,' zei hij. 'Zolang Mike bij uw familie is, is die veilig. Hij zal u niet teleurstellen, meneer.'

'Hoeveel bewakers heeft Mike bij zich?' vroeg Loader.

'Ongeveer veertig. Plus onze groep en Mike zelf zijn dat zesenveertig mensen.'

Casey zei: 'We moeten alle socialmedia-accounts in Karatandu volgen. Iemand zou een foto of een bericht kunnen posten over een vuurgevecht, of helikopters of vliegtuigen die aankomen. Dan zijn we tijdig gewaarschuwd voor problemen.'

'Daar zal ik Six achteraan laten gaan,' zei Mallet.

'Zeg dat ze ook naar plaatselijke vluchten kijken. Vliegtuigen die ergens rondcirkelen en dan weer wegvliegen. Op die manier kunnen we teams ontdekken die worden ingezet door middel van een vrije val.'

'Tenzij ze al op de grond actief zijn.'

Mallets telefoon trilde. Hij knikte naar Casey. 'Pak de laptop. Er komt een informatiepakket van Six aan. We zullen dat over een paar minuten helemaal doornemen.'

Hij liep weg. Seguma bladerde door een chic tijdschrift over kapitaalbeheer. Webb zat de kunst van het zwijgen te beoefenen. Casey werkte op de laptop, waarbij haar vingers zich bliksemsnel over het toetsenbord bewogen. Bowman zette koffie. Loader deed de televisie aan en zapte naar een van de nieuwszenders die vierentwintig uur per dag uitzonden. Een Frans station met Engelse ondertitels. Er werd nog niets gemeld over een *coup d'état* in Karatandu, maar er waren wel twee korte stukjes over het voortdurende geweld aan het eind van de belangrijkste bulletins geplakt.

Mallet beëindigde zijn gesprek en het team verzamelde zich rond de koffietafel die een eind bij Seguma vandaan stond. Ze besteedden de twee daaropvolgende uren aan het doornemen van het plan.

Ze bestudeerden satellietbeelden van het paleis en het gebied eromheen, blauwdrukken, de belangrijkste routes naar en van het gebouw. Ideale schietposities, punten die waarschijnlijk zouden worden aangevallen. Daarna keken ze naar het grotere plaatje: de locaties van de dichtstbijzijnde ambassades, plekken waar ze naar buurlanden konden oversteken als het helemaal fout liep. Alles. Ze zouden later geen tijd hebben om zich voor te bereiden. Zodra ze in

Karatandu waren geland, moesten ze meteen in actie komen. Hard en snel. Op de manier van het Regiment. Om de zo veel tijd stond Mallet op om met hun verbindingsofficier bij Six te praten. Hij kreeg bijna permanent updates over de status van de diplomatieke jets, de Britse commando's en het militaire escorte dat in Marafeni op hen stond te wachten.

'De jet landt over een half uur,' zei Mallet, terwijl hij terugliep naar zijn team.

Bowman keek fronsend naar de satellietbeelden op de laptop. 'Dit is een pittige klus,' zei hij.

'Dat denkt de vrouw van Tiny ook elke keer als hij dringend wil neuken,' grapte Mallet.

Bowman lachte niet. 'Er zijn heel veel dingen die fout kunnen gaan.'

'Het is een routineklus. Naar binnen gaan, het fort veiligstellen, wachten tot de hoofdmacht opduikt en haar werk doet, daarna meteen weer wegwezen. Niets wat we al niet honderd keer eerder hebben gedaan in het Regiment.'

'Zo gemakkelijk is het niet. Als het goed gaat, fijn. Dan zijn we helden. Maar als we klem komen te zitten, kan het heel slecht aflopen.'

'Maak je geen zorgen, Josh,' zei Loader. 'We verwachten geen kloppartij.'

'Maar daar zouden we wel plannen voor moeten maken. Als de rebellen op volle kracht op ons afkomen, worden we ingemaakt.'

'We hebben die presidentiële bewakers die ons steunen. We hebben een klein leger om aanvallers af te slaan. Veertig soldaten.'

'Ik heb met een paar van die teams getraind, Tiny.' Hij keek even door de wachtruimte naar Seguma en sprak zachtjes verder. 'Het zijn eerlijke en dappere soldaten, maar ze zijn niet om over naar huis te schrijven. We kunnen bij een vuurgevecht niet op hen vertrouwen.'

Loader keek hem bevreemd aan. 'Ben je zenuwachtig aan het worden?'

'Ik probeer gewoon uit te vogelen wat het plan is als er dingen fout gaan.'

Mallet zuchtte diep. 'De rebellen zullen ons niet hard aanpakken. Zelfs als ze de staatsgreep eerder plegen dan we denken, zullen generaal Kakuba en zijn mannen zich eerst richten op het veiligstellen van de cruciale infrastructuur. De familie zal niet boven aan hun lijstje staan.'

'Karatandu is een klein land,' merkte Bowman op. 'Even groot als Wales.'

'Aye. Wat wil je daarmee zeggen?'

'Het zal niet lang duren voordat het VFK de belangrijkste doelen heeft ingenomen. Vroeg of laat gaan ze op de familie af.'

'Maar tegen die tijd is onze hoofdmacht in het land aangekomen. Het ergste wat kan gebeuren is dat we worden aangevallen door een paar opportunisten die op vijftig meter nog geen schuurdeur kunnen raken.'

'En als de rebellen besluiten om eerst op het paleis af te gaan?'

'Dat is een risico dat we moeten nemen,' zei Mallet.

'Misschien wil je deze klus liever aan je voorbij laten gaan, Josh,' zei Loader.

Bowman keek hem kwaad aan en stak zijn onderkaak vooruit. 'Dat heb ik nooit gezegd, maat. Ik zal de klus even goed doen als de anderen. Ik wil er alleen voor zorgen dat dat goed gebeurt.'

Mallets kille blik vestigde zich op Casey. 'Hoe zit het met jou, Alex?'

'Wat bedoel je?'

'Je bent het afgelopen uur even stil geweest als Patrick. Meestal hou je je kop niet. Weet je zeker dat je mee wilt doen?'

Casey sloeg haar armen over elkaar. 'Waarom zou ik dat niet willen? Omdat ik een vrouw ben?'

Mallet stak zijn handen omhoog alsof hij zich overgaf. 'Daar heeft het niets mee te maken en dat weten we allebei. Ik vraag het maar gewoon.'

'Wat probeer je te zeggen, John?'

Mallet krabde zijn nek en schuifelde met zijn voeten. 'Luister. Iedereen in de Cell heeft jou hoog zitten. Je bent slimmer dan de rest van ons bij elkaar, je kunt heel goed uit de voeten met oude computers en bent briljant met technologie en zo, maar je boeken en snufjes zijn daar waar wij heen gaan niet heel erg nuttig.'

'Je hebt er nooit eerder een probleem van gemaakt dat ik meeging op een missie.'

'Dit is anders. Er is een kleine kans dat het heel snel heel naar kan worden.'

'Ik red me echt wel.'

'Niemand zegt dat dat niet zo is, maar als je twijfels hebt, moet je dat tegen ons zeggen. We kunnen geen mensen meenemen die er niet vol voor gaan, meissie, niet bij deze klus. Niemand zal minder over je denken als je besluit om achter te blijven.'

Casey haalde adem en keek Mallet recht aan.

'Ik ben opgeleid in dezelfde soort oorlogsvoering als jij,' zei ze. 'Ik ben misschien niet door de Selectie van SAS gekomen, maar ik heb wel de training gevolgd bij het speciale verkennersregiment van de commando's. Dat is het op een na beste. Ik was de beste schutter in mijn trainingsgroep, ik heb verkenningen uitgevoerd in oorlogsgebieden en ik weet hoe ik moet vechten. Met mij komt het goed. Bovendien ben ik verdomme je meissie niet.'

Bowman keek knarsetandend even naar de beelden van rellen op de televisie.

'Laten we hopen dat de planning van deze missie als een zonnetje loopt,' zei hij. 'Anders zitten we allemaal dik in de stront.'

***

De Gulfstream landde precies om half drie in Nice. Tien minuten later liep een stel diplomaten met kwieke pas de wachtruimte in. Een man van in de veertig, een meter negentig, licht voorovergebogen, met een vogelnestje van bruin dunner wordend haar. Een veel kleinere vrouw met groene ronde ogen en een moedervlek op haar kin met een kuiltje. Ze hadden de typische Whitehall-houding: arrogantie vermengd met onzekerheid. Het soort mensen dat hun dagen doorbracht in de bureaucratische kolenmijn met het discussiëren over geheimzinnige beleidsvoornemens, terwijl ze plannen maakten om elkaar een mes in de rug te steken.

De diplomaten stelden zich voor aan Mallet en namen daarna Seguma mee. De kerel met het vogelnestjeshaar had zijn benen over elkaar geslagen, gebaarde breed en sprak geanimeerd, terwijl de vrouw met het kuiltje in haar kin documenten aan de president overhandigde om te laten lezen. Het was duidelijk dat zij de lakens uitdeelden. *Op deze manier gaat het gebeuren*, leken ze te zeggen. Seguma hield de hele tijd zijn lippen stijf op elkaar. Hij verkeerde niet in een positie om te onderhandelen. Een paar uur geleden was zijn naaste adviseur van een balkon gegooid. De mensen met wie hij te maken had, waren bloedserieus. Hij was niet van plan om over de kleine lettertjes te gaan sjacheren.

Toen kwam er een strak in het pak zittende functionaris de wachtruimte in die aankondigde dat het vliegtuig klaarstond voor vertrek. Hij leidde de groep door de terminal naar een klaarstaande Renault-minibus. Ze klommen er met hun bagage in, waarna de Renault over het asfalt denderde in de richting van een Gulfstream G650 – een van de langeafstandsvliegtuigen die in staat was om het sprongetje van Northolt naar Nice te maken en daarna zonder bij te tanken naar Gabon kon doorvliegen.

Ze gingen aan boord en borgen hun bagage in de bagageruimte aan de achterkant op. Kinkuiltje en Vogelnest gingen voorin zitten met Seguma. De soldaten maakten het zichzelf gemakkelijk in het achterste deel van de cabine. Tot overduidelijke teleurstelling van Loader was er een steward aan boord, geen stewardess.

Terwijl de Gulfstream over de startbaan taxiede, raakte Bowman in de greep van een toenemend onbehagen. Ze gingen op weg naar het onbekende, besefte hij. Er kon van alles fout gaan. Hij voelde echter ook iets anders, een hernieuwde sensatie van vastberadenheid.

Mike Gregory had zijn carrière al een keer gered. Hij had Bowman geholpen zijn leven een andere wending te geven, toen hij hem onder zijn vleugels nam in zijn begintijd bij het Regiment. Nu, na al die jaren, kreeg Bowman de gelegenheid om hem een wederdienst te bewijzen.

Dat ben ik aan die vent verplicht, zei Bowman tegen zichzelf. Ik zal hem niet teleurstellen. Ik zal alles doen wat nodig is om hem te redden. Ik hoop alleen dat we niet te laat komen.

19

Tijdens het eerste uur van de vlucht waren ze bezig om hun uitrusting op orde te brengen. Six had een paar tassen vol wapens en andere spullen geleverd. Bowman en Webb trokken de burgerkleren weer aan die ze in hun weekendtas hadden gestopt en voegden zich daarna bij de anderen achter in het vliegtuig, terwijl die de spullen verdeelden. Hun primaire wapen zou het Colt Canada C8-geweer zijn, voorzien van geluiddempers en telescoop met vizier met kleine rode stippen, met per persoon vier extra patroonhouders met dertig patronen. Inclusief de houder in het wapen had elk teamlid nog eens 150 5.56x45 mm NAVO-patronen bij zich. Hun secundaire wapen was een Glock 17-pistool, met twee houders met zeven patronen per persoon. Verder hadden ze kogelwerende kleding en webbing, militaire radio's, een rugzak met EHBO-koffertjes en waterflessen, gevechtshelm, tweeduizend dollar in kleine coupures om mensen mee om te kopen. De rest van de uitrusting zat in het bagageruim, had Mallet gezegd. De zware wapens. Twee middelzware machinegeweren, Gimpy's, die met patroonbanden worden gevoed. Een Barrett .50 sluipschuttersgeweer in een harde koffer, compleet met een telescoopvizier dat erop geklikt kon worden – een wapen dat tot op tweeduizend meter dodelijk is en een gat door een muur kan slaan. Een Accuracy International AWC, ook een sluipschuttersgeweer, in een foedraal, landmijnen, een M224 60mm lichtgewicht mortier, fragmentatiegranaten, rookgranaten en kisten met munitie: 7.62mm-banden voor de Gimpy's en granaten voor het mortier.

Het team voerde de gebruikelijke controles voorafgaand aan een missie uit. Ze vulden de reservepatroonhouders met munitie en stopten die in de tasjes aan de voorkant van hun webbing. Ze testten hun radio's en hun kogelwerende kleding. Ze haalden hun wapens uit elkaar, inspecteerden de bewegende delen en zetten ze weer in elkaar. Basale, maar essentiële dingen. Missies konden mislukken omdat uitrusting niet werkte.

In het voorste deel van de cabine namen Vogelnest en Kinkuiltje een lange lijst door met president Seguma. Ze bespraken de verklaringen die hij gedurende de opstand zou afleggen voor de wereldmedia, en zijn overwinningstoespraak zodra hij weer aan de macht was. Seguma luisterde, terwijl hij zich tegoed deed aan een geïmproviseerde maaltijd en dubbele whisky's. Hij leek iets van zijn oude arrogantie terug te hebben gekregen. Tussen zijn happen door beschreef hij heel gedetailleerd en bloederig wat hij met zijn vijanden zou doen nadat de staatsgreep was neergeslagen. Mensen zouden voor de krokodillen worden gegooid of levend begraven. De diplomaten glimlachten overbeleefd. Ze smeten met geld om hem tevreden te houden en voldeden aan elke gril van de tiran.

'Kunnen jullie geloven wat die vent zegt?' mompelde Loader terwijl hij een reservepatroonhouder in een van de tasjes van zijn webbing stopte. 'Wij doen ons uiterste best om deze opstand de kop in te drukken en hij is alleen maar geïnteresseerd in het afslachten van mensen.'

Bowman haalde zijn schouders op. 'Ze noemen hem niet voor niets de Adder.'

'Het is immoreel. Hij was bereid om ons de rug toe te keren en nu behandelen we hem alsof hij van koninklijken bloede is.'

'Londen moet hem tevreden houden, maatje. Als hij had ingestemd met de overeenkomst met de Russen, zouden we alles kwijtraken in Karatandu. Het kobalt, al onze handelsbelangen en trainingsfaciliteiten. Het hele zootje. Ze zouden alles doen om te voorkomen dat dat gebeurt.'

'Dat wil niet zeggen dat het goed is,' zei Loader.

Mallet hoorde hen en zei: 'We zijn soldaten. We worden niet betaald om een mening te hebben. Zelfs jouw Welshe hersentjes zouden dat moeten snappen.'

'Ik zeg het alleen maar, John.'

'Nou, niet doen dus. Six heeft ons een opdracht gegeven. Die voeren we uit. Punt.'

De leider van de Cell marcheerde naar achteren om met Webb te overleggen. Casey hield haar blik strak op de president aan de andere kant van de cabine gericht, terwijl die zijn glas leegdronk en naar de steward riep dat die moest bijschenken.

'Hij lijkt niet heel bezorgd te zijn om zijn familie,' merkte ze zachtjes op.

Bowman lachte. 'Die kerel geeft alleen om zichzelf. Hij zou zijn familie onder een bus gooien als hij daar baat bij had.'

'Waarom vraagt hij ons dan om hen te beschermen?' vroeg Loader.

'De enige reden waarom Seguma wil dat ze veilig zijn, is dat zij alle lijken in zijn kast kennen. Als ze gevangen worden genomen, wordt alle vuile was buiten gehangen. Zijn familieleden hebben jarenlang geld uit de kas gehaald. Ze zijn net zo corrupt als hij.'

Casey zei: 'Als jij daar zo over denkt, waarom heb je er dan mee ingestemd om mee te gaan?'

'Ik ben hier alleen vanwege Mike,' zei Bowman zachtjes. 'Hij was een van de beste officieren die ik heb gehad in Hereford.'

'Dan heb je meer geluk gehad dan ik,' schamperde Loader. 'De meeste van mijn officieren waren enorme idioten.'

'Mike is een vriend van me. Hij zit in de problemen en hij heeft onze hulp nodig. Dat is het enige waar ik me druk om maak.'

Loader was klaar met het wegstoppen van zijn patroonhouders en liep naar de bagageruimte om de rest van zijn uitrusting te controleren. Casey zweeg een paar tellen, terwijl ze haar Glock weer in elkaar zette. Toen ze zeker wist dat ze alleen waren, zei ze: 'Denk je echt dat deze missie fout kan aflopen?'

'Die kans is er,' gaf Bowman toe. 'We haasten ons. Dan kunnen er fouten worden gemaakt.'

'Six denkt er anders over.'

'Dat is het gewone denkraam van Buitenlandse Zaken. Het zijn academici.' Bowman spuugde dat woord uit. 'Ze weten niet hoe het er in het veld aan toegaat. Ze denken dat wij een stel supersoldaten zijn.'

'Ik hoop dat je geen gelijk krijgt.'

'Ik ook,' zei Bowman. Hij knikte naar haar. 'Wat is jouw verhaal eigenlijk? Hoe ben jij bij de Cell terechtgekomen? Volgens mij heb je een keurige opvoeding gehad.'

Ze glimlachte wrang. 'Wat je eigenlijk bedoelt, is: wat doet een geprivilegieerde vrouw uit de middenklasse hier?'

'Zo bedoelde ik het niet.'

'Maakt niet uit.' Ze zuchtte. 'Ik ben eraan gewend. Iedereen stelt me dezelfde vraag of denken hem achter mijn rug. Dat is eigenlijk hetzelfde, toch?'

Ze legde de Glock op haar schoot en staarde ernaar.

'Ik was nooit van plan om bij het leger te gaan,' ging ze verder. 'Je zou kunnen zeggen dat ik een buitenbeentje was toen ik opgroeide. Ik zat de hele dag in de bibliotheek met mijn neus in de boeken. Ik had altijd aangenomen dat ik net als mijn vader leraar zou worden of misschien zelfs naar de universiteit zou gaan.' Ze keek hem schuins aan.

'Wat is er gebeurd?'

'Op een dag werd ik wakker en besefte dat dat helemaal mijn droom niet was. O, ik genoot van studeren en zo, maar het vooruitzicht om mijn carrière door te brengen in een stoffig kantoor op de universiteit en artikelen te schrijven voor vage wetenschappelijke tijdschriften was niets voor mij. Ik besloot om mijn studie op te geven en dienst te nemen.' Ze glimlachte bij die herinnering. 'Toen ik mijn ouders vertelde wat ik had gedaan, schoten ze uit hun slof. Ze waren allebei leraar. We hadden een flinke ruzie en er werden een paar onaangename dingen gezegd.'

'Waarom het leger? Je had elke carrière kunnen kiezen die je wilde.'

'Mijn opa had in Korea gediend en met het Gloucestershire Regiment bij de Imjin gevochten. Hij had er nooit iets over verteld, tot ik op een dag naast hem ging zitten en hem het hemd van het lijf vroeg voor een artikel waar ik mee bezig was. Hij praatte uren. Een hele middag. Om de een of andere reden bleef dat verhaal me bij. Het idee dat je onderdeel bent van iets wat groter is dan jijzelf, begrijp je? Daarom dacht ik: waarom zou ik niet bij het leger gaan?'

'Dat is net zo'n goede reden als veel andere,' zei Bowman. 'Ik heb wel slechtere redenen gehoord.'

'Dat weet ik.' Ze ging overeind zitten. 'Het leger bleek goed voor me te zijn. Ik besefte dat ik veel sterker was dan ik had aangenomen. Van het een kwam het ander en hier zit ik nu. Ik heb nooit spijt gehad van mijn besluit, hoewel mijn vader en ik niet meer met elkaar praten.'

Bowman probeerde iets te bedenken om haar te troosten. 'Ik weet zeker dat je ouweheer trots op je is, zelfs als hij dat niet zegt.'

Casey glimlachte triest. 'Dat waag ik te betwijfelen. Niets van wat ik doe zal ooit goed genoeg zijn voor hem. Hij denkt dat ik gewoon de koppige dochter ben die een veelbelovende toekomst vergalde, puur om hem te pesten.' Ze neeg haar hoofd naar Bowman. 'Hoe zit het met jou? Waarom ging jij in dienst?'

'Ik ben opgegroeid in een slechte buurt,' zei Bowman. 'Iedereen zat in een bende of kende iemand die bij een bende hoorde. Ik kon kiezen tussen het leger of een leven als crimineel. Ik koos ervoor om te vechten.'

'Slim.'

'Dat dacht ik toen ook.'

'Hoe zit het met je ouders? Broers en zussen?'

'Pa en ma zijn al jaren dood. Mijn moeder stierf aan kanker toen ik zeventien was. Pa volgde haar een jaar later. Hartaanval. Ik heb een zus, maar we hebben tegenwoordig niet echt contact meer,' voegde hij eraan toe, omdat hij zich de belofte herinnerde die hij tijdens het gesprek in Londen aan Mallet had gedaan.

Casey pauzeerde en beet op haar onderlip. 'De jongens hebben me over je gezin verteld, over wat er met je vrouw en kleine meid is gebeurd,' zei ze.

Bowman verplaatste zijn blik naar de vloer. Hij dacht weer aan het bloed en de lichamen. Heel even zag hij hen op de keukenvloer liggen, zoals hij hen had ontdekt toen hij van zijn werk thuiskwam. Amy met het kogelgat in haar hoofd, de brede snijwond in de keel van zijn dochter. Hij zag ook het gezicht van de man die daarvoor verantwoordelijk was. De Albanese maffioso. Zijn monsterlijke gezicht vol littekens en zijn wrede lach. Bowman klemde zijn kaken op elkaar, terwijl een felle scheut woede door zijn ingewanden trok.

'Het spijt me,' zei Casey snel. 'Dat had ik niet moeten zeggen.'

'Dat klopt,' gromde Bowman. 'Dat had je niet moeten doen. Ik heb trouwens je medelijden ook niet nodig.'

Casey mompelde een gehaaste verontschuldiging en liet hem met een smoesje alleen achter. Bowman zat in stilte, controleerde zijn uitrusting en werd gekweld door de beelden die in zijn geheugen waren gegrift. Hij had plotseling weer behoefte aan een pil. Hij wachtte even, glipte het toilet in en snoof twee van Langs gele pillen. Hij voelde zich beter, maar niet veel. De tabletten waren niet zo krachtig als de synthetische opioïden die hij meestal nam. Het effect verdween veel sneller. Hij wist dat dat een probleem was en dat hij vaker weg zou moeten glippen. Een van de anderen zou dat vroeg of laat kunnen opmerken.

Hij liet zich in zijn stoel vallen, waarna de steward het team eten bracht. Ze vielen aan op de broodjes, chips, koekjes en chocoladerepen om zich van voldoende calorieën te voorzien, omdat ze niet wisten wanneer ze weer een kans zouden krijgen om iets te eten. Bowman schrokte een BLT-sandwich en een proteïnereep naar binnen en spoelde het weg met een kop sterke zwarte koffie, gevolgd door een tweede. Kort daarna daalde een loodgrijze mist neer op zijn hersenen. Zijn oogleden werden zwaar en alles voelde wollig en traag aan. De vermoeidheid van de afgelopen achtenveertig uur had hem ingehaald. Elke spier in zijn lichaam eiste dat hij rustte.

Terwijl de anderen zaten te kletsen, sloot Bowman zijn ogen. Hij probeerde niet aan zijn gezin of de missie te denken. Na enige tijd vervaagden de gezichten van zijn dode vrouw en dochtertje. In de lege zwartheid van zijn door drugs afgestompte geest ontsnapte Bowman voor even aan zijn kwelgeesten en hij viel in een onrustige slaap.

***

Vijf uur later landden ze in Libreville. Tien uur 's avonds plaatselijke tijd in Gabon. De leden van het team grepen hun c8 en gingen met de andere passagiers van boord. Ze lieten hun persoonlijke bagage in de Gulfstream liggen. Het had geen zin om niet-essentiële spullen mee te nemen naar Karatandu. Ze gingen op een mogelijk vuurgevecht af. Mobiliteit en snelheid zouden van cruciaal belang zijn. Het was dus beter om de individuele bepakking zo licht mogelijk te houden. Ze konden hun tassen later ophalen, zodra de staatsgreep met succes was onderdrukt en het team het sein kreeg dat de president veilig naar zijn land kon terugkeren.

Een paar functionarissen in glimmende pakken begroetten Seguma onderaan de vliegtuigtrap. Ze begeleidden de president en de twee diplomaten naar een klaarstaande Lincoln Town Car. Op hetzelfde moment liepen Mallet en de rest van zijn team naar de achterkant van de Gulfstream om hun uitrusting uit te laden. Een vliegtuig met twee turboprops, een Short sc.7 Skyvan, stond zeven meter van de Gulfstream op de landingsbaan. Het was een robuust vrachtvliegtuig, lelijk maar betrouwbaar, en geknipt voor korte afstanden. De nationale vlag van Karatandu was op de romp en de staartvin geschilderd. Een van de privévliegtuigen van de president, gokte Bowman. Een gezette laadmeester in het legeruniform van Karatandu stond naast de uitgeklapte loopplank.

Terwijl de motoren van de Gulfstream steeds langzamer gingen draaien, kwam de copiloot haastig naar hen toe om het achterste bagageruim te openen. Webb kroop het ruim in en de andere soldaten vormden een keten en begonnen de uitrusting vanuit de achterkant van het vliegtuig naar de Skyvan over te brengen: het mortier met hulpstukken, de Gimpy's, het .50 geweer, het AWC-sluipschuttersgeweer, de kisten met munitie en projectielen, de granaten, de landmijnen. Ze gaven die dodelijke spullen aan elkaar door alsof het verjaardagscadeautjes waren. Ze stapelden alles op elkaar in het midden van de wagonvormige cabine van de Skyvan. De laadmeester zette de munitiekisten met banden vast. Mallet stak zijn duim omhoog om te bevestigen dat alles was geladen, waarna het team vanaf de Gulfstream snel naar hem toe liep.

Terwijl ze de loopplank naderden, zoemde Mallets telefoon. Hij bleef ineens stilstaan toen hij een stroom binnenkomende berichten las.

'Wat is het nieuws?' schreeuwde Loader boven het hoge gejengel van de vliegtuigmotoren uit.

'Bevestiging van Six,' antwoordde Mallet. 'Ze hebben contact gelegd met de militaire basis op het vliegveld bij Marafeni.'

'En?'

'Alles is geregeld. Het escorte wacht op ons met onze vervoermiddelen. We kunnen daar wegrijden zodra we uit het vliegtuig zijn.'

'Hoe groot is dat escorte?'

'Een peloton. Veertien man.'

'Zou genoeg moeten zijn om alle flauwekul af te handelen die we onderweg tegen zouden kunnen komen. Controleposten, wegversperringen, relschoppers.'

Mallet knikte. 'We zouden voor middernacht bij het paleis moeten kunnen zijn.'

'Als alles gladjes verloopt,' voegde Bowman eraan toe.

'Geen enkele reden waarom dat niet zo zou zijn.'

'Hoe zit het met de commando's die onderweg zijn?' vroeg Casey.

'De mannen van de SFSG en SBS zijn nu op weg naar Libië. Daar moeten ze rond elf uur onze tijd landen. Ze voegen zich bij squadron D en vertrekken rond middernacht. Dat is één uur onze tijd. Het ziet ernaar uit dat ze rond zes uur morgenvroeg in Marafeni aankomen.'

'Nog nieuws over de staatsgreep?'

'Nog niets.'

'Hebben ze met Mike gesproken?' vroeg Bowman.

Mallet schudde langzaam van nee. 'Hij is uit de lucht.'

'En dat betekent...'

'Six heeft hem een half uur geleden om een update gevraagd, maar nog niets van hem teruggehoord. Zodra ze met hem hebben gesproken, laten ze ons dat weten.'

'Kan een stroomstoring zijn,' suggereerde Loader. 'Die zijn aan de orde van de dag in Karatandu. Als er geen stroom is, werkt het netwerk voor mobiele telefoons niet. Of misschien is hij druk bezig om de verdediging rond het paleis te regelen.'

'Of het betekent iets anders,' zei Bowman.

'De laatste keer dat Six contact had met Mike, was het redelijk rustig in de hoofdstad. We hebben geen enkele reden om aan te nemen dat die situatie is veranderd.'

'Als de rebellen vroeg aanvallen, zit Mike in de shit.'

'Daar hebben we geen bewijs voor,' snauwde Mallet. 'Het plan blijft zoals het is. We gaan naar het paleis, halen de familie bij elkaar en bewaken die tot de strijdmacht aankomt. Daarna kunnen wij naar huis om dat te vieren. In het geval van Tiny betekent dat dat hij stomdronken wordt en zich de rest van de avond afvraagt hoe het is als je langer bent dan een meter zestig en aantrekkelijk voor vrouwen.'

'Rot op, John.'

Ze liepen de loopplank op en gordden zichzelf vast op de stoelen aan weerszijden van de cabine. Ze hadden hun C8 dwars op schoot en de rugzak met essentiële spullen stond tussen de benen van Mallet. De opening in de staart ging dicht en de twee motoren zoemden. De Skyvan taxiede over de startbaan, schoot naar voren en plotseling klommen ze omhoog, de donkere nacht in.

Geen weg terug meer.

Zestig minuten later landdden ze in Karatandu.

20

Een warme windvlaag zuchtte over de landingsbaan en woelde door Bowmans haar toen hij de loopplank af stapte. Kort na elf uur 's avonds in Karatandu, aan de westkust van Centraal-Afrika. De warmte was drukkend, alsof je in een warme handdoek werd gesmoord. Hij rook de geur van een flinke regenbui, vermengd met de krachtige stank van vliegtuigbrandstof en een vleugje houtrook. Abrikooskleurige lampen flakkerden in de ondoordringbare duisternis buiten het vliegveld. Aan de noordkant van de landingsbaan, zo'n honderdvijftig meter van de Skyvan vandaan, stond een haveloze terminal. Er hing een bord boven de ingang: WELKOM IN KARATANDU, DE NIEUWE HOOP VAN AFRIKA.

De rest van het team gleed de loopplank af, terwijl twee soldaten vanuit een tentenkamp achter een hek van kippengaas, aan de oostkant van de terminal, snel naar hen toeliepen. Een slungelige vent met een lange nek en een kaalgeschoren hoofd en een gezette man met een pokdalig gezicht. Ze droegen ruimvallende camouflagekleding, met een jasje met korte mouwen en een AK-47-aanvalsgeweer over hun schouder. Ze stopten aan de achterkant van de Skyvan en lieten hun ogen over de vijf Britten dwalen. Bowman vond dat beide mannen opgewonden, rusteloos leken te zijn. De soldaat met het pokdalige gezicht bleef rondkijken, terwijl hij zijn AK-47 stevig vasthield, alsof hij elk moment een aanval verwachtte. Slungel bewoog zijn kin in de richting van Mallet.

'Jullie zijn het team uit Londen, nietwaar?'

'Aye,' zei Mallet. 'Dat zijn we.'

'Kom met ons mee. Majoor Mavinda wacht op jullie.'

Hij liep stijf in de richting van de tenten, met zijn compagnon naast hem. Mallet wendde zich tot de anderen.

'Tiny, Alex, Patrick. Jullie blijven hier en bewaken de zware spullen. Josh, jij gaat met mij mee.'

Bowman liep snel met Mallet mee en liet de drie anderen achter, terwijl ze de Karatandaanse soldaten volgden naar het hek van kippengaas. Aan de andere kant van de landingsbaan slingerde een lange rij burgers zich vanuit de terminal naar een Boeing 737 die er heel oud uitzag. De meeste passagiers leken plaatselijke inwoners te zijn die zuchtten onder het gewicht van hun wereldse bezittingen, en plastic boodschappentassen en rugzakken en uitpuilende koffers stevig vasthielden. Mannen maakten ruzie met elkaar. Moeders gaven hun gillende kinderen op hun kop.

'Het lijkt erop dat ze veel haast hebben om weg te komen,' zei Mallet.

'Zij niet alleen,' zei Slungel. 'Iedereen die genoeg geld heeft, probeert Karatandu te verlaten.'

'Dat kan ik hun niet kwalijk nemen,' zei Bowman. 'Als ik in hun schoenen stond, zou ik hetzelfde doen.'

Slungel leidde hen door de poort naar een tent die aan één kant helemaal open was. Ze wachtten buiten, terwijl Slungel naar een zwaargebouwde officier met een rode baret liep. Een nevel van sigarettenrook hing als een gordijn in de lucht. Soldaten zaten lui rond de tafels. Bowman telde minstens dertig man. Sommigen rookten of dronken een of ander plaatselijk brouwsel uit plastic flessen. Andere kaartten op omgedraaide munitiekisten. Twee soldaten keken porno op een laptop. Een groot deel van hun uitrusting leek in slechte conditie te verkeren. Bowman zag roestige AK-47's tegen tafels staan of in het stof op de grond liggen. De mannen zagen er slonzig uit. Een van hen droeg zijn waterfles ondersteboven.

'Ik hoop dat die kerels beter vechten dan dat ze voor hun spullen zorgen,' mompelde Bowman.

Mallet zei: 'We hebben geen eersteklas soldaten nodig, maar gewoon kerels die een handje toesteken als er herrie komt.'

Bowman keek op toen de officier met de rode baret in hun richting kuierde. Die had een koud gezicht en was overal groot, als een afgetakelde sporter, met een dikke laag vet op harde spieren. Kleine ronde pupillen stonden onder zijn laag afhangende oogleden. Zijn lippen waren in een permanente sneer gekruld. Hij had dezelfde stamsymbolen op zijn wangen als de lijfwachten in Londen, zag Bowman.

De man stak een vlezige hand uit.

'Majoor Julius Mavinda, commandant van het garnizoen op het vliegveld van Marafeni.'

Mallet gaf hem een hand. 'John Mallet. Dit is mijn collega, Josh Bowman. We zijn hierheen gestuurd om de familie van de president en belangrijke leden van de regering te bewaken.'

Ze hadden vreselijke haast om bij de familie te komen en hadden geen tijd om met de Karatandaanse majoor en zijn gemeen uitziende soldaten over koetjes en kalfjes te praten.

Mavinda knikte. 'We hebben onze bevelen gekregen. Mijn mannen staan klaar om jullie naar het paleis te vergezellen. Ik zal het escorte persoonlijk aanvoeren, maar we moeten voorzichtig te werk gaan, gezien het laatste nieuws.'

Bowman ving een glimp van angst op in de ogen van de majoor.

'Welk nieuws?' vroeg hij.

Mavinda knikte naar een soldaat die een radio bediende aan de andere kant van de tent. 'We hebben veel meldingen van schoten gekregen.'

Een koud gevoel prikte in Bowmans nek.

'Waar?' vroeg hij.

'Op veel plekken,' antwoordde Mavinda. 'Een legerkazerne tachtig kilometer ten zuiden van hier. Een politiebureau in Akbeni, in het westen. Een arsenaal in hetzelfde gebied.'

Mallet vroeg: 'Hebben ze meer details doorgegeven?'

Mavinda krabde aan zijn kin. 'We hebben alleen te horen gekregen dat er meldingen zijn van mogelijke ongeregeldheden in andere delen van het land. Het lijkt erop dat de paramilitaire eenheden van het VFK daarvoor verantwoordelijk zijn. De mannen van generaal Kakuba.'

'Is dat alles? Verder niks?'

Mavinda haalde zijn schouders op. 'Dat is alles wat ik weet.'

'Wanneer heb je dat gehoord?'

'Een uur geleden.'

'Hoe zit het met de hoofdstad?'

'Dat weet ik niet. We hebben geprobeerd contact op te nemen met de andere bases en politiebureaus, maar niemand geeft antwoord.'

'Shit,' zei Bowman zachtjes. 'Het is begonnen.'

Mallet haalde diep adem. 'Hoeveel tijd kost het om in de hoofdstad te komen, majoor?'

'Veertig minuten, als we de meest directe route nemen.'

Bowman keek even op zijn G-shock: 23.12 uur. *Als we nu vertrekken, bereiken we het paleis vlak voor middernacht.*

'We moeten meteen op pad,' zei Mallet. 'Majoor, u moet ons zo snel mogelijk bij het paleis zien te krijgen.'

Mavinda knikte aarzelend.

'We voeren uw bevelen natuurlijk uit. Het is een grote eer om te helpen bij het beschermen van de familie van president Seguma, maar we moeten voorzichtig zijn. Het zou kunnen dat we onderweg de Machete Boys tegenkomen.'

'Wie zijn dat, verdomme?' zei Bowman.

'Een splintergroepering,' zei Mavinda. 'Ze zijn gelieerd aan het VFK, maar eigenlijk meer een bende dan beroepssoldaten. Ze dragen *gris-gris*-amuletten om zichzelf tegen kogels te beschermen. De meesten van hen hebben meer belangstelling voor drank en drugs dan voor het omverwerpen van de regering.'

'Als je denkt dat dat eng is, moet je op een zaterdagavond eens naar Glasgow gaan,' zei Mallet.

Mavinda keek hem strak aan. 'Met de Machete Boys valt niet te spotten. Ze heten zo omdat ze hun slachtoffers laten kiezen: een

T-shirt of een korte broek. Als je voor een korte broek kiest, hakken ze een van je benen af met hun machete. Als je om een T-shirt vraagt, hakken ze een arm af.'

'Is het waarschijnlijk dat we die gekken tegenkomen?' vroeg Bowman.

'Het zou kunnen. Ze hebben de laatste tijd voor problemen gezorgd door hinderlagen te leggen bij wegen, burgers te ontvoeren en onze soldaten te executeren. Als er problemen zijn in Marafeni, zijn zij daar zeker bij betrokken.'

'U hoeft zich geen zorgen te maken, majoor,' zei Mallet. 'Als we contact met hen maken, zullen mijn mannen en ik jullie rugdekking geven.'

Mavinda knikte weer, maar de blik in zijn ogen liet zijn ongemakkelijke gevoel zien. Bowman nam hem dat niet kwalijk. Het was geen kwestie van lafheid. De majoor leek een dappere kerel te zijn, maar hij zat er duidelijk niet op te wachten om in een gevecht met gedrogeerde rebellen verzeild te raken. Ik ken dat gevoel, dacht Bowman. Dit kan helemaal verkeerd aflopen en dat weten hij en ik.

'Het is voor jullie in elk geval beter om met ons mee te gaan dan om hier te blijven,' voegde Mallet eraan toe.

'Waarom?' vroeg Mavinda.

'Vroeg of laat zullen eenheden van generaal Kakuba deze plek aanvallen. Het vliegveld zal een van hun hoofddoelen zijn. Ze zullen het aanvallen met alles wat ze hebben. Je wilt niet hier zijn als ze aan komen rijden.'

De majoor staarde hem geschrokken aan.

'We moeten gaan,' zei Mallet. 'Waar staat ons vervoer?'

Mavinda gebaarde met zijn kin naar de open zijkant van de tent. Een witte Toyota Land Cruiser stond op het asfalt, naast drie vierdeurs Toyota Hilux-pick-ups en een grote Unimog-vrachtwagen.

'Jullie nemen de Land Cruiser. Ik rijd voorop in een van de Hiluxen. De rest van mijn mannen volgt in de Unimog.' De grote majoor staarde hen weer aan. 'Jullie rijden vlak achter ons, oké? Zodra we vertrekken, stoppen we nergens voor.'

'We weten hoe het werkt, makker. Breng ons maar gewoon naar het paleis.'

'Ik zeg het voor jullie eigen veiligheid,' herhaalde Mavinda ferm. 'Geloof me nu maar: je wilt niet gevangen worden genomen door de Machete Boys. Die kennen geen genade, vooral niet voor de vrouw.'

Hij knikte naar Casey.

'Als ze iets proberen, gaan er ze eraan,' zei Bowman.

Mallet zwaaide met een arm naar de Skyvan. 'We hebben wat spullen in het vliegtuig. We hebben hulp nodig om die uit te laden.'

'Daar zullen mijn mannen voor zorgen.'

De majoor maakte rechtsomkeert en blafte een bevel tegen zijn mannen in een raar mengsel van Engels, Frans en het plaatselijk taaltje. Slungel, Pokkengezicht en een jonge vent met een tandenborstelsnorretje renden naar de Hilux. Mavinda haastte zich achter hen aan en schreeuwde ondertussen een reeks bevelen naar zijn mannen, voordat hij voor in het vrachtwagentje sprong. Tien kerels grepen hun AK-47, koppelriem en andere uitrustingsstukken en sprintten naar de Unimog. Acht van hen klommen in de achterbak waarin banken aan de zijkant stonden. De andere twee gingen in de cabine aan de voorkant zitten. De rest van de soldaten bleef in de tent zitten roken en porno kijken.

Bowman en Mallet liepen snel naar de Land Cruiser die naast de tenten stond. Bowman ging achter het stuur zitten en vond de sleuteltjes in de bekerhouder. Hij startte de motor en leidde het konvooi over het asfalt naar de Skyvan. Hij stopte naast het vliegtuig en liet de motor draaien, terwijl Mallet de anderen op de hoogte bracht van de situatie. De ongeregeldheden elders in het land, de kans om de Machete Boys tegen te komen. Terwijl hij praatte, sprongen enkele soldaten uit de Unimog. Ze renden naar de Skyvan en begonnen de zwaarste spullen naar de achterkant van de vrachtwagen te slepen. De soldaten werkten snel, terwijl Mavinda tegen hen bulderde. Ze laadden eerst de kisten met 7.62 mm-munitie, daarna de basisplaat en het kanon van het mortier en het richttoestel. De vijf kisten met mortiergranaten. Mallet en de anderen gooiden de rest van de uitrusting achter in de Land Cruiser. Ze zouden hun geweer bij zich houden in het voertuig, zodat ze er gemakkelijk bij konden. Niemand wist wat hun op de weg naar de hoofdstad te wachten kon staan.

Nadat ze de laatste spullen uit de Skyvan hadden gehaald, gaf Mallet een teken aan Mavinda in de voorste pick-up. De majoor schreeuwde een bevel naar zijn mannen; die klommen de Unimog weer in en daarna ging het konvooi op weg naar de ingang van het vliegveld. De Hilux in de voorste positie, het team in de Land Cruiser in het midden van de colonne en de rest van het peloton in de Unimog op hun zes uur.

Bowman bleef vlak achter de Hilux rijden, terwijl ze een geïmproviseerde controlepost van het leger bij de hoofdingang van het vliegveld naderden. Een lange colonne voertuigen versperde de tegenovergestelde baan bij de controlepost. Terwijl ze voorbijscheurden, zag Bowman drie soldaten een oudere man achter het stuur van zijn afgeleefde auto vandaan sleuren. Een vrouw richtte schreeuwend een smeekbede tot een van de soldaten, terwijl zijn twee makkers de oude man genadeloos met hun houten stokken afranselden.

'Het lijkt wel alsof het halve land probeert weg te komen,' zei Loader.

Casey keek zenuwachtig naar de lange rij voertuigen. 'Misschien is de situatie ernstiger dan we denken.'

'Die mensen zijn ergens door opgefokt,' zei Bowman.

'Zou de onrustige situatie in het algemeen kunnen zijn,' zei Mallet. 'We weten niet eens of de staatsgreep al is begonnen. Niet zeker.'

'Hoe zit het met de meldingen waar de majoor het over had?' vroeg Loader. 'Al die opstootjes.'

'Niet bevestigd. Kan gewoon een groep rebellen zijn die te hard van stapel loopt.'

Bowman dacht even na en schudde toen van nee.

'Misschien als het één op zichzelf staand incident was, maar we hebben het over drie verschillende aanvallen verspreid over het land. Dat zijn bovendien de enige waar we van weten. Er is absoluut iets aan de hand.'

'Waarom zouden de rebellen eerder dan gepland met de staatsgreep beginnen?' vroeg Casey zich af. 'Six zei dat ze pas bij dageraad aan de slag zouden gaan.'

Bowman zei: 'De Russen zullen ondertussen wel hebben gehoord dat Lang dood is en dat het geen zelfmoord was. Ze zullen aannemen dat het op de een of andere manier verband houdt met de staatsgreep. Dat betekent dat ze de boel willen versnellen door hun partners van het VFK te waarschuwen dat ze de macht moeten overnemen, voordat iemand hen kan tegenhouden.'

'We hebben nog tijd,' antwoordde Mallet. 'Jullie hebben gehoord wat de majoor heeft gezegd: de opstootjes zijn in het zuiden en westen van het land.'

'Nu nog. Die andere doelwitten houden het misschien niet lang vol.'

'Als ze al niet zijn ingenomen,' zei Casey. 'Die meldingen zijn minstens een uur oud. De situatie kan ondertussen zijn veranderd.'

'Daar kunnen we niets aan doen,' zei Mallet. 'We kunnen ons alleen maar op de missie concentreren.'

Bowman greep het stuur zo stevig vast dat zijn knokkels wit werden. Hij keek naar het verlichte display op het dashboard: 11.21 uur. Minder dan veertig minuten naar het paleis.

Niet ver. Helemaal niet ver. In minder dan een uur, dacht Bowman, word ik herenigd met mijn oude vriend. Mike Gregory heeft me eerder al gedekt. Nu heeft hij mijn steun nodig. Ik hoop alleen maar dat we daar eerder aankomen dan de rebellen.

Mallet tikte berichten op zijn telefoon terwijl ze in noordelijke richting naar Marafeni bleven rijden. Hij verstuurde weer een berichtje naar Six en toen zei Casey: 'We zouden de radio aan moeten zetten en naar de zender van de staatsradio luisteren. Dan komen we misschien te weten wat er in de stad gebeurt.'

'Goed plan,' zei Mallet. 'Beter dan te moeten luisteren naar Tiny's zielige stem.'

'Donder op, John. Je bent gewoon jaloers. De vrouwtjes houden wel van de goeie ouwe Welshe tongval.'

'Ze komen in elk geval niet af op je uiterlijk of je geld, Tiny. Dat is een ding dat zeker is.'

Mallet prutste aan het touchscreen, terwijl Bowman de Land Cruiser dicht achter de Hilux hield. Hij drukte op een pijltje op het scherm op het dashboard en plotseling werd het voertuig gevuld met harde ruis. Mallet tikte weer op het pijltje, liep door de radiofrequenties en vond niets anders dan stilte. Ze bevonden zich ergens waar ze geen ontvangst hadden, vermoedde Bowman.

Ze bleven door de Afrikaanse nacht naar het noorden rijden. De weg slingerde zich langs slachthuizen en natuurreservaten en enkele dorpjes, terwijl de grond voor hen werd verlicht door het heldere schijnsel van de koplampen van het konvooi. De sterrenhemel was even zwart als een olievlek. Auto's vol burgers reden hard in de richting van het vliegveld ten zuiden van Marafeni. Andere mensen liepen door de berm. Bowman keek weer even naar de klok en voelde dat zijn hart sneller ging slaan in zijn borst: 11.34 uur. Minder dan een half uur voordat ze het paleis bereikten.

Bijna daar.

Twee minuten later kwam de radio tot leven.

Er stroomde muziek uit de luidsprekers van de Land Cruiser, eerst zacht. Mallet draaide aan de knop om het volume op te schroeven. Een orkest speelde een plechtige melodie die op een vreemde manier bekend klonk. Bowman wist zeker dat hij hem eerder had gehoord, maar kon het niet meteen thuisbrengen.

Loader fronste zijn wenkbrauwen. 'Is dat ding afgestemd op de goede zender?'

Bowman tuurde naar het dashboard. 'Het is echt de staatsradio, makker.'

'Waarom draaien ze dan verdomme klassieke muziek?'

'Het is geen klassieke muziek,' zei Mallet. 'Het is het volkslied van Rusland.'

Loader staarde hem aan. De Welshman zag eruit alsof iemand hem een klap in zijn gezicht had gegeven.

'Weet je dat zeker?'

Mallet zei: 'Sommigen van ons hebben een paar gezamenlijke trainingen met Spetsnaz gedaan in de jaren negentig, voordat het land een maffiastaat werd. Ze speelden dat volkslied de hele tijd. Ik herken het uit duizenden.'

Casey werd bleek. 'Dat betekent dus...'

'Aye,' zei Mallet. 'De rebellen moeten de radiozender hebben overgenomen.' Hij schudde zijn hoofd. 'We zijn te laat. Die klootzakken zitten al in de hoofdstad.'

21

Het volkslied ging nog een paar minuten door en bereikte een donderend crescendo voordat het wegstierf. Daarna sprak een hese stem in gebroken Engels. De man kondigde zichzelf aan als generaal Moses Kakuba, leider van de gewapende tak van het Verenigd Front van Karatandu. Het tirannieke regime van president Seguma was afgelopen, zei Kakuba. Hij verklaarde dat het VFK de controle over de belangrijkste legerbases en politiestations in de hoofdstad had overgenomen en riep de andere eenheden op om de wapens neer te leggen. Hij werkte een lijst met grieven af die even lang was als Bowmans arm. Hij dramde door over corruptie van de overheid, ondemocratische instituties, vriendjespolitiek, marteling, het onwettige gebruik van geweld tegen demonstranten. De kolonel riep de komst uit van een schitterend nieuw tijdperk voor het volk van Karatandu, samen met hun Russische bondgenoten. Ze waren al een nieuwe marxistische regering aan het vormen, zei hij. Een militaire junta van drie personen die werd geleid door generaal Kakuba zelf. Er was de gebruikelijke belofte dat er vrije en democratische verkiezingen zouden komen, zodra de situatie zou zijn gestabiliseerd. Karatandu zou vrede kennen. Er zouden veel nieuwe ziekenhuizen, scholen en banen voor iedereen komen. Een beter leven. Hij deed meer beloften dan een letselschadeadvocaat.

'Hij hoort zichzelf graag praten, hè?' zei Loader.

'Dit is slecht nieuws,' zei Webb. 'Heel slecht.'

Mallet zette het geluid zachter en reikte naar zijn telefoon.

'Ik ga Six bellen om te vertellen wat er aan de hand is. Ze moeten een bericht sturen naar de hoofdmacht. Die kerels moeten weten wat hun te wachten staat voordat ze landen.'

Casey was even stil. 'Als het VFK in de hoofdstad is, zal het niet lang duren voordat ze het paleis aanvallen.'

'Misschien zijn ze daar zelfs al,' zei Webb.

'Dat weten we niet. Niet zeker,' zei Mallet.

'Waarom neemt Mike zijn telefoon dan niet op?'

Mallet tikte zijn berichtenapp open en koos het recenste nummer. De Stem antwoordde meteen. Hij bracht haar op de hoogte, terwijl het konvooi in noordelijke richting naar Marafeni denderde. De meldingen van geweervuur elders in het land, de radio-uitzending van generaal Kakuba. De waarschijnlijkheid dat de opstand zich minstens al naar delen van de hoofdstad had verspreid. Toen nam de Stem het gesprek over. Mallet luisterde zwijgend. Zijn fronsrimpels werden dieper en vormden loopgraven op zijn voorhoofd. Hij stelde een paar vragen en hing op.

Toen zei hij: 'Six heeft de situatie in Marafeni in de gaten gehouden. Die is slechter dan we dachten.'

'Wat hebben ze gezegd?' vroeg Casey.

'Ze hebben een heleboel meldingen over geweld in en rond de hoofdstad opgevangen. Geweervuur. Plunderingen. Moorden. Gebouwen die in brand worden gestoken.'

'Jezus.'

Mallet zei: 'Dat is nog niet het ergste. Rebelleneenheden hebben honderden gevangenen vrijgelaten uit de belangrijkste gevangenis. Politieke gevangenen, activisten, moordenaars, kruimeldieven. Die lopen vrij rond en halen alles overhoop. Six heeft gehoord dat de Machete Boys er ook aan meedoen. Het is een chaos. Ieder voor zich.'

'Shit,' zei Loader.

Webbs gezicht vertrok van verbazing. 'Waarom zouden Kakuba en zijn mannen de hoofdstad eerder aanvallen dan het vliegveld? Die kerels gaan normaal gesproken het eerst op de belangrijkste wegen en vliegvelden af.'

Mallet zei: 'Misschien hebben ze een andere strategie en proberen ze het garnizoen bij het vliegveld over te halen om zich over te geven. Nu ze de controle over de ether hebben, kunnen ze berichten naar de eenheden sturen en zeggen dat het is afgelopen, dat ze voor een verloren zaak vechten, al die onzin. Dat zou het garnizoen ervan kunnen overtuigen om de wapens neer te leggen. Dan kunnen ze het vliegveld innemen zonder een schot te lossen.'

'Zou dat werken?'

'Je hebt de blik in de ogen van die kerels op het vliegveld gezien. Die hebben geen zin in een vechtpartij met de vijand, als dat niet per se moet. Als ze denken dat het spel uit is, geven ze zich over.'

'Degene die de rebellen advies geeft, weet wat hij doet,' gaf Loader schoorvoetend toe.

'Het zijn de Russen,' zei Mallet. 'Die klootzakken weten hoe ze moeten vechten.'

Bowman dacht terug aan wat Lang hun had verteld in Monte Carlo. Ze sturen een paar kerels naar Karatandu. Militaire adviseurs. Commando's. Grote kerels met wapens.

Maximaal tien of twaalf man, gokte hij. Doorgewinterde commando's die de besluiten namen en de paramilitaire eenheden van het VFK in de strijd aanstuurden. Militaire theoretici noemden dat graag een krachtvermenigvuldiger. De Russen waren waarschijnlijk al weken ter plekke geweest om de rebellen te trainen in schiet-en-rentactieken, onderdrukkingsvuur en het gebruik van dode hoeken om ongezien op te rukken naar een vijandelijke positie. Niets ingewikkelds, maar buitengewoon effectief. Een paar elementaire tactische principes, goede instructeurs en een intensief trainingspakket konden een groep rebellenschorem omvormen tot een samenhangende, gedisciplineerde vechteenheid.

Als we die kerels tegenkomen, zijn we er geweest.

Hij zei: 'Nog steeds niks van Mike?'

Mallet grimaste en schudde van nee. 'We hebben al uren niks van hem gehoord.'

'Dat kan van alles betekenen,' zei Loader.

'Aye,' antwoordde Mallet, 'maar het ziet er niet goed uit.'

Loader zei: 'Als hij wordt aangevallen, moeten we maar hopen dat hij de rebellen een tijdje op afstand kan houden.'

'Mike geeft niet zomaar op,' zei Bowman. 'Bedenk dat hij veertig man van de Presidentiële Garde bij zich heeft. De beste soldaten in het land. Bovendien is het paleis goed te verdedigen. Hij zou stand moeten kunnen houden tot wij de druk kunnen verlichten.'

'Waarom geeft hij dan geen antwoord?'

'Dat zullen we snel genoeg weten,' zei Mallet.

Ze reden hard verder. Bowman bleef naar de klok kijken en telde de tijd en de afstand tot het paleis af in zijn hoofd. Nog achttien minuten. Elf kilometer. Ze waren er bijna. Ze reden nu door de buitenwijken van de stad. Bowman zag hutten met golfplaten dak, geïmproviseerde onderkomens, glimmende nieuwe moskeeën. Overal langs de weg lagen bergen afval. De straten waren donker en leeg. Iedereen had zichzelf thuis opgesloten om te wachten tot de gevechten voorbij waren. Het leek op het moment waarop de bandieten een stadje in het Wilde Westen in rijden. Niemand wilde in het kruisvuur terechtkomen.

Ze reden verder naar het westen, tot ze bij de belangrijkste brug over de Karatandu-rivier kwamen. Bowman reed vlak achter de Hilux, terwijl het konvooi eroverheen racete naar het centrum van Marafeni. Mallet tuurde strak naar de grond voor hen. De drie andere mensen achter in de Land Cruiser staarden met gespannen gezichten uit de ramen en hielden hun geweer stevig vast. Ze reden nog zo'n vierhonderd meter verder en toen schoot Casey naar voren en wees door de voorruit.

'Kijk,' zei ze.

Bowman kneep zijn ogen samen, die moeite hadden om details te zien in de olieachtige duisternis. Toen zag hij hen. Drie levenloze lichamen lagen op het kale zand voor een supermarkt; hun gescheurde kleren vertoonden rode vlekken. Een groep wilde honden likte aan het bloed dat zich onder hen vormde. Een vierde man lag met zijn gezicht omlaag in een plas stilstaand water. Aan het uiteinde van de straat was een taxi in brand gestoken. In de verte, in westelijke richting, woedden er nog een paar branden. Bij de oranje gloed van de vlammen merkte Bowman groepen plunderaars op die beschadigde winkels in- en uitliepen om te stelen wat ze maar konden vinden. Aan de andere kant van de weg trokken een paar kinderen die een voetbalbroek aanhadden aan de laarzen van het lijk van een politieagent.

'Het lijkt erop dat Six gelijk had,' zei Loader. 'Het is verdomme een bloedbad.'

Ze passeerden een andere grote groep plunderaars, maar geen van hen viel het konvooi lastig. Ze hadden andere prioriteiten en waren er niet op uit om het loodje te leggen tijdens een gevecht met een stel zwaarbewapende soldaten. Enkele getatoeëerde gevangenen lieten hun makkers in de steek en gingen op weg naar de Land Cruiser, omdat ze die voor nieuwe slachtoffers hielden. Toen ze de harde gezichten van de inzittenden zagen en de wapens die ze bij zich hadden, trokken ze zich snel terug. Casey zag dat ze op zoek naar andere prooi afdropen.

'Waar zijn alle rebellen?' vroeg ze. 'Tot dusver hebben we alleen maar plunderaars en ontsnapte gevangenen gezien.'

'Die zullen verder zijn gegaan,' zei Mallet.

'Waarheen?'

'De andere doelwitten. Mobiele zenders, kazernes, grensovergangen. Generaal Kakuba en zijn Russische vriendjes zullen zo snel mogelijk controle over het land willen hebben, voordat de eenheden van de president kunnen hergroeperen.'

'Of ze zijn bij het paleis,' zei Bowman.

Loader gromde. 'Als ze daar zitten, nemen we hen hard te grazen. Met de vuurkracht die wij hebben, vermorzelen we hen met hetzelfde gemak als waarmee een warm mes door boter glijdt.'

Het konvooi ratelde verder door de belangrijkste zakenwijk. Bowman moest alle zeilen bijzetten om alert te blijven ondanks zijn toenemende uitputting. De paar uur slaap die hij in het vliegtuig had gehad, waren de enige rust geweest die hij de afgelopen twee dagen had gehad. Hij vroeg zich af hoeveel langer hij door kon gaan voordat de vermoeidheid zijn prestaties ging beïnvloeden. Nog zes uur, zei hij tegen zichzelf. Meer niet. Mike en de familie bereiken en veiligstellen tot de versterkingen er zijn. Dan kun je uitrusten.

Hij keek even naar de gps. *We zijn nog anderhalve kilometer van het paleis. Het is nu niet ver meer.*

Toen ze het centrum van de stad naderden, zag Bowman meer bewijzen van de gewelddadige opstand. Er lagen overal lijken op straat. Sommige slachtoffers waren in stukken gehakt. Enkele anderen misten een arm of een been; bloed gutste uit de rafelige stompen. Bendes ontsnapte gevangenen, gekleed in feloranje overalls en bewapend met knotsen of machetes, zwierven door de stad. Recht voor hen schudde de Hilux heen en weer toen die over een lijk reed dat midden op straat lag. Bowman manoeuvreerde zijn stuur naar rechts om het dode lichaam te omzeilen dat in het stof rolde.

'Waar zijn die kerels verdomme mee bezig?' gromde Loader op de achterbank. 'Wij worden geacht dit zootje te beschermen, niet neer te maaien.'

'Niet ons probleem,' zei Mallet kil. 'We zijn hier voor de familie. Meer niet.'

'Ik vermoed dat de majoor het meende toen hij zei dat hij nergens voor zou stoppen,' zei Webb.

Het konvooi reed via achterafstraatjes en vermeed de grote doorgaande wegen. Na enkele korte draaien bereikten ze de regeringswijk aan de westkant van Marafeni. De vervallen hutten werden vervangen door in elkaar zakkende koloniale landhuizen en modern uitziende kantoorgebouwen. Het rijkere deel van de stad, maar het maakte niet veel verschil. Hier waren ook tekenen van verval te zien: scheuren in het trottoir en gaten in het wegdek, verwaarloosde tuinen.

Bowman keek weer op het dashboard: 23.55 uur. *Nog een paar minuten voor we bij het paleis zijn.*

Het konvooi reed links langs de Duitse ambassade en denderde over een brede straat met aan weerszijden restaurants en nationale banken. Tweehonderd meter verder naar het westen stond het presidentiële paleis. Vanuit de verte en in het halfduister kon Bowman niet veel details zien. Er was een wachtpost aan de buitenkant en een poort aan de binnenkant. Een hoge beveiligingsmuur omgaf het terrein met wachttorens op regelmatige afstand van elkaar. Achter de muur stond het paleis zelf, zo wit als poedersuiker op een taart.

Er lagen twee lichamen op de grond naast de wachtpost. Ze droegen het uniform van de Presidentiële Garde.

'Shit,' mompelde Loader.

Bowman moest even flink slikken.

We zijn te laat.

Het konvooi passeerde voorzichtig de wachtpost en reed verder over de oprijlaan. Die liep honderd meter in de richting van een brede keerlus voor het presidentiële paleis. Dat zag eruit als een gerenoveerd koloniaal landhuis, met bij de ingang een portiek met een timpaan met het Karatandaanse wapen: een leeuw en een slang die in een vreselijk gevecht zijn verwikkeld voor een paar gekruiste speren, onder een goedgevulde fruitboom. Op het dak rustte een gouden koepel. Het paleis stond aan de noordkant van het terrein, tegen de oceaan aan. Ten zuiden ervan, op zo'n tachtig meter, zag Bowman een paar kleinere gebouwen. Hij wist op basis van de plattegronden die hij in Nice had bestudeerd dat de kazerne van de gardisten en de verblijven van het personeel daarin gevestigd waren. Een dienstweg liep van de kazerne naar een tweede uitgang met poort in de zuidoostelijke hoek van het terrein.

Het terrein was bezaaid met achtergelaten uitrusting: kogelwerende kleding, helmen, veldflessen, laarzen. En lijken. Bowman telde er minstens zes; hun gestalte was vaag zichtbaar in de gloed van de beveiligingslampen. Ze waren allemaal gekleed in het donkergrijze uniform en de groene baret van de Presidentiële Garde.

'Jezus...' zei Loader. 'Wat is er gebeurd?'

De remlichten van de Hilux lichtten ineens op toen de pick-up tot stilstand kwam. Bowman stampte snel en hard op de rem. De

Land Cruiser slipte en stopte een halve meter achter de Hilux. Achter hen was de Unimog ook tot stilstand gekomen.

'Wat zijn die idioten nu aan het doen?' vroeg Loader kwaad.

Bowman gaf geen antwoord. Voorbij de rode, spookachtige remlichten van de Hilux zag hij beweging. Op vijftig meter. Vier gestalten, bij de ingang van het paleis.

Geen leden van de Presidentiële Garde.

Geen medestanders.

De Machete Boys.

22

Het kostte Bowman een halve seconde om de vier gestalten bij de ingang van het paleis te identificeren. Ze waren gekleed in een allegaartje van korte cargobroeken, vrijetijdssportkleding en felgekleurde T-shirts en hadden hun AK-47 achteloos om hun schouder gehangen. Geen soldaten of politiemensen dus. Ze hadden alle vier een amulet om hun pols. Dierenklauwen hingen aan een ketting om hun nek. Ze hadden leren zakjes met touwen om hun middel, borst en bovenarmen geknoopt. Vermoedelijk zaten er munten of knopen of andere magische voorwerpen in.

Gris-gris, had Mavinda gezegd. Geluksamuletten die door de Machete Boys werden gedragen om zichzelf te beschermen tegen kogels en andere gevaren.

Een splintergroepering. Meer een bende dan soldaten.

Drie van de Boys waren buit uit het paleis aan het slepen. Eén gozer in een Portugees namaakvoetbalshirt droeg een bronzen buste ter grootte van een bowlingbal. Een tweede, met een rode bandana om zijn hoofd, had de vergulde lijst van een olieverfschilderij stevig vast. Naast hem sleurde een derde knul in een opzichtig roze T-shirt een houten stoel mee. Ze droegen hun gestolen schatten naar een gehavende vrachtwagen die op elf uur van de keerlus stond. Een vierde jongen, niet ouder dan zestien of zeventien, met ontbloot bovenlijf en op flipflops, leunde tegen de zijkant van de vrachtwagen en wiegde dronken heen en weer terwijl hij uit een whiskyfles dronk.

De jongen met de bandana zag het konvooi op de oprijlaan. Hij bleef ineens staan en schreeuwde naar zijn makkers, waarna Roze en Portugal zich omdraaiden om te zien waar ze mee te maken hadden.

De vier Machete Boys moesten een snel besluit nemen. Het belangrijkste besluit van hun leven. Misschien wel het laatste, afhankelijk van wat ze besloten. Ze konden blijven staan om te vechten, of ze konden zich omdraaien en wegrennen.

De rebellen trokken hun geweer van hun schouder. Ze gingen voor de eerste optie. Dapper maar dom.

In de Land Cruiser reageerde Casey een fractie sneller dan de rest van het team. Ze duwde haar portier open, sprong omlaag en richtte haar Coltgeweer op de Boys. 'Leg jullie wapens neer! Handen omhoog!'

De Boys negeerden haar. Ze hadden al een besluit genomen. Ze zouden hun spullen niet in de steek laten, maar vechten.

Bandana en Portugal vuurden het eerst, vanuit hun heup, en schoten een paar wilde salvo's af op de Land Cruiser. Drie kogels misten hun doel volledig en sloegen twintig of vijfentwintig centimeter voor de wagen in het asfalt. Twee andere kogels raakten het radiatorscherm in een regen vonken. Een zesde kogel ketste af op de carrosserie naast Casey, waardoor ze werd gedwongen om dekking te zoeken achter een standbeeld van de president, twee meter rechts van de oprijlaan.

Toen loste Roze een derde salvo. Trager reactievermogen, maar een marginaal betere schutter. Twee kogels schampten de grond op de plek waar Casey kort daarvoor nog had gestaan. Een andere kogel ketste af op het beeld en rukte een brokstuk uit het gezicht van de president.

In de Land Cruiser grepen Mallet, Bowman, Loader en Webb meteen hun geweer. Ze hoefden niet met elkaar te overleggen. Er was sowieso geen tijd voor een discussie. Ze wisten precies wat ze moesten doen.

De doelwitten aanvallen en de dreiging uitschakelen.

De vier soldaten sprongen uit de wagen. Bowman en Mallet kozen positie achter de portieren aan de voorkant en gebruikten die als dekking. Achter hen verschansten Loader en Webb zich achter de twee achterste portieren. Een korte blik over zijn schouder toonde Bowman dat de Karatandaanse soldaten nog steeds achter in de Unimog zaten. Vermoedelijk wachtten ze op bevelen van majoor Mavinda.

In de daaropvolgende halve seconde openden de Boys het vuur op de Hilux. Met een oorverdovend kabaal hamerden er kogels in de motorkap van de wagen. Twee kogels raakten de voorruit, waardoor het glas in een spinnenweb veranderde. Mavinda en zijn adjudanten deden geen poging om uit te stappen. Dat was niet logisch, maar instinct. *We zitten binnen veiliger dan buiten.* Door de achterruit zag Bowman vier hoofden die omlaagdoken, toen een tweede moorddadige stroom kogels in de pick-up insloeg.

Er waren vier seconden verstreken sinds het eerste schot was afgevuurd.

Bowman had zijn wapen met twee handen stevig vast en klemde de telescopische kolf tegen zijn rechterschouder, terwijl hij het holografische vizier koel op het middenrif van Bandana richtte. Dat was het beste doel, het schot dat het vaakst raak was. Net als het kopen van tech-aandelen. Vanzelfsprekend maar lucratief. Een 5.56x45 mm kogel kon behoorlijk wat schade aanrichten aan de romp van een mens. Genoeg om Bandana en zijn makkers uit te schakelen.

De Boy was nog steeds salvo's naar de Hilux aan het sproeien toen Bowman de trekker overhaalde.

Kort na elkaar vlamden er twee kogels uit de loop en sloegen in de borst van Bandana. Zijn amuletten redden hem niet. Zijn hoofd klapte achterover en hij maakte een soort dronken pirouette voordat hij omviel. Bowman raakte hem nog twee keer, terwijl het lichaam met de buik omlaag op het asfalt smakte.

Een meter rechts van Bandana voerde Portugal een dodemansdans uit, toen Mallet drie kogels in zijn maag schoot. De twee andere Boys raakten in paniek en renden naar de ingang van het paleis, terwijl ze heel snel de kracht van hun amuletten moesten herzien. Er flitsten een paar geweerlopen in de ooghoeken van Bowman toen Loader en Webb hen op twee kogels trakteerden. Dat volstond. De kogels troffen Flipflops en Roze en scheurden door de bovenkant van hun rug. Het tweetal viel een paar meter van de vrachtwagen op de grond.

Zeven seconden sinds het gevecht was begonnen.

Vier dode Boys.

Er renden schaduwen tussen de bomen langs de laan op tien uur van Bowman. Andere plunderaars die het paleis uit draafden, gewaarschuwd door het geluid van geweervuur. Ze sprongen uit zij-ingangen en ramen, met stukken koperdraad, lampen, meubels en laptops in hun armen, terwijl ze zich in zuidelijke richting over het terrein uit de voeten maakten. Geen van hen leek gewapend te zijn, maar Bowman vuurde toch een automatisch salvo in hun richting af. Dat was een duidelijke boodschap: wegblijven. De gestalten schoten door de poort en verdwenen in de schaduw.

Mallet schreeuwde: 'Kom op! Naar binnen! Zoek de familie!'

Het team rende naar voren. Casey kwam overeind en haalde Bowman en Webb in, terwijl die over de oprijlaan en voorbij de keerlus renden, op weg naar de ingang. Mallet liet hen gaan en rende snel naar de Hilux, terwijl hij bevelen naar majoor Mavinda blafte. Hij riep tegen hem dat hij naar buiten moest komen en zijn soldaten moest bevelen om een kordon op te zetten rond het paleis.

Er waaide een warme, zilte bries vanaf de zee die Bowman passeerde terwijl hij de trappen naar het portiek op rende. Loader rende naast zijn kameraad en ademde zwaar. Webb en Casey liepen een paar passen achter hen. Bowman kon hun uitrusting horen rammelen terwijl ze voorbij de dode Boys raceten. De vier soldaten renden langs de zuilen de hal van het paleis in, met geheven wapen en elkaar dekkend.

Bowman oriënteerde zich snel toen hij de receptie met marmeren vloer betrad. Hij zag dat er aan het uiteinde een binnentuin was. Gangen naar links en rechts. Het paleis was overhoopgehaald door de laatste bezoekers. Gebroken glas en lege hulzen lagen overal op de vloer. Er zaten kogelgaten in de muren. Kunstwerken van onschatbare waarde waren uit hun lijsten gesneden. Andere voorwerpen waren achtergelaten door de dieven die haast hadden om te ontsnappen. Boeken, foto's in lijstjes, een oceaan aan papieren, verschillende snuisterijen. Een of twee wandlampen flikkerden nog. De andere waren uit hun stopcontact getrokken.

Bowman en Loader liepen snel door de receptie, met hun wijsvinger vederlicht op de trekker. Ze bogen af naar rechts en liepen door de gang naar de eetzaal. Webb en Casey sprongen de trap op om de privéverblijven op de eerste verdieping schoon te vegen. Terwijl Bowman door de gang liep, probeerde hij zich de gezichten van de presidentiële familie voor de geest te halen. Zijn vrouw Christel, hun drie kinderen. Zijn broer, Frances Seguma. Zijn schoonzus. Hun tweelingdochters. Hij had hun foto's gezien die in de Keet op het prikbord waren geprikt. Eenentwintig uur geleden. Een heel leven. Voor de briefing met de Stem, de arrestatie in Monte Carlo.

Zijn hart ging flink tekeer toen hij de personeelskeuken binnenviel. Hij wist niet wat hij in het paleis zou aantreffen, maar hij was bang dat het geen goed nieuws zou zijn. De Machete Boys waren geen beroepssoldaten. Ze zouden niet hebben geriskeerd om het paleis te plunderen, tenzij ze zeker wisten dat het gevecht voorbij was. Dat kon maar één ding betekenen.

De rebellen hebben de familie al uitgeschakeld. Die is dood.

Ze controleerden snel elke kamer terwijl ze hun geweer van links naar rechts bewogen, op zoek naar vijandelijke doelwitten en medestanders. Ze bewogen zich voort met de snelheid en ingehouden agressie van elitesoldaten. Ze controleerden de keuken, de voorraadkamer, de eetzaal, de muziekkamer. Daarna staken ze de receptie over en controleerden de kantoren en de grootse ontvangstkamer aan de zuidzijde van de begane grond.

Elke kamer was ontdaan van alles wat waardevol was. Kasten waren leeg, barkasten geplunderd, tapijten van de vloer gerukt, meubels kapotgeslagen of gestolen. De plunderaars waren buitengewoon grondig geweest. Alles wat ze niet mee konden nemen, was beschadigd of vernield. Er was echter geen teken van de familie, Mike Gregory of de andere leden van de Presidentiële Garde.

Er is niemand hier. Alleen een handjevol omgelegde bewakers.

'Waar is iedereen?' kraste Loader.

Ze haastten zich terug door de gang naar de receptie. Bowman kon stampende laarzen op het tapijt boven horen. Casey en Webb riepen 'Veilig!' tegen elkaar, terwijl ze snel de kamers op de eerste verdieping doorzochten.

Nog maar één verdieping om te controleren.

'Kom op!' bulderde Bowman, terwijl hij door de receptie draafde. Glasscherven knarsten onder zijn voeten, terwijl hij door de gang naar rechts sprintte. Loader rende achter hem aan en ze beukten een onopvallende deur open die naar de kelder leidde. Een geheim netwerk van kamers voor noodgevallen lag onder het huis, herinnerde Bowman zich van de plattegrond. Een plek waar de president en zijn gevolg zich konden verschansen als ze werden aangevallen.

Hij racete door de gang, langs de vrijliggende riolering en buizen, langs de munitiekisten die tegen de kale muren waren opgestapeld. Ze doken de verschillende voorraadkamers, kantoren en woonverblijven in en uit. De privébioscoop. De speelkamer.

Leeg.

Waar zit die familie, verdomme?

Bowman ging terug naar de gang, op weg naar de deur aan het uiteinde. De laatste kamer om te controleren. De privébibliotheek van de president, waar ook de zendapparatuur van het paleis stond. Bowman herinnerde zich iets uit de briefing over Seguma's familie, die elk uur een radio-uitzending verzorgde vanuit die ruimte om de soldaten te vragen om loyaal te blijven aan hun grote leider.

Hij beukte de deur open, struikelde en viel bijna over het lichaam van een paleiswacht. De man lag op de vloer en zijn dode ogen waren zo groot als golfballen. Zijn onderkaak was volledig weggeslagen. Bowman liep om de gedode bewaker heen, terwijl angst door zijn ingewanden stroomde toen hij de ruimte inliep. Hij keek op en draaide naar links.

Toen zag hij de lichamen.

23

Bowman bleef vlak over de drempel plotseling stilstaan. Hij keek naar een rommelige massa ledematen en rompen. Vijf mannen en twee vrouwen. Twee andere slachtoffers, in het uniform van de Presidentiële Garde, lagen op het tapijt naast een bureau. Er hing een presidentieel zegel tegen de muur achter het bureau en een verzameling lampen, camerastatieven en kabels. De andere zeven lichamen droegen allemaal burgerkleding. Donkere pakken voor de mannen, rokken en blouses en hoge hakken voor de vrouwen. Er zat overal bloed.

Bowman liet zijn wapen zakken en liep naar de slachtoffers. De hete stank van kruitdampen en bloed hing in de lucht en verdikte zich in zijn neusgaten. Hij ging naast de dode burgers op zijn knieën zitten. Enkelen van hen waren zo verminkt dat ze onherkenbaar waren geworden. Eén man was in zijn gezicht geschoten, blijkbaar van heel dichtbij. De moordenaars hadden er de tijd voor genomen. Bowman zag een vrouw van wie de ogen waren uitgestoken. Een man met een opengesneden keel. Een enorme scheur vol kraakbeen en weefsel glinsterde onder zijn slaphangende kaak.

De tweede keer in zijn leven dat hij een kamer met een moordtafereel in was gelopen.

'Het is de familie,' zei Loader terwijl hij amechtig ademhaalde. 'Ze zijn vermoord.'

Bowman staarde in stilte naar hen, met stevig op elkaar geklemde kaken. Hij herkende geen enkel slachtoffer meteen van de foto's in de Keet, maar het was moeilijk om er zeker van te zijn. Hij had maar een paar seconden naar de kiekjes op de muur gekeken. In de vroege uren van gistermorgen. Een leven geleden. Sommige gezichten waren bovendien gruwelijk toegetakeld.

'Ik weet het niet, maat,' zei hij. 'Ze zouden het kunnen zijn.'

'Wie zouden het anders zijn? De familieleden zijn de enige burgers die we hier verwachtten te vinden. We zijn verdomme te laat.'

Bowman liet zijn blik over de lichamen glijden. Er was iets onlogisch aan het tafereel. 'Ik zie geen kinderen.'

'Nou en?'

'De president zei dat we zijn vrouw en kinderen hier zouden aantreffen. Zijn jongste is maar een paar maanden oud. Zijn broer heeft twee dochters, een tweeling. Als dit zijn familieleden zijn, waar zijn de kinderen dan?'

'Wat maakt het uit?' zei Loader. 'De familie is uitgemoord.'

Hij verliet de kamer en liep snel de trap op om de anderen te halen. Even later klonken er dringende voetstappen in de gang. Mallet en Mavinda kwamen de kamer in en liepen omzichtig om de gardist zonder kaak heen. Loader volgde hen naar binnen met Casey en Webb. De majoor bekeek het tafereel en knielde daarna om de lichamen te onderzoeken. Hij inspecteerde ze snel, stond op en schudde zijn hoofd.

'Dit zijn geen leden van de familie van meneer Seguma,' verklaarde hij.

Loaders mond viel open. 'Wie zijn het dan?'

Mavinda tikte zachtjes met zijn voet tegen het dichtstbijzijnde lichaam. 'Dit is de minister van Onderwijs. Die daar is de minister van Landbouw,' voegde hij eraan toe en wees naar de kerel met het kogelgat midden in zijn voorhoofd. 'Dat wás hij, moet ik zeggen.'

'En de anderen?'

'Twee anderen zijn kabinetsleden. De rest is staf. Administratie. Nullen.'

Zijn stem klonk harteloos, kil.

'Hoe zit het met de eerste verdieping?' vroeg Bowman. 'Iemand daar?'

'Niemand,' antwoordde Webb.

'De kazerne?'

Mavinda zei: 'Een paar van mijn mannen doorzoeken die nu, maar het lijkt erop dat hij leeg is.'

Loader staarde de majoor aan. 'Waar is de familie dan, verdomme?'

'Misschien heeft het VFK hen gegijzeld,' zei Bowman, terwijl hij snel nadacht.

'Waarom zouden ze dat doen?'

'Generaal Kakuba zou hen kunnen gebruiken als wisselgeld. Hij kan dreigen met het meteen executeren van de vrouw en kinderen van de president, tenzij die ermee instemt om af te treden.'

Webb vertrok zijn gezicht. 'Als dat waar is, zijn wij klaar.'

'Hier leeft nog iemand!' riep Casey.

De anderen renden naar haar toe. Ze knielde naast een van de gardisten. Een magere vent met ingevallen wangen, lange knokige handen en ogen die diep in hun kas lagen. Hij had het suffe, comateuze uiterlijk van iemand die bijna dood is en wachtte op het licht dat moest verschijnen aan het eind van de tunnel. Zijn lippen waren gebarsten. Zijn adem ontsnapte aan zijn longen in oppervlakkig, onregelmatig gereutel. Bowman keek naar de verwonding van de man: hij was in zijn buik geschoten. Zijn bloed sijpelde uit hem weg en doordrenkte zijn shirt en onderbuik.

Zijn lippen bewogen een beetje en hij maakte een zwak geluid. Hij herhaalde hetzelfde woord keer op keer.

'Wat zegt hij?' vroeg Loader.

'Hij wil water,' zei Mavinda.

Mallet wendde zich tot hem. 'Geef hem uw veldfles, majoor.'

'Die man is bijna dood. Het heeft geen zin.'

'Nu.'

Mavinda haakte met tegenzin zijn fles van zijn riem en drukte die tegen de lippen van de gardist. De man dronk gulzig, terwijl er water langs zijn kin druppelde. Hij slikte nog een mondvol door en kermde van de pijn. Toen zei hij een paar woorden in een taal die Bowman niet verstond. Hij leek op de taal die de lijfwachten van de president hadden gebruikt toen ze met elkaar spraken bij het koninklijk huwelijk.

'Vraag wat er hier is gebeurd,' zei Mallet.

Mavinda brabbelde tegen de gardist. Die vertrok zijn gezicht en antwoordde met een paar woorden. Mavinda vertaalde die.

'Hij zegt dat de vijand twee uur geleden aanviel. Ze doken uit het niets op. Een stuk of honderd.'

'Wat is er gebeurd met de rest van de Presidentiële Garde?' vroeg Loader.

Mavinda bracht die vraag over. De gardist bevochtigde zijn lippen weer voordat hij antwoord gaf.

'Veel van zijn collega-soldaten verkozen de vlucht toen ze de rebellen zagen naderen,' zei de majoor. 'Er bleven er maar een paar achter. Die werden binnen een paar minuten afgeslacht.'

'Door de Machete Boys?' vroeg Mallet sceptisch.

Mavinda schudde zijn hoofd. 'Paramilitairen van het VFK. Mannen van generaal Kakuba.'

'VFK?' Loader fronste zijn wenkbrauwen. 'Maar die kerels die we boven hebben omgelegd, hoorden bij de Machete Boys.'

'Dat zijn gewoon aasgieren,' zei Mavinda. 'Die hebben de bekwaamheid of discipline niet om het paleis aan te vallen. Alleen het VFK is in staat om zoiets te doen.'

'Het lijkt erop dat ze hier korte metten hebben gemaakt met de oppositie,' merkte Mallet op.

'Dragen zij ook geluksamuletten?' grapte Loader.

Mavinda's gezicht stond bloedserieus. 'Het VFK komt het dichtst in de buurt van wat de rebellen als professionele strijdmacht hebben. Velen van hen zijn samen met generaal Kakuba gedeserteerd uit het leger. Ze kleden zich zelfs als soldaten.'

'Dan zijn zij degenen die door de Russen zijn opgeleid,' zei Webb.

Mavinda staarde hem met opgetrokken wenkbrauwen aan. 'Russen?' herhaalde hij vragend.

'Die steunen de rebellen,' zei Mallet. Hij vertelde Mavinda over de militaire adviseurs en de samenzwering van het Kremlin om de staatsgreep te steunen.

'De Russen hebben een gevaarlijke bondgenoot gekozen,' zei Mavinda nadat Mallet was uitgesproken. 'Generaal Kakuba is een vreselijke man. Hij heeft veel dorpen in Karatandu aangevallen. Zijn soldaten verkrachten, moorden en plunderen alles wat ze kunnen vinden en branden de dorpen daarna tot de grond af. Ze zeggen dat hij de lever van zijn verslagen vijanden eet.'

'Laten we hopen dat we die klootzak niet tegenkomen,' zei Loader.

Mallet zei: 'Wat is er gebeurd met de familie van de president? Vraag dat aan jouw man.'

De majoor bracht die vraag over aan de gewonde gardist. Die antwoordde fluisterend en hoestte daarna een stroom bloed op.

'Hij zegt dat die konden ontsnappen,' zei Mavinda toen de man was gestopt met praten. 'Door een dienstuitgang.'

'Weet hij dat zeker?' vroeg Casey.

'De familie vluchtte voordat de VFK-rebellen tot het terrein waren doorgedrongen,' zei Mavinda. 'Deze man zegt dat hij dat zeker weet. De hogere ministers probeerden door dezelfde uitgang te vluchten, maar de rebellen sneden hen de pas af en dreven hen samen met de resterende gardisten deze kamer in. Daarna executeerden ze hen, een voor een. De leden van de staf smeekten om gespaard te blijven, maar dat deed generaal Kakuba niets. Enkele van zijn mannen stonden te lachen, terwijl ze granaten naar de slachtoffers gooiden.'

Casey onderdrukte een koude rilling. De man zei nog iets. Mavinda's blik werd donkerder.

'Wat is er?' wilde Bowman weten.

'Hij zegt dat meneer Gregory ook bij de familie is. Hij bracht hen in veiligheid.'

'Mike? Die is bij de familie?'

'Ja.' Er klonk enige ongerustheid in zijn stem. De majoor keek hem behoedzaam aan. 'Ken je hem?'

'Hij is een goede vriend van mij,' zei Bowman.

'Waar zijn ze naartoe gegaan?' interrumpeerde Mallet hen.

'Vraag het hem, majoor.'

De gardist was langzaam het bewustzijn aan het verliezen. Hij mompelde iets onverstaanbaars. Mavinda zei dat hij het moest herhalen. De man schraapte zijn laatste beetje kracht bij elkaar en keek met zijn uitdovende ogen naar de majoor.

'Rogandu,' zei hij. 'Rogandu.'

Zijn hoofd zakte omlaag en zijn ademhaling vervaagde tot een zacht geruis.

Mallet wendde zich tot de majoor. 'Wat voor lulkoek is die Rogandi waar hij het over heeft?'

'Rogandu,' corrigeerde Mavinda hem. 'Het is een dorpje in het oostelijkste district van het land.'

'Waarom zou de familie daarheen vluchten?'

'Er ligt een privélandgoed vlakbij, een paar kilometer ten noorden ervan. Een van de vrienden van meneer Seguma heeft het gebouwd. Het was bedoeld als cadeau voor de president.'

Bowman vroeg: 'Wie is die vriend?'

'Een Canadees, meneer Camby. Hij is verantwoordelijk voor al het openbaar vervoer in Karatandu. Een heel lucratief ambt. Hij betaalde voor het landhuis in Rogandu, maar in werkelijkheid is het van meneer Seguma.'

'Dan moeten ze wel goed bevriend zijn,' merkte Mallet op. 'Niet iedereen heeft een vriend die gratis een paleis voor hem bouwt.'

'Meneer Camby heeft zijn fortuin te danken aan zijn vriendschap met meneer Seguma. Het is in zijn eigen belang om de president tevreden te houden.'

'Kunnen we zijn vrouw en kinderen daar vinden?'

Mavinda dacht even na. 'Het klinkt logisch. Rogandu ligt afgelegen, ver van de hoofdstad. Meneer Seguma is er al een paar jaar niet meer geweest. Ze zeggen dat het paleis tegenwoordig vervallen is. Ik kan me geen betere plek voorstellen om je te verbergen.'

'Het is veel veiliger dan in de stad blijven,' zei Loader, 'met die

Machete Boys die rondrennen en mensen in stukken hakken.'

'Hoe ver is Rogandu van hier?' vroeg Webb.

'Tweehonderdveertig kilometer. Vier uur, als je de hoofdweg neemt. Minder, als je hier en daar wat afsnijdt.'

Mallet zei: 'Weten de rebellen van die plek?'

'Iedereen kent Rogandu. Het is het slechtst bewaarde geheim van het land.'

'In dat geval kunnen we aannemen dat de vijand snel op weg zal gaan naar dat landhuis.'

'Dan zijn we de lul.' Loader maakte een wanhoopsgebaar. 'Ze hebben een voorsprong. Zelfs als we nu vertrekken, kunnen we hen niet inhalen. Ze zullen eerder bij de residentie zijn dan wij.'

Mallet schudde overtuigd van nee. 'Er is een kans dat we daar eerst aankomen.'

Loader keek hem twijfelend aan. 'Waar zit je aan te denken, John?'

'De president heeft overal in het land een heleboel andere residenties. De rebellen zullen aannemen dat de familie naar een van die andere woningen is gevlucht en zullen druk bezig zijn om ze allemaal te doorzoeken. Dat zou ons de tijd moeten geven om eerder bij dat landgoed in het oerwoud te komen dan zij.'

'Misschien heb je het mis,' zei Casey.

'Wat is het alternatief? We gaan naar Rogandu of gooien de handdoek in de ring. Of heeft iemand een beter idee?'

'We moeten er dan nog steeds snel aankomen,' redeneerde Webb. 'Het zal het VFK niet veel tijd kosten om uit te vogelen waar de familie zich verbergt.'

Mallet draaide zich weer om naar de majoor. 'Weet u waar dat landhuis staat?'

'Natuurlijk,' zei Mavinda. 'Ik ben er vaak geweest. Niemand kent de route beter dan ik.'

'Hoe snel kunt u ons daar krijgen?'

'Drieënhalf uur. Misschien minder.'

'Zijn er controleposten onderweg?'

'We kunnen jullie daar veilig naartoe brengen.' Mavinda perste zijn lippen op elkaar. 'Maar hoe denken jullie stand te houden tegen het VFK als ze ons aanvallen? Ik heb het bevel over slechts één peloton. Zij kunnen zich niet verdedigen tegen de mannen van generaal Kakuba.'

'Dat hoeven ze niet,' zei Mallet. 'Als we nu vertrekken, zijn we voor vier uur bij het landhuis. Negentig minuten voordat het licht wordt. Er is een strijdmacht onderweg om de controle over het land weer in handen te krijgen. Tweehonderd commando's. Die moeten om zes uur aankomen. We hoeven de familie maar een paar uur te bewaken tot zij aankomen.'

'Hoe zit het als ze later komen?'

'Dat doen ze niet,' zei Mallet. 'Ze moeten op dit moment ongeveer uit Libië vertrekken.'

'Denk je dat ze zullen slagen?'

'Het is het Regiment. Wij doen niet aan mislukkingen.'

'De rebellen zijn vastbesloten. Die geven niet op zonder te vechten.'

'Wij ook niet.' Mallet grijnsde woest. 'Vertrouw mij maar, majoor. Tegen de tijd dat de zon opkomt, zouden de rebellen verrekte graag willen dat ze vannacht in bed waren blijven liggen.'

In de ogen van de Schot was een blik van gestaalde vastberadenheid te zien terwijl hij sprak. De majoor ontleende daar kracht aan en ontspande zich een beetje. Een vraag brandde op zijn lippen. 'U zegt dat u een rechtstreekse verbinding met meneer Seguma hebt.'

'Aye.'

'Vergeet niet mijn naam te noemen, oké? Vertel hem dat majoor Julius Mavinda hem niet heeft teleurgesteld in het uur van zijn grootste nood.'

'Majoor, als dit voorbij is, zult u heel snel kolonel zijn.'

Mavinda stak zijn borst vooruit, terwijl hij zich misschien voorstelde dat er glanzende nieuwe medailles op werden gespeld.

Hij zei: 'Ik zal mijn mannen het bevel geven.'

'We moeten meer brandstof hebben,' merkte Bowman op. 'De

Land Cruiser kan ons niet helemaal naar Rogandu brengen als hij niet wordt volgetankt.'

Mavinda zei: 'We hebben een paar extra jerrycans achter in de Unimog. Pak maar wat u nodig hebt. Sergeant Makamba zal u helpen.'

Mallet wendde zich tot zijn team. 'Tiny, regel dat. De rest… zoek je spullen bij elkaar en ga terug naar de voertuigen. We vertrekken over vijf minuten.'

'Wat zullen we met hem doen?' Casey wees naar de gardist.

Mallet keek naar de stervende man. Diens ademhaling was niet meer dan vage ruis. Donker bloed werd gestaag uit zijn buikwond gepompt.

'We zouden een kogel door zijn hoofd moeten jagen,' zei Mavinda, 'om hem uit zijn lijden te verlossen. Dat is het beste voor hem.'

'Nee.' Mallet keek op en wendde zich tot Webb. 'Geef hem een paar morfine-injecties uit de EHBO-tas. Dat is het minste wat we voor die arme drommel kunnen doen.'

Mavinda klakte met zijn tong. 'Verspilling. Het zou gemakkelijker zijn om hem dood te schieten.'

'Hij krijgt de injecties,' snauwde Mallet.

'Wat u wilt.'

Hij liep de kamer uit. Caseys blik bleef nog even op de afgeslachte burgers rusten. 'Ik dacht dat de Russen de staatsgreep aanstuurden,' zei ze.

'Dat is ook zo,' antwoordde Mallet.

'Maar de gardist heeft niets gezegd over betrokkenheid van Russen bij de aanval. We hebben hen op straat ook niet gezien. Waar zijn ze dan?'

'Die blijven in de schaduw. Ze zullen niet aan het vechten zelf meedoen.'

'Waarom niet?'

'Dat zou het Kremlin een slechte naam bezorgen. Steun geven aan een bende opstandelingen om een Centraal-Afrikaanse regering te destabiliseren. Dat is te veel, zelfs voor Moskou.'

'Vooral als ze zouden verliezen,' voegde Bowman eraan toe. 'De Russen zouden voor schut staan en misschien rekening moeten houden met het vooruitzicht dat hun eigen mensen gegijzeld zouden worden. Dat zullen ze op geen enkele manier riskeren.'

'Ze blijven dus gewoon op de achtergrond en geven bevelen?' vroeg Casey.

'Min of meer.'

Mallet keek naar haar.

'Je moet die klootzakken niet onderschatten,' zei hij. 'Ze werken dan misschien wel in de schaduw, maar ze zijn net zo dodelijk als wanneer ze zelf zouden schieten. Ze doen precies wat wij doen tijdens gezamenlijke missies: een buitenlandse strijdmacht opleiden en laten zien hoe ze de vijand kunnen doden. We wisselen weliswaar geen kogels met hen uit, maar de Russen zijn onze belangrijkste vijand in dit gevecht.'

Hij ging rechtop staan en knikte naar de anderen.

'Terug naar de wagen. We vertrekken meteen naar Rogandu.'

24

Ze verlieten Marafeni via achterafstraatjes. De majoor en zijn drie plaatsvervangers reden voorop in de Hilux. Die werd gevolgd door het team van de Cell in de Land Cruiser. Daarachter kwamen de tien andere mannen van het peloton in de Unimog. Mavinda leidde het konvooi vanaf het paleis in noordelijke richting, voorbij rijen buitenlandse ambassades en Gemenebest-missies met rode dakpannen. Slierten rook dreven omhoog van achter de muur van enkele terreinen. De sfeer was gespannen. Bowman kon het voelen. Plunderende bendes zwierven door de stad, braken winkels open en knuppelden mensen dood. Enkele Machete Boys lagen stomdronken op straat. Drie van hen vierden feest voor een pension en juichten woest terwijl ze kogels de lucht in schoten. Ze zochten snel dekking toen ze het konvooi zagen naderen.

'Kijk eens naar dat zootje,' zei Loader toen ze het pension voorbijreden. 'Rennen rond als kippen zonder kop. We kunnen die idioten koud maken in hun slaap.'

'Zij zijn niet de mensen om wie we ons zorgen moeten maken,' zei Mallet. 'Dat zijn de VFK-rebellen onder het bevel van de Russen. De mannen van generaal Kakuba. Dat is een heel ander verhaal.'

'Zouden ze echt veel beter zijn dan deze lui?'

'Je hebt vroeger aan trainingsmissies meegedaan, Tiny,' zei Bowman. 'Ze hebben alleen maar een paar elitesoldaten nodig die de leiding nemen, hen drillen en een paar elementaire manoeuvres bijbrengen. Dan zijn ze voor iedereen een flinke kluif.'

Loader gromde instemmend.

'Over hoeveel mensen hebben we het?' vroeg Casey.

'Twaalf Russen,' gokte Mallet. 'Die zitten verspreid over het hele land bij eenheden van het VFK. De beste mannen van Kakuba. Drie- of vierhonderd rebellen, zou ik denken. Eén groep in de hoofdstad, nog een om het vliegveld in te nemen en een derde om de grens te bewaken. Een vierde om de mijnen te bezetten. Zo zou ik het doen. Omdat de Russen aan de touwtjes trekken, kunnen ze de staatsgreep in een paar uur afwikkelen.'

'Niet zodra squadron D en de andere commandoteams er zijn. Die zullen die mietjes op hun kloten geven,' zei Loader. 'Wij hoeven alleen maar naar Rogandu te gaan, de familie te beschermen en klaar is Kees.'

Niemand reageerde. Casey staarde uit het raam naar de brandende gebouwen en de verminkte lijken langs de kant van de weg.

'Wat is het plan, zodra we bij het landhuis zijn?' vroeg ze aan Mallet.

'We voegen ons bij Mike Gregory, stellen de familie veilig en regelen de verdediging rond het landgoed. Daarna wachten we tot de versterkingen opdagen.'

Ze neeg haar hoofd licht. 'Denk je dat we zullen moeten vechten?'

'Alles is mogelijk, maar generaal Kakuba en zijn mannen zullen niet op weg gaan naar Rogandu, niet meteen in elk geval. Het kost hun even om de andere huizen van de president te doorzoeken. Tegen de tijd dat ze in Rogandu aankomen, hebben wij al water opstaan voor koffie en thee.'

'Het luistert nauw,' zei Bowman. 'Als we vertraging oplopen, zijn we de lul.'

Loader zei: 'Ik denk dat we een paar pokkerebellen wel aankunnen.'

'We zijn maar met heel weinig mensen, makker. We rekenden op die veertig man van de Presidentiële Garde om ons te versterken. Als Kakuba op volle sterkte aanvalt, krijgen we het zwaar te verduren.'

'We hoeven niet lang te wachten,' zei Mallet. 'Maximaal een paar uur.'

Ze bleven naar het noorden rijden, tot ze in het zicht van de haven kwamen. Daarna zwenkten ze naar het oosten en bleven ver uit de buurt van voor de hand liggende doelwitten. Politiebureaus, legerkazernes, radiozenders, de talloze woningen van de president. Overal waar de rebellen zich in grote aantallen verzameld zouden kunnen hebben. Mavinda nam hen mee op een slingerende route de stad uit, via smalle straten met aan weerszijden bouwvallige hutten en bescheiden woningen die gedeeltelijk verborgen gingen achter betonnen muren vol graffiti. De verduisterde straten lagen vol bergen afval, brandhout en plastic flessen.

Terwijl ze naar het oosten denderden, belde Mallet weer met de Stem. Hij kreeg geen antwoord en liet een lang bericht achter om de Stem op de hoogte te brengen van de huidige situatie. Het bloedbad in het paleis, de vlucht van de familie naar het landhuis bij Rogandu, het nieuwe plan. Hij vroeg om een update over squadron D en de andere eenheden van de strijdmacht: SFSG en SBS. Hij verzocht de Stem om zo mogelijk contact op te nemen met Mike Gregory om hem te laten weten dat het team onderweg was. Hij hing op, stopte de telefoon in de aansluiting van de sigarettenaansteker en liet hem opladen.

Ze staken een bruggetje over de Karatandu-rivier over en reden om enkele dorpjes heen, waarbij ze de hoofdweg vermeden. Die was de enige verharde weg buiten de hoofdstad. De voor de hand liggende route naar Rogandu, had de majoor uitgelegd, maar ook langzamer en minder direct dan de plattelandswegen én veel gevaarlijker. De rebellen zouden hinderlagen hebben gelegd langs de hoofdweg, zei hij.

De weg veranderde al snel in een slecht pad en de lampen van de kleinere nederzettingen krompen tot stipjes. Plotseling reden ze door het Karatandaanse platteland. De sloppenwijken en vervallen koloniale landhuizen maakten plaats voor schijnbaar eindeloze laaglandvlakten en claustrofobisch oerwoud. Het modderige pad slingerde zich als een enorme slang onder het halfduister van het bladerdak. De Hilux hobbelde voor hen uit, terwijl zijn koplampen door de pikdonkere nacht priemden.

Mallet probeerde weer contact te krijgen met Six, maar ze bevonden zich in een schaars bewoond gebied. Het bereik was vreselijk en bestond eigenlijk niet. Hij gaf het na de vierde poging op en ging achterover zitten op zijn stoel, terwijl de voertuigen dieper het oerwoud in reden. Bowman keek even naar de blauwige digitale gloed van het schermpje op het dashboard.

02.00 uur. Honderdzestig kilometer van het landhuis bij Rogandu. Nog twee uur te gaan. *Twee uur voordat ik weer een pil kan nemen.*

Bowman begon behoorlijk uitgeput te raken. Er leken wel eeuwen verstreken sinds hij voor het laatst had geslapen. Hij had moeite om zich op de weg te concentreren. Zijn gezichtsvermogen haperde, zodat de Hilux van scherp naar vaag en terug ging. De wereld zag er op een rare manier dromerig uit. Om alles nog erger te maken begon hij stiekem dringend naar zijn middelen te verlangen. De airco in de Land Cruiser stond op de hoogste stand, maar Bowman zweette onder zijn webbing en kogelwerende kleding. Hij voelde de pijn diep in zijn spieren, een scherp snijdende pijn die door zijn lichaam schoot en in zijn vingertoppen en tenen tintelde. Vijf uur sinds hij een pil had genomen. Te lang. Zijn fout.

Nog twee uur voor we bij het landhuis komen, dacht Bowman. Vier uur 's morgens. Blijf doorgaan. Hou vol tot we daar zijn. Dan kun je een paar van de magische pillen van Lang nemen.

De weg was leeg. Ze zagen geen andere auto's, geen groepen rebellen of voetgangers. Een uur later begon het oerwoud dunner te worden. Het konvooi stommelde nog eens vijftien kilometer verder en passeerde stukken mangrovemoeras en armoedige vissersdorpjes aan de oever van de rivier. Mallet keek op zijn telefoon of hij bereik had. Nog steeds niet. Webb en Loader dutten op de achterbank. Casey zat tussen hen in, waakzaam, gespannen, zenuwachtig.

Het oerwoud eindigde ineens, als een gordijn dat op het toneel word opgetrokken. De ene minuut reden ze door de moerassige, verstikkende duisternis van het woud en de volgende lieten ze de bomen achter zich en reden over een laagvlakte vol gras, die zo vlak was dat je erop had kunnen biljarten. Een snelle blik op het dashboard vertelde Bowman dat ze op minder dan een half uur van het doel waren. *We komen nu in de buurt van Rogandu.*

Mallet keek weer op zijn telefoon, kreeg een zwak signaal en belde Six. Hij wachtte een paar lange tellen. Daarna hing hij op, vloekte binnensmonds en verstuurde een kort versleuteld bericht.

'Nog steeds geen antwoord,' zei hij.

Bowman keek hem even aan. 'Waarom nemen ze niet op?'

'Geen idee. Kan van alles zijn.'

'Misschien zijn ze druk bezig met het instrueren van de strijdmacht,' zei Casey, 'om hun de laatste informatie over de opstand te geven.'

'Het is half twee 's nachts in Londen. Voor zover ik weet, zitten ze zichzelf te bezatten met espresso martini's.'

Loader zei: 'Het is niks voor Six om te zwijgen. Meestal lullen die lui je de oren van je kop.'

'Daar kunnen we ons nu niet druk over maken. Blijf rijden. Ik probeer het nog eens zodra we het landhuis hebben bereikt.'

Bowman bleef vlak achter de Hilux rijden. Achter hen brandden de koplampen van de Uniog als halo's in zijn achteruitkijkspiegel. Het konvooi reed reed in zuidelijke richting over de vlakte van de rivier af. Vijftien minuten later bereikten ze Rogandu.

Er was niets wat het bestaan van het dorp aankondigde. Het dook gewoon op uit de duisternis, een handvol onverlichte straten die haaks op elkaar stonden en midden in een dor, stoffig landschap lagen. Ze passeerden gammele krotten, lemen hutten en vervallen boerderijen. De minaret van een moskee stak als een vuurtoren uit boven de woningen. Bowman keek rond, maar zag geen enkel teken van activiteit. Het holst van de nacht. Iedereen zou liggen slapen. Misschien wisten de dorpelingen nog niets over de opstand.

Ze kwamen bij een T-splitsing ten zuiden van het dorp en zwenkten naar links op een moderne verharde weg die in oostelijke richting naar de bergen liep. Ze waren nu nog maar zo'n anderhalve kilometer van het plattelandsverblijf, besefte Bowman. De weg was waarschijnlijk aangelegd op verzoek van de eigenaar van het landgoed. Het gebouw was bedoeld om te worden gebruikt door meneer Seguma. Daarom moesten er uitstekende verbindingswegen zijn, die geschikt waren voor de president. Het was onaanvaardbaar dat het staatshoofd tijdens zijn reis dezelfde ongemakken zou ervaren als zijn verarmde bevolking.

Ze reden langs een dichtbebost gebied aan hun rechterkant. Verspreide boerderijen en hutten van golfplaten en niet afgemaakte gebouwen aan hun linkerkant. De Hilux draaide scherp naar rechts en schoot naar het zuiden over een toegangsweg die tussen twee stukken bosgebied liep. Het konvooi bleef op de toegangsweg, tot ze de bossen voorbij waren. Daarna kreeg Bowman het verblijf op het platteland van Seguma voor het eerst in zicht.

Om vier uur 's ochtends, in het halfduister voor de dageraad, kon hij niet veel zien. Er stond een witgeschilderd landhuis van drie verdiepingen in het midden van een groot perceel, aan het eind van een lange oprijlaan aan de voorkant. In enkele kamers op de begane grond waren lampen aan. Bowman merkte een kleiner gebouw van één verdieping links van het landhuis op. Een soort gastenverblijf misschien. Een stenen triomfboog torende uit boven de ingang tot de oprijlaan, tweehonderd meter voorbij de bosrand.

'Het lijkt rustig genoeg,' merkte Loader op. 'Het lijkt erop dat we op tijd zijn.'

'Er is maar één manier om daarachter te komen.'

De Hilux vertraagde toen hij de wachtpost links van de boog naderde. Twee mannen van de Presidentiële Garde kwamen naar buiten, richtten hun AK-47 op het vrachtwagentje en schreeuwden tegen de chauffeur dat hij moest stoppen. De Hilux remde hard, vlak voor de oprijlaan. De rest van het konvooi kwam tot stilstand, waarna de oudere gardist hen naderde, terwijl de tweede zijn geweer op de Land Cruiser gericht hield. Hij zag er jong en doodsbang uit. Het geweer in zijn handen trilde zichtbaar.

'Ze zijn een beetje zenuwachtig, nietwaar?' zei Loader. 'Alsof er niet veel voor nodig is om hen op de vlucht te doen slaan.'

'Die kerels hebben net gezien dat veel van hun makkers in stukken werden gehakt of werden doodgeschoten,' antwoordde Mallet. 'Het is logisch dat ze gespannen zijn.'

Mavinda en de oudere gardist spraken snel met elkaar. Mavinda wees naar de voertuigen achter hem en gebaarde naar het landhuis. De gardist liep weg bij de Hilux en blafte een bevel naar zijn kameraad. De doodsbange soldaat. Die ontspande zich, liet zijn geweer zakken en gebaarde dat ze onder de poort door mochten rijden.

Het konvooi reed achter elkaar aan onder de enorme boog door, met de Hilux voorop. De oprijlaan daalde een beetje, maar ging daarna omhoog over een lichte helling en draaide rond een fontein waar een bronzen adelaar op stond. Het landgoed zag er verwaarloosd uit, dacht Bowman. Onkruid stak omhoog door scheuren in het asfalt. Op het gazon stonden afbrokkelende beelden en verdorde bomen. Links van de oprijlaan stond een half vervallen pagode die uitkeek op een ranzige vijver. Een siertuin aan de rechterkant, die afliep naar een irrigatiekanaal. Het landhuis zag eruit alsof het betere tijden had gekend. De marmeren zuilen waren dof en verweerd. Delen van de rijkversierde borstwering waren zwaar beschadigd. De ooit glanzende witte gevel was ontzet en de verf was afgebladderd, waardoor het verkruimelende metselwerk eronder te zien was.

'Het is verrekte groot,' zei Loader.

'Bijna groot genoeg om je hele familie in onder te brengen, Tiny,' zei Mallet.

'Donder op, John. Zo veel kinderen heb ik niet.'

'Dat hangt af van je definitie van "veel", neem ik aan. Hoeveel zijn het er nu trouwens? Twaalf, dertien?'

'Acht,' antwoordde Loader, 'maar in juni verwachten we een jongetje.' Zijn gezicht glom van trots.

'Dat had ik nog niet gehoord.'

'Je hebt er niet naar gevraagd.'

Mallet keek over zijn schouder naar hem. 'Wie denk je dat ik ben? Je therapeut? Ik heb al genoeg op mijn bordje zonder dat ik jouw uitdijende kroost probeer bij te houden.'

Loader keek gekwetst. Mallet grinnikte naar hem.

'Kop op, Tiny. Ik maakte maar een grapje. Gefeliciteerd.'

'Dank je, John.'

'Laten we hopen dat hij jouw uiterlijk niet erft, hè?' ging hij verder. 'Anders heeft die stumper nog minder succes bij de vrouwen dan jij.'

Het konvooi stopte achter drie bemodderde Land Rover Defenders die voor het landhuis stonden. Bowman zette de motor uit en het team stapte uit. Majoor Mavinda en zijn drie ondergeschikten klommen uit de Hilux en de rest van het peloton sprong achter uit de Unimog.

Twee andere soldaten hielden de wacht bij de ingang. Ze stapten opzij toen een gedrongen officier met een stierennek uit het landhuis schreed en recht op majoor Mavinda afging. Hij leek Mavinda te kennen. Bowman had toen ze elkaar begroetten de indruk dat de twee mannen bevriend waren. Ze wisselden een paar zinnen uit in het plaatselijke taaltje en daarna introduceerde Mavinda de gedrongen officier bij de Britten.

'Dit is kolonel Joseph Lubowa,' zei hij, 'de commandant van de Presidentiële Garde van Karatandu.'

'John Mallet.' Hij stak zijn hand uit en wees naar de anderen. 'Dit is mijn team.'

Hij kreeg een slap handje van Lubowa. 'U hebt geluk dat mijn mannen u niet hebben gedood, meneer Mallet. Ze zagen uw koplampen dichterbij komen en dachten dat jullie de Machete Boys waren.'

'Zitten die in dit gebied?' vroeg Bowman.

'Nog niet, maar snel genoeg wel. We hebben meldingen gekregen over gevechten in de dichtstbijzijnde stad. Farangi. Vijftig kilometer hiervandaan.'

'Dichterbij dan we dachten,' mompelde Loader.

Kolonel Lubowa bekeek de nieuwkomers en hij keek teleurgesteld.

'Is dit alles?' vroeg hij.

'Dit is alles,' zei Mallet.

Lubowa haalde zijn schouders op. 'Daar zullen we het dan mee moeten doen.'

'Waar is de familie, kolonel?'

'Binnen. Meneer Gregory bewaakt hen.'

De twee Karatandaanse officieren wisselden een veelzeggende blik. Bowman dacht dat hij even een nerveuze uitdrukking op Mavinda's gezicht zag. Daar verbaasde hij zich over.

'Zijn ze in orde?' vroeg Mallet.

'De familie van meneer Seguma is veilig. Een paar mensen hebben kleine verwondingen, sneetjes en blauwe plekken, maar niets ernstigs.'

'Hoe laat zijn ze hier aangekomen?'

'Twee uur geleden,' antwoordde kolonel Lubowa. 'Rond twee uur.'

'Hoeveel man zijn er bij u om het paleis te bewaken?' vroeg Loader.

'Vier. Deze twee en de twee bij de poort. En meneer Gregory natuurlijk.'

'Verder is er niemand uit het paleis ontkomen?'

'Nee.'

Mallet zei: 'Het lijkt me beter als we Mike instructies gaan geven.' Hij draaide zich half om naar Mavinda. 'Zeg tegen uw mannen dat ze hun spullen moeten uitladen. Controleer hun wapens ook. Zorg ervoor dat ze klaarstaan om te vechten.'

Hij sprak met strenge stem tegen de majoor om duidelijk te maken wie het gezag had. *Wij hebben nu de leiding. Dat is onze taak.* Mavinda ging er niet tegen in. Hij knikte gewoon naar zijn ondergeschikten. Tandenborstel, Slungel en Pokkengezicht marcheerden naar de Unimog en bulderden bevelen naar de soldaten.

'Kom maar mee,' zei Lubowa.

Hij leidde het team van de Cell en de majoor naar de ingang. De vermoeide Bowman vormde samen met Loader de achterhoede en voelde dat hij verstrakte terwijl hij rondkeek over het landgoed.

'Laten we hopen dat die versterkingen geen vertraging oplopen,' mompelde hij.

Loader keek even naar zijn makker. 'Vertel me nou niet dat je zenuwachtig wordt van een paar verslaafde aasgieren die niet goed kunnen schieten. We hebben in het Regiment wel met taaiere vijanden afgerekend.'

Bowman schudde zijn hoofd. 'Dat is het probleem niet.'

Hij gebaarde met een hand naar het landgoed.

'Kijk eens rond, maat. Er zijn hier heel veel dode hoeken,' voegde hij eraan toe. 'Dat kanaal, de lagere delen. Een heleboel dekking waar de vijand achter kan schuilen.'

'Ik denk niet dat de Machete Boys het principe van dode hoeken bij het oprukken kennen, Josh. Het is een stel verslaafde aasgieren.'

'Zij weten het misschien niet,' gaf Bowman toe, 'maar elke degelijke rebellenstrijdmacht die actief is weet het wel. Ze kunnen die dekking gebruiken om midden tussen ons in te komen. Als dat gebeurt, hebben we een groot probleem.'

25

Ze liepen door het portiek met marmeren zuilen, passeerden de twee gardisten bij de voordeur en kwamen in een grote centrale hal die opzichtig was versierd met goud en ivoor. Een bronzen standbeeld van drie meter van Ken Seguma domineerde het midden van de vloer. De hal was gevuld met een chaotische verzameling kunstwerken: Griekse beelden, renaissanceschilderijen, ceremoniële maskers. Kolonel Lubowa begeleidde hen naar een zijkant, door een lange gang die was voorzien van spiegels in een vergulde lijst en van kristallen kroonluchters. Op het eerste gezicht zag het er allemaal indrukwekkend uit, maar de inrichting was even versleten en aftands als de buitenkant. Vochtige plekken op de muren, de armen van sommige kroonluchters waren afgebroken of beschadigd. Alles was dringend toe aan een likje verf.

Lubowa leidde hen naar het eind van de gang, sloeg rechts af en liep daarna door een kortere gang. Bowman zag zijden behang dat loshing, een vervaagde plafondschildering. Aan het uiteinde ging de ruimte over in een weelderig gestoffeerde salon. Er stond een bar aan de rechterkant, met een rij krukken met leren zitting en een rek met flessen sterke drank tegen de muur. Een witte Steinway-vleugel. Aan de achterkant van de kamer leidden twee openslaande deuren naar een terras dat uitkeek op een zwembad aan de voet van de aflopende achtertuin. Het geluid van tsjirpende krekels dreef door een open raam naar binnen.

Acht gestalten zaten rond twee tafels van verguld hout aan de linkerkant van de kamer. Bij de dichtstbijzijnde tafel zag Bowman een korte, gezette vrouw van eind dertig. Ze had een halvemaanvormige bril op en droeg een felgroene jurk met een ingewikkeld patroon van vreemde vormen en symbolen. Bowman herkende haar van de foto's die hij in de Keet had gezien. Christel Seguma. De derde vrouw van de tiran. Ze liet een krijsende baby op haar knie wippen. Naast haar zat een vrouw met brede heupen met een traditionele Karatandaanse hoofddoek die haar haar bedekte. Een tengere, goedverzorgde man zat naast de twee vrouwen. Hij droeg een zijden tuniek met goudborduursel. De broer en schoonzus.

De vier andere kinderen zaten met gekruiste benen op de vloer rond de tweede tafel. Twee jongens van ongeveer negen of tien. De zonen van de president, nam Bowman aan. Verder een paar meisjes, een tweeling. De kinderen van de broer. Ze waren jonger dan de jongens. Vijf of zes misschien. Een paar jaar ouder dan Sophie was geweest toen haar moordenaars wreed een einde aan haar leven hadden gemaakt. De tweeling droeg dezelfde gele jurken en de jongens hadden een zwierig kostuum aan. Een van de meisjes had een knuffelbeer vast. De jongens speelden een spelletje op een iPad en maakten ruzie over wie er nu aan de beurt was. Ze leken zich niet bewust te zijn van wat er om hen heen gebeurde. Dat was waarschijnlijk het beste.

Een negende gestalte liep op het terras heen en weer. Een lange, afgetrainde vent met een ruige baard die een fliptelefoon tegen zijn oor hield. Bowman zag zijn gezicht door het glas.

Mike Gregory.

De oud-bevelhebber van squadron B beëindigde het gesprek en stapte naar binnen. Hij marcheerde direct naar het team en bekeek hen goed voordat hij zijn ogen op Bowman richtte. Een grijns brak door op zijn tanige oud-soldatengezicht.

'Josh. Je bent het echt.'

'Mike.'

Ze gaven elkaar een hand. Mike Gregory leek magerder dan Bowman zich herinnerde. Alsof hij achteruit was verouderd. Hij had de pezige, lenige bouw van iemand die twintig jaar jonger was, het soort lichaam dat je verdient door een leven lang hard op het veld te werken. Alleen zijn gezicht leek ouder te zijn geworden. Zijn huid had de textuur van versteend hout. Zijn baard was meer grijs dan bruin.

Gregory draaide zich om en begroette de rest van het team. 'John, Tiny. Fijn om een paar bekende gezichten uit Hereford te zien.'

'Insgelijks,' zei Mallet. Hij stelde Webb en Casey en de majoor voor. Gregory glimlachte met duidelijke opluchting naar hen.

'Ik begon al te denken dat jullie het niet zouden redden,' zei hij. 'Hoe hebben jullie ons trouwens weten te vinden?'

Bowman vertelde hem over de stervende gardist in het paleis en over de verminkte lichamen. Gregory luisterde onbewogen toe.

'Zo gaat generaal Kakuba te werk. Zijn mannen zijn een stel ijskoude moordenaars. Ze hebben geen belangstelling voor politiek of ideologie, ongeacht wat hij op de radio zegt. Dat tuig wil gewoon mensen vermoorden.'

'Het lijkt erop dat jullie net op tijd zijn vertrokken,' zei Mallet en wees met zijn hoofd naar de familie.

'Dat was bijna niet gelukt,' antwoordde Gregory met een grimas. 'De rebellen verrasten ons volledig. Twee of drie minuten later zouden we net als de rest van die arme stumpers binnen opgesloten hebben gezeten.'

'Ze werden aangestuurd door de Russen,' zei Bowman. 'Hun mannen hadden de leiding bij de aanval.'

Gregory knikte. 'Dat had ik al bedacht, ja.'

'Heb je met Vauxhall gesproken?' vroeg Mallet.

'Niet sinds de rebellen het paleis hebben aangevallen. Ik probeerde hen op weg hierheen te pakken te krijgen, maar in het oerwoud is er niet veel bereik.'

'Dat hebben we gemerkt.'

'Dat is hier in elk geval beter.' Gregory krabde in zijn baard. 'Er staat een mast in het dorp, een paar jaar geleden geïnstalleerd op bevel van meneer Seguma. Ik heb een bericht voor Six achtergelaten, kort nadat we hier waren aangekomen, maar ik heb nog geen reactie gekregen.'

'Dat geldt ook voor ons. Ze geven geen antwoord.'

'Enig idee waarom?'

'Geen enkel. Proberen te raden wat die lui doen is zinloos. Dan kun je net zo goed in een glazen bol turen.'

Gregory perste zijn lippen op elkaar. 'Misschien zijn ze aan het bedenken hoe ze op de laatste ontwikkelingen moeten reageren.'

Loaders gezicht vertoonde diepe fronsrimpels.

'Welke ontwikkelingen?' vroeg hij.

'Hebben jullie dat niet gehoord? Het VFK heeft het vliegveld bij Marafeni ingenomen.'

Mavinda's ogen sperden zich zo ver open dat ze uit kun kassen leken te gaan rollen. 'Dat kan niet. We waren daar een paar uur geleden nog. Ik heb twee pelotons die het bewaken.'

'Die hád u, majoor. Nu niet meer.'

'Weet je dat zeker?' vroeg Mallet.

'Ik ben bang van wel, John.' Gregory stak zijn fliptelefoon omhoog. 'Ik heb net met brigadegeneraal Ikouma gesproken, de bevelhebber van het Karatandaanse leger. Hij heeft verschillende meldingen ontvangen van een van de garnizoenen in de buurt van Marafeni. De rebellen hebben het vliegveld een uur geleden ingenomen.'

'Dat betekent dat ze de volledige controle over de hoofdstad hebben,' zei Bowman.

'Ik ben bang dat het nog erger is. Volgens de brigadegeneraal hebben de eenheden van generaal Kakuba alle grenzen gesloten en de belangrijkste grensovergangen in hun macht. Niemand mag naar binnen of naar buiten. Dat betekent dat het VFK in feite de controle over het land heeft gekregen.'

Loaders ogen puilden uit van verbazing. 'Die klootzakken zijn druk bezig geweest. Ze zijn snel. Over een paar uur hebben ze de staatsgreep afgerond.'

'Het zijn de Russen,' zei Mallet. 'Die zijn van doorslaggevend belang. Als ik moest gokken, zou ik zeggen dat zij degenen waren die de aanval op het vliegveld aanstuurden.'

'We moeten Six op de hoogte brengen,' zei Casey, 'en over het vliegveld vertellen. De teams die op weg zijn, moeten een alternatieve plek zoeken om te landen.'

Gregory zei: 'Er is zo'n dertig kilometer verderop een privévliegveld. President Seguma heeft het voor zijn familie laten aanleggen, zodat ze gemakkelijker hierheen en terug konden vliegen. Een deel van die mannen kan daar landen.'

'Dat zal ik Vauxhall laten weten,' zei Mallet. 'Waar is de brigadegeneraal nu?'

'Die heeft zich verschanst in een legerbasis in het noorden, met een paar van zijn loyale mannen.'

'En de rest van zijn eenheden?'

'Verspreid in het land. Sommige ervan zijn uit elkaar gevallen of hebben zich overgegeven aan de rebellen. De rest heeft zich gebarricadeerd in hun bases.'

'Waarom gaan ze niet op de rebellen af?' vroeg Loader.

'Ze kijken de kat uit de boom. Ze zullen hun leven niet riskeren als ze denken dat het een verloren zaak is.'

'Zijn we lekker mee,' zei Loader. 'De plaatselijke zandhazen zijn bang dat ze geraakt worden, dus laten ze het aan ons over om de puinhoop op te ruimen. Fijn om te weten dat ze zin hebben in een knokpartij.'

'Het is niet anders.'

Casey zei: 'Hebben de rebellen jullie last bezorgd?'

'Nee hoor,' antwoordde Gregory.

'Ze zullen zeker komen,' zei Mallet. 'Dat moeten ze wel. Generaal Kakuba zal niet rusten zolang de vrouw en kinderen van Seguma op vrije voeten zijn. Die vormen een veel te grote bedreiging voor zijn geloofwaardigheid.'

Zijn telefoon kwam plotseling zoemend tot leven. Hij liep weg om het gesprek aan te nemen en sprak zacht met Six, terwijl de anderen in de buurt van de bar wachtten. De baby huilde nog steeds, ondanks het feit dat zijn moeder heel erg haar best deed om hem te kalmeren. De twee jongens gingen helemaal op in hun spelletje op de iPad. De broer van de president dronk water uit een plastic fles en betastte een schram op zijn hoofd. Zijn vrouw, de schoonzus van de president, staarde in het niets, in gedachten verzonken.

Gregory legde een hand op Bowmans schouder en glimlachte.

'Het is goed om jou te zien, Josh. Je ziet er goed uit.'

'Jij ook,' zei Bowman. 'Jammer dat het niet bij een leukere gelegenheid is.'

'Ja.' Hij glimlachte triest. 'Toch ben ik blij dat jij hier bent. Niets hartverwarmender dan het zien van een oude maat uit squadron B. Hoe gaat het tegenwoordig met je zus? Hayley, toch? En je nichtje?'

Bowman staarde hem verbijsterd aan, maar hij had niet verrast moeten zijn. Gregory had altijd veel belangstelling gehad voor het leven van zijn mannen, bedacht Bowman. Anders dan sommige andere hoge omes vertoonde hij een oprechte genegenheid voor de soldaten onder zijn bevel.

'Prima, dank je,' zei hij. 'Het gaat prima met hen.'

'Je zit tegenwoordig dus bij de Cell,' zei Gregory. 'Johns eenheid.' Bowman knikte. 'Ik ben blij voor je. Ik heb jou altijd gezien als een man van actie, een van de taaiste jongens naast wie ik ooit heb mogen vechten.'

'Bedankt, Mike.'

Gregory deed een poging om flauw te glimlachen. 'Als dit voorbij is, kan ik je misschien overhalen om voor mij te komen werken. Ik kan een goede vent gebruiken om deze zaak te leiden. Het betaalt goed. Heel goed.'

'We moeten eerst de komende paar uur zien te overleven.'

'Die opstand houdt geen stand,' antwoordde Gregory fronsend. 'De rebellen zijn nu misschien aan de winnende hand, maar zodra de versterkingen aankomen, jagen we die klootzakken over de kling. Daarna pakken we alle leiders op en leren hun een lesje dat ze nooit meer vergeten.'

'En de Russen?'

'Die laten generaal Kakuba in de steek, zodra ze beseffen dat het spel uit is. Geloof mij maar. Niemand zal meneer Seguma in de toekomst durven uitdagen. Daar zal ik heel goed voor zorgen.'

Er klonk een ijzige kilte in zijn stem door die Bowman verraste. Vanuit zijn ooghoek zag hij dat majoor Mavinda onrustig stond te wiebelen. De Karatandaanse officier leek achterdochtig te zijn jegens Gregory. Bowman vond dat ongewoon. Hij herinnerde zich ook de gespannen blik op het gezicht van de majoor in de kelder van het paleis toen Bowman Gregory's naam had laten vallen.

Waar is hij bang voor? vroeg Bowman zich af.

Mallet hing op en liep snel terug naar de groep. Hij zag er bezorgd uit. Zijn huid was zo strak over zijn gezicht gespannen dat het leek alsof hij kon knappen. Hij schraapte zijn keel.

'Dat was Six,' zei hij. 'We hebben een probleem.'

'Wat dan?' vroeg Loader.

'Ze hebben een bericht ontvangen van de basis in Tripoli. De versterkingen lopen achter op schema. Een van de Hercs had een technisch probleem. Iets met de motoren, denken ze.'

Er viel een ijzige stilte in de kamer. Casey zag er verrast uit. 'Wanneer zijn ze vertrokken?'

'Twee uur geleden. Iets na twee uur onze tijd.'

Bowman keek op zijn horloge: 04.09. Hij dacht: Het is zes uur vliegen van de basis van het squadron in Libië naar Karatandu. Dat betekent dat ze pas rond acht uur hier landen.

We zijn de komende vier uur op onszelf aangewezen. Minstens.

Webb vroeg: 'Hoe zit het met de andere elementen van de strijdmacht? De SBS en SFSG?'

'Die moesten op de grond wachten tot squadron D klaar was om te vertrekken. Bevel van het hoofdkantoor. Ze eisten keihard dat de teams samen aankomen of helemaal niet.'

Casey zei: 'Maar waarom sturen ze de andere teams niet vooruit? Het is niet logisch.'

'BuZa ziet het anders,' zei Mallet. 'Voor hen heeft een soepel verlopende missie zonder Britse slachtoffers de hoogste prioriteit. Ze willen niet dat er doodskisten naar huis komen met de Union Jack erop. Dat betekent een gecoördineerde aanval met maximale vuurkracht. Ze zullen een aanval in fasen niet goedkeuren.'

'Wat moeten we doen als de rebellen aanvallen voordat zij aankomen?'

'We zullen doen waar we goed in zijn,' antwoordde Mallet. 'Vechten.'

'Het kost de rebellen sowieso nog uren om hier te komen,' zei Loader. 'Die zijn druk bezig om de rest van de cruciale infrastructuur veilig te stellen en de andere huizen van de president leeg te roven. Ze zullen ons voorlopig niet lastigvallen.'

'De Machete Boys zijn niet ver weg,' bracht Casey de anderen in herinnering. 'Ze zitten volgens de laatste meldingen bij Farangi. Vijftig kilometer hiervandaan.'

'Zelfs als ze ons aanvallen, hebben we de beste kansen,' redeneerde Loader. 'We hebben de Gimpy's, de .50, de mortieren. Dat is meer dan genoeg spul om de Boys af te slaan.'

'Tiny heeft voor één keer gelijk,' zei Mallet. 'De situatie is niet ideaal, maar niet zo dat we het niet aankunnen.'

'En als ze ons hard aanpakken?'

Gregory's lichtblauwe ogen twinkelden. 'Dan geven we die klootzakken op hun donder.'

Mallet keek op zijn horloge. 'Over tachtig minuten wordt het licht. Er is een redelijke kans dat de rebellen ons dan zullen aanvallen. We moeten de verdediging op orde hebben voordat ze opdagen.' Hij knikte naar Gregory. 'Hoeveel man heb jij, Mike?'

'Zes. Ik, de kolonel, de twee mannen bij de poort en twee bij de voordeur.'

Mallet maakte een snelle berekening en knikte. 'Dan hebben we in totaal vijfentwintig soldaten. Veertien in het peloton onder leiding van de majoor, jouw mannen en mijn stel.'

'Dat is een behoorlijk aantal,' zei Loader.

'Tegen een paar kleine groepen Machete Boys,' zei Bowman, 'maar als de mannen van generaal Kakuba en zijn Russische vriendjes opdagen, zal het er hier heet aan toe gaan.'

'Dat is een heel grote "als". Die meute is pas net klaar met het innemen van het belangrijkste vliegveld. Ze zijn nog uren onderweg.'

Mallet wreef over zijn slapen en wendde zich tot Mavinda. 'Welke wapens hebben jullie, majoor?'

'We hebben AK-47's, granaten, Browning-pistolen.'

'Iets zwaarders?'

Mavinda knikte. 'Twee FN-machinegeweren.'

'Munitie?'

'Volop. Per stuk twaalfhonderd kogels in patroonbanden.'

'Dat is mooi.' Mallet sprak tegen de twee Karatandaanse officieren. 'Majoor, kolonel, uw mannen worden geplaatst bij de perimeter van het gebouw om individuele vuursectoren te dekken. Mijn mannen zullen posities op het dak innemen. Mike, jij geeft leiding aan een van de GPMG-teams op de grond.'

Gregory grinnikte. 'Net als de goeie ouwe tijd in het Regiment, John. Mortieren afschieten en de vijand doorzeven met Gimpy's.'

'Aye. Alleen hebben we deze keer geen luchtsteun om ons hier weg te halen.' De twee veteranen wisselden een glimlach uit en toen zei Mallet tegen Mavinda: 'We hebben spaden nodig om de stelling voor het mortier en vuurposities te graven. Benzine ook. Alles wat je kunt missen uit de Unimog.'

'Waarvoor?' vroeg Mavinda.

Mallet gebaarde in de richting van de hoofdingang. 'We moeten alle bomen en struiken rond het paleis verbranden. De rebellen zouden die anders kunnen gebruiken om dekking te zoeken tijdens hun aanval.'

'Er is een opslagruimte naast de garage,' legde Gregory uit. 'Daar wordt het tuingereedschap bewaard. Je kunt daar alles vinden wat je nodig hebt.'

Casey zei: 'Wat doen we met de familie? Die kunnen we niet gewoon hier laten.'

'Alex heeft een punt,' zei Loader. 'Het is in deze kamer niet veilig voor hen, in elk geval niet als er kogels rondvliegen.'

Mallet dacht even na. Toen wendde hij zich tot Gregory. 'Is er een versterkte kamer in dit huis?'

'Ik ben bang van niet,' zei Gregory.

Mallet knikte naar Loader en Bowman.

'Tiny. Zoek in het huis naar een veilige plek. De veiligste kamer in het gebouw. Iets met dikke muren en liefst zonder ramen. Breng de familie daarnaartoe.' Hij draaide zich weer om naar Gregory. 'Zijn er nog andere mensen in het gebouw? Op het terrein?'

'Er zijn een huishoudster, een paar dienstmeisjes en een tuinier. Die zitten nu in de personeelskeuken,' zei Gregory.

'Die zetten we in dezelfde kamer als de familie. Ze kunnen Seguma's familie gezelschap houden tot dit is afgelopen.' Mallets staalblauwe ogen keken naar Bowman. 'Blijf hier tot Tiny een veilige plek voor de familie heeft gevonden. De rest gaat met mij mee naar buiten om onze verdediging te organiseren. Vragen?'

Hij keek rond. Niemand stak een hand op. De vier andere leden van het team staarden grimmig en vastberaden terug naar Mallet.

'Aan het werk,' zei hij. 'Elke seconde telt.'

26

De soldaten kwamen in actie. Bowman en Loader bleven achter, terwijl Mallet zich met Casey en Webb de kamer uit haastte. Gregory, Lubowa en Mavinda volgden hen op de voet en raceten in de richting van de voorkant van het gebouw om de verdediging op te zetten. De broer en schoonzus van de president keken naar de vertrekkende soldaten, met gezichten vol angst en verwarring. Seguma's vrouw kalmeerde haar baby en fluisterde in zijn oor. De tweeling keek verlegen en nieuwsgierig naar Bowman en Loader, toen die naar de tafel liepen.

'Mevrouw.' Loader sprak de vrouw van de president, Christel Seguma, aan. Hij gebaarde naar Bowman. 'Dit is mijn collega, Josh. Hij blijft hier een tijdje bij u wachten.'

'Waarom?' liet de broer van zich horen. De goedverzorgde kerel in de geborduurde zijden tuniek. Francis Seguma. De vicepresident. 'Wat is er aan de hand?'

'We moeten u en uw familieleden naar een veiliger deel van het huis verplaatsen, meneer,' antwoordde Loader zachtjes. 'Josh blijft bij jullie terwijl ik in het huis naar een goede plek zoek waar jullie kunnen schuilen.'

'Verwachten we problemen?' vroeg de vrouw van de president.

'Dat zou kunnen, mevrouw, maar als er geschoten wordt, zullen mijn mannen en ik dat afhandelen. U zal niets worden aangedaan.'

Francis Seguma lachte bitter. 'Dat is wat kolonel Lubowa tegen ons zei in het paleis. Hij beloofde plechtig dat hij ons zou beschermen tegen deze... deze beesten. Kijk eens hoe dat is afgelopen!'

'Deze keer is het anders, meneer,' zei Bowman. 'Er is hulp onderweg.'

'Verwacht je dat wij dat geloven?'

'Het is de waarheid, meneer.'

'En wat moeten wij ondertussen doen? Ons verstoppen als lafaards terwijl dat tuig ons aanvalt?'

'Dat is voor uw eigen veiligheid.'

De broer sloeg zijn armen over elkaar. 'Onaanvaardbaar. Ik eis een gesprek met mijn broer. We moeten het land verlaten zolang dat nog kan en niet wachten tot die valse honden ons te grazen nemen.'

'Daar is het te laat voor, meneer,' zei Loader. 'De rebellen hebben de grenzen gesloten. We zitten hier vast.'

Bowman was suf van vermoeidheid. De mist in zijn hoofd werd dikker. Hij probeerde zich daarvoor af te sluiten en ook voor de zweetaanvallen en het hunkerende gevoel, de intense krampen in zijn ingewanden.

Hij zei: 'Geen discussie mogelijk, meneer.'

'Waarom kunnen we hier niet blijven? Het lijkt mij absoluut veilig hier.'

'Nu wel, misschien, maar als er geschoten wordt, zullen die ramen u niet beschermen. Geloof mij maar.'

De broer staarde naar hem met angst in zijn ogen. Hij zuchtte. 'Vooruit dan maar,' antwoordde hij. 'We zullen doen wat u wilt. Maar als er iets gebeurt met mijn vrouw en dochter of het gezin van mijn broer, stel ik u persoonlijk aansprakelijk.'

'We zullen ervoor zorgen dat ze veilig zijn,' zei Loader rustig. 'Dat beloof ik u.'

Hij verliet de kamer en liep door de gang. Bowman bleef achter om de familie te bewaken. Francis Seguma en zijn vrouw waren in een fel gesprek verwikkeld, terwijl de vrouw van de president voor haar baby zorgde. De jongens leken hun moeder te negeren. Hun ogen waren aan de felgekleurde beelden op het scherm van de tablet gekluisterd. Ze speelden een schiet-ze-overhoop-spelletje met een heleboel blikkerig geweervuur, gejammer van zombies en vrolijke muziek.

Een van de meisjes van de tweeling van Francis Seguma liep naar hem toe, met ogen zo groot als schoteltjes. Hij kreeg een hol gevoel in zijn maag en merkte dat hij dacht aan zijn eigen kleine meisje: haar aanstekelijke gegiechel, de brutale blik in haar ogen, de manier waarop zijn hart bijna barstte van vreugde als ze naar hem glimlachte.

Zijn alles, van hem weggerukt. Vermoord.

Het meisje dat zijn dochter niet was, stak haar knuffelbeer naar Bowman uit, als een gebaar van vrede.

'Dit is Leo,' zei ze in perfect Engels. 'Hij wil hallo zeggen.'

Bowman bukte zich en probeerde te glimlachen. 'Hallo, Leo.'

Het meisje leunde verder voorover naar de beer en fronste haar wenkbrauwen, alsof ze naar een gefluisterde opmerking luisterde. Toen keek ze met een heel ernstig gezicht omhoog naar Bowman.

'Leo wil weten of u zijn vriend wilt zijn.'

'Natuurlijk,' zei Bowman. 'Het zal me een eer zijn.'

'Wat zeg je?' Ze leunde weer voorover, keek Bowman met haar grote ronde ogen aan en tuitte haar lippen.

'Leo zegt dat u er verdrietig uitziet,' zei ze.

'Zegt hij dat?'

Ze knikte overdreven, op de opgewonden manier waarop alle kleine kinderen knikken, op de leeftijd waarop de hele wereld onmogelijk nieuw lijkt te zijn. 'Hij zegt dat u droevige ogen hebt.'

'Nou, zeg maar tegen Leo dat hij zich geen zorgen hoeft te maken. Het gaat goed met mij.'

Het meisje sprak zachtjes in de slaphangende oren van de beer. Daarna boog ze zich naar Bowman en verlaagde haar stem tot een samenzweerderig gefluister. 'Wilt u een geheimpje weten?'

'Vertel maar.'

'Leo is af en toe ook verdrietig, vooral als hij geen honing heeft.'

'Echt?'

Ze knikte gretig. 'Leo zegt dat het oké is om verdrietig te zijn, zolang het maar niet voor altijd is.'

'Leo is een slimme beer.'

'O ja. Hij is de allerslimste.'

De schoonzus van de president, de vrouw van middelbare leeftijd met de brede heupen en de kleurige hoofddoek, riep naar het meisje. 'Marie! Kom hier!'

Het kleine meisje glimlachte naar Bowman en rende daarna naar haar moeder, terwijl ze Leo stevig in haar rechterhand vasthield. Bowman ging rechtop staan en voelde een felle pijn aan de binnenkant van zijn schedel die in zijn slapen boorde. Hij had zijn hunkering de afgelopen twee uur kunnen negeren, maar nu kwam die met volle kracht terug. Zijn vingertoppen voelden aan alsof iemand er een brander op had gezet. Er sijpelde zweet langs zijn ruggengraat. Zijn maag kolkte. Hij moest een paar pillen in zijn uitgeputte lichaam zien te krijgen, voordat hij omviel van vermoeidheid.

Hij liep naar de deur.

'Blijf hier,' beval hij de familie.

'Waar ga je naartoe?' wilde de broer weten.

'Ik ben zo weer terug.'

Hij sloop de salon uit en liep terug door de gang met zijden behang. Hij begon deuren open te duwen, op zoek naar een toilet. Eén deur leidde naar een fitnessruimte, een andere naar een eetkamer. Hij had geluk bij de derde deur aan de linkerkant en kwam in een badkamer met meer goud dan een Zwitserse bank. De toiletbril was verguld, net als de kranen en de toiletrolhouder. Bowman deed de deur op de knip, zetten zijn geweer tegen de betegelde muur, schudde twee pillen in zijn handpalm en vermaalde ze in de pillenvergruizer. Hij rekende erop dat het Loader een paar minuten zou kosten om het landhuis te doorzoeken. Hij zou de eerste verdieping, de rest van de begane grond en de kelder willen bekijken. Hij zou goed kijken naar in- en uitgangen, de beveiliging van de deuren en ramen en de nabijheid van waarschijnlijke posities om vanuit te schieten.

Ik heb nog tijd. Een minuut om mijn hoofd op orde te brengen, voordat het hier lawaaierig wordt. Meer heb ik niet nodig.

Hij snoof de fijngemalen opioïden op en voelde een scherpe schroeiende pijn in zijn neusgaten, alsof hij gebroken glas inademde. Over een paar minuten zou hij een elektriserende kick krijgen, zou er een warm, soezerig gevoel door zijn lichaam stromen en zou de pijn vervagen. Eventjes in elk geval. Dat was de reden waarom hij aanvankelijk aan de pillen verslaafd was geraakt. Mensen namen aan dat je drugs gebruikte om high te worden, maar dat was het punt niet, niet echt in elk geval. Bowman was niet op zoek naar een euforisch gevoel. Hij was niet op zoek naar welk gevoel dan ook. Daar zorgden de opioïden voor. Ze namen hem mee naar een plek voorbij de pijn, een plek waar hij zich nergens druk om maakte, waar het verdriet hem geen pijn kon doen.

Bowman stopte het buisje met pillen weer in zijn broekzak. Hij zette de koude kraan open en spetterde ijskoud water op zijn gezicht, waardoor hij zichzelf uit zijn sloomheid schudde.

Toen hoorde hij een vrouw gillen en het echoënde gedreun van geweervuur.

Bowman greep zijn Colt-geweer, rukte de deur open en sprintte door de gang naar de bar. Hij hoorde nog twee geweerschoten, een koor van radeloze gillen, gedempt door het geluid van bloed dat in zijn oren rondraasde en door het gehamer van zijn hart tegen zijn borstbeen. De vermoeidheid gleed van hem af toen hij met geheven wapen de bar instormde. Toen kreeg hij de rebel in het oog.

De man stond een paar passen vanaf het terras in de kamer. Een graatmagere vent met een massa geluksamuletten die over een haveloos Elvis Presley-T-shirt waren gedrapeerd. Zijn AK-47 was gericht op de doodsbange gestalten die overal in de ruimte dekking zochten. Bowman zag de broer van de president in een plas bloed liggen, met een driehoek van kogelgaten in zijn borst. Zijn vrouw, de schoonzus van de president, beschermde de twee jongens met één arm, terwijl haar andere arm om de jammerende hysterische gestalte van een van de tweelingzusjes was geslagen. Seguma's vrouw had zich tot een bal opgerold en drukte haar krijsende baby stevig tegen haar borst, alsof ze het jongetje kon beschermen tegen de kracht van een 7.62 x 39 mm-kogel.

Toen zag Bowman het andere meisje.

Marie.

Ze lag slap op de vloer, terwijl er bloed uit haar buik en hoofd sijpelde. Haar dode handen hadden haar met bloed bespatte speelgoedbeer nog stevig vast.

In hetzelfde bevroren moment zag Elvis Bowman de kamer binnenstormen. Hij draaide zich naar de nieuwe dreiging en schoot. De AK-47 blafte. Bowman maakte een koprol en rolde naar de rechterkant van de rebel terwijl die vanaf zijn heup een salvo van drie kogels loste. De kogels sloegen vijftien of twintig centimeter boven Bowman in de muur, in de persoonlijke fotoverzameling van de president. Bowman kwam pijlsnel omhoog uit zijn koprol en richtte zijn wapen op de rebel. Hij had geen tijd om goed te richten, maar centreerde de loop op de romp van Elvis en haalde de trekker twee keer over.

De kogels sloegen in een snel een-tweetje in Elvis. De eerste raakte hem in zijn kruis en scheurde zijn ballen aan flarden. De tweede kogel trof hem in zijn borst, zijn vitale ingewanden. De rebel gromde van de pijn terwijl hij achterover tuimelde. Hij viel tegen de deur en landde op zijn rug, terwijl zijn wapen op de vloer naast hem kletterde.

Bowman stond als aan de vloer genageld, niet in staat om te bewegen, en staarde hulpeloos naar het meisje. Hij hoorde stemmen in de gang.

Een moment later stormde Loader de ruimte in, voor Mallet. Casey, Webb, Gregory en Lubowa renden na hen naar binnen, met getrokken wapens. Ze zagen de twee lichamen en bevroren. De schoonzus van de president rende naar haar dode dochter en jammerde van verdriet en smart. De twee jongens hielden hun moeder vast, terwijl er tranen over hun van doodsangst vertrokken gezicht stroomden. Het andere meisje schreeuwde om haar dode vader.

Loader ging op zijn knieën naast de lichamen zitten om naar een hartslag te zoeken. Hij schudde zijn hoofd langzaam.

'Wat is er verdomme gebeurd?' wilde hij weten.

'Die klootzak sloop via het terras naar binnen,' zei Bowman. Hij voelde zich ziek en moest zichzelf dwingen om te praten. 'Er was niets wat ik kon doen...'

'Alleen hij?'

Bowman knikte.

'Zal een eenling zijn geweest,' zei Webb.

'Of een verkenner voor de Machete Boys,' zei Mallet. 'Hierheen gestuurd door zijn makkers om te kijken of het de moeite waard was om te plunderen. Hij zal de lampen hebben gezien.'

'Hoe heeft hij binnen kunnen komen?' zei Loader.

'Het terrein is omgeven door een hek van kippengaas,' zei Gregory. 'Het verkeert niet in een goede conditie. Er zitten gaten in. Hij moet wel door een van die gaten zijn gekropen.'

'Hij liet ons alleen!' schreeuwde de schoonzus tussen haar gepijnigd gesnik door. Ze wees beschuldigend naar Bowman. 'Hij was niet hier! Hij had die man tegen moeten houden!'

Mallet staarde hem aan, terwijl het bloed uit zijn gezicht wegtrok. 'Waar was je verdomme, Josh?'

'De wc,' antwoordde Bowman hakkelend. 'Ik... ik was maar een minuutje weg. Minder nog.'

'Al was het maar tien seconden. Je had hen niet alleen mogen laten.'

'Ik wist niet...' Bowman kwam niet meer uit zijn woorden. 'Ik dacht dat het veilig was.'

'Dat had je dan mooi mis.'

'Ik dacht dat uw mannen professionals waren,' zei Lubowa.

'Dat zijn we ook,' snauwde Mallet terug. Hij keek Bowman dreigend aan. 'De meesten van ons.'

Bowman greep zijn geweer zo stevig vast dat hij dacht dat hij het zou kunnen breken. Een vader en zijn jonge dochter waren vermoord. Dat was zijn eigen schuld. Hij had het al een keer eerder verkloot, vijftien jaar geleden. Toen had zijn vergissing zijn eigen gezin het leven gekost. Sophie. Amy. Nu kleefde het bloed van twee andere onschuldigen aan zijn handen.

Je had hen moeten beschermen, zei de stem in zijn achterhoofd. Had moeten zoeken naar bedreigingen. In plaats daarvan was je drugs aan het opsnuiven. En nu zijn er twee mensen dood.

'Breng een paar mannen daarheen,' beval Mallet kolonel Lubowa. Hij gebaarde naar het terrein aan de achterkant van het landgoed waar het terras op uitkeek. 'Dek de bosrand voordat een andere hufter hetzelfde idee krijgt. Als je iets ziet bewegen wat geen vriend is, schiet je het overhoop.'

Lubowa keek Bowman vernietigend aan, voordat hij zich door de gang weghaastte.

'Jullie twee,' zei Mallet tegen Casey en Webb. 'Weer aan het werk. Breng de verdediging op orde.'

Zodra ze de ruimte hadden verlaten, verplaatste hij zijn blik naar Loader.

'Heb je een veilige kamer gevonden voor de rest van de familie?'

Hij knikte snel. 'De wijnkelder. Daar zullen ze veilig zijn, John. Er is maar één manier om erin te komen of eruit te gaan. Sterkste deel van het huis.'

'Breng hen daar nu naartoe,' zei Mallet, terwijl hij op de familie wees. 'Zeg tegen de kolonel dat hij een van zijn gardisten bij hen in de kelder moet zetten. Zorg ervoor dat hij begrijpt dat hij hen onder geen enkele omstandigheid alleen mag laten. Zeg tegen hem dat hij de deur pas open mag doen als het gevecht is afgelopen.'

'Wat doen we met het meisje en de broer van de president?'

'Haal hen hier weg. Het maakt me niet uit waarheen. Gewoon weg hier.'

'Dit gaat problemen geven.' Loader haalde diep adem. 'De Machete Boys zullen nu te weten komen waar ze ons kunnen vinden. Dat zullen ze uitvogelen, zodra ze beseffen dat hun makker niet terugkomt.'

'Zij niet alleen,' zei Gregory.

Casey keek naar hem. 'Wat bedoel je?'

'De Boys en het VFK zijn bondgenoten,' legde Gregory uit. 'De Boys zullen de mannen van generaal Kakuba op de hoogte brengen, zodra ze weten waar wij zitten. Ze zullen dat bericht doorgeven.'

'Heel fijn,' mompelde Loader.

Mallets staalblauwe ogen bleven op Bowman gericht. 'Jij. Herpak je. Help Tiny. Daarna kom je naar buiten om de anderen te helpen.'

Hij marcheerde de kamer uit, met zijn geweer aan zijn schouder. Gregory volgde hem. Loader trok de schoonzus zachtjes weg bij haar dode dochter. Bowman gebaarde naar de jongens en het andere meisje dat ze moesten gaan staan. Seguma's vrouw pakte haar eigendommen, waarna Bowman en Loader de familie door de gang begeleidden. De kinderen huilden zachtjes en de schoonzus maakte een diep weeklagend geluid in haar keel.

Ze bereikten een deur aan de zijkant van de centrale hal en liepen via een wenteltrap naar de kelder. Loader leidde hen door een gang vol spinnenwebben, via een eenvoudige metalen deur, naar een ruime wijnkelder met een gewelfd plafond. Er lagen rijen wijnflessen in houten stellingen; de halzen waren bedekt met een laag stof. Kisten met flessen wijn die nog niet waren uitgepakt stonden tegen de muren opgestapeld. In een andere kist zag Bowman een stel elektrische veedrijvers. Hij vroeg zich af wat die in de kelder deden. Een vergissing waarschijnlijk. Een van de personeelsleden had het verkeerde pakket op de verkeerde plek gezet.

Het gezin ging rond een eiken tafel in het proefgedeelte zitten. Bowman rende terug naar boven en liet Loader achter om de familie te bewaken, terwijl hij het personeel haalde. De twee dienstmeisjes, de kok, de tuinier. Hij leidde hen naar de kelder, liet hen achter bij de familie, haastte zich terug naar de begane grond en rende naar buiten. Hij wenkte een van de presidentiële gardisten en bracht hem naar de kelder. Loader zei tegen de gardist dat hij in geen enkel geval de ruimte mocht verlaten. Hij zorgde ervoor dat die man snapte wat hij moest doen en demonstreerde de klopcode die ze zouden gebruiken als het veilig was om naar buiten te komen. Daarna liep hij met Bowman de gang in en sloot de deur achter zich.

'Wat had dat verdomme allemaal te betekenen?' vroeg Loader.

Bowman liep door. 'Geen idee waar je het over hebt, maat.'

'Dat heb je wel. Boven. De familie alleen laten. Wat dacht je in vredesnaam?'

Bowman bleef staan en draaide zich naar zijn makker.

'Is er iets wat je tegen me wilt zeggen, Tiny?'

Loader knarste met zijn tanden en zijn gezicht was vertrokken van woede. 'Je bent niet meer scherp. Je bent een lachertje. Dat meisje is dood door jouw schuld.'

Bowman kneep zijn ogen half dicht. 'Het was een vergissing. Ik wist niet dat die schutter daar was. Niemand wist dat.'

'Sta niet te lullen. Ik heb de verhalen gehoord die de ronde doen in Hereford.'

Bowman verstrakte. 'Welke verhalen?'

'Iedereen weet dat je niet meer de soldaat bent die je vroeger was. Alle kerels in het kamp zeggen hetzelfde. Ze denken dat je slordig bent geworden. Je komt te laat bij briefings, je raakt spullen kwijt, doet basisdingen verkeerd. Ik geloofde hen toen niet, maar ik begin nu te snappen wat ze bedoelden.' Hij trok zijn neus op, alsof hij iets smerigs rook. 'John had jou nooit moeten rekruteren voor de Cell.'

'Die kerels moeten zich met hun eigen zaken bemoeien. Dat geldt ook voor jou, Tiny.'

'Donder op, Josh. We staan op het punt om te worden aangevallen door een zwerm rebellen. Dit is geen plek voor een afgedankt lid van het Regiment. Jezus, we kunnen er niet eens op vertrouwen dat je een stel burgers bewaakt.'

'Ik kan doen wat nodig is,' hield Bowman vol.

'Gelul. Dit is niet de eerste fout die je tijdens deze missie hebt gemaakt, hè?'

Bowman zei niets.

'Patrick vertelde ons wat er in Monte Carlo is gebeurd,' ging Loader verder. 'Het medicijnkastje van Lang leegroven terwijl je alleen maar hoefde te controleren of de plee veilig was. Je dekmantel bijna verklappen tegen de huismeester. Bovendien ben je helemaal niet fit. Je hebt non-stop zitten zweten sinds we uit Londen zijn vertrokken. Ik heb bij de Selectie kokkies gezien die fitter zijn dan jij.'

'Het is niet wat je denkt,' zei Bowman.

'Wat bedoel je, maat? Voor zover ik kan zien, lijkt het erop dat jij een risicofactor vormt.'

Bowman keek lang naar de vloer terwijl hij naar woorden zocht. Hij schaamde zich om zijn maat recht in de ogen te kijken. Hij schaamde zich omdat hij het kleine meisje niet had kunnen beschermen. Toen zuchtte hij en keek op naar zijn oude makker uit het Regiment.

'Ik heb een probleem. Verslaving. Een flinke.'

'Wat is het? Drank?'

Bowman schudde van nee.

'Gokken dan? Heb je al je zuurverdiende centjes over de balk gesmeten? Is dat het?'

'Nee, maat. In de verste verte niet.'

'Wat dan?'

'Opioïden,' zei Bowman, 'ik ben verslaafd aan opioïden.'

Loader trok verrast zijn hoofd naar achter. 'Wat, zoals smack?'

'Ik heb nooit heroïne gebruikt en ik spuit het niet. Het zijn gewoon pillen.'

'Zoals pijnstillers? Die je op doktersrecept kunt krijgen?'

'Soms. Meestal zijn het synthetische tabletten, uit China. Ze maken die daar in illegale fabrieken. Red Lights, Jumping Jacks, Cookies, Space Dust. Zo worden ze in elk geval op straat genoemd. Ik weet niet hoe ze in het echt heten. Ik krijg een regelmatige voorraad via een betrouwbare contactpersoon. Een vriend van mij van thuis. Hij is mijn contact.'

Hij had het eindelijk opgebiecht. Zijn geheim. Bowman had het gevoel dat er een zwaar gewicht van hem af viel. Loader keek hem verbijsterd aan. 'Hoelang is dat al aan de gang?'

'Tien jaar.'

'Je bent al tien jaar verslaafd?'

'Niet de hele tijd. Er zijn perioden waarin ik clean ben geweest. Soms kan ik het doen met af en toe een paar pillen. Op andere momenten is het veel erger en loopt het uit de hand. Dan nemen de pillen de controle over je leven over.'

'Net zoals nu.'

'Ik denk het.'

'Heb je daarom die familie alleen gelaten? Om een paar pillen te slikken?'

Bowman knikte, brandend van schaamte. Hij haatte zichzelf op dat moment, verachtte wat hij was geworden. 'Ja.'

Loader staarde hem geschokt en ongelovig aan. 'Waarom doe je het, maat? Waarom ben je überhaupt aan die troep verslaafd geraakt?'

Bowman ademde zwaar uit. 'Je weet wat er met mijn gezin is gebeurd, toen ik bij de politie was.' Loader knikte. 'Het was mijn schuld,' zei Bowman. 'Ze zijn gestorven door mijn schuld, maat.'

Loaders wenkbrauwen trokken naar elkaar. 'Ik dacht dat ze zijn vermoord door de Albanese maffia?'

'Die klootzakken hebben de moord gepleegd, maar ik was degene die hun leven in gevaar bracht.'

Hij keek weg. Zijn lippen trilden en zijn vuisten beefden van ingehouden woede. Loader wachtte tot hij verder ging.

'Ik werkte in die tijd langdurig undercover, snap je? We probeerden te infiltreren in een bende voormalige gevangenen die zich in Essex had gevestigd. Maar het echte doelwit was de Albanese maffia waar ze zaken mee deden. De Hoxha-clan. De oudste broer, Agon, was de baas van die organisatie. Ze waren betrokken bij een heleboel grote cocaïnetransporten vanuit Europa.

Ik probeerde maandenlang hun vertrouwen te winnen. Het was hard werken om de hele dag door te brengen met een stel zieke gangsters, terwijl ik mijn dekmantel intact moest houden en ervoor moest zorgen dat ik geen fouten maakte. Maar het was de moeite waard. Alle informatie die ik opving, gaf ik door aan mijn contactpersoon bij de politie. Zij was de enige die mijn ware identiteit kende. Dat was de afspraak. Niemand anders had iets over mij moeten weten.

Uiteindelijk nodigde Agon Hoxha me uit voor een bijeenkomst op hoog niveau met de clan over een grote wapensmokkelovereenkomst die ze wilden bespreken. Ik dacht dat dat de grote doorbraak was. Ik zou naar die bijeenkomst gaan en genoeg informatie verkrijgen om de Albanezen en hun zakenpartners uit Essex levenslang te bezorgen. Dat was in elk geval het plan.'

'Wat is er gebeurd?'

'Iemand had de Albanezen een tip over mij gegeven.'

'Wie?'

'Een corrupte agent. Agon Hoxha had hem op de loonlijst staan. Het was hem gelukt om mijn identiteit te achterhalen door flarden informatie uit het dossier met elkaar te combineren. De Albanezen werden op de hoogte gebracht en maakten een plan om me in een hinderlaag te laten lopen, een kogel in mijn achterhoofd te schieten en mijn lijk in de Theems te gooien.'

'Hoe heb je kunnen ontkomen?'

'Ik was op weg naar die bijeenkomst toen ik een berichtje van mijn contactpersoon kreeg waarin hij zei dat ik meteen moest wegwezen. Het lukte me om te ontsnappen,' voegde hij eraan toe met een stem vol verdriet, 'maar toen de Hoxha-clan mij niet te pakken kon nemen, nam Agon in plaats daarvan wraak op mijn gezin.'

Tranen welden op in Bowmans ogen bij die herinnering. Hij had zichtbaar moeite om verder te gaan.

'Ik trof hen thuis aan. Ik zal dat tafereel nooit vergeten. Er gaat geen dag voorbij zonder dat ik eraan denk. Ze hebben mijn vrouw vastgebonden en de glimlach van een clown in haar gezicht gekerfd, van oor tot oor. Daarna sneden ze de keel van mijn dochter door en lieten haar op de keukenvloer doodbloeden. Ze dwongen mijn vrouw toe te kijken hoe het leven uit ons prachtige kleine meisje wegvloeide. Daarna schoten ze een kogel in Amy's hoofd. Ze lieten hen daar achter, zodat ik hen kon vinden, als een gestoord cadeau.'

'Jezus, maat, het spijt me.'

'Het is niet jouw schuld.'

'Dat weet ik, maar toch.' Loader aarzelde. 'Hebben ze de klootzakken niet gearresteerd die dat hebben gedaan?'

'Er was een groot onderzoek. We wisten allemaal wie verantwoordelijk was. Iedereen wilde hen aan de schandpaal nagelen. We hebben het hard genoeg geprobeerd, maar het Openbaar Ministerie had het gevoel dat de zaak te zwak stond. Te veel hiaten, geen redelijke kans op een veroordeling.'

'Jezus. Dat wist ik allemaal niet.'

Bowman zuchtte en zei: 'Wat er is gebeurd, is dat het mijn hoofd in de war bracht. Niets kon de pijn buitensluiten. Ik kon niet slapen, niet denken. Toen bood iemand me een pil aan en zei dat die het allemaal kon laten verdwijnen. Zo is het begonnen. Ik gebruikte de pillen een paar maanden, werd clean en nam dienst in het leger. Ik diende een tijd in de SFSG en voltooide de Selectie. Alles zag er rooskleurig uit. Het lukte me om van de pillen af te blijven. Een tijdje.'

'Waarom ben je er weer mee begonnen?'

'Irak. Al die intense oorlogsvoering. Je weet nog wel hoe het daar was, makker.'

Loader knikte met gevoel. 'Ja, dat weet ik nog.'

'Ik was gestrest, uitgeput, opgebrand. Een paar kerels met wie we samenwerkten in Delta Force namen een drugscocktail, gewoon om van dag tot dag te overleven. Ik begon dus weer met dat spul. Sindsdien gaat het op en af. Soms ben ik clean, soms niet.'

'Irak was lang geleden,' bracht Loader daartegen in. 'Je kunt de oorlog daar niet de schuld van geven. We waren allemaal daar, maar we zijn niet allemaal in junkies veranderd.'

'Je begrijpt het niet, Tiny. Niemand is van plan verslaafd te worden, maar zodra je het bent, wordt het een obsessie. Pillen krijgen, zorgen dat je er genoeg hebt om de dag door te komen. Dat is alles waar je je druk om maakt.'

‘Is dat waar je de hele tijd aan hebt gedacht sinds we uit Londen zijn vertrokken?’ De woede in de stem van Loader was zo scherp dat je er glas mee kon snijden. ‘Wanneer je weer high kon worden?’

‘Daar gaat het niet om, makker. Ik pak het spul om me normaal te voelen. Dat is alles.’

‘Stop er dan mee. Als het niet gaat over high worden, stop er dan mee.’

Bowman schudde zijn hoofd. ‘Als ik dat ineens zou doen, zou ik gaan beven. Je weet niet hoe dat voelt. Het is het ergste in de wereld. Ik kan amper beschrijven hoeveel pijn dat doet. Verslaafden, mensen zoals ik, zouden alles doen om onthouding te voorkomen.’

Loader keek hem goed aan. ‘Hoe erg is het op dit moment?’

‘Ik heb het slechter gehad.’

‘Weet je zeker dat je hier capabel voor bent?’

Bowman zei: ‘Ik heb pillen, genoeg voor de rest van de dag. Zolang ik regelmatig iets kan nemen, kan ik functioneren.’

‘Dat is niet wat ik vroeg.’

‘Ik kan het vuurgevecht aan. Ik zal niemand teleurstellen.’

Loader staarde hem lang aan. Er was woede te lezen in zijn ogen, maar ook iets zachters. De bezorgdheid om een oude vriend.

‘Je kunt zo niet doorgaan, Josh.’

‘Dat besef ik.’

‘We zouden dit gesprek niet eens moeten voeren. Ik zou er rechtstreeks mee naar John moeten gaan. Hij zou door het lint gaan als hij het ontdekte.’

‘Op de een of andere manier,’ zei Bowman, ‘denk ik dat hij het al weet.’

Loaders gezicht betrok nog verder. ‘Waarom zou John je aannemen bij de Cell, als hij dacht dat je een drugsprobleem had?’

‘Ik heb geen flauw idee, maar er zit iets in de manier waarop hij met me praat, alsof hij de bullshit doorziet.’

‘John mist niet veel,’ was Loader het met hem eens, ‘maar hij zou het anders kunnen zien, als hij ontdekte dat je pillen aan het snuiven was toen je de familie moest beschermen. Hij zou je de Cell uitschoppen.'

'Je hebt waarschijnlijk gelijk. Dat verdien ik ook.' Bowman liet zijn hoofd hangen. 'Ik heb verrekte veel spijt van wat met dat meisje en haar ouweheer is gebeurd. Geloof me maar. Ik zal het mezelf nooit vergeven, maar ik word beter. Dat beloof ik.'

Loader had zijn lippen op elkaar geklemd en keek hem met messcherpe ogen aan.

'Waarom zou ik jou geloven?' vroeg hij na een paar tellen.

'Ik ben eerder al van pillen af gekomen,' zei Bowman. 'Dat kan ik weer doen. Zodra deze missie voorbij is, word ik weer clean.'

'Je zou nu kunnen beginnen.'

'Dat kan ik niet, Tiny. Ik ga beven als ik het probeer. Dan heeft niemand iets aan me bij een vuurgevecht. Als je me echter een kans geeft, zorg ik ervoor dat mijn hoofd op orde komt zodra we hier zijn verdwenen.'

Loader bleef hem aanstaren. Zijn gezicht was een toonbeeld van besluiteloosheid. Hij werd verscheurd door zijn loyaliteit aan Mallet en zijn medeleven met een oude vriend. Toen leek zijn gezicht zich te ontspannen en hij tikte met een vinger op zijn kin.

'Ik heb over bepaalde ceremonies gehoord,' zei hij. 'In Peru. Mensen gaan daarheen om ayahuasca te drinken. Mijn vrouw heeft me daar alles over verteld. Mary houdt het nieuws altijd bij. Ze is slim,' voegde hij er trots aan toe.

'Ik kan je niet volgen. Wat heeft dat te maken met opioïden?'

'Mary had de indruk dat veel verslaafden naar die ceremonies gaan om zichzelf te genezen. Drugsverslaafden, alcoholisten, allerlei mensen. Het reinigt je lichaam of zoiets. Ik begreep het zelf niet, maar misschien kun je ernaar kijken. Zodra we hier weg zijn dus.'

Bowman glimlachte naar zijn makker. 'Bedankt, Tiny.'

'Bedank me nog maar niet. Ik hou dit voorlopig onder de pet, maar als je je verslaving niet onder controle krijgt, ga ik rechtstreeks naar John.'

'Zover zal het niet komen,' zei Bowman. 'Ik laat me hierdoor niet klein krijgen.'

'Ik hoop het niet.' Loader glimlachte even brutaal. 'Als je uit het team wordt geschopt, wie moet mij dan helpen om vrouwen te versieren?'

'Tiny, jij danst zo beroerd dat je alleen het risico loopt om een spier te verrekken.'

Loader lachte. 'Kom op, Cockneyhufter. Actie.'

Ze draaiden zich om en liepen naar de trap.

04.38 uur.

Tweeënvijftig minuten tot de dageraad.

27

Ze kwamen terecht in een wirwar van nerveuze activiteit. Groepen Karatandaanse soldaten waren aan het ploeteren in het spookachtige licht vlak voor de dageraad. Vier van hen werkten in paren en groeven geschutstellingen in het gazon aan weerszijden van de fontein met de adelaar. Eén andere kerel hakte in de stam van een palmboom. Zijn maat zaagde met een kettingzaag een andere gevelde boom in houtblokken van twee meter. Een derde soldaat tilde een van de houtblokken op en sleurde die naar de dichtstbijzijnde geschutstelling. Hij stapelde die naast de opgehoopte aarde aan de rand van het gat. Een andere soldaat begon het hout te bedekken met de aarde en drukte die stevig aan met de platte kant van de spade. Het hout en de aarde zouden voor dekking aan de voorkant zorgen die sterk genoeg was om een kogel met klein kaliber tegen te houden. Verder naar het oosten, op zo'n honderd meter, stapelden twee andere Karatandaanse soldaten rotsen uit de tuin en stenen van de pagode rond de rand van hun ondiepe loopgraaf. Daarmee maakten ze een klassiek schietgat. De mannen lieten genoeg ruimte tussen de rotsen om hun geweerloop door te kunnen steken, waardoor ze de vijand konden vellen zonder zichzelf bloot te stellen aan inkomende kogels. De rest van de plaatselijke soldaten was haastig schootsvelden aan het opruimen op het terrein aan de noordkant van het landgoed door bomen en struiken te verbranden.

Mallet stond naast de soldaten bij een van de half voltooide schuttersputjes en bulderde tegen hen. 'Noemen jullie dat een put? Ik heb regenplassen gezien die dieper zijn. Blijf graven.'

Hij zag Bowman en Loader en wenkte hen. Mallet keek hen allebei vuil aan. 'Waar hebben jullie uitgehangen?'

Loader begon antwoord te geven, maar Mallet onderbrak hem met een kappend gebaar van zijn hand.

'Bespaar je de moeite.' Hij stak zijn arm uit naar het irrigatiekanaal dat achter de tuinmuur van noord naar zuid liep. 'Installeer de landmijnen daar. Dat kanaal is het kwetsbaarste deel van het landgoed. Als de rebellen door het hek komen, kunnen ze het gebruiken om tot vlak bij ons te kruipen.'

'Net als de Slag bij de Little Bighorn,' zei Bowman. 'Toen de Prairie-Indianen de dode hoek gebruikten om op de cavalerie af te gaan.'

'Precies, maar Custer had geen landmijnen om mee te spelen. Wij wel. We moeten ze verdomme dus gebruiken.'

'Waar zijn de andere jongens?' vroeg Loader.

'Alex zit bij het mortier met een van de jongens van de majoor. De anderen zitten op het dak. Patrick heeft de AWC. Jullie tweeën bedienen de Gimpy's. Ik ben ook daarboven met het .50 kaliber. Gezamenlijk bestrijken we alle toegangswegen tot dit landhuis.'

'Wat doet Mike?'

'Hij heeft een van de reserveradio's. Hij dekt de voorkant van het landhuis met een van de Gimpy's van het peloton. Als het de rebellen lukt om door het hek te komen, maait hij hen neer.'

'En de plaatselijke soldaten?'

'We zetten vier andere mannen aan de voorkant. Twee bij het gastenverblijf, twee anderen in de schuttersput in het oosten. Vier anderen in verdedigingsposities die de westelijke flank bewaken. De majoor bemant de tweede Gimpy van het peloton in de geschutstelling aan de achterkant. Als ze vanuit die richting onder vuur worden genomen door rebellen, laat hij ons dat weten.'

'Het is beter op die manier,' zei Loader. 'Het laatste wat we willen, is een probleem door eigen vuur.'

Bowman knikte dat hij het daarmee eens was. De mannen in Mavinda's peloton leken dapper genoeg, maar ze waren niet opgeleid tot het niveau van elitetroepen. Doordat ze vuursectoren toegekend hadden gekregen, werd de kans kleiner dat een onervaren soldaat per ongeluk een bevriende soldaat op de korrel nam.

'Opschieten,' zei Mallet. 'Zodra jullie die landmijnen hebben geïnstalleerd, moet je dat laten weten. Er is nog een heleboel te doen voordat we klaar zijn.'

Hij draaide hun zijn rug toe en marcheerde naar de soldaten bij de geschutstelling. Bowman en Loader verlieten het portiek en sprintten over de oprijlaan naar de Land Cruiser. Ze grepen de schoudertassen met de twee landmijnen uit de kofferbak en renden in een stevig tempo naar de westelijke tuin. Casey knielde naast de mortierstelling voor de gedeeltelijk ingestorte muur aan de noordkant van de tuin. De tweede kerel van de mortierploeg, de slungelige Karatandaanse sergeant, zat naast haar. Ze werkten samen, waarbij Slungel de granaten uit de kisten haalde en Casey de pin uit de neus van elk projectiel haalde en ze klaarzette naast het mortier. Zo waren ze voorbereid op het gevecht.

Bowman en Loader liepen haastig langs hen heen en sloegen de hoek van de tuinmuur om. Ze klommen omlaag naar het zuidelijke uiteinde van het irrigatiekanaal, kropen twintig meter naar voren, stopten en plaatsten de mijnen naar buiten gericht in de richting van het noordelijke uiteinde van het kanaal.

'Als we ze hier achter elkaar leggen,' zei Bowman, 'veranderen we dit gebied in een enorme bermbom.'

Ze maakten beide mijnen voorzichtig los, klapten de schaarbenen uit en zetten de mijnen in het gras, waarbij ze ze het kanaal in richtten. Ze schroefden de ontstekers erin, strooiden gras en bladeren over de mijnen om ze te camoufleren en controleerden ze nog een keer. Daarna wikkelden Bowman en Loader de bundels elektriciteitsdraad af en trokken zich terug tot achter de muur, terug naar de mortierstelling. Ze zorgden ervoor dat de beveiligingsklemmen op hun ontstekingsmechanisme omhooggeklapt waren en verbonden de draden daarna met het afvuurmechanisme.

'Heb je zo'n landmijn eerder al eens laten afgaan?' vroeg Loader aan Casey.

Ze keek hem lang en strak aan. 'Je mag één keer raden.'

'Ik vraag het maar.' Hij wees naar de afvuurmechanismen. 'De beveiliging staat uit. Laat ze niet afgaan tot een van ons de opdracht daartoe geeft vanaf het dak. We moeten zoveel mogelijk vijanden uitschakelen. Het heeft geen zin om ze aan een of twee aanvallers te verspillen.'

'Dat snap ik.'

Ze legde de afstandsbedieningen naast het geschut en ging weer aan de slag om het mortier op te stellen. Loader grinnikte.

'Dat zal een nare verrassing zijn voor die klootzakken,' zei hij tegen Bowman.

Bowman keek even terug naar het kanaal. De mijnen zouden alle rebellen tegenhouden die vanuit de dekking ten noorden van de tuin aanvielen. Zodra de vijand het zuidelijke uiteinde van het kanaal naderde, zou Casey de mijnen laten ontploffen, waardoor ze werden weggevaagd in een dodelijke wolk van stalen balletjes. Iedereen binnen het bereik van de ontploffing zou aan stukken worden gereten.

'Tiny! Breng de rest van de munitie van de Gimpy's naar het dak,' schreeuwde Mallet naar hen vanaf de oprijlaan. 'Josh, ga afstandsmarkeringen afstemmen met de teams bij de mortieren en het sluipschuttersgeweer.'

Loader rende naar de Unimog. Hij begon de rest van de kisten met patroonbanden voor de Gimpy's uit te laden en hing die om zijn nek. Ondertussen nam Bowman via zijn tactische radio contact op met Webb. Die zat op het dak van het landhuis en hield het landgoed in de gaten door het Schmidt & Bender Mark II-vizier dat aan zijn geweer vastzat.

De twee soldaten werkten samen, waarbij Bowman verschillende afstanden tot het huis afpaste en visuele herkenningstekens plaatste. Die gaf hij daarna door aan Webb, die de afstanden met potlood op papier noteerde. Daardoor ontstond een reeks referentiepunten voor de kerels op het dak waarmee ze de afstand tot een doelwit konden bepalen. Bowman paste vijftig meter af en plaatste daar een grote rots uit een waterpartij in de tuin. Hij plaatste nog meer referenties met intervallen van vijftig meter, helemaal tot het hek en daarna tot de bosrand. Die bevond zich vijfhonderd meter van het landhuis en dat was de demarcatielijn voor het mortier. Alles tussen die lijn en de markering op tweehonderd meter was het territorium voor mortiergranaten. Alles wat dichterbij was, zou gevaarlijk dicht bij de verdedigers neerkomen.

Als we op die afstand granaten moeten gaan afschieten, dacht Bowman, is de vijand binnengedrongen in het landgoed. Dan staan we met onze rug tegen de muur.

Hij legde een laatste markering bij de rand van de open plek en liep daarna in looppas rond het landgoed om de toestand van het hek te bekijken. Hij was op zoek naar zwakke plekken of gaten die zo groot waren dat er iemand doorheen kon glippen. Hij legde stenen neer bij de grootste gaten, zodat de verdedigers hun vuur gemakkelijk op die gebieden konden concentreren.

Hij voelde zich niet moe nu. De adrenaline had het overgenomen en stroomde door zijn bloed om zijn vermoeide lichaam op te peppen. Adrenaline en de ijzeren wil om te winnen die alle SAS'ers in zich hadden.

De kans dat het team binnen een paar uur zou worden aangevallen was groot, wist Bowman. De Machete Boys zouden verwachten dat hun verkenner snel zou terugkeren uit het landhuis. Zodra die zich niet zou melden, zouden de Boys hem komen zoeken, klaar om een robbertje te vechten.

Net als wij, dacht Bowman. We bereiden ons voor om voor ons leven te vechten.

Hij haastte zich naar de Unimog om de rest van de kisten Gimpy-munitie uit te pakken. De soldaten die onder bevel stonden van Mavinda waren verwoed bezig met het verbranden van vegetatie of het opstapelen van aarde op de houtblokken rond de vuurposities. In het oosten droegen twee mannen van de Presidentiële Garde een telescoopladder naar het gastenverblijf. Een van de gardisten had de onderkant vast, terwijl de tweede het bovenste deel uitschoof tot de bovenste trede bij het dak van het gastenverblijf kwam. Ze zetten de ladder stevig tegen de gevel en klommen naar het dak om daar ook een positie op te zetten om vanuit te schieten.

Aan de voorkant van het landhuis waren Gregory en de Karatandaanse soldaat met het tandenborstelsnorretje een van de FN-machinegeweren van het peloton aan het opstellen in een schutterspu tje. Het wapen zag er in grote lijnen hetzelfde uit als de Gimpy's die door de Cell werden gebruikt, maar ze waren ouder, gebutst en verroest en hadden een bekraste houten kolf.

Mallet keek op zijn horloge en schreeuwde naar Bowman. 'Dat was alles! We gaan naar boven. Opschieten!'

Bowman rukte het deksel van de laatste drie kisten met GPMG-munitie. Hij hing de glimmende banden om zijn nek, greep zijn geweer en haastte zich met Mallet naar het landhuis. Ze renden de centrale trap op naar de overloop van de tweede verdieping en liepen door een gang vol portretten van Seguma in verschillende heldhaftige posen: Seguma op een paard, de jager Seguma bij een dode leeuw, Seguma in uniform die de troepen inspecteerde. Ze stormden door de nooduitgang, klommen omhoog via een bedompt trappenhuis en beukten de deur aan de bovenkant open.

Het dak was een wirwar van satellietschotels, antennes, zonnepanelen en airconditioningapparaten. Er lag overal rommel en kiezels. De andere leden van het team hadden posities ingenomen bij de decoratieve stenen borstwering. Loader dekte de oostelijke toegangsweg naar het huis met een van de twee GPMG's. Webb had een plekje aan de noordkant dat uitkeek op het terrein aan de voorkant. Hij zat geknield en richtte zijn AWC-geweer door een van de gaten in de borstwering. Naast de zware wapens had iedereen zijn eigen geweer, pistool en enkele fragmentatiegranaten. Het was een indrukwekkende hoeveelheid vuurkracht.

Laten we hopen dat we niet alles nodig hebben.

'Naar de andere Gimpy,' beval Mallet. 'Schiet op!'

Bowman rende langs de centrale lichtkoepel naar de tweede GPMG, die achter de borstwering lag die op het westen uitkeek. Mallet liep naar het .50 kaliber-geweer bij de zuidelijke muur dat de achterkant van het landgoed bestreek. Bowman legde de patroonbanden met 7.62 mm-munitie die hij uit de Unimog had meegenomen op de zeven andere patroonbanden die al naast de Gimpy lagen. Tweehonderd kogels per band, in totaal dus tweeduizend kogels.

Bowman knielde naast de Gimpy, spande het sluittoestel aan de zijkant van de kast en vergrendelde hem. Hij opende de bovenplaat, tilde een patroonband van de stapel en bracht het uiteinde ervan in de aanvoer in, sloot de bovenplaat en keek op zijn horloge.

Zestien minuten tot de dageraad aanbrak.

'Zie je iets, Patrick?' vroeg Loader.

'Niets,' antwoordde Webb rustig. 'Alles rustig hier.'

'John, waar zullen ze ons volgens jou aanvallen?' vroeg Bowman.

'De voorkant,' zei Mallet. 'Dat is de vanzelfsprekendste route het landgoed in. Geen poort. Als ze ons aanvallen, zullen de klootzakken daar waarschijnlijk vandaan komen.'

'Het zijn geen militaire genieëen, Josh,' zei Loader laatdunkend. 'We hebben het over de Machete Boys. Een stel bezopen idioten. Die gaan ons niet vanuit de flank besluipen.'

'Alex? Gaat het goed met jou daarbeneden?' zei Mallet in zijn microfoon.

'Misschien komt het als een verrassing voor jullie,' zei Casey, 'maar het gaat prima met mij.'

'Ga niet met het mortier schieten voordat ik het bevel geef. Hou je voorlopig bij je geweer. We willen de zware middelen bewaren tot ze en masse op ons afkomen.'

'Ga je me ook vertellen hoe ik een geweer moet gebruiken?'

Mallet lachte.

Casey zei: 'Maak je geen zorgen over mij, jongens. Pas maar op jezelf.'

Bowman liet de Gimpy boven op de borstwering rusten en bekeek het terrein ten noordwesten van hem. In het sombere licht vlak voor de dageraad kon hij de siertuin onder hem zien, de mortierstelling naast de verkruimelende muur aan de noordkant van de tuin, het irrigatiekanaal ten noorden van de tuinmuur, met de twee landmijnen op de bodem. Verder naar het westen bewaakten twee schuttersputjes de flank. In de verte kon Bowman net het silhouet van een groepje bomen zien.

Iedereen keek en wachtte.

Elf minuten tot de dageraad.

'Nog steeds rustig,' zei Webb.

'Dat zal niet lang meer zo blijven,' zei Loader. 'De Machete Boys weten dat we hier zitten. De vraag is wanneer ze ons zullen aanvallen en hoe hard.'

Ze bleven rondkijken. Mallet keek op zijn telefoon of er berichten van Six waren. Loader rende naar beneden om water op te zetten. Hij kwam snel daarna terug met een thermoskan met twee liter koffie, bekers, broden en een zak appels. De leden van het team schonken warme, zwarte koffie voor zichzelf in, terwijl Webb de toegangsweg aan de voorkant in de gaten hield. Af en toe werd hij het beu om door het vizier te kijken en observeerde hij het terrein met zijn blote ogen. De boomtoppen gonsden van de aubade van vogels en apen die het begin van de nieuwe dag aankondigde.

Misschien onze laatste, dacht Bowman.

Zes minuten voor het eerste licht.

'Zien jullie iets, jongens?' riep Loader.

'Nee,' antwoordde Webb.

'Ik ook niet,' zei Mallet.

'Is er al nieuws over de Hercs?' vroeg Bowman.

'Die zijn onderweg. Geen ander nieuws. Ze zouden nog steeds om acht uur moeten landen.'

Bowman keek op zijn horloge: 05.25.

Dan hebben we nog een hele tijd te gaan, dacht hij.

'Waar landen ze?' vroeg Loader. 'Het vliegveld bij de hoofdstad is niet beschikbaar.'

'Ze verspreidden zich,' zei Mallet. 'De SFSG en de eenheden van de SBS gaan op weg naar een rendez-vous in het noorden van het land. Die heroveren het vliegveld en stellen de infrastructuur in en rond de hoofdstad veilig. Squadron D landt op het privévliegveld op dertig kilometer van hier. Dat is goed nieuws voor ons, want dat betekent dat ze sneller hier zullen aankomen.'

'Hoelang zal dat duren?'

'Hangt ervan af,' zei Mallet.

'Waarvan?'

'De situatie op de grond. De mannen zouden op weg hierheen in een hinderlaag kunnen lopen of worden geraakt door een bermbom. Er kan van alles gebeuren om hun komst te vertragen.'

'Of de rebellen vallen het vliegveld aan,' zei Webb.

'Dat is niet waarschijnlijk. Er is een militaire aanwezigheid op het vliegveld. Twee pelotons. Die hebben het bevel om de landingsbaan koste wat het kost te beschermen.'

'Luchtsteun?' vroeg Bowman.

'Dat heb ik gevraagd, maar dat is een keiharde nee,' zei Mallet. 'Niets in de buurt, geen snelle vliegtuigen. Alleen wij.'

'Deze missie wordt steeds beter,' mopperde Loader.

'We hebben nog steeds de overhand. We zitten het hoogst en hebben de beste spullen. Over een paar uur vliegt squadron D binnen en rolt de vijand op.'

'Als ze maar hier zijn voor het VFK, dan ben ik al blij. Generaal Kakuba klinkt als een gemene klootzak.'

Mallet zei: 'We hebben geen meldingen gehad van paramilitaire activiteiten van het VFK in dit gebied. Voor zover we weten, zijn de Machete Boys de enige opstandelingen in de buurt.'

Een paar minuten later verscheen de eerste vage glimp licht aan de horizon. De duisternis verdween geleidelijk. Bowman dronk koffie en keek rond over het landgoed. Hij kon het terrein in het westen nu duidelijker zien. De bomen in de verte bleken een dicht palmbosje te zijn. Er was een tweede grasveld ten oosten van het gebouw dat uitkwam bij een boomgaard. Hij zag de zwarte stompen van verbrande bomen en struiken aan de voorkant van het landhuis, het dichte bos op honderd meter ten noorden van de open plek. In de verte merkte hij de silhouetten van scherpe heuvelruggen op die leken op de knokkels van een gebalde vuist.

Er verstreek een minuut.

Nog een.

Toen zei Webb: 'Ik zie beweging.'

'Waar?' vroeg Mallet.

'De boerderijen aan de andere kant van de hoofdweg,' antwoordde Webb.

'Opstandelingen?' vroeg Bowman.

'Burgers. Ongewapend. Mannen en vrouwen, een paar kinderen. Een grote groep.'

'Wat zijn die van plan?' vroeg Loader.

Webb zei: 'Ze rennen het binnenland in. Ze hebben haast. Het lijkt erop dat ze problemen verwachten.'

'Dan weten zij iets wat wij niet weten,' zei Loader.

'Het zijn de rebellen,' zei Bowman. 'Die zijn vast en zeker onderweg.'

'Waarom blijven die mensen dan niet binnen?'

'Dit is geen kijksport, Tiny. Ze blijven niet rondhangen als het schieten begint.'

Mallet tikte op zijn radioknop. 'Mike, Alex, majoor. Statusupdate. De plaatselijke inwoners slaan op de vlucht. We staan op het punt aangevallen te worden.'

Webb hield de AWC gericht op het terrein ten noorden van het landhuis. De anderen hielden de flanken en de achterkant in de gaten. Bowman greep de kolf van de GPMG steviger vast. De pijn tussen zijn slapen was verdwenen. Hij dacht niet meer aan de pillen of hoeveel tijd er was voor zijn volgende dosis. Elke vezel van zijn wezen was geconcentreerd op het aanstaande gevecht.

Toen zei Webb: 'Vijandelijke bewegingen. Op de toegangsweg. Er rijdt een technical met hen mee en ze komen deze kant op.'

'Actie!' schreeuwde Mallet.

De anderen verplaatsten zich snel naar de noordkant van de borstwering. Bowman en Loader stonden bij het GPMG's die rustten op de bovenkant van de stenen afdeklaag, aan weerszijden van Mallet. Die ging op zijn buik liggen en stak de loop van het .50 kaliber-geweer door een opening in de borstwering. Bowman tuurde door het vizier van de Gimpy en zag de stenen boog aan het uiteinde van de oprijlaan, vierhonderd meter ten noorden van het landhuis. Hij zag de open plek erachter en de donkere massa van de bossen aan weerszijden van de toegangsweg die de hoofdweg aan het zicht onttrokken. Hij concentreerde zich met ingespannen ogen op dat gebied.

Toen zag hij het voertuig. Het was in feite een aftandse pick-up waar achterop een machinegeweer was gemonteerd. De afstand van het dak tot de technical was ongeveer zeshonderd meter, maar Bowman kon het duidelijk zien. Hij zag het wapen dat achterin was bevestigd en de schutter. Het voertuig sukkelde op loopsnelheid in de richting van de stenen boog.

Twee groepen rebellen naderden hen in de schaduw aan weerszijden van het vrachtwagentje en bleven dicht bij elkaar. Ze voelden zich veilig in een groep, vermoedde Bowman. Hij kon op deze afstand hun gezicht niet zien, maar hun gestalten duidelijk van elkaar onderscheiden door het vizier van de GPMG. De chauffeur had de koplampen uitgedaan om hen minder zichtbaar te maken.

Loader vroeg: 'De Machete Boys?'

'Het lijkt erop,' zei Webb. 'Drie van hen dragen geluksamuletten.'

'Over een paar minuten zullen ze zich niet meer zo gelukkig voelen.'

'Zie je wapens, Patrick?' vroeg Bowman.

'De meesten hebben een AK-47; een paar hebben een pistool of een mes.'

Mallet drukte op zijn radioknop en sprak in zijn keelmicrofoon. 'We zien rebellen die de boog naderen. Niet schieten tot ik het bevel geef.'

'Roger,' zei Gregory.

'Roger,' zei Casey.

Mallet bekeek de vijand via het .50 kaliber-geweer. 'Tiny, op mijn teken neem jij de kerels links van de technical te grazen,' zei hij. 'Josh, jij pakt de hufters rechts ervan. Wij zorgen wel voor het voertuig.'

Bowman ademde uit en hield zijn dradenkruis gericht op de rebellen. De dageraad beschilderde de lucht en een oranje lint steeg op boven de heuvels in de verte. De gestalten links en rechts van de technical werden duidelijker toen ze de open plek naderden. Bowman begreep waarom Mallet wilde wachten. Als ze te vroeg schoten, zouden de Boys zich in het bos verspreiden. Het was beter om pas te vuren als ze tussen de bomen uit waren gekomen. Zodra ze op het open terrein waren, konden ze zich nergens meer verbergen.

'Hoeveel man kun jij zien, Patrick?' vroeg Loader.

'Dertig,' zei Webb. 'Plus twee in de technical. Eén chauffeur, één achterin om het machinegeweer te bedienen.'

'Een kleine eenheid voor een aanval.'

Bowman zei: 'Ze verwachten geen groot gevecht. Ze denken waarschijnlijk dat ze alleen maar te maken hebben met een paar bewakers.'

'Patrick, ik zal de motor voor mijn rekening nemen,' zei Mallet. 'Jij moet de chauffeur en de vent achterin uitschakelen.'

'Oké.'

Bowman richtte het dradenkruis op de groep figuren rechts van de technical. Een reeks horizontale lijntjes markeerde de verticale as van het raster. Dat hielp de schutter om te compenseren voor dingen zoals het dalende traject van kogels en de zwaartekracht. Terwijl Bowman toekeek, kroop de technical tussen de bomen uit en bereikte de open plek.

De rebellen zwermden aan weerszijden van het voertuig naar voren. Er waren geen bewakers in de wachtpost bij de boog. Die waren met opzet teruggetrokken tot een van de schuttersputten aan de achterkant van het gebouw. Dat was onderdeel van de hinderlaag die het team had gelegd, met de bedoeling de vijand een vals gevoel van veiligheid te geven. De Machete Boys zouden de verlaten wachtpost zien en denken dat het gebouw slecht werd verdedigd. Ze zouden de soldaten op het dak niet zien, niet op die afstand.

Niet tot het te laat was.

'Wachten,' zei Mallet.

De laatste rebellen glipten tussen de bomen uit. De mannen in beide colonnes liepen dicht bij elkaar, merkte Bowman op. Dat was een grote fout. Een professioneel opgeleide eenheid zou in een verspreide formatie zijn opgerukt naar het doel. Op elkaar gepakte infanterie was gemakkelijker neer te maaien dan individuen die ver van elkaar verwijderd waren.

De Boys renden naast de technical mee, terwijl die over de toegangsweg in de richting van de boog hobbelde. Toen liepen ze de open plek op. Ze waren vijf meter van de bomen. Toen tien meter. Vijftien.

Twintig.

Mallet wachtte nog heel even en haalde toen de trekker over.

28

Het geweerschot donderde door de vroege dageraad.

Bowman keek door zijn vizier, toen de kogel de voorkant van de technical raakte en een krater sloeg in de radiator en het cilinderblok. Dat maakte een einde aan de motor. Tactisch gezien was dat een slimme zet. Schakel eerst het voertuig uit in plaats van de mannen die te voet zijn. Het voertuig vormde de grootste bedreiging, met name het machinegeweer dat achterin stond. Bowman kon het wapen vanaf deze afstand niet identificeren, maar hij nam aan dat het een DSJK of zoiets was. Iets Russisch, uit de familie van zware machinegeweren, met een effectief bereik van zo'n tweeduizend meter. Veel dreigender dan de AK-47's die de voetsoldaten bij zich hadden. Het team wilde niet aan de verkeerde kant staan van een salvo vanaf de technical.

Het vrachtwagentje kwam midden op de open plek schuddend tot stilstand. Er kolkte rook uit aan weerszijden van de motorkap. Bowman hoorde een scherpe *krak* toen Webb de AWC afvuurde. Het sluipschuttersgeweer van het kleinere kaliber dat de 7.62 x 51 mm NAVO-kogels gebruikte en dodelijk was tot een afstand van achthonderd meter. De kogel sloeg een ster in de voorruit en doodde de chauffeur voordat die kon uitstappen. Webb spande de haan in één soepele beweging opnieuw en schoot weer. De rebel achter in het vrachtwagentje tuimelde weg bij het machinegeweer. Drie snelle schoten en de technical vocht niet meer mee.

De dertig Machete Boys aan weerszijden van het vrachtwagentje bleven stokstijf staan.

Het plotselinge van de aanval had hen geschokt, alsof ze door een vreemdeling op straat in hun gezicht waren gestompt. Ze kregen ineens veel te veel prikkels. Twee van hun makkers waren binnen een paar seconden weggevaagd. Niemand wist wat-ie moest doen. De Boys hadden geen plan B. Ze waren recht in een hinderlaag gelopen. Alles was naar de klote gegaan.

'Open het vuur met de Gimpy's,' riep Mallet. 'Nu!'

Er kolkte nog steeds rook uit het motorblok toen Bowman op de dicht bij elkaar staande groep rebellen richtte die rechts van het gesloopte voertuig stond. Zijn linkerhand rustte boven op de kunststof kolf van de GPMG, terwijl zijn rechterhand de greep stevig vasthield en daardoor voor een stabiel vuurplatform zorgde. Een paar meter van hem vandaan stond Loader achter de borstwering en richtte zijn wapen op de op elkaar gepakte groep gestalten links van de gestopte pick-up. De schutters hoefden zich niet achter de borstwering zelf te verstoppen. De Boys zouden worden omgelegd voordat ze zelf zouden kunnen schieten. Er waren niet meer dan twee seconden verstreken sinds Mallet de eerste kogel uit de .50 had afgevuurd.

De rebellen bevonden zich dertig meter van het hek om het landgoed. Zeventig meter van het beboste gebied in noordelijke richting. Niemandsland.

De zone des doods.

Bowman vuurde.

Een vlam spoot uit de loop van de Gimpy. Gebruikte band en patronen werden aan de rechterkant uit de kast geworpen en rinkelden op de cementvloer, terwijl Bowman twee salvo's loste op de Boys rechts van de technical. Vijf van hen werden door een storm van heet lood gedood. Op zijn negen uur ging Loader helemaal los met de tweede Gimpy en slachtte de rebellen links van de toegangsweg af.

Beide soldaten vuurden weer. Nog eens salvo's van vijf kogels. Het industriële gestotter van de machinegeweren vulde de lucht. De kogels scheurden omlaag door de doelwitten en sloegen een gat in de kerel die erachter stond, voordat ze in de bodem verdwenen, waarbij ze brokken aarde de lucht in smeten. Elke vijfde kogel was een rode lichtspoorkogel, zodat de schutters konden zien waar de kogels neerkwamen. Enkele van de lichtspoorkogels aan beide zijden van het vrachtwagentje ketsten af tegen de grond en schoten omhoog de steeds lichter wordende lucht in, als raketten bij een vuurwerkshow.

Meer dan de helft van de doelwitten in beide groepen lag dood op de grond. Zestien of zeventien lijken.

De nog levende Boys verspreidden zich meteen over het open terrein en renden verschillende kanten uit, wanhopig op zoek naar dekking. Ieder voor zich. Bowman hoorde de lichte terugslag van de AWC, het zwaardere geluid van de .50 toen Webb en Mallet mee gingen doen aan het gevecht. Zij namen individuele doelwitten voor hun rekening, terwijl de twee GPMG's afrekenden met de grotere groepen. Eén kerel met een jas met dierenprint en een zonnebril sprong achter in de technical in een wanhopige poging om het machinegeweer te bedienen. De AWC krakte. De man viel met wiekende ledematen achterover bij het wapen vandaan en belandde op de grond. Links van de technical begon een andere rebel met een muts zijn AK-47 op het gebouw te richten. De .50 knalde en het hoofd van de man explodeerde in een felrode mist.

De resterende eenlingen vluchtten naar de dekking van de bomen en renden zo hard hun benen hen konden dragen in hun wanhoop om aan die zone des doods te ontsnappen. Mallet schoot één kerel in zijn rug toen die over de weg rende. Het restant verdween in het bos om hun wonden te likken, voordat de verdedigers hen aan stukken konden scheuren.

Bowman stopte met schieten. De anderen ook.

Het gevecht had niet meer dan tien seconden geduurd. Hij telde meer dan twintig lichamen op de grond van de open plek. Dat was meer dan twee derde van de aanvallende eenheid. De Boys hadden niet eens de kans gekregen om een paar kogels op het landhuis af te vuren. Ze waren verpletterd, weggevaagd. De definitie van een eenzijdige overwinning, als een voetbalteam dat voor de rust al met 5-0 voorstaat.

Bowman concentreerde zich op de bosrand voor het geval er Boys terug zouden komen om het nog een keer te proberen, maar het bleef rustig. Er vielen vanuit het bos geen rebellen aan.

'Dat zal die klootzakken wel het zwijgen opleggen,' zei Loader na een paar tellen.

Mallet staarde naar de doden op de open plek en knikte lichtjes. 'Eventjes, aye.'

'Denk je dat ze terug zullen komen?' vroeg Webb.

'Dat moeten ze wel,' zei Mallet. 'Ze begrijpen nu dat de familie van de president hier is. De Machete Boys zullen dat best snel uitvogelen. De volgende keer hebben ze zich beter voorbereid.'

'Ze zullen hun dode makkers ook willen wreken,' zei Bowman.

'Dat mogen ze proberen,' zei Loader snuivend. 'Ze hebben geen idee als het over tactiek gaat. We kunnen die grapjassen in onze slaap omleggen.'

'Iedereen in orde daarbeneden?' vroeg Mallet via de radio.

Dat werd door drie stemmen beaamd. Eerst Casey, toen Gregory, daarna Mavinda. Mallet bracht de majoor in het kort op de hoogte van de situatie aan de voorkant van het landgoed. De korte schermutseling met de Machete Boys en hun rommelige aftocht naar het bos. Iedereen leek vol vertrouwen te zijn. Niemand was in paniek. Ze hadden de vijand zojuist op z'n donder gegeven zonder slachtoffers aan eigen kant. Ze hadden bovendien nog een flinke stapel munitie over. Bowman wreef in zijn pijnlijke, vermoeide ogen en keek op zijn G-Shock: 05.44. Nog meer dan twee uur voordat squadron D zou landen op het privévliegveld.

Mallet tuurde op zijn beschadigde telefoonschermpje.

'Nieuws van Six?' vroeg Loader.

'Nee,' antwoordde Mallet. 'Het vliegveld is nog veilig. Squadron D moet nog steeds om acht uur aankomen.'

'Meldingen van VFK-rebellen in de buurt?' vroeg Bowman.

'Niet voor zover we weten.'

Webb keek hem serieus aan. 'Denk je dat ze hierheen kunnen komen?'

Bowman haalde zijn schouders op. 'Mike heeft ons verteld dat het VFK en de Machete Boys bondgenoten zijn. De Boys zullen generaal Kakuba zeker waarschuwen. Het kan goed dat zijn mannen al op weg hierheen zijn.'

Mallet scheurde een stuk brood af en propte het in zijn mond. 'Als die kerels in de buurt waren,' zei hij, 'zouden wij het weten. Six zou dan alarm hebben geslagen.'

Webb keek met dichtgeknepen ogen naar de bosrand, op zoek naar een teken van beweging tussen de schaduwen.

'Hoelang zal het duren voordat de Boys het nog een keer proberen, denk je?' zei hij.

'Een half uur,' zei Mallet, 'misschien iets langer. Ze zullen waarschijnlijk wachten tot hun makkers er zijn voordat ze een nieuwe poging doen.'

'De klootzakken zullen zich moed in willen drinken,' deed Loader een duit in het zakje. 'We hebben ze flink bang gemaakt en ze hebben heel wat sterke drank nodig om dat te vergeten.'

Bowman keek van de achtergelaten technical naar de stenen boog aan de voorkant van het landgoed. Er vormde zich langzaam een gedachte.

'We zouden die boog moeten versperren met die technical, zodat het landgoed vanaf de toegangsweg vergrendeld is en er geen voertuigen door kunnen komen.'

'Hoe?' vroeg Loader.

'We kunnen een van de Land Rovers gebruiken die voor het gebouw staan.' Bowman wees naar de ingang. 'Haak de lier aan de technical en sleep hem hierheen. Dat vormt een behoorlijke versperring.'

'Goed idee,' zei Mallet. 'Ga naar beneden en regel het maar.'

'Ik heb wel wat hulp nodig.'

'Laat een paar mannen van de majoor een handje helpen. Wij blijven op het dak om uit te kijken naar vijandelijke bewegingen.

Als we iets zien, zullen we dat laten weten. Doe het vlug. Die klootzakken zullen snel genoeg terugkomen.'

***

Bowman rende over het dak naar de brandtrap. Terwijl hij die snel afliep, riep hij Mavinda via de radio op en zei tegen hem dat hij zes man naar hem toe moest sturen aan de voorkant van het landgoed. Hij rende door de gang op de tweede verdieping, langs de heldhaftige schilderijen van Seguma, de trap af en door de voordeur.

De zes Karatandaanse soldaten stonden bij het bordes op hem te wachten. Tandenborstel, Pokkengezicht en Slungel en drie anderen. Bowman leidde hen naar de drie met modder overdekte Land Rover Defenders die links van de ingang stonden. Hij stapte met Tandenborstel en Pokkengezicht in de voorste Defender. De andere vier klommen in de tweede auto. Ze hoefden niet naar de sleuteltjes te zoeken. Gregory had bevestigd dat die in het slot zaten. Bowman startte de motor en reed weg bij het landhuis. Hij scheerde langs de groteske fontein met de tweede Defender pal achter zich, terwijl hij zich naar de voorkant van het landgoed op vierhonderd meter afstand snelde.

Bowman stopte een paar meter voor de stenen boog; zijn voertuig keek recht uit op de toegangsweg. De tweede Defender stopte twee meter achter hem. Bowman liet de motor draaien, haalde de handrem aan en stapte met Tandenborstel en Pokkengezicht uit. De vier Karatandanen kwamen uit de andere Defender. Ze verzamelden zich rond Bowman, terwijl die gebaarde naar de open plek met dode Machete Boys.

'Verspreid je daar,' zei hij. 'Neem posities in om te schieten. Als je iemand uit de bosrand of over de weg ziet komen, schiet je. Niet aarzelen.'

Tandenborstel leidde zijn makkers over de open plek, langs de gebroken lichamen. De helft van de soldaten verspreidde zich en nam posities in die uitkeken op de bossen. De anderen maakten het stuk asfalt tussen de technical en de boog vrij door een paar lijken weg te sleuren naar het hoge gras aan weerszijden van de weg. Bowman liep naar de voorkant van de Defender. Hij pakte de metalen haak aan het uiteinde van de lierkabel en liep daarmee naar de technical, terwijl de kabel zich afwikkelde. Hij draaide de kabel rond de stabilisatorstang aan de voorkant van het vrachtwagentje, keek of hij goed vastzat en rende daarna terug naar de Defender. Daarna zette hij de schakelaar aan de zijkant van het oprolmechanisme om en begon de technical naar zich toe te slepen.

De kabel ging strak staan terwijl hij het vrachtwagentje naar de stenen boog trok. Bowman rolde de lierkabel op tot de technical nog vier meter van de ingang met de boog was gekomen. Hij zette de schakelaar weer om, zette zijn handen aan zijn mond en riep naar de soldaten.

'Eén van jullie, hierheen!' schreeuwde hij. 'Ga in de vrachtwagen zitten!'

Pokkengezicht rende weg bij zijn makkers, naar de technical. Hij rukte het portier van de cabine open, trok de dode chauffeur eruit en ging achter het stuur zitten.

'Draai het stuur hard naar rechts,' schreeuwde Bowman tegen hem. 'Hou het gedraaid, totdat de vrachtwagen dwars staat.'

Bowman zette de schakelaar weer om. Tegelijkertijd draaide Pokkengezicht het stuur rond, zodat het vrachtwagentje wegdraaide van de boog en de lier hem onder een hoek verder trok. Bowman liet de lier draaien tot de technical dwars voor de boog stond. Hij zette de schakelaar om, haakte de kabel los van de stabilisatorstang en liep naar het vrachtwagentje. Pokkengezicht dook uit de cabine, toen Bowman in de laadbak klom. Hij klauterde over de doodgeschoten rebel naast het machinegeweer en rukte aan de draaghendel aan de zijkant van het wapen, waardoor de loop loskwam. Hij ontmantelde de andere bewegende delen, de ingewanden van het wapen, snel. Daarna maakte Bowman de haak van de lier vast aan de tweepoot die in de laadbak was gelast, sprong naar beneden, rende terug naar de ingang en gooide de loop en de andere onderdelen in de kofferbak van de Defender.

'Hier komen!' schreeuwde Bowman naar de soldaten. 'Nu!'

Tandenborstel bulderde tegen zijn mannen. Ze krabbelden overeind uit hun verdedigende posities en voegden zich bij Pokkengezicht bij de pick-up.

'Ga aan de andere kant staan,' zei Bowman, die naar de pick-up wees. 'Zodra ik het zeg, begin je hem in de richting van de Land Rover te duwen.'

De mannen hingen hun wapen over hun schouder, terwijl ze aan de andere kant van het voertuig gingen staan met hun handen stevig tegen de carrosserie. Ze wachtten op een teken van Bowman.

Hij zette de schakelaar om, waarna de lier zich verder oprolde.

'Duwen! Met al jullie kracht!'

De soldaten zetten hun hele gewicht tegen de technical. De motor van de lier kreunde. De pick-up schudde hevig heen en weer op zijn wielen. Bowman donderde tegen de mannen en bulderde dat ze door moesten gaan. De soldaten duwden nog een keer en toen viel de pick-up om. Het lag op zijn zijkant tussen de pilaren van de boog, terwijl het chassis was gericht op de open plek. De dode Boy viel vanuit de laadbak als een bloederige hoop op de grond. Bowman duwde hem opzij, maakte de lierkabel los van de tweepoot van het machinegeweer, zette de schakelaar om, rolde de rest van de kabel op en maakte de haak aan de voorkant van de Defender vast.

'Nu weer duwen!' schreeuwde hij. 'Gooi hem op zijn kop!'

De soldaten bukten zich en kreunden van inspanning terwijl ze tegen de wielen duwden. Tandenborstel vuurde zijn collega's aan; die duwden nog één keer heel hard en de technical draaide op zijn dak, waardoor de dode rebel werd verpletterd. Bowman pauzeerde kort om zijn handwerk te bewonderen. Het vrachtwagentje dat op zijn kop lag blokkeerde de boog naar de oprijlaan aan de voorkant. Het zou niet voorkomen dat er rebellen te voet door de ingang konden komen, maar wel dat er vijandige voertuigen recht over de toegangsweg het landgoed binnen konden stormen.

‘We knijpen ertussenuit,’ bulderde Bowman tegen de soldaten. ‘Terug naar de wagens!’

De soldaten glipten door de smalle ruimten aan weerszijden van de technical en propten zich weer in de twee Defenders. Pokkengezicht en Tandenborstel sprongen in de wagen die het dichtst bij de boog stond, terwijl Slungel en de anderen de tweede Defender namen. Ze maakten een U-bocht op het gazon aan de voorkant, waarbij de banden de droge aarde vermaalden, en schoten daarna terug over de oprijlaan in de richting van het landhuis. Ze stopten achter de Unimog in de buurt van het bordes. De mannen stapten uit en Bowman greep zijn geweer toen hij uit het voertuig sprong. Hij rende naar de voordeur, terwijl de Karatandanen naar de schuttersputjes sprintten.

De zon was snel aan het opkomen toen Bowman op het dak verscheen. Hij slalomde tussen de lichtkoepel en het doolhof van satellietschotels door en hurkte naast zijn GPMG aan de westkant van de borstwering. Mallet en Loader hadden posities ingenomen aan de oostkant en de achterzijde. Webb hield de noordkant van het gebouw in de gaten.

Bowman legde zijn geweer neer en nam een flinke slok water uit een van de plastic flessen. Hij tilde de Gimpy op en keek naar het noordwesten. Hij zag de tuin, de deels ingestorte muur, het irrigatiekanaal, het kreupelhout, het hoge gras aan de andere kant van het hek en het palmbosje in het westen. Het landschap was volledig stil. Geen andere beweging dan de ruisende palmbladeren in het vriendelijke ochtendbriesje.

‘Zie je iets?’ vroeg hij.

‘Niets,’ zei Webb. ‘Het is doodstil.’

‘Ze zullen ons snel aanvallen,’ zei Bowman.

Webb keek op en knipperde om zijn vermoeide ogen wat rust te gunnen. ‘Denk je dat ze ons op dezelfde manier aanvallen?’

‘Dat betwijfel ik,’ zei Mallet. ‘Zelfs de Machete Boys zijn niet zo stom. Ze zullen iets anders proberen, nadat ze hebben gezien hoe hun makkers in de pan werden gehakt.’

'Misschien zijn er ook meer,' voegde Bowman eraan toe. 'Alle rebellen in de buurt zullen mee willen doen. Ze zullen hierop afkomen als vliegen op een hoop stront.'

Loader zei: 'Nou en? We hebben te maken met een stel amateurs, die waarschijnlijk hartstikke stoned zijn.'

'Zolang squadron D maar niet in de problemen komt.'

'Mike staat in contact met het peloton dat de landingsbaan bewaakt,' zei Mallet. 'Dat heeft nog geen meldingen ontvangen over vijandige activiteiten.'

'We komen hier wel doorheen,' zei Loader vol vertrouwen. 'Alles is oké, maatje. We hoeven nergens bang voor te zijn.'

Bowman keek op zijn horloge.

06.05.

Twee uur voordat squadron D zou moeten aankomen.

We zullen snel uit deze puinhoop worden bevrijd.

Ze wachtten op het dak en hielden de verschillende toegangswegen naar het landhuis in de gaten. Mallet nam weer contact op met de mannen op de grond. Gregory had permanent contact met het privévliegveld en gaf informatie door aan het team op het dak. Casey en Slungel stonden bij het mortier. Mallet belde Six om te laten weten dat ze een schermutseling met de Machete Boys hadden gehad en binnenkort een nieuwe aanval verwachtten.

Mavinda's stem was te horen via de radio. 'Bericht van een van de garnizoenen buiten de hoofdstad. Ze hebben meldingen gekregen van een grote groep opstandelingen die het vliegveld bij Marafeni verlaten.'

Bowman verstrakte automatisch. 'VFK?'

'Dat moet wel,' zei Webb. 'Zij hebben immers het vliegveld ingenomen.'

'Wanneer was dat, majoor?' vroeg Mallet.

Er viel een pauze voordat Mavinda antwoordde. 'Een uur geleden.'

'Hoe ver is dat vliegveld hiervandaan?'

'Drie uur, min of meer.'

'Dan kan het VFK nu onderweg zijn hiernaartoe,' zei Bowman met gefronste wenkbrauwen. 'Ze kunnen hier over een paar uur zijn.'

'Of ze gaan af op een ander doelwit. De mijnen, de haven, een van de garnizoenen. We weten niet waarheen ze op weg zijn.'

Voordat Bowman kon antwoorden, riep Webb naar het team.

'Vijandelijke voertuigen, inkomend,' zei hij terwijl hij naar de horizon tuurde. 'Vanuit het noordwesten.'

Bowman kneep zijn ogen tot spleetjes en keek in de richting waarin Webb keek. In de verte, op zo'n anderhalve kilometer, kon hij het kleine dorp Rogandu zien en de T-splitsing die naar het zuiden liep in de richting van de geasfalteerde hoofdweg. Een heel vaag stofwolkje zwierde hoog boven de bosrand.

'Hoeveel, Patrick?' vroeg Mallet.

'Ik zie er drie: één technical, twee pick-ups. Mannen achterin die eruitzien als Machete Boys.'

'De klootzakken hebben er nog geen genoeg van,' zei Loader.

Mallet sprak in zijn keelmicrofoon. 'Mannen, het ziet ernaar uit dat er nog meer rebellen onze kant op komen. Niet vuren voordat ik het zeg.'

In de paar minuten daarna kwamen er steeds meer groepjes rebellen bij. Twee pick-ups, toen nog drie burgerwagens. Ze denderden vanuit het dorpje in noordwestelijke richting en wierpen grijsbruine stofwolken op, toen ze zich bij de overlevende rebellen voegden die zich achter het bos in het noorden verscholen.

Webb hield de vijand nauwgezet in de gaten en gaf hun manoeuvres en aantallen door. Bowman, Mallet en Loader hielden toezicht op de andere toegangswegen naar het landgoed om te kijken waar de rebellen nu zouden toeslaan.

Er verstreken twaalf minuten.

Bowman vermoedde dat de rebellen zichzelf aan het oppeppen waren voor de volgende aanval door sterkedrank naar binnen te gieten, de plaatselijke wiet te roken en elkaar op te jutten. Hun makkers waren afgeslacht en zij waren persoonlijk vernederd op het slagveld. Hun trots stond op het spel. Ze zouden staan springen om wraak te nemen en ervan overtuigd zijn dat hun kans op een overwinning veel groter was, nu hun gelederen waren aangevuld.

Het duurt niet lang meer, dacht hij.

Vier minuten kropen traag voorbij.

Toen zei Webb: 'Ik zie hen! Bij de bosrand! Daar komen ze weer!'

29

Bowman rende naar de noordkant van de borstwering. Hij zette de loop van zijn GPMG stevig op de stenen bovenrand en richtte zijn vizier op het bos achter de met lijken bezaaide open plek. Loader nam een positie in rechts van de andere Gimpy. Mallet ging tussen de twee soldaten op zijn buik liggen en stak de loop van het .50 kaliber-geweer door een gat in het siermetselwerk. Ze richtten alle vier op de bosrand ten noorden van de open plek.

Bowman zag de gestalten meteen. Een meute Machete Boys, duidelijk zichtbaar in het vale licht van de vroege dageraad, die vanuit het beboste gebied links van de toegangsweg naar voren kropen. Misschien nog eens dertig man, schatte hij. Ze bewogen zich voort in een soort lijnformatie, drie rijen diep, en maakten zich klein terwijl ze naar de ingang kropen. Bowman had snel door wat ze van plan waren. De Boys hoopten dat ze stiekem door de boog konden glippen met behulp van de beschikbare natuurlijke dekking. Ze wilden door de ruimte tussen de omgedraaide technical en de stenen pilaren glippen en zich daarna verspreiden over het landgoed om tegen individuele verdedigers te vechten. Geen vreselijk slecht plan, dacht Bowman. Niet zo dom als in dichte gelederen naar de toegangsweg te wandelen.

Maar nog steeds wel een slecht idee.

Een van de Boys in het voorste gelid had een raketwerper op zijn schouder. Een magere rebel met een bontmuts op en een touw met een reeks *gris-gris*-amuletten als een riem om zijn middel gebonden. De anderen waren bewapend met een AK-47, een machete of beide. Ze waren nu vijfhonderd meter van het landhuis, honderd meter van het hek.

'Wat is het plan?' vroeg Bowman.

Mallet draaide zijn tong rond in zijn mond en spuugde.

'We laten de hufters onder de boog door komen,' zei hij. 'Zodra ze binnen zijn, neemt Patrick de flikker met de raketwerper te grazen. Zodra die is uitgeschakeld, kun jullie losgaan.'

Mallet bracht die bevelen via de microfoon over. Bowman volgde de vijand terwijl die steels over de open plek oprukte. Ze bewogen zich in een losse groep en liepen gebukt door de hoge grassprieten om hun nadering te verbergen. Hij zag hoe het voorste gelid van de rebellen om hun gesneuvelde kameraden heen liep en de boog bereikte. Ze wachtten tot de anderen zich bij hen hadden gevoegd en glipten daarna door de ruimten aan weerszijden van de technical.

Bowman voelde dat zijn hartslag versnelde, terwijl hij zijn vizier op de vijand richtte. De rebellen schuifelden langs het omgedraaide vrachtwagentje dat de weg blokkeerde en verspreidden zich in een slordige rij over het landgoed. De vent met de bontmuts gebaarde naar de anderen dat ze moesten opschieten. Een afstand van slechts vierhonderd meter scheidde hen van het landhuis en de familie van de president. Ze zouden zich kunnen wreken. De Boys dachten dat ze zouden winnen.

Bowman zei tegen Loader: 'Ik pak de mannen aan de linkerkant van de groep. Jij richt op de rebellen rechts. We werken naar elkaar toe en komen in het midden bij elkaar.'

De laatste rebellen slopen onder de boog door.

'Die klootzakken kunnen nu nergens heen,' zei Loader gretig.

Mallet zei: 'Patrick, zie je de vent met de raketwerper? Die kerel met een bontmuts?'

'Jazeker,' zei Webb.

'Wacht op mijn teken. Zodra ik het zeg, schakel je hem uit. Daarna kunnen de twee Gimpy's aan de slag.'

Bowman richtte zijn vizier op de Boys. Ze waren even vreemd gekleed als de mannen die ze buiten het presidentiële paleis hadden gezien. Eén rebel droeg een jasje met een zebraprint. Een andere had een verroeste stalen ketting om zijn nek gewikkeld, als een veel te grote halsketting. De vent links van hem had een hoofddeksel dat van een vacht was gemaakt. Een vierde man had een paar ivoren slagtanden op zijn schouders. Hun lichaam was behangen met amuletten en buidels waarin hun geluksamuletten zaten.

De Boys waren nu vijf meter het landgoed in gelopen en liepen als een ongeordende bende langs het onkruid en de afgebrande bomen. Eén rebel trok zijn machete en hief die boven zijn hoofd om zijn makkers aan te moedigen naar voren te gaan, als een officier aan het Westfront.

Zes meter voorbij de ingang.

Acht.

'Nu,' zei Mallet.

Bowman hoorde een versplinterende holle krak toen Webb één schot afvuurde met de AWC. Hij zag de vent met de bontmuts niet vallen, maar concentreerde zich op de hoofdgroep van de rebellen. Hij wist echter dat Webb zijn doel had geraakt, omdat Mallet ineens schreeuwde: 'Zo, ja! Geef hun de volle laag!'

Bowman trakteerde de rebellen op een salvo van vijf kogels uit de Gimpy. Loader vuurde op hetzelfde moment een salvo af op zijn doelwitten. De machinegeweren bulderden en reten de vijand uiteen. Bowman zag de vent met het overhemd met de zebraprint omvallen en de Boy met het hoofddeksel, de vent met de stalen ketting. Ze vielen na elkaar om, als kegels op een bowlingbaan. De rebellen hadden geen schijn van kans, niet tegen de gecombineerde vuurkracht van de GPMG's.

Het lukte een handjevol rebellen om de eerste dodelijke aanval te overleven. Enkelen van hen renden naar links en rechts, vluchtten over het open terrein en doken achter elk beetje dekking dat ze konden vinden. Twee kerels met dezelfde hoofddoek lieten zich op het gras vallen en vuurden een paar snelle salvo's af naar het dak. Dat was echter geen gericht vuur. Ze reageerden instinctief en vuurden in de vage richting van de tegenstanders. Ze schoten omdat ze het gevoel hadden dat ze dat moesten doen, omdat ze in de war en bang waren. Ergens rechts van Bowman sloegen er kogels in de borstwering. Hij hoorde het bijenachtige gezoem van een kogel die een paar centimeter over zijn hoofd vloog. Hij richtte zijn dradenkruis op de hoofddoektweeling en raakte hen met een salvo van de Gimpy. Ze verdwenen in een wolk bloed en ingewanden.

Bowman was zich vaag bewust van enkele mondingsvlammen uit het schuttersputje naast de pagode. De Karatandaanse soldaten konden zich niet inhouden en beschoten de rebellen.

'Stop met schieten!' donderde Mallet via de radio. 'Zeg tegen uw mannen dat ze stoppen met schieten, majoor! Jullie verspillen kogels. Laat hen aan ons over!'

Ondertussen, vijf seconden na het begin van de schermutseling, waren er minstens twintig aanvallers dood. Bowman en Loader zwaaiden hun GPMG van links naar rechts en scheurden alle nog levende rebellen aan stukken. Het mechanische geratel van de machinegeweren werd geaccentueerd door het geluid van de .50 en het AWC-geweer. Webb en Mallet concentreerden hun vuur op de boog om de rebellen te doden die probeerden te ontsnappen naar de open plek. De resterende Boys trokken zich terug vanaf de ingang en laveerden naar links of rechts, op zoek naar een andere uitweg. Ze liepen recht in het moorddadige geweervuur van de twee Gimpy's.

Mallet riep over het dak en richtte de GPMG's op een deel van het hek rechts van de boog. Bowman liet zijn wapen in die richting glijden en zag drie gestalten die probeerden over het hek te klimmen in een vergeefse poging aan het bloedbad te ontkomen. Voordat hij kon vuren, explodeerde de aarde rond de rebellen ineens, toen Loader hen met twee gecontroleerde salvo's omlegde. Ze kwamen als bloederige hopen neer bij het hek.

'Nog eens twee rebellen in dekking,' schreeuwde Webb door de kakafonie heen. 'Drie palen links van de boog.'

Bowman trok de Gimpy terug naar de plek die Webb had genoemd en richtte zijn vizier op de verlaagde plek een paar meter ten zuiden van het hek. Hij wachtte heel even. Twee hoofden kwamen omhoog uit de met gras begroeide trog, als stokstaartjes die uit hun hol kijken. Bowman vuurde. Er spatten vlammen uit de loop. Gebruikte patronen rinkelden op de cementvloer. De kogels sloegen in de rebellen en die vielen schokkend terug in het gras.

'Ik heb hen,' zei Bowman.

Ze waren tien seconden bezig. Nog vier rebellen over. Vier gestalten in paniek. Loader schoot twee van hen neer, toen ze naar een kuil in het terrein voor het hek kropen. Eén rebel werd door de AWC in zijn nek geraakt toen hij over de technical probeerde te klimmen die de boog blokkeerde. Een Boy met een wit visnethemd rende langs zijn makker, op weg naar de ruimte tussen de pick-up en de pilaar van de boog. Er klonk weer een knal toen Mallet de .50 op de vluchtende gestalte richtte; het achterhoofd van de rebel explodeerde tot een rode mist. Hij viel voorover, met zijn gezicht op de grond naast de technical, alsof hij het asfalt kuste.

Het vuurgevecht had twaalf seconden geduurd.

Bowman bekeek het slagveld. Het gras was bezaaid met verminkte lijken. Dertig dode rebellen. Geen van de lichamen vertoonde een teken van leven. Dat verbaasde hem niet. De GPMG vuurde 650 kogels per minuut af. Niemand kon een aanval van twee goed gerichte Gimpy's overleven.

Loader keek op van zijn wapen. Hij staarde over de borstwering naar de boog en schudde zijn hoofd van verbazing.

'Jezus. Nu weet ik wat mensen bedoelen als ze het hebben over op vissen schieten in een ton.'

'Dit prikt het verhaal wel door dat de Machete Boys zo hard als staal zijn,' zei Webb.

'Juich niet te vroeg,' zei Bowman.

'Die Boys kunnen ons met geen vinger aanraken als ze zo vechten.' Loader snoof. 'Als ze zo doorgaan, hoeven we ons geen zorgen te maken. Dan is het een eitje.'

'Net zoals de draak steken met jouw liefdesleven, Tiny,' zei Webb.

Mallet keek hen streng aan. 'Niet te snel,' waarschuwde hij. 'Het lachen zal jullie wel vergaan als we door die klootzakken onder de voet worden gelopen. Terug naar jullie positie.'

Het team keerde terug naar hun observatieposten aan de andere kanten van de borstwering die uitkeken op de flanken en de achterkant, op zoek naar de vijand. De zon klom uit boven de bergen in het oosten en brandde fel in de wolkeloze blauwe lucht. Zweet sijpelde langs Bowmans gezicht, terwijl hij het terrein in het westen in de gaten hield. Hij herinnerde zich ineens dat hij dorst had, greep een fles water uit een krat bij de lichtkoepel en nam een flinke teug. De warme vloeistof friste hem op, als het beste biertje dat hij ooit had gedronken. Hij zette de fles neer en keek op zijn G-Shock.

06.57.

Nog meer dan een uur voordat squadron D zou moeten landen.

Mallet riep naar hem. 'Ga naar beneden, naar de mortierstelling. Kijk of je de verdediging rond die tuinmuur kunt versterken, zodat die twee iets meer bescherming hebben.'

'Roger.'

'Neem de raketwerper van die hufter ook mee,' voegde Mallet eraan toe. 'Laat die maar bij Alex achter. Kan goed van pas komen.'

'Ik ben al weg,' zei Bowman.

Hij rende de trap af, haastte zich door de hal en liep in een gestage looppas over het door de hitte gebarsten terrein. Hij rende langs de fontein, langs Gregory en Tandenborstel in het schuttersputje met een van de GPMG's van het peloton. Hij dwong zijn uitgeputte lichaam vol te houden terwijl hij met brandende keel over de oprijlaan rende. Hij bereikte de dode rebellen die op tien meter van de boog lagen en vond de kerel met de bontmuts naast een geblakerde boomstronk. De kogel uit Webbs AWC had hem in zijn linkeroog geraakt en was diep in de schedel doorgedrongen. De man was meteen gestorven. Er was een donkere, glinsterende krater op de plek waar zijn oogbal had moeten zitten. Bowman rolde de man op zijn buik en rukte de canvas rugzak met drie reserveraketten los. Hij hing de rugzak aan zijn schouder, greep de raketwerper en sprintte via de oprijlaan terug naar de siertuin.

Casey zat naast het mortier gehurkt en tuurde door een gat in de verkruimelende muur naar de bosrand. Pokkengezicht, het andere lid van het mortierteam, verorberde een chocoladereep terwijl hij het hek in het westen in de gaten hield. Casey keek omhoog naar Bowman, toen die de rugzak en de raketwerper naast haar op de grond liet vallen.

'Waar is dat voor?' vroeg ze.

'Extra vuurkracht,' antwoordde Bowman. 'Met de complimenten van de Machete Boys.'

Een van haar wenkbrauwen ging omhoog. 'Denk je dat we hem nodig zullen hebben?'

'Het is niet waarschijnlijk dat we nog een keer worden aangevallen,' zei Bowman, 'tenzij de Machete Boys nog meer van hun makkers de dood in willen sturen.'

'Met die VFK-rebellen zullen we meer moeite hebben, hè?'

'Ja,' zei Bowman, 'maar squadron D landt over een uur. Zodra zij aankomen, zijn we veilig.'

'Tenzij het VFK hier eerst aankomt.'

Bowman knikte. Hij wees naar de ontbrekende delen van de muur naast de mortierstelling. 'We moeten deze positie versterken en er meer stenen omheen leggen. Blijf hier.'

Hij riep naar Pokkengezicht. De twee mannen gingen snel aan het werk, haalden brokken uit het losse metselwerk in andere stukken van de tuinmuur en droegen die naar de mortierstelling. Casey hielp met het opstapelen van de stenen aan de onderkant van de muur, zodat de gaten werden gedicht. Ze zetten er nog meer keien op, tot de muur tot hun middel kwam. Zodra ze klaar waren, sprintte Bowman terug over het gazon, het landhuis in, via het trappenhuis met de brandtrap naar boven en door de nooduitgang naar buiten. Terug naar zijn observatiepost aan de westkant van het dak. Hij dronk een sloot water, pakte zijn GPMG en keek op zijn horloge.

07.09. Vijftig minuten tot de landing van squadron D.

De zon klom boven de heuvels omhoog. Bowman veegde zweet van zijn voorhoofd en hield de westflank in de gaten. Hij zag niets anders dan het palmbosje en het hoge gras dat wiegde in het lichte vroege-ochtendbriesje. Om hem heen zaten de andere mannen op hun post, keken op hun horloge en dronken uit hun waterfles. Mallet rookte een sigaret. Webb piste in een hoek van het dak. Loader beet in een appel en spuugde die uit, terwijl hij vies keek.

'Die is rot.' Hij gooide het klokhuis weg. 'Weet je? Ik hoop dat de mannen van squadron D goede rantsoenen bij zich hebben. Ik heb al tijden geen behoorlijke maaltijd meer gehad.'

Mallet keek hem walgend aan. 'Je hebt jezelf in het vliegtuig nog volgepropt, hebberige vreetzak.'

'Een paar repen, wat chips en broodjes. Dat kun je nauwelijks een feestmaal noemen, John. Ik heb het over een lekkere lamsbout met alle toeters en bellen, zoals mijn Mary die klaarmaakt. Ze is ook niet zuinig met de porties.' Hij likte zijn lippen. 'Dat is het beste eten in Wales,' voegde hij er weemoedig aan toe.

'Het is maar goed dat ze uitstekend kan koken. Ze moet het halve land te eten geven, met alle kinderen die jij hebt.'

Webb vroeg: 'Wat is het plan als squadron D er is?'

Mallet zei: 'Dan hebben wij geen reden om hier rond te blijven hangen. Zodra we de overdracht hebben gedaan, zit onze taak erop. Dan wachten we op toestemming van Six om naar huis te vliegen. Met wat geluk zijn we vanavond alweer thuis.'

'Geen moment te vroeg,' zei Loader. 'Ik ben op elk moment liever in Swansea dan op deze plek.'

'Of ergens anders waar het geen oorlogsgebied is,' voegde Webb eraan toe. Hij schudde bitter zijn hoofd. 'Toen ik werd overgeplaatst naar de Cell, zeiden ze dat ik burgerkleren zou gaan dragen en een Walther PPK zou krijgen. Ik zou drugsbaronnen bestrijden en surveillances uitvoeren. Moet je ons nu eens zien.'

Mallet lachte cynisch. 'Ik dacht dat je er wel aan gewend zou zijn, Patrick, na al die jaren in het Verkenningsregiment en het Rifles-regiment.'

Bowman keek nieuwsgierig naar Webb. 'Heb jij bij de Rifles gezeten?'

'Vijf jaar. Eerste Bataljon, het sluipschuttersteam.'

Daarom kan die kerel zo goed overweg met een sluipschuttersgeweer, dacht Bowman.

'Waarom heb je dat gedaan, maat?' vroeg hij.

Webb staarde hem onbewogen aan. 'Ik kon kiezen,' zei hij zacht. 'Het leger of de gevangenis.'

'Verdomme. Wat heb je gedaan?'

Hij keek weg.

'Dat is een lang verhaal,' zei hij, 'voor een andere keer.'

'Laten we ons maar concentreren op hier levend vandaan komen,' zei Mallet. 'We zijn nog niet veilig. Die Boys hebben misschien zin om het nog één keer te proberen voordat ze de witte vlag hijsen.'

In de volgende vijftig minuten hielden de leden van het team om de beurt de wacht. Ze vormden paren en werkten steeds een half uur. Twee mannen die de omgeving in de gaten hielden, terwijl de andere twee een tukje deden. Ondanks de uitputting die ieder van hen voelde, merkten ze dat het onmogelijk was om zichzelf uit te zetten. Ze waren te moe, rusteloos. Het leek op proberen te slapen nadat ze een krat energiedrankjes achterover hadden geslagen. Alleen Loader kreeg het voor elkaar om goed uit te rusten.

Toen klonk er een schreeuw vanaf de noordkant van de borstwering.

'Voertuigen op weg hierheen,' zei Webb.

Mallet en Loader sprongen overeind en gingen snel op hun observatiepost zitten. Bowman keek voorbij de bosrand op zijn twee uur. Hij zag een grote stofwolk die dicht bij de horizon hing.

'Weer een bende Machete Boys?' vroeg Loader.

Webb pauzeerde terwijl hij zijn vizier richtte op de stofwolk. 'Daar ziet het niet naar uit,' zei hij ten slotte.

'Wat kun je zien?' vroeg Bowman.

'Bussen,' antwoordde Webb. 'Drie stuks. Schoolbussen zo te zien.'

Loader gromde. 'Dat is verrekte vreemd.'

Mallet vroeg: 'Is er hier een school in de buurt, majoor?'

'Als die er is,' klonk het antwoord via de radio, 'hoor ik dat nu voor het eerst.'

'Nog meer voertuigen op komst.' Webb gaf een ooggetuigenverslag, terwijl hij de stofwolk bekeek door zijn Schmidt & Bender-telescoopverrekijker. 'Ik zie er vier. Een SUV. Een Land Cruiser zo te zien.' Hij pauzeerde weer. 'Een pick-up, twee vrachtwagens voor infanterie. Het lijkt erop dat er een behoorlijke strijdkracht hierheen komt, jongens.'

Bowman kreeg een benauwd gevoel. Mallet rende naar de borstwering die op het noorden uitkeek en richtte het vizier van de .50 op het konvooi.

'Legervrachtwagens?' vroeg Loader. 'Ik dacht dat de majoor zei dat er geen plaatselijk garnizoen in de buurt is.'

'Dat is er ook niet,' zei Bowman, 'afgezien van het peloton bij het vliegveld. Die hebben het strikte bevel om hun post koste wat het kost niet te verlaten.'

'Majoor, verwachten we bevriende eenheden in het gebied?' vroeg Mallet via zijn microfoon.

'Dat zal ik navragen,' antwoordde Mavinda.

Webb keek naar de stofwolk.

Bowman en Loader hielden de flanken in de gaten.

Mallet wachtte dertig seconden. Toen zei hij: 'Hebt u al nieuws, majoor?'

Er viel een lange stilte. Toen antwoordde Mavinda: 'Negatief. Er zijn geen bevriende eenheden in het gebied. Ik herhaal: geen bevriende eenheden.'

'Wie zijn die mannen dan verdomme?' vroeg Loader zich af.

Webb zei niets.

Bowman slikte.

Mallet zei: 'Het zijn geen bevriende soldaten. Ze zijn van het VFK. Ze zijn al hier. Zij en hun Russische adviseurs.'

30

Bowman keek toe, terwijl het VFK-konvooi het landgoed vanuit het westen naderde. De stofwolk dreef naar het zuiden, terwijl de voertuigen via het dorpje naar de T-splitsing reden. Het konvooi kwam bij de asfaltweg, waarna de wolk plotsklaps verdween achter de brede strook bomen ten noordwesten van het landgoed. Na een korte poos hoorde Bowman in de verte het lage gebrom van dieselmotoren, dat gestaag luider klonk toen de rebellen de hoofdweg tegenover het landgoed naderden.

'Mike, Alex, majoor. Er is een grote groep VFK-rebellen naar ons onderweg,' zei Mallet. 'Bereid je voor. We moeten die klootzakken hard raken als ze aanvallen.'

Ergens achter de bosrand klonken piepende remmen. Een dikke rookpluim kolkte de lucht in. Toen hoorde Bowman het pneumatische gesis van busdeuren die opengingen en het vage geluid van schreeuwen en kreten dat via de warme ochtendlucht bij hem kwam.

'Met hoeveel man zijn ze, denk je?' vroeg Loader.

'Moeilijk te zeggen,' antwoordde Mallet. 'Twintig man in elke vrachtwagen. Nog eens twintig of zo in elke bus. Het zullen zo'n honderd rebellen zijn, misschien meer.'

'Jezus.'

'Denk je dat de Russen erbij zijn?' vroeg Webb.

Mallet zei: 'Daar durf ik mijn pensioen onder te verwedden.'

'Laten we hopen dat ze besluiten om niet aan het gevecht mee te doen.'

'Dat zullen ze niet doen. De Russen zullen de rebellen op afstand aansturen, maar niet betrokken raken bij het schieten.'

'Maar goed ook,' zei Loader. 'We hebben onze handen vol aan die klootzakken. Het laatste wat we willen, is dat er een stel Spetsnaz-mannen mee gaat doen.'

Mallet en Webb bleven naar de bosrand kijken. Loader en Bowman observeerden de oostelijke en westelijke flank.

Gedurende een paar minuten gebeurde er niets.

Bowman kon raden wat er gebeurde aan de achterkant van het bos. De Russen zouden een nieuw plan bedenken met de rebellen en de controle overnemen. Jullie hebben je kans gehad, zouden ze tegen de Machete Boys zeggen. Nu is het onze beurt. Zo gaan we het doen.

Ze zouden hun eenheden organiseren en instrueren over de aanval. De Russen zouden waarschijnlijk een grove plattegrond van het landgoed op de grond tekenen. Een geïmproviseerde maquette, met een kei voor het landhuis, twijgjes voor het hek om het landgoed, takken voor de bosrand, bladeren voor de boog. Ze zouden dat gebruiken om belangrijke plekken aan te wijzen terwijl ze de aanval doornamen met de rebellen. *Jullie moeten vanaf hier oprukken. Jullie moeten deze sector aanvallen.* Dat zou de soldaten helpen om het plan te visualiseren.

Er gebeurde nog steeds niets.

'Mannen, hebben jullie al iets gezien?' vroeg Mallet twaalf minuten later. 'Beweging op de flanken?'

'Helemaal niks,' zei Bowman.

'Idem,' zei Loader.

'Majoor, wat is de situatie aan de achterkant?' vroeg Mallet.

'Alles rustig hier,' meldde Mavinda.

'De klootzakken zijn iets van plan,' zei Loader.

'Is er al nieuws over de landing van squadron D op het vliegveld?' vroeg Bowman. 'Ze zouden een paar minuten geleden geland moeten zijn.'

'Dat ga ik nu vragen,' antwoordde Mallet.

Hij hield één oog gericht op het bos terwijl hij naar de Stem belde. Hij vertelde kort en bondig over de aankomst van de rebellen. Hij beschreef de omvang van de vijandige troepenmacht en de richting van waaruit ze waren gekomen. Die informatie zou squadron D helpen om hun route naar het landgoed te plannen, zodat ze niet meteen op de vijand zouden stuiten. Hij vertelde de Stem dat die ervoor moest zorgen dat squadron D als de sodemieter moest opschieten.

'Squadron D is geland,' zei hij toen hij had opgehangen. 'Ze zijn onderweg.'

'Weten we hoe laat ze hier denken te zijn?' vroeg Loader.

'Geen idee. Dat hangt af van wat die jongens onderweg te wachten staat.'

Bowman voelde zich benauwd worden. We vertrouwen erop dat squadron D hier snel is, dacht hij, maar als ze in een hinderlaag van de rebellen lopen of op een landmijn rijden, als ze door welke reden dan ook worden opgehouden, is het met ons gedaan.

De stemmen achter de bosrand verstomden. Bowman hoorde niets anders dan het zachte gefluister van de wind door het hoge gras en het rustige ruisen van bladeren. Hij bekeek het palmbosje heel nauwgezet en wachtte op het eerste teken van de vijand. Achter hem hadden de andere mannen zich verspreid over het dak en zaten op hun eigen observatiepost.

'Naderende rebellen,' zei Webb. 'Drie man.'

'Waar?'

'Bosrand, pal oostelijk van de toegangsweg.'

Bowman kroop met Loader over het dak. Ze voegden zich bij de borstwering bij Mallet en Webb en richtten hun wapens op het terrein ten zuiden van het beboste gebied. Een moment later kreeg Bowman de rebellen in het oog.

De drie mannen holden over de open plek in de richting van het hek rechts van de boog. Een van hen droeg een paars basketbalshirt, een ander een oranje pet en de laatste een gilet en een blonde vrouwenpruik. Hij had een betonschaar in zijn linkerhand.

'Machete Boys,' zei Webb.

'Het restant ervan,' zei Mallet, 'de jongens die we de eerste keer geen pak op hun donder hebben gegeven.'

Bowman tuurde naar de bosrand. 'Het lijkt erop dat ze alleen zijn,' zei hij.

'Waarom krijgen ze geen steun?' vroeg Webb.

'Die idioten moeten graag dood willen,' zei Loader. 'Of ze zijn stapelgek.'

'Patrick, wacht tot ze dichterbij komen,' zei Mallet. 'Zodra ik het zeg, pak ik de gozer met de pruik. Jij pakt de anderen.'

Ze keken naar de rebellen toen die dichter bij het hek kwamen. De vent met de blonde pruik liep een paar stappen achter zijn kameraden en ging sneller lopen om hen in te halen. Hij was bijna bij de andere rebellen, op zo'n vijftien meter van het hek, toen de .50 knalde.

De man schokte krampachtig, alsof hij tegen een waslijn was gelopen. Hij was nog aan het vallen toen Webb twee snelle schoten loste op de andere doelwitten. De vent met het basketbalshirt en de vent met de oranje pet. Ze waren dood voordat ze de grond raakten.

'Hou je ogen goed open aan de voorkant,' zei Mallet. 'Er kunnen nog meer van die hufters onderweg zijn.'

Bowman en Loader controleerden het bos aan de linkerkant van de toegangsweg en zochten naar beweging in de smalle ruimten tussen de bomen. Webb en Mallet bekeken het terrein rechts van de weg. Er kwam echter niemand tussen de bomen uit. Het terrein rond het landgoed was angstaanjagend rustig en stil. Mallet informeerde het team op de grond via de radio.

'Wat had dat te betekenen?' vroeg Gregory. 'Waarom zouden de Russen die mannen de dood injagen?'

'Ze stellen ons op de proef,' zei Mallet. 'Ze zoeken naar zwakke plekken. Ze willen weten of we het hek rond het landgoed in de gaten houden.'

Gregory was even stil.

'Ze zullen ons dus snel aanvallen.'

'Daar lijkt het wel op,' zei Mallet grimmig.

'Ik denk dat we deze keer op een echt gevecht moeten rekenen, jongens,' zei Loader. 'Die Russen zijn niet dom.'

'Nee, inderdaad.'

'Doe ons een plezier, John,' zei Gregory via de radio.

'Aye, wat dan?'

'Laat deze keer een paar vijanden voor ons over. Jullie daarboven zijn de enigen die er plezier aan beleven.'

Mallet lachte droog. 'Kijk uit met wat je wenst.'

Het bleef stil. Bowman en de rest van het team op het dak zochten in de bosrand naar de vijand. Om de paar minuten nam Mallet contact op met het team op de grond om te vragen of zij iets hadden gezien. De tijd kroop voorbij. Ze leken wel op een sportteam dat naar de klok keek en zag dat ze pas op driekwart van een slopende wedstrijd waren. Bowman dronk water uit een fles en tuurde op zijn G-shock.

08.12.

Hij keek weer naar het bos.

In de verte klonk één schot.

'Wat was dat verdomme?' vroeg Loader.

Toen ontplofte het hek.

Bowman zag in de noordwestelijke hoek van het landgoed een oranje vlam die een fractie van een seconde oplichtte. Toen klonk er een oorverdovende knal terwijl een rooksluier zich naar buiten verspreidde en het hek overspoelde met een warrelige massa aarde en rommel. Een scherpe rook kringelde omhoog en vormde een paddenstoel in de vroege ochtendlucht.

Te midden van de chaos zag Bowman dat vier delen van het stalen hek waren verdwenen, over een lengte van veertig meter. Er stond nog maar één verschroeide staander overeind.

'De klootzakken hebben springladingen geplaatst,' schreeuwde Loader.

Bowman staarde geschokt naar de bres en zijn maag trok zich samen. De VFK-rebellen moeten recht voor onze neus hierheen zijn gekropen, dacht hij. Wij waren druk bezig om het bos in de gaten te houden en zaten te wachten tot de rebellen zouden verschijnen, terwijl zij explosieven aan het hek hingen. Er zou niet veel nodig zijn geweest om het hek te slopen. Dertig gram plastic springstof per staander zou genoeg zijn geweest. Het geweerschot moet het teken zijn geweest om alles te laten ontploffen.

Die kerels zijn goed in het veld. Ze hadden een plan om ons af te leiden van de bres en dat heeft perfect gewerkt.

Hij keek snel rond over het dak en vroeg zich af of de rebellen nog meer teams op pad hadden gestuurd om rond de flanken of achterkant te glippen. Zijn hart klopte zo hard dat het dreigde uit zijn borst te springen.

We staan op het punt om hard aangepakt te worden.

'Ik zie hen!' bulderde Loader. 'Ze komen eraan!'

Bowman draaide zich weer om. Hij keek uit over de noordelijke bosrand. Toen de rook optrok, zag hij een lange rij gestalten uit de bosrand naar voren rennen. Hij telde ongeveer zestig man. Ze liepen ver uit elkaar en waren gekleed in olijfgroene T-shirts, militaire jasjes en donkere spijkerbroeken. Sommigen droegen een zwarte baret of armband. Twee rebellen in elke groep zwaaiden met grote machinegeweren met een tweepoot aan de loop en metalen patroonkasten aan de onderkant van de kast. Bowman had dergelijke wapens eerder al gezien. PKM's, geproduceerd in Rusland, vergelijkbaar met de Gimpy's en even dodelijk.

Webb en Mallet kropen vanaf de andere kant van de borstwering naar hem toe. Ze lieten zich op hun buik vallen en namen naast Bowman en Loader in de noordwestelijke hoek een positie om te vuren in.

'Alex!' bulderde Mallet. 'Begin mortieren af te schieten op de bosrand! Vuren voor effect!'

De rebellen renden over het open terrein. Toen hoorde Bowman de holle plof van het vurende mortier toen Casey en Slungel in actie kwamen. De granaten kwamen in een reeks terecht op het terrein voor de bosrand en scheurden een stuk of zes rebellen in de achterhoede aan flarden.

‘Twintig meter terug,’ beval Mallet. ‘Vuren voor effect.’

Rook hing als een sluier boven de open plek. In de buurt van de rebellen kwamen nog meer granaten neer die de aarde omwoelden. Het terrein begon eruit te zien als iets aan het Westfront. Metaalscherven reten drie rebellen aan de linkerkant van de linie aan flarden en schakelden hen uit. De anderen lieten zich niet kennen en renden verder naar de bres. Ze waren vastbesloten om het momentum van hun aanval niet te verliezen, ondanks de dood die op hen neerregende.

Dit zijn andere kerels dan de Machete Boys. Ze zijn gemotiveerd én goedgetraind.

Bowman vuurde een paar salvo’s af op de gestalten die het landgoed naderden en raakte één rebel terwijl die een ontploffende mortiergranaat ontweek. De verdedigers bleven furieus schieten, maar de rebellen hadden zich veel meer verspreid dan de Machete Boys, waardoor de effectiviteit van de salvo’s van de Gimpy’s minder werd en Bowman en Loader werden gedwongen om op individuele doelwitten te schieten in plaats van op meerdere tegelijk.

Een afgrijselijke kreet sneed door de lucht toen een mortiergranaat door de vijandelijke gelederen vloog en vier rebellen aan stukken scheurde. Hun kameraden stopten niet. Ze rende verder door de explosies en het geweervuur, als soldaten die honderd jaar geleden aanvielen via het niemandsland. De rebellen waren nog maar minder dan veertig meter van het verwoeste deel van het hek. Mallet pakte de radio weer en moest schreeuwen om zichzelf verstaanbaar te maken boven het oorverdovende geknal van de mortiergranaten uit.

‘Verder terug, Alex! Twintig meter! Vuren voor effect!’

Terwijl de rebellen naderbij kwamen, stonden er meteen twee mannen in camouflagekleding op uit het gras. Ze liepen snel naar voren en voegden zich bij de rest van de aanvallers. Zo hebben de rebellen het dus voor elkaar gekregen om de springladingen te plaatsen, besefte Bowman. De mannen in de camouflagepakken zouden via de open plek langzaam naar de ontstekingsplekken zijn gekropen, terwijl de verdedigers druk bezig waren om naar de bomen te kijken. In hun camouflagepak zouden ze gemakkelijk zijn opgegaan in het omliggende groen. Zodra de rebellen de ladingen hadden geplaatst, zouden ze zich hebben teruggetrokken naar een veilige plek buiten de gevarenzone om te wachten op het teken om de springladingen te laten ontploffen.

We hebben met professionals te maken.

Het volgende moment stroomden de rebellen door het hek en verdeelden zich in drie losse aanvalsgroepen op twintig meter van elkaar. De groepen aan de linker- en rechterkant van de lijn verdwenen snel uit het zicht, toen ze een ondiep verlaagd deel van het terrein opzochten. Mallet schreeuwde in zijn microfoon en zei tegen Casey dat ze de afstand moest verkleinen naar het merkteken van vierhonderd meter. Er kwamen granaten neer in het gebied waar het hek ooit had gestaan en die smeten stukken verbrande aarde en aan flarden gereten lichamen de lucht in.

Toen zag Bowman dat de middelste aanvalsgroep oprukte. Tientallen mondingsvlammen lichtten plotseling op bij de ondiepe verlaagde delen toen de twee groepen op de flanken het vuur openden op het dak.

'Laag blijven!' riep Mallet.

Er vlogen kogels vlak over hen heen die in de muur achter Bowman sloegen, waarbij ze brokken metselwerk losscheurden. Door een smalle spleet in de borstwering zag hij dat de rebellen in de middelste aanvalsgroep bleven staan op vier meter voor het verlaagde deel van het terrein. Er dropen vuurtongen uit de loop van hun wapens terwijl ze onderdrukkingsvuur openden op het dak. De aanvalsgroep aan de rechterflank rukte vier meter op, kwam aan bij de middelste groep en verdween half achter dekking op de grond. De voorste twee aanvalsgroepen namen het onderdrukkingsvuur op de borstwering over, terwijl de derde groep naar voren rende naar dezelfde positie als hun kameraden.

Bowman besefte dat de groepen rebellen de tactiek gebruikten waarbij één groep oprukte terwijl de andere twee hen dekten door permanent te schieten. Dat was de efficiëntste manier om over open terrein te komen. Twee van de teams beschoten de tegenstander de hele tijd, zodat die werd gedwongen om laag te blijven, terwijl hun makkers naar voren renden om een nieuwe linie in te nemen.

'Dit is geen rebelleneenheid,' schreeuwde Loader. 'Dit is verdomme een leger. Die kerels zijn getrainde soldaten.'

Webb gilde naar Bowman om zijn aandacht te vestigen op de groep rebellen aan de linkerkant. Bowman draaide zich op zijn buik rond en schoof de loop van de Gimpy door een kleine opening in de borstwering. Hij richtte op de aanvalsgroep terwijl die naar voren rende. Hij raakte hen met een paar korte salvo's, een paar tellen voordat ze achter een verlaging in het terrein verdwenen.

'Naar rechts, naar rechts! Rebellen in beweging!' schreeuwde Webb.

Bowman gleed naar een nieuwe positie. Het team op de andere flank kwam nu naar voren. Hij vuurde nog eens drie salvo's af en zag dat de lichtspoorkogels in de gelederen van de rebellen sloegen. Toen was zijn patroonband leeg.

'Band wisselen!'

Hij rukte de hendel naar achteren, klapte het bovendeksel op en maakte het mechanisme leeg. Toen greep hij een nieuwe patroonband van de stapel, deed het deksel dicht en keek door het vizier. Webb bulderde tegen hem dat hij naar links moest gaan. Bowman zag het middelste team uit de dekking komen en opende het vuur. Hij doodde twee rebellen voordat de rest weer wegdook.

De mannen op het dak communiceerden de hele tijd met elkaar. Gaven bevelen, zorgden ervoor dat elk lid van het team precies wist wat ze aan het doen waren. Webb en Mallet schreeuwden informatie over de bewegingen van de vijand naar de twee mannen met de Gimpy's, richtten hen op doelwitten en schakelden belangrijke individuen uit. Iedereen die de troepen aanspoorde of wiens lichaamstaal suggereerde dat hij een hogere officier zou kunnen zijn. Dat was de snelste manier om de oorlog te winnen, wist Bowman. Schakel de bevelhebbers uit.

Mavinda's stem klonk in zijn oortje.

'Vijandige aanval vanuit de westflank,' zei hij. 'Machete Boys. Veertig.'

Bowman keek over zijn schouder. Door de gaten in de borstwering aan de westkant zag hij de rij Boys naar voren zwermen, terwijl ze op de schuttersputjes aan de westzijde van de tuin schoten. Het geteisem dat over was gebleven na de eerdere aanvallen.

Loader keek dezelfde kant uit. 'Waar komen die verdomme vandaan?'

'Moeten via het hek naar binnen zijn geglipt.'

'Precies wat we nodig hebben.'

De Boys waren kanonnenvlees, besefte Bowman, door de Russen op pad gestuurd om het vuur van de verdedigers af te leiden van de hoofdaanval. Ze waren niet essentieel voor het plan. Als ze dicht bij het landhuis konden komen, was dat mooi meegenomen. Als dat niet lukte, maakte het niet uit. Ze zouden de tegenstanders in elk geval vastzetten.

'Die Russen weten wat ze doen,' gromde Loader.

Mallet sprak in zijn microfoon.

'Majoor, zeg tegen uw mannen in het westen dat ze zich moeten concentreren op de Machete Boys. Het maakt niet uit wat jullie doen, maar hou ze uit de buurt van het landhuis. Wij zullen afrekenen met de vijanden aan de voorkant.'

De verdedigers kozen steeds andere posities om vanuit te schieten en namen elke aanvalsgroep op de korrel die vier meter oprukte, waarna ze weer dekking zochten. Dan koos het team de volgende groep als doelwit die uit de dekking kwam. Loader beschoot hen met korte salvo's uit zijn eigen Gimpy. Webb legde doelwitten om met de AWC. Mallet had zijn C8-geweer gepakt voor het kortere werk. Toch zwakte de beschieting door de rebellen niet af. Stof en stukjes metselwerk dwarrelden rond de mannen op het dak. Door alles wat om hen heen vloog was het voor Bowman en de anderen moeilijker om te richten. De rebellen waren nu twintig meter het landgoed binnengedrongen en rukten langzaam maar zeker op, als een opkomende vloed.

Vanuit zijn ooghoek zag Bowman een paar kogels in de noordelijke tuinmuur slaan toen sommige rebellen hun vuur richtten op de mortierstelling. Een paar anderen richtten op de schuttersputjes die rond de voorkant van het landhuis waren gegraven. De meerderheid had echter de GPMG's op het dak als doelwit gekozen. Bowman voelde een warme windvlaag toen een kogel langs hem heen schoot en tegen de generator afketste.

'Jezus,' zei hij.

'Dat lijkt absoluut niet op de laatste aanval,' zei Webb.

'Vertel mij wat,' riep Loader. 'Deze kerels weten echt hoe ze moeten schieten.'

Mortieren kwamen neer in de zachte bodem rond de rebellengroepen. Een paar mannen werden het slachtoffer van dat bombardement, maar de meesten werden beschermd door de kuilen in de grond. Bowman zag een oranje flits onder de borstwering toen Gregory begon te schieten met de GPMG van het peloton in het voorste schuttersputje. De aanvalsgroepen bleven oprukken, ondanks de gruwelijke kogelregen die op hen neerdaalde. Ze wisten hoe cruciaal het was dat ze tijdens een aanval het momentum moesten vasthouden.

Bowman vuurde weer een salvo op de rebellen af en keek even naar het terrein in het westen. Tot zijn verbazing zag hij dat de Machete Boys al honderd meter binnen het hek waren en snel dichterbij kwamen. Mallet schreeuwde een bevel naar Loader. Die tilde de GPMG op en draaide zich om naar de borstwering die op het westen uitkeek. Daarna draaide hij zich weer naar de noordkant om op de hoofdgroep te schieten.

'We moeten hier te veel tegelijk doen!' schreeuwde hij. 'We zitten in de problemen, John!'

Mallet nam meteen contact op met Casey.

'Vijftig meter achteruit. Ik herhaal: vijftig meter,' zei hij. 'Raak hen met een paar ontploffingen vlak boven de grond.'

Er viel een korte pauze, terwijl Casey de ontstekers in de mortieren daarop instelde. Aan de voorkant van het landgoed zag Bowman de middelste aanvalsgroep omhoogspringen uit hun dekking en op weg gaan naar een nieuwe linie. De twee teams links en rechts ervan begonnen onderdrukkingsvuur op de GPMG's op het dak te richten om de opmars van het middelste team te dekken. Bowman bereikte het eind van zijn patroonband en herlaadde snel. Zijn vierde band. Nog zes banden met 7.62 mm-kogels over.

Tijdens zijn volgende inademing hoorde hij een reeks doffe knallen, toen Casey de mortieren met hoge snelheid lanceerde. De granaten doken naar de grond en ontploften er een halve meter boven. Dat zorgde voor een veel bredere spreiding dan een bom die ontplofte bij het inslaan. Mannen gilden toen een stortvloed van granaatscherven door hen heen scheurde, vlees openreet en ingewanden aan flarden rukte. Er vielen nog drie mortiergranaten in de richting van het terrein tussen de voorste en achterste aanvalsgroepen en ze bedekten de grond met een grijzige rook.

'Zo moet het!' bulderde Loader. 'Geef hen ervan langs!'

Toen mortiergranaten overal om hen heen ontploften, hadden de twee rebellengroepen aan de achterkant moeite om hun onderdrukkingsvuur in stand te houden. De middelste aanvalsgroep kwam plotseling onder intens vuur te liggen, toen Bowman, Loader en Gregory Gimpy-salvo's op hen afschoten. Een handjevol gestalten maakte zich los van de groep en vluchtte naar de bres in het hek. Eén stevige rebel met een baret, vermoedelijk de bevelhebber, gebaarde wild naar zijn mannen om te zeggen dat ze door moesten gaan. Webb schoot hem met één gericht schot neer. Zonder iemand die de mannen organiseerde sloeg er snel paniek toe. De resterende strijders draaiden zich om en sloegen op de vlucht.

'Zij zijn uit balans gebracht!' bulderde Mallet. 'Pak de andere groepen nu aan!'

Bowman en de anderen bleven schieten met de Gimpy's. De twee buitenste aanvalsgroepen braken de aanval snel af en renden halsoverkop naar de bres. Vijf of zes rebellen werden neergeschoten, in de rug geraakt voordat ze van het landgoed konden ontsnappen. De rest vormde een chaotische meute die over de open plek vluchtte. Mallet gaf Casey het bevel om er een paar granaten achteraan te sturen. Die troffen de open plek, wierpen kluiten aarde op en maakten enkele rebellen af voordat die konden ontsnappen.

Omdat de hoofdaanval was afgeslagen, viel het geweervuur aan de westflank ook snel stil. 'Vijand trekt zich terug!' gilde Mavinda over de radio. 'De rebellen trekken zich terug.'

Bowman keek over zijn schouder door een opening in de borstwering. Hij zag de Machete Boys die zich over de vlakte snel terugtrokken.

'Die zullen ons voorlopig niet meer lastigvallen,' zei Loader.

'Alex, alles in orde met jullie daar beneden?' vroeg Mallet.

'Het gaat goed met me,' meldde ze, 'maar mijn munitie is bijna op.'

'Hoeveel nog?'

Ze pauzeerde. 'Vier granaten. Meer niet.'

Bowman zei: 'Het zal de volgende keer moeilijker worden. Dat mortier was onze troefkaart. Die hebben we net uitgespeeld en we hebben geen andere.'

Hij keek op zijn horloge: 08.31.

'Waar blijft squadron D verdomme?' raasde Loader. 'Die hadden toch al lang hier moeten zijn.'

'Ik zal het vragen,' zei Mallet en greep zijn telefoon. Bowman keek naar de bosrand en het omliggende terrein. De spanning in zijn borst nam toe. De minuten kropen traag verder, als het laatste kwartier van een voetbalwedstrijd. Ze waren nog aan de winnende hand, maar het spande erom. De vijand had een paar doelpunten gescoord. De verdedigers hielden hun voorsprong met de moed der wanhoop vast. Ze hielden het nog net vol, waren fysiek uitgeput en wachtten op het laatste fluitsignaal. Bowman liep op zijn laatste reserves. Ik weet niet hoelang we het nog kunnen volhouden, dacht hij.

Mallet hing op.

'Wat is het nieuws?' vroeg Bowman.

'Six heeft na de landing niets meer gehoord van squadron D. Een half uur geleden.'

Loader keek op zijn horloge en gromde. 'Het vliegveld ligt maar dertig kilometer verderop. Het is een rechte weg. Waarom doen ze er zo lang over?'

'Misschien hebben de Russen een groep op pad gestuurd om hen in een hinderlaag te lokken,' zei Webb.

'Zou kunnen,' zei Bowman. 'Gezien de manier waarop ze deze aanval hebben georganiseerd, zou me dat niet verbazen.'

Loader zei: 'Het maakt niet uit waardoor ze worden opgehouden, maar die kerels moeten haast maken. Plankgas dus. We zitten hier in de shit.'

'Het ligt niet langer in onze handen,' antwoordde Mallet. 'We kunnen niets anders doen dan standhouden.'

'Jezus, nee toch,' zei Webb terwijl hij naar het bos staarde. 'Dat kan niet waar zijn.'

'Wat is er?' vroeg Mallet.

Bowman zette zijn linkerhand op de kolf van de Gimpy en keek naar de bomen. In eerste instantie zag hij niets anders dan het terrein dat door het mortier was omgewoeld, de door scherven geraakte lijken, het bloed.

Toen zag hij de gestalten die uit het halfduister van het bos tevoorschijn kwamen en de moed zonk hem in de schoenen.

'Verdomme!' schreeuwde Loader, 'er zijn er nog meer. Daar komen ze weer!'

31

De rebellen stroomden in een losse meute naar voren en sprintten in dezelfde formatie als tijdens de eerste golf over het open terrein. De tweede golf was echter groter. Tachtig soldaten of zo. Zestig plus de twintig overlevenden van de eerste aanval. De verdedigers op het dak staarden er heel even geschokt naar. Toen nam hun aangeleerde instinct het over. Mallet schreeuwde in zijn microfoon tegen Casey dat ze een paar van de resterende granaten naar de bosrand moest schieten. Bowman en Loader richtten door de gaten in de borstwering en schoten met de Gimpy's salvo's af op de massa gestalten die op hen afkwam. Mortiergranaten teisterden de open plek en doodden zes van de rebellen. De machinegeweren namen er ook een paar te grazen. De rest rende ongedeerd in de richting van het vernielde deel van het hek.

'Mijn granaten zijn op!' zei Casey over de radio. 'Ik stap over op mijn geweer.'

'Waar komt dat stel vandaan?' schreeuwde Loader.

Bowman wist dat al. De eerste golf was op pad gestuurd om de tegenstanders te verzwakken. De Russen hadden de tweede golf achter de hand gehouden. Die wachtte achter de bomen voor het geval ze nodig was. Zodra de eerste aanval was mislukt, hadden de Russen die mannen naar voren gebracht om de klus te klaren.

Over een paar seconden stormen ze door het gat in het hek, dacht hij, en we hebben deze keer geen mortiergranaten meer om hen te raken.

Terwijl hij richtte, sloeg een kogelregen in het deel van de borstwering twintig centimeter rechts van hem. Hij dook snel weg achter de rand. De kogels ratelden tegen de dakvorst, waardoor stofwolken over het dak vlogen. Eén kogel miste zijn wang ternauwernood voordat hij zich in de muur achter hem boorde. Loader en Webb kropen weg bij de borstwering, toen aanhoudend geweervuur hun posities accuraat trof.

'Wie is er verdomme op ons aan het schieten?' gilde Loader.

Bowman zei: 'De Russen moeten een steunpunt hebben opgezet, ergens bij de open plek.'

'Het maakt niet uit wie het zijn, maar ze komen dicht in de buurt.'

De kogels kwamen in drommen en snel op hen af. Ze werden door iets zwaars geraakt. Misschien een ander PKM-machinegeweer of iets vergelijkbaars. De Russen zouden inmiddels hebben vastgesteld dat het belangrijkste tegenvuur afkomstig was van het dak van het landhuis. Ze zouden een eenzame schutter in dekking hebben gezet, met het bevel om op de borstwering te blijven schieten om de aanval van de hoofdmacht te dekken. Eén PKM kon dat voor elkaar krijgen. Dat waren vreselijk efficiënte wapens, effectief tot duizend meter, die 650 kogels per minuut konden afvuren.

De zoveelste slimme zet van de Russen, dacht Bowman. Ze zijn ons vandaag de baas geweest.

'Ik zal afrekenen met die schutter,' zei Mallet. 'Jullie moeten je concentreren op de hoofdgroep.'

Ze kropen op hun buik naar nieuwe posities om vanuit te schieten, verderop aan de noordkant van de borstwering. Mallet verruilde zijn C8-geweer voor de stevigere .50 en ging plat op zijn buik liggen. Hij observeerde het terrein rechts van de boog terwijl hij zocht naar de mondingsvlam van de schutter. Op hun twaalf uur stroomde de hoofdmacht van het VFK door de bres. Die verdeelde zich snel in verschillende aanvalsgroepen die dezelfde tactiek als eerst gebruikten om op te rukken. Een kopie van de eerste aanval.

Bowman en Loader beschoten de middelste groep met vier snelle salvo's en schoven naar achteren voordat een brok van de borstwering werd verpulverd door een woest salvo van het machinegeweer.

Ze schoven hun wapens naar links, gingen plat op hun buik liggen, vuurden en krabbelden terug naar hun eerdere positie. Kogels floten door de gaten en sloegen in de lage muur achter de soldaten. Loader vloekte toen een stuk puin op hem viel.

'Vind die klootzak, John! We worden ingemaakt!'

Door de inkomende kogels vanaf de voorkant en vanuit het noordoosten stonden Bowman en Loader bijna permanent onder druk. Omdat er geen mortiergranaten meer neerkwamen en door het machinegeweer van het VFK rukten de voorste aanvalsgroepen sneller op dan tijdens de eerste golf. Een paar vijanden hadden een raketwerper of machinegeweer. Enkele anderen hadden nieuwere Russische aanvalsgeweren met granaatwerpers eronder.

'Die klootzakken zijn binnen een paar minuten bij ons,' schreeuwde Bowman.

'Eerder,' zei Loader, 'als we die schutter niet te grazen kunnen nemen.'

Terwijl hij sprak, vuurde de verborgen schutter weer op hen en drong de mannen terug van de borstwering. Het inkomende salvo werd plotseling onderbroken door de knal van de .50, toen Mallet twee kogels op de schutter afvuurde. Die reageerde met een hevig salvo. Mallet schoot een derde keer. Het machinegeweer van de rebellen bleef het dak bestoken. Mallet schoot en hoorde de dodemansklik toen hij het einde van de houder met tien patronen bereikte. Hij legde het wapen neer, greep zijn geweer en schreeuwde in de microfoon.

'Alex, richt een raketwerper rechts van de boog. In de hoek. Vuur!'

Bowman keek omlaag naar de mortierstelling, vijftig meter ten noordwesten van het landhuis. Hij zag dat Casey uit haar dekking achter de muur van stenen kwam met de RPG-7 op haar rechterschouder. Ze knielde, richtte op de plek naast de boog die Mallet had beschreven en vuurde.

Vlammen spoten uit de opening aan de achterkant van de buis. De granaat stoof over het terrein aan de voorkant van het landgoed en sloeg in de bodem naast de boog bij de ingang, versplinterde het wachthuisje en een ander deel van het hek.

'Nog een!' zei Mallet tegen Casey. 'Hij schiet nog steeds. Geef die klootzak ervan langs!'

Bowman keek omlaag. Casey zat naast de mortierstelling en stopte een tweede raket in de buis. Een handjevol rebellen richtte op haar en bespatte de naburige muur met lood. Casey hield de raketwerper vast, ondanks de kogels die langs haar heen vlogen, en richtte op de boog door het omhooggeklapte vizier van de raketwerper. Ze vuurde weer. Het projectiel siste over de oprijlaan en sloeg met een donderende knal in de onderkant van de boog, waardoor de technical onder een lawine van puin werd bedolven.

De schutter zweeg.

Toen werd Bowman zich bewust van beweging op tien uur, aan de rand van zijn gezichtsveld. Hij zag een paar gestalten die naast de dichtstbijzijnde aanvalsgroep knielden en hun geweren onder een hoek omhoogstaken, terwijl ze schoten met de 40 mm-granaatwerpers die onder hun geweer zaten. Ze richtten die rechtstreeks op de mortierstelling, op tweehonderd meter afstand.

Hij schreeuwde over de radio naar Casey.

'Alex! Inkomend vuur! Zoek dekking!'

Vijftig meter verderop draaide Casey zich om en rende in de richting van de mortierstelling.

De eerste granaat was twintig meter te kort en plofte in het zachte gras twintig meter ten noorden van het mortier. De tweede ontplofte tien of twaalf meter ten zuiden van de rand van de stelling. Buiten het dodelijke bereik van een Russische granaat, maar wel dichtbij genoeg om gewond te raken. De kracht van de explosie tilde Casey op en gooide haar op één zij, terwijl ze werd besproeid door scherven toen ze met haar hoofd tegen de tuinmuur klapte. Ze zakte in elkaar naast het slappe lichaam van Slungel.

Mallet sprak meteen in de radio. 'Alex, ben je daar?'

Geen antwoord.

'Verdomme,' zei Webb.

Mallet probeerde het opnieuw.

Niets.

Zonder aarzelen liet Loader de GPMG zakken, greep zijn geweer en de medische rugzak die in de buurt van de lichtkoepel lag.

'Ik ga naar beneden,' zei hij.

Hij liep over het dak voordat iemand hem kon tegenspreken, met zijn geweer in de ene hand en de medische rugzak in de andere. Hij stormde door de nooduitgang en verdween in het trappenhuis.

'Patrick, pak die Gimpy,' beval Mallet.

Webb greep het reservemachinegeweer. Hij veegde een berg puin opzij die een deel van de borstwering blokkeerde en stak de loop door het gat. Bowman concentreerde zich weer op de strijd, op zoek naar doelwitten.

Ondertussen was de hoofdaanval in volle gang. Een afstand van minder dan driehonderd meter scheidde de rebellen van het landhuis. Vanaf de achterkant van landgoed klonk het geknetter van handvuurwapens en Bowman wist dat de vijand ook een eenheid daarheen moest hebben gestuurd.

Ze pakken ons van alle kanten aan, besefte hij. We zitten in de problemen.

Recht onder hen sprintte Loader het gebouw uit.

Toen zag Bowman een vage beweging links van hem. Hij bewoog zijn GPMG met een ruk in die richting en zag een handjevol rebellen uit de dichtstbijzijnde aanvalsgroep omhoogkomen uit hun dekking. Ze richtten hun geweer op Loader. Een gemakkelijk slachtoffer. Bowman drukte de trekker in om hen te verlichten. Webb vuurde met de andere Gimpy ook twee salvo's af. Er doken meer rebellen op die op de Welshman schoten terwijl die zich naar de mortierstelling repte. Loader maakte allerlei ontwijkende manoeuvres op het open terrein. Zijn korte benen maalden als een gek, terwijl de grond om hem heen in fonteintjes omhoogvloog. Hij naderde de stelling, lanceerde zichzelf naar voren en dook achter de tuinmuur, vlak voordat een kogelregel in het gras achter hem sloeg.

Loader hield zijn hoofd achter de muur rond de mortierstelling, haalde de medische rugzak van zijn schouder en controleerde de lichamen snel.

'Een man uitgeschakeld,' zei hij via zijn tactische radio. 'Die slungelige kerel is dood.'

'En Casey?' vroeg Mallet.

'Hersenschudding en een paar scherven in haar schouder en arm. Ze overleeft het wel.'

'We worden hier aan de achterkant beschoten,' schreeuwde Mavinda door de radio. 'Er zijn rebellen door het hek gebroken. Drie van mijn mannen zijn neer.'

'Hou stand,' beval Mallet. 'Majoor, laat hen niet in de buurt van het gebouw komen!'

'Waarom doet squadron D er zo lang over?' grauwde Webb. 'Dat had al lang hier moeten zijn.'

Bowman zei: 'We moeten contact opnemen met Hereford en zorgen dat ze een bericht naar squadron D sturen. Ze moeten weten dat wij in de problemen zitten.'

Mallet pakte zijn telefoon om een laatste wanhopig telefoontje te plegen. Bowman hoorde de Schot door de telefoon schreeuwen om zichzelf te identificeren voor de officier van dienst in Hereford. Hij zei dat ze contact moesten opnemen met squadron D en het bericht moesten doorgeven: *Opschieten. We worden bijna onder de voet gelopen.* Toen hing hij op, pakte zijn geweer weer en voegde zich bij de anderen bij de borstwering.

De rebellen waren nu tweehonderd meter doorgedrongen in het landgoed. Halverwege de hoofdprijs. Op die afstand hadden de twee mannen bij de Gimpy's niemand nodig om doelwitten aan te wijzen. Bowman en Webb schoten simpelweg het ene na het andere salvo naar links en rechts. Loader schoot met zijn C8 door een gat in de tuinmuur. Casey lag in de mortierstelling en hield haar bebloede schouder vast. Gregory bediende de Gimpy in het schuttersputje in het noorden. Het staccato geknal van geweervuur weerklonk over het terrein aan de achterkant van het landhuis, terwijl

Mavinda en zijn mannen de vijanden op de korrel namen die door het hek daar stroomden.

Bowman bereikte het einde van zijn patroonband. Hij veegde de bergen afgevuurde patronen aan de kant die op de cementvloer lagen en greep een volgende band.

'Mijn munitie begint op te raken,' riep hij. 'Ik heb nog drie banden.'

'Hoeveel heb jij er nog, Patrick?' vroeg Mallet.

'Vijf banden,' zei Webb.

'Munitiesituatie,' zei Mallet in zijn microfoon.

'Twee banden,' antwoordde Gregory.

'Vier magazijnen,' zei Loader.

'Vijf magazijnen,' zei Casey.

'We hebben hier bijna niets meer,' zei Mavinda, 'één kist met tweehonderd patronen.'

'Dat is niet genoeg,' zei Webb. 'We zullen snel door onze munitie heen zijn.'

Bowman keek kort naar de horizon, op zoek naar een teken van de stofwolken die de snelle aankomst van squadron D konden aankondigen, maar die waren pijnlijk genoeg niet te zien. Er waren bijna vijftig minuten verstreken sinds de versterkingen waren geland op het nabijgelegen vliegveld. Voor de eerste keer begon Bowman zijn vertrouwen in een goede afloop te verliezen.

Ze komen niet. We krijgen geen hulp.

'Rebellen op elf uur!' schreeuwde Webb. 'Ze zitten in het irrigatiekanaal!'

Bowman zwaaide zijn wapen die kant op en concentreerde zich op het kanaal dat naar het zuiden liep, in de richting van de siertuin. De rebellen op de rechterflank verplaatsten zich door het diepste deel van het kanaal en gebruikte de aanwezige dekking om stiekem dicht bij het huis te komen. Precies waar hij bang voor was geweest. Zodra ze de tuinmuur hadden bereikt, was alles voorbij. Als de vijand daar was, zouden ze minder dan vijftig meter van het landhuis zijn.

Nog een paar stappen en dan zijn ze binnen het bereik van handgranaten.

'Tiny! Naderende vijanden in het kanaal. Ongeveer veertig meter vanaf jullie positie,' bulderde Mallet door de radio. 'Maak je klaar om de landmijnen te ontsteken. Zodra ik het teken geef.'

In de mortierstelling vuurde Loader een salvo van drie kogels af en kroop naar het afvuurmechanisme, terwijl hij zich klein maakte om de kogels te ontwijken die over hem heen vlogen. Vijandelijke kogels en granaatscherven versplinterden de stapel rotsen rondom hem. Aan de andere kant van de muur kroop de horde rebellen in het kanaal naar de noordwestelijke hoek van de tuin.

Steeds dichter naar de mortierstelling toe.

Mallet telde hun nadering af voor zijn team.

'Rebellen op ongeveer dertig meter van de landmijnen... Twintig meter... Vijftien.'

Bowman en Webb bleven ondertussen schieten op de aanvalsgroepen in het noorden.

In de mortierstelling maakte Loader zich klaar om de afstandsbediening in te drukken. De vijandelijke kogels kwamen gevaarlijk dicht bij hem terecht en sloegen splinters van de rotsen.

'Tien meter naar de landmijn,' zei Mallet. 'Vijf... Vuur!'

Het kanaal ontplofte met een paar donderknallen. De rebellen verdwenen achter een maalstroom van zwarte rook, aarde en rommel. Honderden stalen ballen sloegen in de dicht op elkaar gepakte gelederen en doorboorden vlees en botten. Metalen fragmenten en aarde ketsten af tegen de steile zijkanten van het kanaal, waardoor de dodelijke regen van rommel die de mannen doorboorde nog groter werd. De hartverscheurende kreten van gewonde en stervende mannen verscheurden de ochtendlucht.

'Dat proberen ze voorlopig niet meer,' schreeuwde Webb.

'Aye, maar het houdt de rest van hen niet tegen,' zei Mallet.

Bowman richtte de Gimpy weer op de belangrijkste aanvalsgroepen en vuurde op de volgende ploeg die in beweging kwam. De rebellen rukten nog steeds agressief op. Ondertussen hadden ze ongeveer driekwart van de afstand tot het landhuis afgelegd. Hij wist dat ze binnen een paar minuten gevaarlijk dicht bij het hoofdgebouw zouden zijn.

Er was nog steeds geen teken van squadron D.

Hij vuurde weer een salvo af. De GPMG werd roodgloeiend, waardoor de loop vervormde en het wapen waardeloos was geworden.

'Gimpy is naar de klote!' schreeuwde hij, terwijl hij het gloeiend hete machinegeweer weggooide. 'Ik ga verder met mijn geweer.'

De tijd verstreek als in een waas. Minuten voelden als uren, terwijl het team kogels bleef afvuren. Bowmans blik werd plotseling getrokken door een rookwolkje uit de gelederen van de rebellen. Hij zag dat een van de soldaten een granaat op het dak afvuurde en schreeuwde een waarschuwing naar zijn kameraden. De raket floot vlak over de borstwering en miste het team op een paar centimeter, waarna hij ergens in de verte boven het bos ontplofte, zonder schade aan te richten.

'Jezus, die was dichtbij,' siste Webb.

Bowman bereikte het einde van een magazijn. Hij viste een nieuw uit de zak en laadde het. Toen hoorde hij Gregory's stem in zijn oortje. 'Ik ben weg. Ik herhaal: ik heb geen munitie meer voor de Gimpy.'

'Wij zitten ook bijna zonder,' zei Loader. 'We zijn met onze laatste magazijnen bezig. We worden zwaar beschoten.'

'Maak je klaar om je terug te trekken,' zei Mallet in zijn microfoon. 'Terug naar het landhuis. Josh zal jullie dekken. We zullen hier standhouden.'

Hij keek even naar rechts.

'Ga naar beneden,' zei hij tegen Bowman. 'Help de anderen een handje. Zodra ze allemaal binnen zijn, barricadeer je de voordeur. Laat niemand binnenkomen. We zullen deze plek verdedigen, ook al kost ons dat ons leven.'

Bowman trok zich terug van de borstwering. Hij haastte zich diep gebogen naar de nooduitgang om de kogels te ontwijken die over zijn hoofd floten. Hij vloog de trap af, rende door de centrale hal en stormde door de voordeur. Hij knielde naast een van de stenen voetstukken waar de marmeren pilaren rond het portiek stonden. Hij tilde zijn geweer op, richtte het tussen het gat tussen de pilaren en haalde diep adem.

'Terugtrekken!' donderde hij. 'Hierheen!'

Op zijn twaalf uur begon Gregory, met zijn AK-47 in zijn rechterhand, vanuit zijn schuttersputje naar het huis te sprinten. Bowman steunde hem met salvo's op rebellen die belangstelling toonden voor zijn oude baas. De tweede kerel in het schuttersputje, Tandenborstel, lag bewegingloos naast de achtergelaten GPMG. Gregory zigzagde over de oprijlaan, terwijl kogels vonken opwierpen tegen de grond achter hem, als een miljoen rotjes die afgingen. Hij sprintte het bordes op en dook weg achter een pilaar aan de rechterkant.

'Bedankt', zei hij tussen onregelmatige ademtochten door.

'Bedank me later maar,' antwoordde Bowman. 'Als we hier ooit levend vandaan komen.'

Verder weg hadden een paar Karatandaanse soldaten hun schuttersputjes gehaast verlaten, omdat ze het gevoel hadden dat het tij van de strijd was gekeerd. Sommigen van hen doken de struiken in, anderen vluchtten naar het oostelijke deel van het landgoed of staken hun handen omhoog om zich over te geven. Loader en Casey vochten nog steeds door. Ze lagen onder zwaar, niet-aflatend vijandelijk vuur. De rebellen waren nog ongeveer tachtig meter van de mortierstelling, dus liepen ze groot gevaar om onder de voet te worden gelopen.

'Tiny! Alex! Hierheen!' bulderde Bowman. 'Nu!'

Loader vuurde een laatste salvo af, greep Casey bij haar arm en begon haar in de richting van het landhuis te sleuren. Ze strompelde mee, maar had moeite om hem bij te houden, terwijl ze over het gazon zigzagden. Er schoot bijna meteen een groepje van drie rebellen omhoog uit een ondiepe kuil en die vuurden een heleboel kogels in hun richting af. Bowman en Gregory antwoordden met korte salvo's uit hun geweren. Eén rebel viel achterover en zijn makkers doken terug in hun dekking.

'Snel!' donderde Bowman. 'Hierheen, Tiny!'

'Rechts! Bij de fontein!' riep Gregory.

Bowman draaide zich snel om. Hij zag dat er twee rebellen naast de waterfontein in het noorden op hun knieën zaten. Op zeventig meter. Hij richtte zijn vizier op hen en vuurde twee keer. Hij raakte een van de vijanden in zijn maag. Gregory legde de andere om met een schot door zijn hoofd.

Er ontplofte een granaat op een paar meter van Casey en spoot rook en scherven uit. Ze maakte een misstap, struikelde en viel toen. Loader bleef staan en bukte zich om haar omhoog te helpen.

Een paar knallen verscheurden de lucht.

Loader vertrok zich krampachtig, terwijl de kogels in zijn lichaam sloegen. Eén kogel raakte zijn gezicht en verbrijzelde zijn kaak.

Bowman zag glinsterende lopen op tien uur. De twee andere rebellen in de kuil waren uit hun dekking gekomen, richtten hun wapen op Loader en pompten hem vol lood.

Hij vuurde meteen een kogelregen af op de kuil en doodde de twee rebellen voordat die konden wegduiken. Toen liet hij geweer zakken en schreeuwde naar Gregory.

'Dek me!'

Hij schoot omhoog van achter de pilaar en denderde het bordes af. Gregory bleef de posities van de rebellen op de korrel nemen om hen bezig te houden, terwijl Bowman over het open terrein sprintte, met malende benen en brandende longen. Hij bereikte Loader en keek omlaag naar hem. Het was niet nodig om naar zijn hartslag te zoeken. Zijn lichaam was aan flarden geschoten. Kogels waren ingeslagen in zijn keel, rechterarm en schouder. Zijn halve gezicht was weg. Bowman keek naar zijn levenloze vriend en voelde een beklemming rond zijn hart.

Tiny. Een van de echt goede kerels van het Regiment.

Dood.

Hij greep Casey en rukte haar overeind.

'Lopen!' schreeuwde hij tegen haar. 'Nu!'

Ze gingen op weg naar het landhuis. Casey strompelde vooruit en haalde amechtig adem. Bowman hielp haar, terwijl Gregory dekkingsvuur vanuit het portiek bleef geven. Er sloegen vijandelijke kogels in de grond die hen op een haar misten. Ergens aan de achterkant ontplofte er een granaat. Bowman klemde zijn tanden op elkaar en vuurde Casey aan om harder te lopen. Ze renden verder, kwamen bij het bordes en raceten naar de voordeur. Gregory bleef achter de pilaar zitten, tot ze de veilige hal hadden bereikt. Hij vuurde een laatste salvo van drie kogels af en haastte zich ook naar binnen, waarna hij de voordeur achter zich dichtsmeet.

'Ben je geraakt?' vroeg hij aan Casey.

Ze schudde van nee.

'Tiny,' zei ze schor. 'Ze hebben Tiny te grazen genomen.'

Bowman knikte. Woede en verdriet joegen door zijn borst. Hij zou later tijd krijgen om goed om zijn vriend te rouwen. 'Er is niks wat we nu voor hem kunnen doen.'

'Wat is het plan?' vroeg Gregory.

'We moeten de deur barricaderen om die klootzakken te vertragen als ze proberen binnen te komen. Blijf hier.'

Ze gingen snel op zoek naar zware meubels. Casey bracht een noodverband aan op haar wonden, terwijl Bowman en Gregory een tafel uit een van de eetkamers haalden. Ze schoven die met kracht tegen de deurstijl en verstevigden de barricade met een paar andere robuuste stukken. Een dressoir, een bank, een koffietafel, een paar stoelen.

Terwijl ze aan het werk waren, hield Mallet hen vanuit zijn positie op het dak op de hoogte van de bewegingen van de vijand. De rebellen bevonden zich nu op minder dan honderd meter van het landhuis. De GPMG van Webb was ook opgebrand. Beide mannen hadden nog maar vier magazijnen met 5.56 munitie.

Dit begint op de Alamo te lijken.

Gregory sloot de jaloezieën voor de ramen op de begane grond. 'Dat zal hen wel even op afstand houden,' zei hij.

'Wat nu?' vroeg Casey.

Bowman keek naar haar. Er zat bloed op haar overhemd en haar broek. Haar gezicht en handen waren bedekt met aarde en wapenvet. Ze had een granaatscherf in haar rechterschouder.

'We moeten kijken hoe het aan de achterkant gaat. Denk je dat jij de voorkant aankunt?'

'Dat zal wel lukken,' antwoordde ze stellig.

'Blijf uit de buurt van de deur. Daar zullen de kogels naar binnen komen. Blijf bij het raam. Til de jaloezie zo op dat je een spleet hebt om doorheen te kijken. Als je iemand het bordes op ziet komen, schiet je hem neer.'

'Wat gebeurt er als squadron D niet komt?'

Bowman kreeg geen gelegenheid om te antwoorden. Mallets stem dreunde dringend door de radio.

'Rebellen naderen de achterkant van het landhuis, op weg naar het terras. Ga daarheen. NU!'

32

Bowman draaide bliksemsnel bij Casey weg en knikte naar Gregory.

'Kom op!' brulde hij. 'We gaan!'

Ze begonnen te rennen, staken de hal over en sloegen af naar de gang in de richting van de salon aan de achterkant van het huis. Bowman had zijn Colt-geweer vast en Gregory de AK-47 die hij uit het schuttersputje had meegenomen. Er stroomde weer een stoot adrenaline door Bowmans aderen die zijn uitgeputte lichaam oppepte. Hij rende voor Gregory de salon in en dook over de vloer naar de tuindeuren. Hij deed de cilindersloten dicht terwijl Gregory zich naar de Steinway begaf.

'Help eens even,' zei Gregory. 'We moeten dit ding tegen de deuren zetten!'

Ze hadden nog maar een paar seconden. Bowman liep snel naar hem toe en de twee mannen zetten zich schrap terwijl ze de piano over de marmeren vloer duwden. Ze stopten vlak voor de achterdeur en duwden de piano omhoog, zodat hij op zijn zij viel. Het was geen geweldige barricade en zou de rebellen niet heel lang tegenhouden, maar het was het beste wat ze konden doen. Ze hadden geen tijd om nog iets anders te doen.

'Als jij het linkerraam pakt,' zei Gregory, 'dan pak ik het rechter. Laat ze niet binnenkomen. Zodra ze deze kamer in komen, zijn we er geweest.'

Bowman stormde naar het openslaande raam links van de centrale deuren. Hij tilde zijn C8 op en tuurde door een van de glazen panelen. Hij kon de stenen balustrade en de kalkstenen traptreden zien die naar de aflopende tuin aan de achterkant leidden. Bowman schatte dat de afstand tussen de treden aan het eind van het terras en de salon niet meer dan vijfentwintig meter was.

'Ze komen eraan,' zei Gregory.

Aan de andere kant van het terras doken plotseling drie rebellen op.

Gregory hurkte en richtte vanuit het vaste raam rechts van de gebarricadeerde deur.

Bowman mikte op zijn eerste doelwit. Twee van de rebellen renden voor hun maat uit, terwijl ze naar het landhuis sprintten.

Het telmechanisme in zijn hoofd vertelde hem dat hij al drie magazijnen van de 5.56 x 45 mm-munitie had verbruikt. Twee op het dak en een aan de voorkant van het landhuis. Dat betekende dat hij nog maar één magazijn overhad, plus de tien kogels in het magazijn dat al in het wapen zat. In totaal veertig patronen. Niet veel. Niet tegen een grote groep rebellen. Zodra hij zonder munitie zat, zou Bowman aangewezen zijn op zijn secundaire wapen: het Glock 17-pistool dat in de holster aan zijn riem zat.

Het zal niet lang duren voordat we met pistolen op die klootzakken gaan schieten.

Hij centreerde zijn wapen op de rebel aan de linkerkant en haalde de trekker over. De loop vlamde. Twee kogels joegen door de ruit en versplinterden het glas in een miljoen stukjes voordat ze in het lichaam van de rebel sloegen. De man viel met zwaaiende armen achterover. Gregory vuurde tegelijkertijd op de andere kerel en raakte hem twee keer in zijn gezicht.

De derde rebel dook weg naar links en holde in de richting van een klassiek beeld op een stenen sokkel. Bowman schoot twee keer, miste en haalde de trekker weer over. De kogel raakte de man in zijn enkel en verbrijzelde botten en banden. De rebel gilde en viel zwaar op de tegelvloer, terwijl hij naar zijn kapotte onderbeen greep. Bowman bracht hem permanent tot zwijgen met twee kogels in zijn gezicht.

Drie vijanden minder.

Nog twee patronen in het magazijn. Tweeëndertig patronen in totaal.

'Hoeveel magazijnen heb jij nog, Mike?' riep Bowman.

'Nog maar twee,' zei Gregory.

'We zitten in de problemen, en flink ook.'

'We vechten door. We laten de klootzakken niet winnen.'

Bowman keek snel even naar zijn oude commandant. Die vent kan het nog steeds, dacht hij. Hij is misschien wat ouder en een beetje gerafeld, maar hij is nog dezelfde taaie officier naast wie ik in het Regiment heb gevochten. Nu vechten we weer schouder aan schouder, net als vroeger.

Deze keer is er alleen niemand die ons kan redden.

Er renden weer vier rebellen de treden naar het terras op.

Bowman en Gregory openden het vuur zodra ze in het zicht kwamen. Ze legden twee van hen met pijnlijke precisie om. Bowman schoot twee kogels in de voorste rebel en raakte hem in zijn kruis. De man jankte van de pijn en sloeg zijn handen om zijn vergruizelde ballen terwijl hij op zijn knieën zakte. De andere twee VFK-mannen reageerden meteen met een paar salvo's. Er sloegen kogels door enkele ruiten. Bowman voelde een brandende pijn toen een kogel zijn wang schampte. Hij zette zijn tanden op elkaar en richtte op de twee rebellen die probeerden dekking te zoeken achter het beeld. Hij haalde de trekker over en hoorde de klik waar hij al bang voor was geweest.

Hij dook weg onder het raam, haalde het lege magazijn uit zijn wapen en greep een ander.

'Herladen!' schreeuwde hij tegen Gregory. 'Mijn laatste magazijn!'

Nog dertig patronen.

Hij kwam omhoog. Door de kapotgeschoten ruit zag hij nog eens vijf gestalten over het terras stormen. Hij richtte zijn vizier op het voorste doelwit. Twee kogels. Mis. Gregory schoot een tweede vent in zijn borst. De andere rebellen verspreidden zich en vonden dekking. Ze schoten op de salon vanachter beelden en stenen ornamenten. Eén gestalte rende naar een enorme plantenbak op een robuuste sokkel. Bowman legde hem om met drie kogels in zijn maag. Zijn lichaam viel met een doffe bons op de grond, alsof hij een zak cement was.

De zes anderen bleven constant vuren en sloegen gaten in de tuindeuren en de Steinway. Eén salvo raakte de houten bar tegen de achtermuur van de salon. Bowman keek even achterom en zag dat de flessen op de planken ontploften, waardoor glasscherven en goede whisky over de toonbank vlogen.

Terwijl hij terugschoot, merkte Bowman op dat twee rebellen zich naar de linkerkant van het terras verplaatsten. Hij volgde hen met zijn c8, maar ze verdwenen uit het zicht voordat hij de trekker kon overhalen. Een moment later sprintten nog eens drie vijanden vanuit de lagergelegen tuin om aan het gevecht mee te gaan doen. De dichtstbijzijnde rebellen waren twintig meter van de salon.

Ze hebben ons bijna te pakken.

'Het zijn er te veel!' brulde hij.

'Blijf schieten,' schreeuwde Gregory terug. 'Ze mogen niet binnenkomen!'

Bowman schoot weer twee kogels af.

Hij dacht niet aan sterven. Hij dacht aan niets anders dan de volgende drie seconden. Hij functioneerde op een puur mechanisch niveau. Doelwit kiezen, richten, vuren. Als een hardloper die zich richt op het afleggen van de volgende kilometer, het volgende rondje, de volgende meter. Zijn hele wereld was gekrompen tot de twintig meter terrein vóór hem.

Hij schoot een schriele soldaat door zijn hoofd toen die over het terras holde. Door die kogel spoten zijn hersenen als champagne zijn hoofd uit. Toen hoorde Bowman het gekletter van versplinterend glas. Het kwam ergens van links.

De kamer naast de salon.

'Ze komen door de ramen van de eetkamer,' zei Gregory. 'Eropaf, Josh!'

Bowman trok zich terug bij het raam, terwijl zijn hart in zijn borst hamerde. Hij verplaatste zich naar de open deur aan de linkerkant, langs de verlaten teddybeer en de opgedroogde plassen bloed op de plek waar de broer en het nichtje van de president uren eerder waren vermoord. Bowman bleef naast de deuropening staan, met zijn geweer op schouderhoogte, terwijl zijn ogen door de kamer met kroonluchters schoten. Hij zag een mahoniehouten tafel ter grootte van een ruimteschip en foto's van vrouwen met blote borsten aan de muur.

Hij zag een rebel met een zonnebril aan de andere kant van de kamer die via een kapot raam naar binnen sprong. Een tweede gestalte klom achter zijn kameraad aan door het raam. De rebellen bleven stokstijf staan toen ze Bowman bij de deur zagen staan. Ze staarden in doodsangst naar het donkere oog van de geweerloop.

Bowman trakteerde hen op vier kogels uit de c8. Hij richtte op een derde gestalte die door het raam ernaast kroop, haalde de trekker over en hoorde de klik. Hij gooide het wapen weg, rukte de Glock uit de holster en schoot twee kogels in de romp van de man.

'Dat was het,' riep Gregory vanuit de salon. 'Ik ben weg. Niks meer over! Terugtrekken!'

Bowman liep achteruit de eetkamer uit. Bij het raam aan de achterkant haalde Gregory een handgranaat uit zijn zak. Hij rukte de pin eruit en gooide die door de gebroken ruit. Toen rende hij naar Bowman en de twee mannen trokken zich terug naar de gang. Er klonk buiten een luide knal toen de granaat ontplofte die de rebellen even uit elkaar joeg.

Bowman drukte op de knop van zijn radio. 'We zitten zonder munitie,' zei hij. 'We hebben alleen ons pistool nog. Rebellen staan op het punt de achterkant van het landhuis binnen te dringen.'

'Vijanden zijn bijna bij de voordeur,' zei Casey via de radio. 'Ik kan hen niet tegenhouden! Ik trek me terug.'

Bowman en Gregory renden verder. Ze hadden maar een paar seconden voordat het gebouw onder de voet werd gelopen. Seconden om een veilig deel van het gebouw te zoeken om hun toevlucht in te zoeken. Terugtrekken naar de kelder of het dak was geen optie. Die waren te ver weg. De hal zou wemelen van de rebellen tegen de tijd dat ze daar aankwamen.

Gregory bleef staan bij de deur van de werkkamer.

'Hierin,' zei hij.

Ze liepen snel de kamer in. Gregory smeet de deur dicht en draaide hem op slot. Hij schreeuwde tegen Bowman en ze sleurden er een stevige boekenkast naartoe, die ze op zijn kant klemzetten tegen de deurstijl. Het geluid van versplinterend glas en hout klonk op, toen de rebellen op verschillende plekken langs het terras en aan de voorkant van het gebouw binnendrongen.

Bowman zette een stap naar achter. Hij wachtte voor de gebarricadeerde deur. Hij had zijn pistool in zijn hand en zijn kleren zaten vol zweet, vuil en stukjes lood. Zijn adrenalinespiegel rees de pan uit. De vijand kon elk moment naar binnen stormen.

Dan is alles afgelopen.

'Geef me er daar eens twee van,' zei Gregory die op de granaten wees die Bowman bij zich droeg.

Bowman overhandigde die. 'Nooit gedacht dat ik op zo'n kloteplek zou sterven,' zei hij.

'Het is nog niet afgelopen.' Gregory glimlachte grimmig. 'We kunnen nog steeds zoveel mogelijk van die klootzakken uitschakelen. We zullen ervoor zorgen dat ze ons niet zomaar vergeten, hè?'

Bowman knikte. 'Ik ben er klaar voor.'

Ze wachtten.

De herrie van de binnendringende soldaten hield ineens op.

Bowman staarde naar de gesloten deur.

'Wat is er verdomme aan de hand?' vroeg hij na een paar seconden.

'Luister eens,' zei Gregory.

Bowman spitste zijn oren.

Hij hoorde in eerste instantie niets. Toen klonk er een geluid, ergens buiten de muren van het landgoed. Een geluid dat heel erg bekend was voor elke ervaren man uit Hereford. Het lage geblaf van een .50 Browning-machinegeweer.

'Jezus, hebben ze nog meer wapentuig?' zei Bowman wanhopig.

Gregory kreeg rimpels in zijn voorhoofd. 'Volgens mij hadden de rebellen geen Brownings.'

Bowman sprak in zijn keelmicrofoon. 'Wat is er daarbuiten aan de hand?' vroeg hij.

Stilte.

Hij probeerde het nog een keer. 'John? Patrick?'

Weer niets.

Toen klonk Webb over de radio, die opgewonden riep: 'Ze zijn er! Squadron D! Ze zijn er eindelijk!'

Bowman en Gregory schoven de boekenkast snel weg van de deur. Ze bleven buiten de werkkamer even staan om naar een spoor van de vijand te zoeken. Daarna haastten ze zich door de gang naar de salon, terwijl Bowman voorop steeds van links naar rechts en terug keek. Kruitdampen hingen als een sluier in de kamer. Hij haastte zich naar het verbrijzelde raam en tuurde over het lege terras bij de achtertuin.

Er stond een gepantserd voertuig in het oosten. Bowman herkende het meteen: een voor het Regiment aangepaste Jackal, voorzien van een angstaanjagende hoeveelheid vuurkracht. Twee opgestelde GPMG's aan de voorkant, een MK19-granaatwerper met patroonbanden die door een derde man achterin werd bediend. Twintig soldaten in camouflage- en kogelwerende kleding rukten te voet op, terwijl de kerel achter in de Jackal de granaatwerper bediende. Ze gingen op de vijand af door middel van de tactieken van het 22ste SAS die zich al zo vaak hadden bewezen. De Jackal zorgde voor het zware ondersteuningsvuur, terwijl de mannen te voet naar voren oprukten in aanvalsgroepen van vijf man. De soldaten schoten met hun C8 op de rebellen die naar het hek aan de achterkant renden.

Mallet had contact gekregen met squadron D. Bowman hoorde de Schot in zijn oortje, terwijl die via het open communicatiesysteem met het squadron sprak.

'Er zitten bevriende soldaten in het landhuis,' zei hij. 'Niet beschieten. Ik herhaal: niet beschieten.'

Achter de aanvalsgroepen schoot de kerel bij de MK19 gestaag op de vluchtende doelwitten. Granaten vermaalden de aarde, schopten kluiten losse aarde de lucht in en reten de laatste rebellen uit elkaar die nog overeind stonden. Binnen een paar seconden was het terrein aan de achterkant van het landhuis bijna helemaal verlost van vijandige strijders.

Bowman ervoer een onbeschrijflijk gevoel van opluchting. 'Ze hebben het gered! Bedankt.'

'Ze zullen korte metten maken met dit zootje,' merkte Gregory op. 'Het zal nu snel voorbij zijn.'

'Ja.'

Hij draaide zich om naar Gregory. De twee mannen keken elkaar aan en wisselden iets uit wat niet onder woorden werd gebracht. Een band die alleen mensen konden begrijpen die de dood in de ogen hadden gekeken.

'Kijk hoe het met de familie gaat,' zei Bowman. 'Dan controleer ik het dak.'

Ze liepen in looppas de salon uit. Terug door de gang, langs de werkkamer en de hal in. Casey verscheen uit een andere gang aan de linkerkant en zag er verdwaasd uit.

'Is het voorbij?' vroeg ze zacht.

'Heel snel,' zei Bowman. 'De jongens van squadron D nemen het nu over. Onze taak zit erop.'

'Goddank.'

Ze zeeg neer op de vloer, alsof haar vermoeide benen haar niet langer konden ondersteunen. Bowman liet haar bij de trap zitten en klom naar het dak. Zijn uitgeputte benen deden nog één laatste inspanning.

Op het dak was Mallet druk bezig met het geven van bevelen aan squadron D. Bowman hoorde hoe hij hen richtte op doelwitten die hij vanuit zijn goede positie op het dak kon zien. Webb hurkte naast hem, met een met bloed bevlekt noodverband om zijn hoofd. Het was een puinhoop. Er walmde rook uit de verwrongen loop van de twee Gimpy's. De scherpe stank van buskruit hing in de lucht. Bowman ging bij de borstwering zitten en keek naar beneden.

Het gevecht was bijna voorbij.

Groepjes rebellen vluchtten alle kanten uit. De mannen van squadron D waren dwars over het terrein van het vuurgevecht gelopen en waren de baas op de grond. Een van de Jackals had in het oosten vlak bij de pagode een positie ingenomen om ondersteuningsvuur te geven. De tweede Jackal was de tegenstand in het zuiden nog steeds aan het opruimen. Een derde voertuig was rond de achterkant van het landgoed gereden en draaide nu naar het westen van het landhuis af. Zowel de Jackals in het oosten en westen hadden .50 Brownings in plaats van granaatwerpers. Die hadden de bijnaam 'chutney', omdat het menselijk lichaam er als chutney uitzag nadat het door een salvo daarvan was geraakt. Een deel van het hekwerk in het oosten lag omver. Bowman besefte dat de Jackals vanuit die kant naar binnen waren gestormd via het fragiele hek. De mannen te voet zouden een stukje verderop uit de vrachtwagens zijn geklommen voordat ze oprukten met de ondersteunende voertuigen.

Terwijl Bowman toekeek, schakelden de soldaten de laatste restjes tegenstand uit. De helft van de mannen was vanaf de pagode in westelijke richting opgerukt en de andere helft had vanuit de siertuin aangevallen. De enkele resterende rebellen, die vastzaten tussen de Jackals en de aanvalsgroepen, werden bruut neergemaaid. Sommigen van hen werden uit elkaar gerukt. De meesten werden gedood voordat ze de kans hadden om te ontsnappen. Degenen die verder van het gevecht verwijderd waren, waren via de open plek naar de hoofdweg gevlucht. Ze renden recht een hinderlaag in die door één element van squadron D was gelegd. Enkele van de rebellen probeerden tegenstand te bieden of terug te schieten. Die werden snel uitgeschakeld. De rest gooide hun wapen weg en gaf zich over.

In minder dan een minuut waren de rebellen volledig overmeesterd.

Bowman zag door een gat in het bos dat in het westen vier kleine gestalten in een witte Toyota Land Cruiser sprongen. Die reed in westelijke richting weg over de hoofdweg, waarbij zijn wielen stofwolken opwierpen.

Een bekakte, afgemeten stem klonk over het open communicatienetwerk. De commandant van squadron D, besefte Bowman.

'Een van onze jongens heeft net een voertuig zien wegrijden,' meldde de commandant. 'Land Cruiser. Vier inzittenden, zegt hij. Lichte huid. Enig idee wie dat zouden kunnen zijn?'

'Aye,' zei Mallet. 'Dat zijn de Russen, de kerels die achter de staatsgreep zitten.'

'Roger. We zullen een bericht doorgeven aan SFSG. Die zullen een kordon opzetten om hen verderop te onderscheppen.'

'Laat maar,' zei Mallet. Zijn stem klonk dun en hees. 'Laat hen maar gaan.'

Een korte pauze. 'Weet je dat zeker?'

'Als je die kerels gevangenneemt, veroorzaakt dat een diplomatieke rel. Laat hen maar gaan. Ze zullen nu geen problemen meer veroorzaken. Die zitten in het volgende vliegtuig terug naar Moskou.'

'Goed. Jij mag het zeggen, neem ik aan.'

Het geweervuur stopte eindelijk en de commandant meldde via de radio dat het landgoed in hun handen was. Webb gooide zijn hoofd in zijn nek en lachte uitzinnig. Alle tijdens het gevecht opgekropte spanning en adrenaline en angst stroomden in één keer uit hem via dat opluchtende gelach.

Naast hem liep Bowman weg bij de borstwering, overweldigd door opluchting en uitputting.

'Het is afgelopen,' kraste hij. 'Goddank, het is echt afgelopen.'

33

Kort daarna verlieten ze het dak. Toen ze de begane grond bereikten, liep een team van squadron D vanaf het terras aan de achterkant het landhuis in en nam snel de leiding. Een handjevol mannen doorzocht de kamer op rebellen die zich hadden verstopt, terwijl de anderen de familie uit de kelder haalden. Zodra het gebouw veilig was, escorteerden de mannen de vrouwen en kinderen naar een stel logeerkamers op de eerste verdieping, weg van de chaos in de rest van het huis. Er werden bewakers bij hen gezet die hen de hele tijd bewaakten.

Zodra de familie veilig was, ruimden Mallet en de anderen de barricade op en liepen naar buiten.

Ze stuitten op een absoluut bloedbad. Het terrein was bezaaid met dode en stervende mensen en de rommel van het gevecht. Sommige mensen kronkelden van de pijn, klauwden naar hun wonden of probeerden hun ingewanden weer in hun buik te stoppen. Anderen schreeuwden naar de soldaten en smeekten om hulp. De smerige stank van de dood verstikte de lucht.

Een peloton Karatandaanse soldaten had squadron D vanaf het garnizoen bij het vliegveld vergezeld. Sommigen van hen zetten een kordon op rond het landgoed, terwijl de anderen het Regiment assisteerden bij het opruimen van het slagveld. Van de lichtgewonden werd de identiteit vastgesteld; ze kregen handboeien om en werden daarna naar de siertuin gebracht, naar de rest van de gevangen rebellen. Minstens twaalf mannen waren gevangengenomen. Ze zagen er treurig uit, met hun gerafelde uniform en bebloede gezicht. De mannen met ernstige verwondingen werden overgedragen aan het plaatselijke peloton, achter in een klaarstaande vrachtwagen gelegd en naar het vliegveld gebracht om te worden behandeld door het plaatselijke garnizoen. Dat was in elk geval de gedachte. Bowman betwijfelde of de Karatandaanse soldaten hun gezworen vijanden genade zouden tonen. Hoogstwaarschijnlijk zouden ze ergens worden opgesloten om te sterven.

Er marcheerden twee kerels vief naar Mallet. De commandant van squadron D, Stuart Thriepland, was een voormalig lid van de Garde, lang en kaarsrecht, met een glimmende blonde vetkuif en een accent dat zo bekakt was dat het waarschijnlijk een zetel had in het House of Lords. De man naast hem, sergeant-majoor Craig Dundas, was een korte, pezige Schot, zo taai als ijzerhout, met een bolvormige neus, een agressieve houding en een permanent boze blik. Zijn stem vertoonde nog een spoortje van zijn wortels in Aberdeen toen hij het team aansprak.

'Verdomme. Hoe hebben jullie dit weten te overleven?' zei Dundas, terwijl hij de chaos op het slagveld bekeek.

'Dat scheelde niet veel,' antwoordde Mallet. 'Als jullie een minuut later waren gekomen, waren we onder de voet gelopen.'

'Waar bleven jullie zo lang?' vroeg Bowman.

'We reden een paar kilometer van het vliegveld in een hinderlaag van de rebellen,' antwoordde Thriepland in zijn kostschoolaccent. 'We moesten het gebied schoonvegen voordat we hierheen konden komen. Niet te vermijden.'

Dundas spuugde op de grond. 'De rebellen hadden ons een uur vastgezet met degelijke hinderlaagtactieken. Ze wisten hoe ze moesten vechten.'

'De Russen moeten hen daarheen hebben gestuurd,' zei Mallet. 'Die klootzakken kennen elk trucje dat er bestaat.'

Thriepland schraapte zijn keel en zei: 'Ik zie alleen jullie vier. Waar is de andere kerel?'

'Loader is dood,' zei Mallet.

'Ah.' Thriepland knikte treurig. 'Het spijt me dat te horen. Wij hebben een paar bulten en sneetjes. Niks ernstigs.'

Dundas glimlachte naar Casey. 'Ik hoor dat jij dodelijk bent met het goeie ouwe mortier.'

'Zoiets, ja,' antwoordde ze vlak. Ze keek alsof ze er met haar gedachten niet bij was.

'Het lijkt erop dat jullie de halve opstand hebben kunnen tegenhouden,' zei Thriepland. 'Ik kan me voorstellen dat daar een paar eervolle vermeldingen uit voortkomen.' Hij keek naar Mallet en er sloop een sarcastisch toontje in zijn stem toen hij verder ging. 'Jammer dat jullie in de Cell niet bij name kunnen worden genoemd.'

Bowman keek hem zonder iets te zeggen aan.

'Wat gebeurt er nu?' vroeg Webb.

'Wij blijven hier en bewaken de familie,' zei Thriepland. 'We hebben het bevel om hier te blijven, tot het land helemaal veilig is. Dat zal een paar dagen duren, verwacht ik.'

'Het kost ons in elk geval zo lang om alle lijken af te voeren,' mompelde Dundas. 'Het is een slachthuis.'

Bowman zei: 'Waarom vliegt de president niet meteen terug? De staatsgreep zal snel genoeg voorbij zijn.'

'Er komt een groep van het 2de Para hierheen,' legde Thriepland uit. 'Een opleidingsteam dat lang hier zal blijven. We moeten de boel over een paar dagen aan hen overdragen. De president weigert terug te keren voordat die overdracht achter de rug is.'

'Hij wil waarschijnlijk extra mannen op de grond hebben,' voegde Dundas eraan toe.

Webb snoof. 'Ja, die hufter zal wel willen dat het hier op Fort Knox lijkt voordat hij terugkomt.'

'Zoveel geeft hij dus om het welzijn van zijn familie,' zei Bowman. 'Als hij daar heel bezorgd om was, zou hij nu al terugvliegen.'

'Waarom escorteren jullie de familie niet terug naar de stad, zodra de staatsgreep de kop is ingedrukt?' vroeg Casey. 'Waarom wachten jullie hier bij hen?'

'Bevel van hogerhand.' Thriepland veegde met een hand door zijn geweldige haar. 'De president wil niet dat zijn familie terugkeert naar het paleis zoals het er nu aan toe is. Ik heb begrepen dat daar gisteravond flink gevochten is.'

'Het was eerder een bloedbad,' zei Mallet.

Thriepland haalde zijn schouders op. 'Maakt niet uit. De president heeft zijn familie de instructie gegeven dat ze hier moeten wachten tot zijn adjudanten en huishoudelijk personeel het paleis grondig hebben schoongemaakt. Hij wil blijkbaar dat het spic en span is voor hun terugkomst.'

Webb lachte zwakjes. 'Nou, ze houden er in elk geval niet van om het zonder luxe te moeten doen.'

Thriepland zag er *not amused* uit.

'Jullie zullen wel snel vertrekken, denk ik?' vroeg hij.

Mallet zei: 'Dat hangt van Six af. Ik moet een paar telefoontjes plegen. We moeten misschien even ter plekke blijven.'

'Wat jij wilt.' Thriepland rechtte zijn rug. 'Ondertussen kunnen jullie koffie en iets te eten halen. Ik stel voor dat je een van de hospikken die schouder van je schoon laat maken,' zei hij terzijde tegen Casey.

Dundas stak zijn dikke duimen achter zijn riem en rolde met zijn tong door zijn mond.

'Wat willen jullie met de gevangenen doen?' vroeg hij aan Gregory. 'Die zijn jullie verantwoordelijkheid, niet de onze.'

'Kolonel Lubowa en ik zullen daarvoor zorgen.' Gregory wees op het hoofd van de Presidentiële Garde. 'Er zal met hen worden afgerekend,' voegde hij eraan toe.

'We hebben een lijkzak nodig voor Tiny,' zei Mallet. 'Hij gaat samen met ons naar huis.'

'Natuurlijk,' antwoordde Thriepland. 'Ik zal ervoor zorgen.'

Hij liep weg, met Dundas op zijn hielen die bevelen tegen de mannen blafte. Mallet liep weg om met de Stem te bellen. Casey ging op zoek naar een hospik. Gregory ging op pad naar kolonel Lubowa. Die had het handjevol mannen om zich heen verzameld van de Presidentiële Garde en het peloton van Mavinda dat nog in leven was. Nu begonnen ze de gevangen rebellen naar de achterkant van het landhuis te drijven onder het toeziend oog van Gregory.

'Wat zal er met hen gebeuren, denk je?' vroeg Webb aan Bowman, terwijl ze de laatste gevangenen uit het zicht zagen verdwijnen.

'Ze hebben geprobeerd de regering omver te werpen, maat. De president zal dat niet afdoen met een slappe terechtwijzing.'

'Denk je dat hij hen zal executeren?'

Bowman dacht even na en schudde toen van nee. 'Mike zou dat nooit goedvinden. Ze zullen de leiders waarschijnlijk verhoren en dan het hele stel in de gevangenis smijten.'

'Dat is hier nagenoeg hetzelfde als de doodstraf,' zei Webb.

Even later kwam Mallet terug en riep zijn team bij elkaar. Hij zei: 'Ik heb contact gehad met Vauxhall. Ze zijn transport voor ons aan het regelen. We vertrekken met dezelfde Hercules waar deze jongens in zijn aangekomen.'

'Wanneer?' vroeg Casey.

'Snel. Over een paar uur. We wachten nog op toestemming. Zodra we groen licht hebben gekregen, laat ik het weten.'

Bowman zei: 'Hoe gaat het met de staatsgreep?'

'SFSG is een uur geleden geland, samen met het detachement van de SBS. Ze hebben het internationale vliegveld heroverd op de rebellen. Op dit moment zijn ze op weg naar de hoofdstad.'

'Dan zal het snel achter de rug zijn.'

'Daar lijkt het op. Zodra ze de radiozender hebben veroverd, zenden ze een vooraf opgenomen verklaring van de president uit, die tegen zijn volk zegt dat de rebellie is onderdrukt. Zodra dat bericht is verzonden, is het afgelopen.'

'De harde kern zal het niet zo gemakkelijk opgeven.'

'Misschien niet,' zei Mallet, 'maar ze maken geen schijn van kans tegen onze jongens, nu de Russen hen in de steek hebben gelaten.'

De ochtend verstreek. Bowman zat bij de anderen in de buurt van het bordes van het landhuis. Ze dronken gloeiend hete koffie en ieder van hen was fysiek en mentaal uitgeput. Ze keken naar elkaar, maar niemand zei iets. De stemming was ingetogen en rustig.

Ze waren niet in een juichstemming, maar hadden vooral een opgelucht gevoel dat werd getemperd door het verdriet dat ze hadden wegens het verlies van hun vriend. Bowman zag dat een paar mannen van squadron D Loader in een lijkzak stopten en dacht aan de belofte die hij in de kelder had gedaan.

Zodra deze missie is afgelopen, zal ik afkicken.

Dan blijf ik schoon, beloofde hij zichzelf plechtig. Deze keer zal ik niet uitglijden, ongeacht hoe zwaar het wordt.

Het team wachtte. Na een tijdje liep Gregory weg om met kolonel Lubowa te praten. Mallet kreeg een constante stroom telefoontjes van Buitenlandse Zaken en Six te verwerken. Hij beantwoordde vragen over de aanval en kreeg informatie over de situatie elders in het land. De aanval op de hoofdstad verliep voorspoedig, zei Mallet. Aan het eind van de ochtend had de gecombineerde strijdmacht van de SFSG en SBS de radiozender veroverd en begon de opstand uit te doven. Generaal Kakuba zweeg. Het gerucht ging dat zijn loyale officieren de grens over waren gevlucht.

De zon bereikte zijn hoogste stand en brandde op de mannen die de gesneuvelden moesten begraven. Er waren tractoren gehaald bij een van de nabijgelegen boerderijen en daarna begon squadron D aan de akelige taak om de doden op te ruimen. Bowman keek toe, toen ze de lijken opschepten met de bak en ze in een boerenkar gooiden. Een andere groep soldaten van het Karatandaanse peloton liep over het slagveld om lichaamsdelen en rompen op te halen. De doden zouden door plaatselijke eenheden in een massagraf worden begraven, zodat de bewijzen van de strijd weg waren voordat de buitenlandse pers aankwam. Het ministerie van Buitenlandse Zaken zou de gevechten graag willen bagatelliseren en niet willen dat een of andere freelancefotograaf kiekjes nam van een veld met honderden lichamen. Dat zou het verhaal ondermijnen dat ze aan het ontwikkelen waren. De waarheid zou jarenlang, misschien zelfs decennialang, begraven blijven. Misschien wel voor altijd.

Tien minuten later kwam Gregory tevoorschijn uit het landhuis. Hij liep breed grijnzend naar het team.

'Hierheen, jongens,' zei hij. 'Ik heb wat ontspanning voor jullie geregeld in de kelder.'

Webb keek op en fronste zijn wenkbrauwen. 'Dit is nauwelijks het juiste moment voor een feestelijke zuippartij.'

'Vertrouw mij maar, dit wil je echt zien.'

Bowman keek naar hem op. 'Wat is het?' vroeg hij. 'Drank? Vrouwen?'

De grijns op het gezicht van Gregory liep van oor tot oor. 'Het is iets veel beters.'

'Zoals?' vroeg Casey.

'Het is een verrassing,' antwoordde Gregory, 'maar ik weet zeker dat jullie het leuk zullen vinden.'

Bowman zuchtte vermoeid. Ze hadden net een goede vriend verloren, ze waren fysiek op, onvoorstelbaar uitgeput en nu stelde Gregory voor dat ze voor een feestje naar de kelder zouden gaan. Hij kon niets bedenken wat erger of ongepaster was.

'Kom op, jongens,' hield Gregory aan. 'Het duurt niet lang. Dat beloof ik.'

Bowman en Casey keken elkaar aan. Gregory stond erbij met ogen die glommen van opwinding. Toen haalde Webb onverschillig zijn schouders op. 'We kunnen net zo goed even gaan kijken,' zei hij. 'Er is toch niets anders te doen tot we toestemming van Six krijgen om te vertrekken.'

'Oké,' zei Bowman, die stijf overeind kwam. 'Laat maar zien.'

'Geweldig.' Gregory wreef in zijn handen. 'Jullie zullen er geen spijt van krijgen, jongens. Er staat een traktatie voor jullie klaar.'

Webb gaf Casey een hand en hielp haar op te staan. Daarna volgden ze Gregory naar de voordeur. Bowman keek rond, maar Mallet was nergens te zien.

'Waar is John?' vroeg hij aan niemand in het bijzonder.

'Gastenverblijf,' antwoordde Gregory. 'Hij zit met Thriepland in de vergaderkamer. Ze hebben een gezamenlijke afspraak met Six. Hij kan zich later bij ons voegen.'

Hij leidde hen door de ingang, voorbij de berg versplinterd hout en glassplinters in de hal. Terwijl ze de trap naar de kelder af stommelden, vroeg Bowman zich af waarom Gregory zo opgewonden was. Het was duidelijk dat hij hen iets geweldigs wilde laten zien. Ontspanning, had hij gezegd. Ik garandeer dat jullie het leuk zullen vinden. Misschien een soort orgie, overwoog Bowman. Hij had gehoord dat dictators privé-seksfeestjes gaven. Misschien had Seguma een geheime harem in de kelder.

Gregory stapte door de gang tot hij bij de deur aan de linkerkant kwam, een paar meter voor de wijnkelder. De verroeste scharnieren knarsten toen hij het team de slecht verlichte gang met kale betonnen muren en enkele stalen deuren aan weerszijden in gebaarde. Bowman telde twaalf deuren. Die waren dicht, met een schietgatvormig kijkgat en een voedselluikje boven het slot. Net als cellen in een politiebureau, dacht Bowman, of de vleugel van een gevangenis.

'Waar breng je ons naartoe?' vroeg hij.

'Dat zul je wel zien,' zei Gregory.

Hij bleef bij een van de celdeuren staan en viste een stel sleutels uit zijn zak. Misselijkheid kolkte door Bowman heen toen hij Gregory het zware slot zag opendraaien. Er zit hier iets fout, dacht Bowman, heel erg fout.

Er galmden bouten en de deur knarste open.

'Hierin, jongens,' zei Gregory.

Ze liepen een vochtige, smerige ruimte in met kale betonnen muren en tl-buizen. Gedroogde bloedplekken op de vloer. Een emmer tegen de muur die vol uitwerpselen zat. Aan de linkerkant van de ruimte zag Bowman een bundel bebloede kleren op een bank liggen, naast wat doe-het-zelfgereedschap: een boormachine, een bottenzaag, een brander, een ijzeren staaf, een paar messen, een klauwhamer en een aantal verroeste spijkers. Een GSH-18 halfautomatisch pistool. En een veedrijver.

In het midden van de ruimte zat een naakte rebel met zijn polsen en enkels aan een metalen bedframe geketend. Een korte, gedrongen man met een chinstrapbaardje. Bowman had zijn gezicht eerder gezien, twee levens geleden. In Londen, in de lobby van het Broxbury Hall Hotel, op de televisie: het interview in de bergen met de journalist. De man had toen een pilotenbril gedragen, maar het gezicht was onmiskenbaar hetzelfde.

Generaal Moses Kakuba.

De romp van de rebellenleider zat vol blauwe plekken. Een van zijn oren was afgesneden. Zijn armen en benen misten stukken vlees. Er was een smerig vod in zijn mond gepropt, waardoor zijn angstkreten werden gedempt.

Kolonel Lubowa stond over de gevangene gebogen en had de mouwen van zijn legeroverhemd tot zijn ellebogen opgerold. Hij sloeg generaal Kakuba met zijn vuisten en diende hem gemene stompen toe in zijn buik en zijn gezicht. Een tweede man in het uniform van de Presidentiële Garde leunde tegen de bank en moedigde Lubowa aan. De doffe smak van botten tegen vlees echode door de cel, terwijl de kolonel een dreun verkocht aan de ribben van de gevangene.

Bowmans maag keerde om. 'Jezus,' zei hij.

'Wat is hier verdomme aan de gang?' snauwde Webb.

'Ik wilde jullie het geheime verhoorcentrum laten zien dat we hier beneden hebben. Hier rekenen we af met de vijanden van de president,' antwoordde Gregory achteloos.

'Dit is geen verhoorkamer,' zei Bowman. 'Dit is een martelkamer.'

'Ongeveer hetzelfde hier.'

Gregory gebaarde lui naar de doodsbange gestalte die aan het bedframe vastzat. 'We vonden de generaal in het kanaal met een paar van zijn mannen. Ze deden alsof ze dood waren. Het is goed dat ik hem herkende, anders was hij misschien samen met de gewonden afgevoerd.'

Bowman voelde zich ijskoud worden. 'Waarom zijn we hier?'

'De president wil dat wij afrekenen met de generaal... zodra we ons met hem hebben vermaakt natuurlijk. Dat hebben we al gedaan; dat kunnen jullie wel zien. Ik dacht dat jullie het zouden willen overnemen. Beschouw het maar als een beloning, voor al jullie harde werk.'

De gardist brulde van het lachen toen Lubowa de man weer sloeg.

'Dank u wel, kolonel,' zei Gregory. 'We nemen het over.'

Lubowa sloeg de man nog een laatste keer in zijn gezicht, voordat hij wegliep bij het matras. Hij veegde zijn handen af aan een van de smerige lappen, gooide die aan de kant en knikte naar Gregory.

'Ga uw gang,' zei hij. 'Laat het maar weten als jullie klaar zijn. Zorg ervoor dat jullie niet zonder ons met de volgende gevangene beginnen.'

'Geen haar op mijn hoofd die daaraan denkt.'

De kolonel blafte tegen de gardist. Die maakte zijn sigaret uit en volgde zijn baas de cel uit en sloot de deur achter zich.

De rebellenleider kreunde van pijn. Bowman kon nauwelijks geloven wat hij zag. Hij herinnerde zich de doos met veedrijvers die hij in de wijnkelder had gezien. Hij herinnerde zich de angstige blik in de ogen van majoor Mavinda toen hij Gregory's naam hoorde. Plotseling begreep hij het. *Die vent is niet alleen het hoofd van de beveiliging van Seguma. Hij heeft zijn eigen persoonlijke martelkamp.*

Gregory liep naar de bank, pakte de veedrijver en stak die uit naar Bowman.

'Dit levert meestal een goede reactie op. Wie wil eerst? Josh?'

Bowman was heel even sprakeloos.

'Dit kun je niet menen,' zei hij eindelijk. 'Dit kun je verdomme niet doen.'

'Waarom niet?'

'Het is verkeerd. Het is tegen de Geneefse Conventies, in vredesnaam.'

Gregory wuifde de woorden laatdunkend weg. 'Doe nou niet alsof je verontwaardigd bent. Je kent het palmares van de president en weet hoe hij te werk gaat. Dit kan geen grote verrassing voor je zijn.'

'Seguma kan mijn rug op. Die vent is een tiran, maar ik dacht dat jij hierboven zou staan.'

'Ik ben zijn hoofd beveiliging. Dit is mijn baan.'

'Gevangenen martelen?'

'Een boodschap naar zijn vijanden sturen.' Gregory stak de veedrijver omhoog. 'Dit is de enige taal die dit tuig begrijpt. Je kunt niet gaan zitten onderhandelen met die mensen, Josh. Daar hebben ze geen belangstelling voor. De enige tactiek die hier werkt, is geweld.'

Bowman schudde woedend van nee. 'Zo ben jij helemaal niet, Mike. Je zou in het Regiment nooit hebben ingestemd met zoiets.'

'Dat was toen. De dingen zijn anders hier. Martelen hoort in Karatandu bij het leven. Ik heb het niet alleen over de president. Het VFK is net zo schuldig als alle anderen.' Hij wees met de veedrijver naar Kakuba. 'De generaal is persoonlijk verantwoordelijk voor honderden moorden, verkrachtingen en verminkingen. Zijn mannen hebben het personeel van de president afgeslacht in het paleis. Ze hebben tientallen dorpen met de grond gelijkgemaakt. Hij hoort niet bij de goeieriken.'

'Dat betekent nog niet dat dit juist is.'

Gregory keek hem treurig aan. 'Ik ben teleurgesteld, Josh. Ik dacht dat je het hiermee eens zou zijn. Jouw bazen hebben er in elk geval geen problemen mee.'

Browman fronste zijn wenkbrauwen. 'Wat bedoel je daarmee?'

'Vauxhall weet wat we hier beneden uitspoken. Ze hebben daar geen enkel probleem mee. Sterker nog, zij leveren de veedrijvers.'

'Nonsens. Je liegt.'

Gregory grinnikte. 'Geloof je echt dat Six marteling niet zou goedkeuren?'

'Ik ben geen idioot. Ik weet dat ze in het verleden behoorlijk duistere dingen hebben gedaan, maar ze hebben hun grenzen. Hier zouden ze nooit mee instemmen.'

'Waarom niet? Ze hebben tijdens deze missie veel ergere dingen gedaan.'

Hij voelde een koude steek in zijn maag, alsof hij door een bajonet was gestoken. 'Waar heb je het verdomme over?'

Gregory trok een wenkbrauw op. 'Wist je dat dan niet?'

'Wat?' wilde Bowman weten.

'Six zat achter de vergiftiging in Londen. De aanval op Freddie Lang. Dat was hun werk.'

Bowman voelde een koude rilling in zijn nek. 'Nee,' zei hij. 'Echt niet. Dat zouden ze niet doen.'

'Waarom denk je dat ze de verdachten nog niet hebben gevonden? Tijdens een koninklijk huwelijk en al die mensen, zonder één getuige? Zelfs de Russen zouden zoiets niet voor elkaar kunnen krijgen.'

Bowman kon zijn gedachten niet meer op een rijtje krijgen, niet meer ademen. Zijn hoofd tolde.

'Maar… hoe?'

'Six heeft er een paar oud-leden van het Regiment voor ingehuurd. Die doen alle bloederige klusjes voor de regering. Six heeft hen vermomd als lijfwachten of zoiets in het hotel gekregen.'

De koude rilling ging verder over Bowmans rug. Hij herinnerde zich de twee mannen in de gang bij de balzaal. Het bandje van het mondkapje dat uit zijn zak bungelde en de afwezigheid van beelden van beveiligingscamera's.

Five heeft het onderzocht, had Mallet gezegd. *Het is een dood spoor. De camera's deden het niet.*

'Waarom weet jij dat allemaal?' vroeg Webb.

'Mijn contactpersoon heeft het verteld,' antwoordde Gregory eenvoudig.

'Werk jij voor Six?' vroeg Bowman.

Gregory knikte. 'Ze benaderden me kort nadat ik deze baan had aangenomen. Ze wilden een tweede bron in de buurt van de president, snap je? Om de informatie te verifiëren die ze van David Lang kregen. Ze hadden het vermoeden dat hij hun kletspraat verkocht. Daarom kwamen ze naar mij. Ik werk nu al een paar jaar voor hen.'

'Maar waarom zouden ze jou iets over die vergiftiging vertellen?' zei Casey. 'Voor Six zou zoiets uiterst geheim zijn, als het waar was.'

Gregory zei: 'Ze hadden geen keus. Ik was degene die hun de tip gaf over die verraderlijke klootzak Lang.'

'Je wist dus van de bijeenkomst met de Russen?'

'Ik ben het hoofd beveiliging van de president, Josh. Het is mijn taak om alles te weten wat zich hier afspeelt.' Gregory streek met een hand door zijn baard. 'Ik wist dat Lang rondsloop en heel veel bijeenkomsten had met schimmige Russische zakenlui. Schimmiger dan normaal, in elk geval. Ik liet hem dus volgen door mijn mensen. We hebben er een grote surveillanceoperatie voor opgezet. Toen besefte ik dat Lang onder één hoedje speelde met het Kremlin. Ik hoorde iets over een belangrijke bijeenkomst in Monte Carlo en vertelde dat aan mijn contactpersoon. Ik zei dat ze daar misschien eens naar moesten kijken en voorkomen dat die door zou gaan.'

'En?'

'Niks. Ik heb niks meer van Six gehoord. Lang bleef gewoon zijn gang gaan. Een paar weken voor de bijeenkomst besloot ik die stiekeme lul zelf op te pakken en hem hiervan te laten proeven.' Hij zwaaide met de veedrijver. 'Om te ontdekken wat hij van plan was.'

'Je was van plan om David Lang te martelen?'

'Dat was het plan, ja. Toen nam mijn contactpersoon onverwacht contact met me op en wilde me met spoed onder vier ogen spreken. Zo was hij anders nooit. Hij zei dat hij groot nieuws had. Toen ik bij onze afspraak kwam, was hij heel zenuwachtig. Hij leek in paniek te zijn.'

'Wat zei hij?' vroeg Casey.

'Hij vertelde dat ik Lang met rust moest laten. Ik vroeg waarom. Mijn contactpersoon zei dat Six hem zou aanpakken. Ik vertelde hem dat ik manieren kende om Lang aan de praat te krijgen, maar hij beweerde dat Six een beter plan had. Toen ik hem naar de details vroeg, glimlachte hij alleen maar en zei dat zijn broer een naar ongeluk zou krijgen. Dat waren zijn precieze bewoordingen.'

'Hebben ze daarom novitsjok gebruikt om Freddie Lang te vermoorden?' interrumpeerde Casey hem. 'Om het erop te laten lijken dat Moskou achter de aanslag zat?'

'Precies.' Gregory wees met een vinger naar haar. 'Jij bent een slimmerik.'

'Waarom zou Six hem willen vergiftigen?' vroeg Bowman. 'Waarom arresteerden ze David niet gewoon, als ze wisten dat hij met iets duisters bezig was?'

'Spreekt dat niet voor zich? Ze hadden een manier nodig om de duimschroeven aan te draaien bij Lang, om hem onder druk te zetten om de overeenkomst met de Russen af te blazen. Ze zouden er niets aan hebben om hem aan een hard verhoor te onderwerpen. Daarom besloten ze zijn broer te vermoorden en de Russen daar de schuld van te geven, zodat het erop leek dat Moskou dubbelspel speelde.'

Bowman schudde vol ongeloof zijn hoofd. 'Maar... dat betekent dat Six een aanslag met een chemisch wapen heeft uitgevoerd, op eigen bodem. Er zijn mensen door vergiftigd en in het ziekenhuis terechtgekomen.'

Gregory haalde zijn schouders op. 'De beste manier om David Lang uit de school te laten klappen.'

'Wie wist hier nog meer van?' wilde Webb weten.

'Een handjevol mensen. De hoge omes bij MI6, ikzelf. De mannen die het bloederige werk deden. En jullie baas natuurlijk.'

'Wist John het?' zei Bowman. De bajonet drong dieper door in zijn ingewanden.

'Hij leidt de Cell. Hij heeft een vinger in de pap bij alles wat zich in Vauxhall afspeelt,' antwoordde Gregory. 'Hij kent alle duistere geheimen. John moet vanaf het begin op de hoogte zijn geweest.'

'Hij zou niet tegen ons liegen.'

'Weet je dat zeker?' Gregory plooide zijn lippen in een wrede glimlach. 'Ik heb gehoord dat David Lang gisteren een nare val heeft gemaakt vanuit zijn appartement. Ik kan me zo voorstellen dat John daarachter zat. In feite zou het me niet verbazen als hij de hele tijd al van plan was geweest om Lang te doden.'

'Nee.'

Maar zelfs terwijl Bowman zijn hoofd schudde, voelde hij enige twijfel de kop opsteken. Hij herinnerde zich de briefing in de Keet, het besluit van Mallet op het laatste moment om met het team mee te gaan. We hebben mannen op de grond nodig, had hij gezegd, maar misschien had hij een sinisterder reden om met het team naar Monte Carlo te gaan. Misschien had Mallet zijn eigen bevelen gekregen van de Stem. *Zorg ervoor dat Lang niet levend terugkomt.*

'Je moet voorzichtig zijn, Josh,' ging Gregory verder. 'John is een geweldige soldaat, maar ook gluiperig. Niemand in het Regiment heeft hem ooit vertrouwd... en dat zou jij ook niet moeten doen.'

Bowman zweeg even. Hij begon de donkere kant van de Cell te zien, de extreme middelen die ze zouden gebruiken om Britse belangen thuis en in het buitenland te verdedigen. Vergiftigingen, executies, stiekeme financiering van het martelen van buitenlandse burgers. Bowman dacht dat hij bij de Cell was gegaan om de maffia te bestrijden, maar hij begon te beseffen dat de waarheid veel ingewikkelder was.

Gregory bood hem de veedrijver aan.

'Hier,' zei hij en hij grinnikte maniakaal. 'Probeer het eens. Een prik in de reet is altijd leuk, vind ik.'

Bowman keek naar zijn oude baas en rilde. Hij dacht: Mike vindt dit echt leuk. Hij krijgt een kick van het martelen van mensen.

'Prik hem, man. Laat hem gillen. Doe maar.'

Bowman zei niets en staarde gewoon naar Gregory. De man was geen schim meer van de charismatische officier naast wie Bowman ooit had gevochten in squadron B. In de jaren dat hij voor Ken Seguma had gewerkt en diens opdrachten had uitgevoerd was zijn geest vervormd. Hij is in het verleden misschien een eersteklas officier geweest, maar nu is hij gewoon een ontspoorde psychopaat, dacht Bowman.

'Je bent hartstikke gek,' zei hij.

'Sta niet te bazelen.' Gregory wees naar de geketende rebellenleider. 'De generaal en zijn mannen hebben jullie makker gedood. Jezus, ze hebben ons bijna allemaal vermoord. Wil je geen wraak nemen?'

Bowman keek omlaag naar generaal Kakuba en voelde zich misselijk worden. De leider van het VFK jammerde hysterisch door de prop in zijn mond heen en keek met opengesperde ogen smekend omhoog naar Bowman. Zijn gezicht was opgezet door blauwe plekken en zijn lippen bloedden flink. Op een bepaald moment tijdens de martelsessie waren zijn darmen leeggelopen. Het stonk er naar poep, pis en zweet.

Hij greep de elektrische veedrijver.

Gregory glom van genoegen. 'Dat is beter! Begin er maar mee,' zei hij, terwijl hij verwachtingsvol in zijn handen wreef. 'Ga maar aan de slag. Je hoeft je niet in te houden.'

Bowman stak de veedrijver omhoog. De generaal uitte een gedempte kreet. Zijn ogen waren zo ver opengesperd dat ze zo uit hun kassen leken te kunnen rollen.

'Nou, waar wacht je nog op?' vroeg Gregory.

Toen raakte Bowman zijn oude baas met het uiteinde van de veedrijver.

Gregory gromde toen de stroom door zijn lichaam schoot. Zijn lichaam schokte wild en zijn benen begaven het, voordat hij met een dreun op de betonnen vloer viel. Bowman boog zich voordat hij zich kon herstellen en raakte hem opnieuw. Gregory kreunde met stijf op elkaar geklemde kaken, toen een tweede pijngolf door zijn lichaam scheurde. Het voltage was niet hoog genoeg om iemand te doden of bewusteloos te maken, maar het deed verrekte veel pijn. Hij stak Gregory herhaaldelijk in zijn benen en zijn buik.

Zijn laatste prik kwam terecht in het kruis van Gregory. Toen gooide hij de veedrijver weg en ging overeind staan.

Gregory lag helemaal opgerold aan zijn voeten en kreunde zachtjes. Bowman bekeek hem een paar seconden met een blik vol ijskoude minachting. Hij draaide zich van Gregory af en knikte naar Casey en Webb.

'Laten we maar weggaan hier,' zei hij.

'Goed idee,' zei Casey. 'Ik weet niet hoe het met jou is, maar ik heb vandaag genoeg ellende gezien.'

Bowman begon naar de celdeur te lopen.

'Kijk uit!' schreeuwde Webb.

Hij draaide zich snel om.

Hij zag dat Gregory een pistool vasthad, het wapen dat hij op de bank had zien liggen. Het GSh-18 halfautomatische pistool, het wapen van kolonel Lubowa. Gregory had het gegrepen en in een flits opgeheven.

De loop was precies op Bowmans borst gericht.

Bowman had geen tijd om te reageren. Het zou hem een paar seconden kosten om zijn hand naar zijn holster uit te steken en zijn Glock te pakken. Tegen die tijd zou Gregory de trekker al hebben overgehaald. Op een afstand van vier meter kon hij onmogelijk missen.

Bowman wachtte op de dood.

Er echoden twee knallen in de cel.

Vanuit zijn ooghoek zag hij Webb staan die zijn Glock al had getrokken. De loop vlamde toen hij twee keer op Gregory schoot. De twee kogels raakten hem in zijn voorhoofd en sloegen een gat in de achterkant van zijn schedel, waardoor de muur met bloed en hersenweefsel werd besproeid. Het pistool kletterde op het beton. Gregory's armen en benen werden slap en toen viel hij op de grond, alsof iemand zijn touwtjes had doorgeknipt.

Webb liet zijn Glock zakken.

Bowman knikte naar hem. 'Bedankt, maat.'

'In orde, hoor,' zei Webb, terwijl hij zijn wapen terugstopte in zijn holster. 'Dat beest vroeg erom.'

'Ik dacht dat jij zei dat hij echt een geweldige vent was,' zei Casey.

'Dat was hij ook,' zei Bowman. 'Ooit, lang geleden.'

Hij staarde een lang moment naar Gregory, de voormalige held van squadron B. Een van de beste officieren uit de geschiedenis van het Regiment. Nu lag hij dood op de vloer van een martelkamer midden in het oerwoud, terwijl zijn hersenen langs de muur omlaaggleden. Hij voelde geen verdriet of medelijden. Hij voelde helemaal niets. Hij wilde gewoon als de gesmeerde bliksem weg uit Karatandu en er nooit meer terugkomen.

Ze verlieten de ruimte, liepen terug langs de cellen en via de wenteltrap naar de hal. Ze gingen naar buiten, de broeiende middaghitte in. Mallet zag het team en liep vanaf het gastenverblijf snel naar hen toe. Achter hem liet de tractor weer een lading lichamen in de boerenwagen vallen. Die was bijna vol, maar het slagveld lag nog bezaaid met dode vijanden. Afgerukte ledematen en glinsterende ingewanden lagen te rotten in de brandende zon.

'Waar zijn jullie verdomme geweest?' snauwde Mallet. 'Waar is Mike?'

'Hij is druk bezig,' zei Webb, 'in de kelder.'

'Pak jullie spullen. We hebben zojuist toestemming gekregen om te vertrekken, met de Hercules. We vertrekken.'

Hij marcheerde in de richting van de Land Cruiser. Bowman pauzeerde en keek even achterom naar het landhuis. Gregory's waarschuwing over John galmde in zijn oren. *John is een geweldige soldaat, maar ook gluiperig. Niemand in het Regiment heeft hem ooit vertrouwd.*

Hij dacht erover na. Hij dacht na over de leugens die Mallet hem had verteld. Hij vroeg zich af wat de toekomst voor hem in petto had bij de Cell. Hij vroeg zich af of hij zijn belofte aan Loader kon nakomen en clean kon blijven.

Casey legde zachtjes een hand op zijn schouder.

'Kom op,' zei ze. 'We gaan. We moeten een vriend naar huis brengen.'

EINDE

Hallo!

Bedankt voor het lezen van *Meedogenloos.*

Ik heb altijd al een thriller willen schrijven die zich afspeelt in de schimmige wereld van de georganiseerde misdaad. De maffia zit tegenwoordig overal: op sommige plekken lijkt ze meer op een professioneel bedrijf dan op een traditionele bende. In Rusland en elders is de scheidslijn tussen overheid en de criminele onderwereld volledig vervaagd, wat heeft geleid tot de term 'maffiastaat'. Ik dacht dat de SAS uitermate geschikt zou zijn om die opkomende nieuwe dreiging aan te pakken, in nauwe samenwerking met de veiligheidsdiensten en de politie. Toen ik dus begon na te denken over *Meedogenloos*, wist ik meteen wat voor soort verhaal ik wilde vertellen.

Ik wist ook dat mijn held radicaal anders zou zijn dan alles wat ik eerder had gedaan: een elitesoldaat met een talent om de maffia te bestrijden. Hij had een achtergrond in wetshandhaving nodig voordat hij bij het leger ging en kennis die hij zelf had opgedaan over hoe criminelen denken. Hij moest zijn opgegroeid in een ruig deel van Londen, een wereld vol geweld en bendes waaruit slechts enkele gelukkigen weten te ontsnappen... een wereld die hij nooit helemaal achter zich heeft kunnen laten. Dat was echter niet genoeg, wist ik. Het personage moest ook een sterke persoonlijke motivatie hebben om wraak te nemen op de criminele elite, dus voorzag ik hem van een tragische familiegeschiedenis. Dat incident zou slechts langzaam onthuld worden, via het prisma van de doorlopende strijd van de held tegen zijn verslaving. Het enige wat ik verder nog moest doen, was een nieuwe geheime SAS-eenheid verzinnen die tegen die nieuwe dreiging moest vechten. De Cell was geboren en toen begon het balletje te rollen.

Het schrijven van *Meedogenloos* is oprecht leuk geweest. Ik heb een geweldige tijd doorgebracht met Josh Bowman, John Mallet en de andere leden van de Cell. Ik hoop dan ook dat jullie met evenveel plezier over hen lezen. Hopelijk is dit het eerste van vele toekomstige avonturen.

Als je meer over mijn boeken te weten wilt komen, kun je bit.ly/ChrisRyanClub bezoeken en lid worden van de Chris Ryan Leesclub. Het kost maar een paar tellen om je aan te melden, het is gratis en er zitten geen addertjes onder het gras.

Bonnier Books UK zorgt ervoor dat je gegevens privé en vertrouwelijk blijven en nooit zullen worden doorgegeven aan een derde partij. We zullen je niet lastigvallen met bergen e-mails, maar alleen af en toe contact opnemen met nieuws over mijn boeken. Je kunt je natuurlijk altijd weer afmelden.

Als je het leuk vindt om betrokken te worden bij een bredere bespreking van mijn boeken, zet dan alsjeblieft een recensie van *Meedogenloos* op Amazon, Goodreads, een andere onlinewinkel, je eigen blog en sociale media, of praat erover met vrienden, familie of de leden van je leesclubs! Het delen van je gedachten helpt andere lezers en ik vind het altijd leuk om te horen wat mensen opdoen uit mijn boeken.

Nogmaals bedankt voor het lezen van *Meedogenloos*.

Het ga je goed,
Chris Ryan

Heb je genoten van dit boek?

Laat dan een review achter op de site van de winkel waar je het gekocht hebt, of op een lezerscommunity als Hebban.nl. Dat helpt andere lezers dit boek ook te vinden.